小説

『ろう教育論争殺人事件』

バリアフリー・コンフリクトとそのゆくえ

脇中起余子 著

北大路書房

小説『ろう教育論争殺人事件』

バリアフリー・コンフリクトとそのゆくえ

脇中 起余子

まえがき

ろう教育界は、昔から、口話法と手話法の間でめまぐるしく揺れ動いてきました。筆者が子どもの頃は、手話は否定され、口話法による教育が行われていました。読唇や聴覚活用には限界があることから、手話も用いてほしいと願う人々と、手話の使用を否定する人々の間で、手話の併用を認めるか否かに関する「口話－手話論争」が繰り広げられていました。

その後、手話への理解の広がりと同時に、日本語と異なる文法をもつ声のない「日本手話」と日本語の音声や口形を伴う「日本語対応手話」の対立が顕在化し、口話の併用を認めるか否かに関する「手話－手話論争」が激化しました。筆者としては、両者の境界線は曖昧であり、両者の峻別は聴覚障害者の分断につながると考えています。特に後者は「日本語へのアクセスを容易にする手話」であり、高いレベルの日本語の獲得という目標の堅持を願う筆者としては、両方とも尊重されてほしいと願っていますが、この「手話－手話論争」の中で両者を区別する土俵に上がらざるを得ないと感じています。[注a] 早く「どちらの手話が良いか」の論争から「聴者に匹敵する日本語力や学力の獲得のためにどんな環境整備が必要か」の論争に移ってほしいと思います。

筆者は、聴覚活用がほとんどできず、もっぱら読唇でやってきましたが、この読唇は、難しい語が多数混じるとお手上げでした。大学入学後手話を覚え、生き方が百八十度変わり、当時の手話を否定するろう教育に疑問をもち、ろう学校教員になりました。そして、「口話の限界と手話の効果」を訴えるようになりましたが、その後、発声もする筆者は、「ろう児のモデルたるろう教員は、声つきの日本語対応手話を使うな。日本語と別個の文法をもつ声なしの日本手話でないと、学力を獲得させられない」などと言われるようになり、「手話の限界と口話の効果」を強調せざるを得ない状況になったと感じる日々でした。

筆者は、「聴覚障害児が聴者に匹敵する学力や日本語の力を身につけるためには、手話も口話も必要」と感じており、「口話は人権侵害」、「口話は使わなくても手話だけで学力は獲得させられる」という雰囲気が横行する中、恐怖心と闘いながら、『聴覚障害教育　これまでとこれから』（2009年、北大路書房）を著しました。また、「二つの日本語（生活言語と学習言語）があることを考えずに、手話か口話かを論争することのむなしさ」を感じ、『9歳の壁を越えるために』（2013年、北大路書房）を著しました。

これらの本について、さまざまな感想をいただきました。「よくぞ書いてくれた」、「聞こえる自分が同じことを書いても、『聞こえるくせに』と言われるから、この本を読んで、快哉を叫んだ」などと好意的な声を多くいただき、ありがたく思います。

その一方で、「口話を使わなくても書記日本語は獲得できると書いてほしかった」、「明晴学園の日本手話による教育はすばらしいものだから、明晴学園を見学して先生方と議論してほしい。そうすればあなたの考えも変わるだろう」などの声も寄せられました。また、口話を否定する教員がかなりみられる某ろう学校でお話しさせていただいたときは、「信憑性が皆無の話だった。明晴学園などで、日本手話教育の成果が証明されている。口話併用手話がよいというデータがあるのなら、それをはっきり示せ」と言われました。

その後、「口話—手話論争」を描いた本はかなりあるのに、「手話—手話論争」を描いた本がほとんどないことが気になり始めました。「手話—手話論争」は、単なる考えや思想の違いではなく、生き方の違いです。趣味などであれば、「自分の趣味とあなたの趣味は違うね」ですみますが、コミュニケーションは、会話手段と関わるものなので、「自分の望むコミュニケーション手段とあなたの望むコミュニケーション手段は違うね」ではすまず、自分のやり方を相手や周囲（ろう学校など）に強いる面をもちます。それで、「コミュニケーション論争」の中で人間関係に苦しむ人が多く生じることになります。

いわゆる学術書は、何かを述べるとき、「真実」とその根拠を記すようにする必要がありますが、小説であれば、その必要はありません。また、それが起きる可能性が高いかどうかも問われません。それで、筆者は、小説を通して、「手話—手話論争」の軋みをもっとつぶさに描きたいと思うようになりました。その一方で、本当にあったことかと詮索する人がいないだろうかという心配があったため、無用な詮索を避けるために、はっきりフィクションとわかるあらすじ（殺人事件）をつくることにしました。筆者は、以前から全国規模で聴覚障害のある教職員との交流があり、また、全国のろう学校から招かれ、管理職を含む先生方からいろいろな話を聞かせていただいております。

この小説は、全国のあちらこちらで見聞した事柄（噂や根も葉もない話を含む）を小さな材料としながらも、多くは想像によって組み立てたものです。

中邑（２０１２）は、「バリアフリー・コンフリクト」を「バリアフリー化によって生み出される新たな問題と、その問題をめぐって人々の間に引き起こされる衝突・対立」と説明し、点字ブロックは、視覚障害者の移動を助ける一方で、車いす利用者の移動を妨げていることを紹介していますが、この「口話─手話論争」や「手話─手話論争」は、まさにこの「バリアフリー・コンフリクト」の一つであると言えるでしょう。

筆者は、この「バリアフリー・コンフリクト」を「ある種の人々に良かれと思って採用した事物や制度が、他のある種の人々に不利益をもたらすこと」と解釈しています。「ユニバーサルデザイン」は、最初から障害の有無や年齢、人種の違いを越えて大

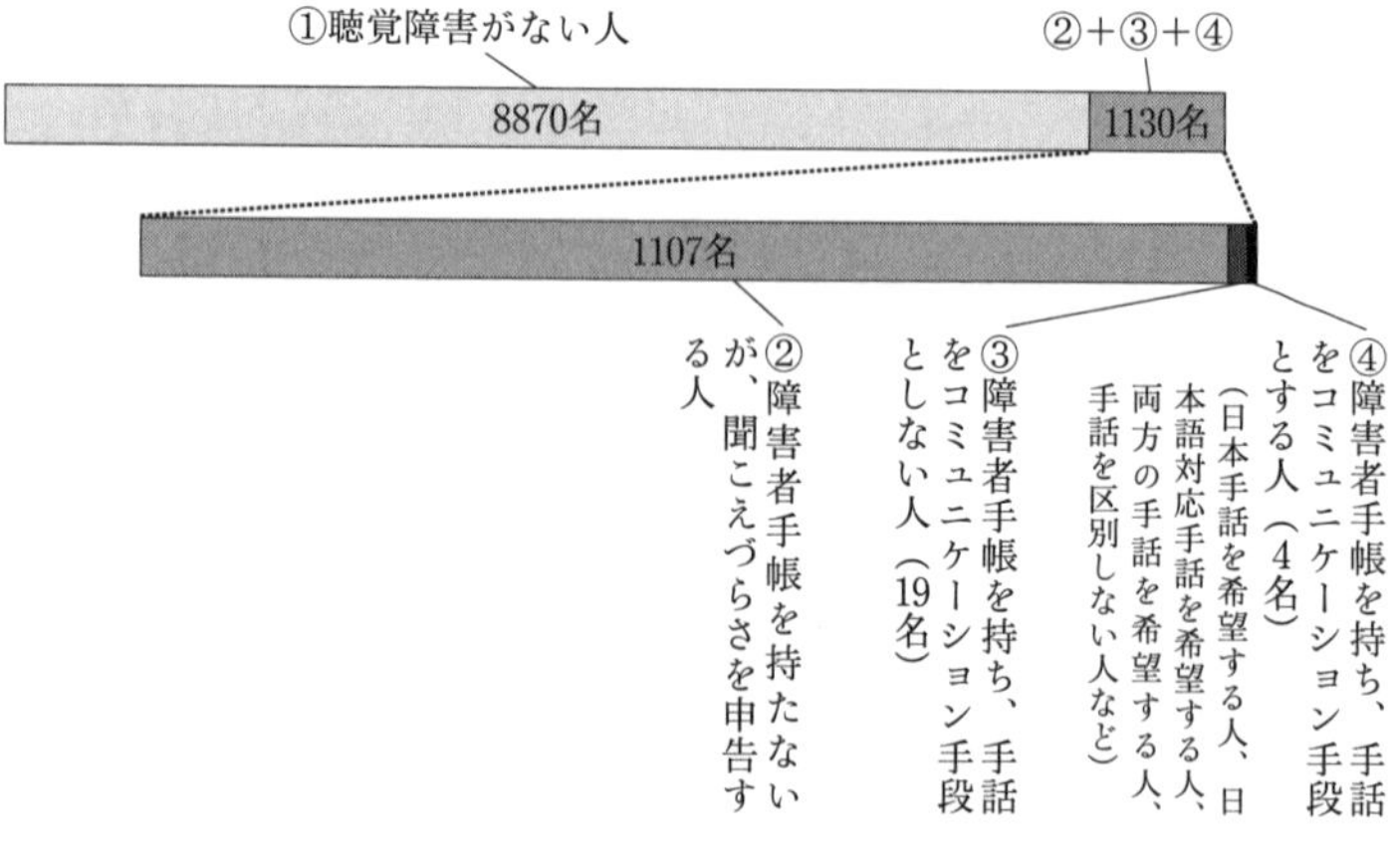

日本がもし１万人の村だったら……注b

勢の人々が利用しやすいようデザインする考え方であると言われていますが、聴覚障害教育の在り方を考えるとき、図を見ればわかるように、手話を用いない聴覚障害者が手話を用いる聴覚障害者より多いという現状や、特別支援学級（難聴学級、聞こえとことばの教室）の在籍児が特別支援学校（ろう学校）の在籍児より多いという現状をも念頭に置きながら「ユニバーサルデザイン」を行う必要があると考えます。

このコミュニケーション論争の軋みをつぶさに感じていただくことで、最近のある種の「手話擁護」や「手話の万能視」は、ある種の人々を救う一方で、筆者を含むいろいろな人々を苦しめる場合があることを、多くの人々に知っていただければ幸いです。

目次

登場人物の紹介

「口話も手話も必要」と考える人々

聴者。歴史ルポライター。
「ろう教育史」を調べる中で、
津堂と親しくなる。

深見《ふかみ》　通《とおる》

重度の聴覚障害者。
ろう学校教員。
歴史に関心をもっている。
竜崎と親しい。

津堂道之《つどうみちゆき》

重度の聴覚障害者。
ろう学校教員。
津堂と親しい。

竜崎昌史《りゅうざきまさし》

軽度の聴覚障害者。
ろう学校教員。
御子柴と親しい。

福呂歌江《ふくろうたえ》

聴者。難聴学級やろう学校に勤務。
津堂や金沼を担任したことがある。

御子柴直子《みこしばなおこ》

ろう学校教員。
聴能に関わるが、
その後聴力が低下する。

村田壮一郎《むらたそういちろう》

「手話法」賛美派

重度の聴覚障害者。
フリースクール「デフブラボー」を立ち上げる。

谷川茂治《たにがわしげはる》

重度の聴覚障害者。デフファミリー。
ろう学校教員。声がつく手話を攻撃する。

和賀桃香《わがももか》

中途失聴者。ろう学校教員。
その後人工内耳をつけ、谷川や和賀と決別する。

塩野康信《しおのやすのぶ》

聴覚障害者。ろう学校教員。
谷川に傾倒するが、その後吉尾と結婚する。

鳥辺美佐恵《とりべみさえ》

軽度の聴覚障害者。デフファミリー。
金沼規子の同級生。鳥辺と結婚する。

吉尾《よしお》　彰《あきら》

重度の聴覚障害者。
妻と別れて、和賀と一緒になろうとする。

野坂夏彦《のさかなつひこ》

X塔ろう学校の保護者。
体罰があったことを訴え、仁科の逮捕につながる。

小田島《おだじま》つや子《こ》

「聴覚口話法」賛美派

Q桜県初の小児人工内耳装用者。
ろう学校教員。手話に抵抗感をもつ。

金沼規子《かねぬまのりこ》

金沼規子の母親。
聴覚口話法や人工内耳を賛美する。
「人工内耳親の会」会長。

金沼克子《かねぬまかつこ》

その他

聴者。X塔ろう学校の体罰事件で逮捕される。
保護者の小田島たちを恨む。

仁科徹矢《にしなてつや》

言語人類学研究者。
手話サークルに入り、仁科や深見と知り合う。

佐原良輔《さはらりょうすけ》

この小説はフィクションです。
上記で紹介した登場人物は、
実在の人物とは関係ありません。

小説「ろう教育論争殺人事件」が生まれた背景

喫茶店で、手話を交えて話している五人のグループがあった。聴覚障害がある津堂《つどう》、竜崎《りゅうざき》、福呂《ふくろ》の三人と聴覚障害のない御子柴《みこしば》は、ろう学校に勤務していた。歴史ルポライターの深見《ふかみ》は、ろう教育史を調べたのがきっかけで、津堂たちと知り合った。

津堂が、「本当に、疾風怒濤の半年だったね。五人が殺され、二人が自殺し、二人が逮捕されたんだなあ」と言って、ため息をついた。福呂が、「ええ。聞こえる人にもありがちな男女間のいさかい、思想の違いからくるトラブルだったと言えばそうなんだけど、私は、みんなコミュニケーション論争の犠牲者だったと思うの」と言うと、他の四人は大きくうなずいた。

ろう教育界[注1]では、昔から口話法と手話法の間で議論が続いてきた。以前は、ほとんどのろう学校は口話法を絶対視し、手話を禁止してきたので、手話の使用を認めるかどうかに関する「口話―手話論争」が繰り広げられてきた。[注2]最近は、手話に対する理解が広がり、口話の使用を認めるかどうかに関する「手話―手話論争」が繰り広げられている。声なしで日本語と異なる文法をもつ「日本手話」と、日本語の音声や口形にそって

手話を表す「日本語対応手話」の間の論争でもある。[注3]

「口話―手話論争」を描いた本はかなりあるのに、「手話―手話論争」を描いた本がほとんどないことが話題になったとき、津堂が言った。

「深見。今回の一連の事件を、コミュニケーション論争の視点からまとめてみないか」

御子柴が、「手話なし口話を望む人、声なし手話を望む人、口話も手話も必要と言う人、それぞれの希望は尊重されてほしいけど、それを他人にも強いるとトラブルが生じる。だから、それぞれがコミュニケーションの幅を広げる方向に進んでほしい。この思いを理解してくれる人々を増やす小説があればいいなと思うわ」と、口を添えた。

津堂も、「声なし手話で幸せな聴覚障害者[注4]、逆に手話を使わず、音声だけで幸せな聴覚障害者はいると思うから、それぞれを描いた小説があってよい。それと同じで、口話も手話も必要と考える人たちの小説もあってよいと思うよ」と言った。

このような会話を経て、物書きに慣れている深見が、一連の事件を小説ふうにまとめることになった。

以下の小説では、登場人物が多いので、重要度の低い人物については、「A澤」、「B場」のようにアルファベットを用いて示す。

プロローグ　手話法の駆逐

一

明治から大正に変わる頃、羽根崎二郎は、P駒県にある羽根村の村長の家に生まれた。二郎は、三歳を過ぎてもことばを発しなかった。両親は、二郎を東京の医者へ連れていき、聾唖《ろうあ》（重度の聴覚障害）だろうと診断された。

「聾」は聞こえないことを、「唖」はしゃべれないことを意味する。昔は、言語獲得期以前に失聴すると話せなかったので、「唖」は聴覚障害をも意味した。江戸時代の俳人小林一茶は、「しぐるるや親碗たたく唖乞食」という歌を詠んでいる。[注5]「めくら（盲）」や「おし（唖）」、「つんぼ（聾）」は差別語として使われなくなっているが、[注6]「もう（盲）」や「ろう（聾）」は、「盲学校」や「聾学校」のように今も使われている。

日本で最初の盲聾学校は、京都で明治十一年に設立された「日本最初盲唖院」である。初代校長は「日本盲聾教育の祖」と呼ばれる古河太四郎[注7]であり、「手勢法」、つまり今でいう「手話法」で指導したが、発音指導も試みられていたという。

Ｐ駒県の盲聾学校は、明治時代の終わりに、京都府庁の前に建つ「日本最初盲唖院」を見て、「Ｐ駒県でも盲聾学校を」と望んだ人々によって設立された。二郎の父親は村長をしており、県庁のそばに盲聾学校があることを知っていたので、五歳になった二郎は、親戚に預けられ、盲聾学校に入学した。二郎を担当した教師はろう者であり、手話を巧みに操ったので、ろう児たちはすぐに手話で話すようになった。この頃は、手話を覚えてから日本語の指導に入るやり方だった。

大正九年、ライシャワー夫妻[注8]は日本聾話学校を設立し、手話を使わない口話法で教育を始めた。この校名には「聾だが話せる」という信念が現れている。

大正十三年、欧米視察を終え東京聾唖学校に着任した川本宇之介[注9]は、口話法を強く主張し、手話のわずかな使用も批判した。当時の校長小西信八[注10]は、その娘の回想によると、川本から何回も批判され、神経衰弱にかかり、その後病に倒れて退職したという。後任の樋口長市校長も、口話法教育を強力に推し進めた。口話法が広がり、「聾だが唖ではない」という信念から、校名から「唖」という字をはずすろう学校が続出した。

大正九年、滋賀県の豪商西川吉之助は、聴覚障害があると判明した娘はま子に口話法による教育を試みた。[注11]はま子は昭和二年のＮＨＫラジオ番組に出演し、その反響は大きかった。聴覚障害児の保護者は、はま子の肉声を聞いて感激し、口話法教育を切望した。翌年、吉之助は滋賀県立聾話学校を創立した。吉之助は娘を連れて全国を行脚し、東京聾唖学校の川本宇之介、名古屋市立盲唖学校の橋村徳一らとともに口話法の普及に努めた。

大阪府では、大正十五年に、耳鼻科医師の加藤亨[注12]が大阪聾口話学校を設立した。現在の大阪府立生野聴覚支援学校の前身である。それに対して、大阪市立聾唖学校の高橋潔[注13]や函館盲唖院の佐藤在寛は、手話の重要性を訴え、激しい論争が巻き起こったが、昭和八年に鳩山一郎文部大臣が全国聾唖学校校長会で口話法を推進する訓辞を行い、全国のろう学校は手話を禁じる口話法に転じた。昭和十三年に、荒木貞夫文部大臣は口話法が適さない子どもにも口話法を強要しないよう配慮を求める訓示を行ったが、口話法への流れは止まらなかった。

羽根崎二郎が通うろう学校も、口話法へ大きく傾いた。A澤校長は、東京聾唖学校師範部の卒業生を次々と招聘した。最初に招聘されたB場は、初等部一年の担任となり、口話だけで指導した。子どもが少しでも手を動かすと厳しく叱責した。

この学年より上の学年では、残聴のある生徒のために口話学級がつくられたが、それ以外の生徒は手話学級だった。教員は、口話学級と手話学級の授業時間をずらしたり運動会や遠足を別々に実施したりして、口話学級と手話学級の交流を避けようとした。卒業生の回想によると、校長は口話学級の行事にしか姿を見せないことがよくあった[注14]。学校としてそのような差別的な手立てをとったので、いきおい生徒や保護者の間でも差別的な言動がみられた。口話学級の児童生徒は、手話学級の児童生徒をばかにした。

二郎は、それを見て憤った。同じろう児なのに、手話から遠ざけられる子どもと低能呼ばわりされ口話はムリと決めつけられる子どもに分かれることが悲しかった。それというのも、A澤校長が悪いからと思い、この校長によって招聘されたB場先生たちを憎んだ。B場先生の影響力の大きさは、子ども心にもよくわかった。

その頃のろう教員は、ほとんどが被服科、図案科、木工科などの職業科を担当していた。聞こえる教員の中には、授業中も酒の匂いをぷんぷんさせる教員や、プリントを生徒に配っては教室を抜け出す教員、定期考査の国語の問題は漢字だけという教員がいた。職員室では、生徒やろう教員の書いた文章の間違いが笑いものにされた。ろう教員は、口話学級の生徒から口話だけで話しかけられ、とっさに理解できないと憐憫や軽蔑の視線を向けられた。あるろう教員は、手話学級の生徒から聞こえる教員による性的行為を訴えられても、自己保身を考えて沈黙した。

口話法講習会が東京や京都で開かれ、受講した教員は「私は口話法教育を勉強した。口話法はすばらしい。手話も必要というあなた方は古い。勉強不足だ」と言って優越感をあらわにした。「口話法が主流になっているアメリカやドイツを見よ。手話を使う日本は遅れている」と言って、新しいものに目を向けるばかりで、それまでのろう教育現場で培われた智恵や工夫の蓄積に目を向けようとしなかった。「口話＝よい、手話＝ダメ」の風潮が強まり、校長は「君、手話を使うと生徒に悪い影響を及ぼすよ」と言って、ろう教員に退職をおおっぴらに勧めるようになった。

二郎が通うろう学校でも、ろう教員は、生徒に惜しまれながら一人ひとりと教壇を去った。退職して田舎に帰るというろう教員が「僕は、日本語ができないからなあ」とため息をつくのを、二郎は切ない思いで見た。退職するろう教員を見送るA澤校長やB場先生の表情がかすかに喜びを含んでいるのを、二郎は見逃さなかった。

ある日、B場先生は、ろう教員が板書した文章の間違いを見つけ、大きく「×」を書き、その横に正しい日本語を記した。そして、低学年の児童に「こんな間違い、恥ずかしいわ。あなたたちはこんな間違いをしないようにしっかりお勉強するのですよ」と言った。二郎は、尊敬するろう教員が侮蔑されるのがたまらなかった。鬱憤がたまった二郎は、B場先生の袴に酸をふりかけた。[注15] 二郎は、すぐに他の教員に取り押さえられ、その後B場先生は欠勤した。

呼び出された両親は、ひたすら詫び続けた。両親と三人だけになったとき、二郎は父親からひどく殴りつけられた。母親はそばで涙を流し続けた。二郎はしばらく厳しい指導を受けたが、退学処分にならなかった。父親が校長にそっとお金を積んだのかもしれない。

その後、二郎は、暴力に訴えることはやめようと決心した。だが、手話が劣ったものとみなされ、手話を使うろう教員が一人ひとり去っていくのを見るのはたまらなかった。「ろうの先生をやめさせないでください」という嘆願書をつくり、署名を集めようとしたが、そのことが他の生徒から親へ、その親から二郎の親へ伝わり、父親から「今度こそ本当に退学させられる」と叱られたので、署名活動を不本意ながら中止した。

二郎の抵抗にもかかわらず、ろう学校はさらに口話法へ傾き、やがて全て口話学級となった。しかし、個人用補聴器がなく、予科や初等部に入ってから発音訓練や言語指導を受けても、発音や読唇の力、読み書きの力を獲得するのは容易ではなかった。教員たちが「何度言ったらわかるんだ」、

「おまえは低能か」などと罵声を浴びさせ、ときにはビンタを食らわせるのを見て、二郎は憤ったが、B場先生の事件以来絶対に手を出さないよう両親からいさめられていたので、何もできなかった。二郎は、毎日つぶやいた。

「聴覚活用が難しいのに、一生『口話だけでよかった』と言う人はどれぐらいいるのか。本当にみんな口話だけという状態に満足しているのか。今みんなから『口話法の星』とあがめられている西川はま子さんは本当に幸せなのか」

口話学級の子どもは、最初は親の期待に応えるべく口話だけでやろうとし、手話学級の子どもを蔑む。しかし、思春期を迎えると、口話の限界を感じ始め、手話学級の生徒によさを見出す。教員や親に隠れて手話を覚え、会話の楽しさを知るのと同時に、障害者差別や世の中の不条理について考え始める。二郎の周りでは、そのような例が多かった。

二郎は、ろう学校の被服科を卒業すると、紳士服仕立ての仕事を始めた。後輩のタミと結婚し、男児が生まれた直後に急死した。遺児は、子どものいなかった長兄夫婦に引き取られた。タミは、実家に帰り、やがて別のろう者と再婚した。

手話の受難は、その後も続いた。昭和四十年代に入ると、個人用補聴器が進歩し、それまでの読唇と発声を重視する口話法は「純粋口話法」と呼ばれ、その後の聴覚活用や音声の使用を重視する口話法は「聴覚口話法」と呼ばれるようになった。

その後の国際障害者年などをきっかけに、人権意識が高まり、口話に限界を感じる聴覚障害者たちが声をあげ始めた。手話も必要と訴え続けた大阪市立聾唖学校の高橋潔校長の生涯をマンガにした『わが指のオーケストラ』は、手話への偏見を薄めた。手話を用いて指導していると回答するろう学校は、増え続けた。

日本語を話しながら表す手話に不全感を抱く人々は、これを「日本語対応手話」、「口話併用手話」、「シムコム」などと呼んだ。言語としての「日本手話」は、日本語と別個の文法をもっており、声を出しながら手話を表すことは、英語と日本語を同時に話すようなものだと言った。日本手話を十分に獲得すればあとは文字と日本手話で書記日本語を獲得できるという「バイリンガル教育」の考え方が現れ、「日本語対応手話は、逆に日本手話の獲得を妨げ、書記日本語の獲得をも困難にする」という主張も現れた。それに対して、両者は重なっており、両者の峻別はろう者の分断につながるという意見も出された。[注16]

最近、内耳の蝸牛に電極を埋めこむ人工内耳の手術を受ける聴覚障害児が増えているが、[注17] 体内に機械を入れることから、日本では欧米に比べて抵抗感をもつ人が多いという。この人工内耳の是

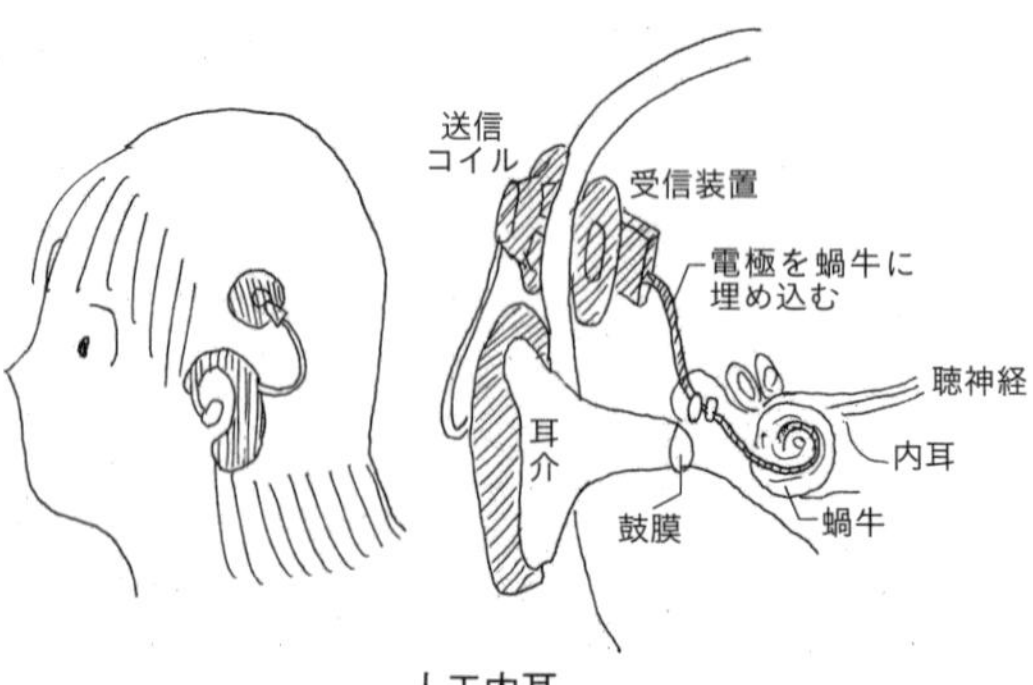

人工内耳

非をめぐる論争もすさまじいものがある。[注18] 人工内耳を勧める医師の中でも、「人工内耳をつけても聞こえる人と同じ聞こえになるわけではない。手話を含む視覚的情報も大切にすべき」と言う医師と、「人工内耳をつけたからには、手話は使わないように。ろう学校へ行かせないように」と言う医師がみられ、「手話も併用する聴覚口話法」と「手話を否定する聴覚口話法」が現れている。[注19]

第Ⅱ部で述べる、Q桜県で短期間に相次いで起きた殺人事件は、このコミュニケーション論争が絡んでいる。これは、ろう教育の方法に関する論争でもある。

第Ⅰ部　ろう教育論争

一章　ろう文化宣言

「自分は手話と出会って、生き方が変わった。もっと早く手話と出会いたかった。なのに、両親や先生たちは手話を否定してきた。差別だ！」

高校時代の谷川茂治《たにがわしげはる》は、このせりふを何回つぶやいただろうか。

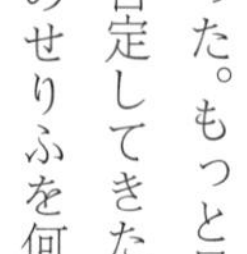

一

谷川茂治が幼い頃は、全国のろう学校で「手話を覚えたら日本語は身につかない」と言われていた。[注20] 補聴器の性能がめざましく向上し、聴能訓練が盛んに行われた。現在も、ろう学校から地域の学校に入学・転校することを「インテグレーション」と言う人が多いが、その頃は、インテグレーションを成功とみなす雰囲気が強かった。茂治の両親も、息子がQ桜県立北条ろう学校幼稚部を修了した時点で、地域の小学校への入学を選択した。

幼稚部時代の担任は、特に地域校にいる聴覚障害児はいずれ困難にぶつかる、そのときのために、同じ障害のある仲間との交流を続けるべきだと考えていた。そのおかげで、茂治は、地域の中学校に入って行き詰まりを感じたときも、ろう学校の同級生と時々会っていた。久しぶりに会う同級生の使う手話は、茂治にとって新鮮だった。

手話を使うとコミュニケーションが楽になった。たとえば、「おはし」と「おかし」は口形が似ており、読唇だけではどちらか迷うが、手話があると一目瞭然だった。聞こえる友達と話すときと全然ストレスが違うと思った。茂治は、休日にろう学校の同級生と会うことが増え、会話の中でますます手話を覚えていった。ろう学校の同級生と話すときは、発音の不明瞭さは全く問題にならなかった。「え、今の話、何？」と尋ねると、気持ちよくすぐに言い直してくれる。茂治は、聞こえる同級生の中に、「おまえの声、変。何言っているのかわからん」と言って自分と話すのを避ける人、「どうせこいつは聞こえないから」と言って、自分のすぐそばで悪口を言う人、「え？　もう一回言ってくれる？」と聞き返すと、「大した話じゃないから」と言って話を止める人がいることに傷ついていた。

小学校二年生だった茂治が、母親に「友達から『話がわからん。声が変』と笑われた」と訴えたとき、母親は「だから、毎週の発音訓練を頑張って受けようね」と言うだけだった。茂治は、その週一回の発音訓練を嫌がっており、「お母さんは、このことを利用して、僕に発音訓練を続けさせようとしている」と思った。最初は「頑張れば、皆に通じるようになる」と思って、発音訓練を頑張ったが、小学校高学年ともなると、「僕の発音は、

たぶん一生不明瞭だろう。お母さんや先生は『発音訓練を頑張ったら通じるようになる』と言うけど、それはウソだ」と思うようになった。また、母親に「授業中、先生の話がわからない」と訴えても、「それでも頑張って先生のお口を見るのよ。いつかはわかるようになるから」と言われ、茂治は、「お母さんは、頑張れば読唇はどこまでもできると思っているが、それは違う。それに、僕は頑張っている。これ以上頑張れない」と思い、心を閉ざし始めた。

友達とのトラブルを母親に伝えたときも、母親から「あなたにも足らないところや悪いところがあったのでは」と言われるので、「学校の話をお母さんに言うのはやめよう。どうせ僕の努力が足りないから、僕に悪いところがあったからと言われるのがおちだから」と思った。「お母さんは、自分に、どこまでも聞こえる人に近づきなさいと言う。僕はいくら頑張っても聞こえる人になれないのに」と悲しかった。

中学生になった茂治は、家庭で腕力に訴えることの効果を感じ始めた。初めて母親を殴ったとき、母親はそのあと茂治に小言を控えるようになったと感じた。周囲の人を黙らせる手段として「どうせ聞こえるおまえにはわからない」が効果的なことも感じ始めた。「このままではいけない」と思いながら、学校で居場所があると感じられなかった茂治は、家庭で母親を殴ることで自分の存在感を抱くようになった。「自分は苦しい。聞こえない自分を生んだお母さんは、僕の暴力を受けとめる必要がある」とすら思った。茂治の母親は、初めは息子が手話を覚えることを喜ばなかったが、思春期にさしかかった茂治が荒れ、家庭内暴力が起きたとき、相談できた人は幼稚部で一緒だった母親だった。

同級生の中に、地域校へ行ったものの不登校になり、ろう学校の小学部や中学部に転校した生徒がいたので、茂治が「僕もろう学校高等部へ行く」と言ったとき、母親は「いずれこうなると私はわかっていた」と思った。父親は、茂治と向かい合い、「大学に入れるよう勉強すると約束できるなら、ろう学校へ行ってもよい」と話した。茂治も、「今の中学校では、聞こえる友達との人間関係がストレスになる。先生の話がわからない。ろう学校でわかる授業を受け、友達との関係に悩まなくなったら、勉強に集中できると思う。だから、ろう学校へ行く」とはっきり告げた。

同級生の父親の影響で、茂治は、「ろう者としての誇り」の意味を早くから考えるようになった。「ろう者は、日本手話という日本語と異なる言語を話す言語的少数者」と考えるろう者は、発声をやめていた。彼らは、「健聴者」という語には、「聞こえる人＝健全、聞こえない人＝異常」という考えがひそんでいると言い、「聴者」という語を用いた。[注21] 茂治は、彼らを通して、一九九一年に東京で開かれた世界ろう者会議の様子を知った。世界ろう者連盟は「ろう者は言語的少数者である」という観点をもっており、「ろう者の手話の尊重と社会的認知の促進」、「バイリンガル・アプローチの支持」、「ろう学校の必要性の強調」などの基本方針を打ち出していた。しかし、開催国の日本では、ろう者に独自の言語や文化があると考える人は、ろう者の中にあっても少数だった。

その頃は、保護者や教育関係者の多くが「ろう」という語や手話を忌避していた。聴覚障害がどんなに重度でも残聴があると言い、「難聴児・者」や「聴覚障害児・者」を使いこそすれ、「ろう児・

者」を使おうとしなかった。[注22] また、「手話を使うと日本語が身につかない」、「手話は勉強ができない者が使うもの」と考えていた。

インテグレーションは当たり前という雰囲気が高まると、聴覚障害以外に障害がない単一障害児は難聴学級や地域校に入るようになり、ろう学校小学部では、重複障害がある子どもや学年対応の教科学習が難しい子どもが増えた。やがて、中学校に難聴学級が設置されると、ろう学校中学部でも重複障害生徒の比率が高まった。中学生になると、「選挙管理委員会」「応援演説」「征夷大将軍」「院政」のように難しい語が増え、口話だけで自治活動や教科学習を進めることが難しくなった。小学部や中学部で口話のみによる会話が難しい児童生徒が増えると、当時の人権意識の高揚とあいまって、ろう学校での手話の使用は「黙認」から「公認」になった。ろう学校に着任した若い教員は、手話をどんどん吸収し、会話成立の大切さを感じるようになった。

難聴学級や地域校で教育を受けたものの、公立や私立の高校へ行くだけの学力や財力がない生徒は、ろう学校高等部に入学することが多かったが、それは「敗北」とみなされた。中学生の親や教員は、「勉強しないと、ろう学校に行くことになるよ」と脅かした。ろう学校高等部に「Uターン」した生徒は、「ずっとろう学校にいた同級生とインテグレーションした自分は違う」という態度をとり、しばしばトラブルが発生した。

しかし、最初は手話を否定した生徒も、やがて手話を覚え、会話の楽しさを知り、「自分には手話が必要。みんな手話を介してつながっている仲間」という連帯感を抱いていった。ろう学校入学後も「うちの子に手話は必要ない。手話を使わずに授業をしてほしい」と要望する親に対して、高等部の教員たちは、口話の限界と手話の有効性を説いた。手話を自らに必要なものと認めると生活や学習の態度が好転する生徒たちを多数目の当たりにして、「手話の獲得は人間教育につながる」と確信する教員が増えた。北条ろう学校でも、手話への見方の変化は、高等部から中学部へ、それから小学部、幼稚部へと広がっていった。

茂治が入学した頃の北条ろう学校は、中学部や高等部の教員のほとんどが手話を覚えて使おうとしていたが、それは音声日本語を話しながら手話で表すものだった。だが、聴覚や読唇に頼るしかない状態と比べると、雲泥の差だった。茂治にとって、「ろう者は日本手話を話す言語的少数者」と考えて発声しないろう者は、まぶしい存在であり、目標となった。やがて茂治も発声をやめた。

発声しようとしない茂治に対して、母親は涙を流して「前のように普通に話してほしい」と懇願したが、茂治は、母親に通じない手話で「手話を覚えてほしい」と言い放ち、それから筆談で「手話を覚えろ。僕はろう者だ。これから声を出さない」と書きなぐった。母親は、泣く泣く手話サークルに通い始めたが、父親は、茂治を冷たい目で見た。茂治は、母親とは筆談で話し、父親とは話さなくなった。

高等部の教員たちは、「手話は必要とはいえ、社会に出たら手話だけでは通じない。不十分な発音でもいいから声も使うほうがよい」と言い、声を出さない茂治に批判的だった。教員たちが「社会では、手話を知らない人が圧倒的に多い。上手な発音で話せと言っているわけじゃない。声ぐらいつけたらどうか。それに、声がつく手話を望む同級生も多いだろう」と言い、同級生が「僕は手話を覚え始めたばかりで、聴覚に頼っているから、声もあるほうがよい」と言っても、茂治は声を出そうとしなかった。茂治は、「声を出すことは、聴者に合わせることになる。聴者は、僕が声つき手話を使うと、本物の日本手話を覚える努力を放棄する。僕はろう者だ。ろう者の言語は日本手話だ。声をつける手話は、手話ではなく日本語だ。本当の手話は日本語と文法が違うから、音声と両立しない。それは、英語と日本語を同時に口にできないのと同じだ」と言って、発声を拒み、補聴器もはずし始めた。

一九九一年にD編集室は、ミニコミ紙『D』を通して、多くの手話講習会がシムコムの学習会になっていると批判したが、この『D』は「急進的・過激」と批判された。「日本手話の尊重」と「バイリンガル教育」に関心をもつろう者が集まったのをきっかけに、一九九三年にDプロが発足した。そのとき、茂治は十八歳だった。茂治の尊敬する先輩たちもこのDプロに関わっていた。

谷川が高二のとき、C原先生が他の高校から転勤してきた。谷川は、C原先生に「おまえの手話が上手になるまで授業を受けない」と言い放ち、授業中に平然とマンガを読んだ。担任は、谷川を論そうとした。

「ろう学校の先生みんなが手話を上手に使ってほしいという気持ちはわかる。だが、現実には人事異動がある。教育委員会の方針で、十年以上勤めると強制的に人事異動の対象となるんだ。ろう教育は十年やってやっと一人前と言われており、先生たちも機械的な人事異動はやめてほしいと願っている。校長先生も教育委員会にお願いされている」

谷川は、頑なな表情で、担任の手と口を見つめた。

「C原先生は、今一生懸命手話を覚えようとされていて、手話の上達は早いほうだよ。先生に『早く手話が上手になってほしい』と言うのはかまわないが、『手話が上手になるまで授業を受けない』と言って、授業中マンガを読むのは許されないよ」

谷川は、「ここはろう学校です。なんで、手話ができない先生の話を我慢して聞かなくてはならないんですか」と言うなり、職員室を飛び出した。

残された担任は肩をすくめた。そばにいた教員が、谷川の後ろ姿に視線をやりながら言った。

「谷川は、若くて美人の講師には手話を教えてあげていますよ。谷川は、C原先生が手話ができないことを口実に、嫌いな国語から逃げているような気がしますね」

その一週間後に、C原先生は病休を取った。代わりに来た講師は、谷川とウマが合ったのか、手話ができないにもかかわらず何事もなく過ぎた。教員たちは、「谷川の反抗は、手話ができるかできないかとは関係ない。ウマが合うか合わないかだ」とささやきあった。

その後、谷川は、一学年下の女生徒に好意をもち、やがて友達も公認するカップルになった。この女生徒は、地域校で行き詰まりを感じ、ろう学校高等部に入学したが、発声も手話も必要という考えを強くもち続けた。

「聞こえない人どうしでは、私も声なしだわ。だけど、手話を知らない聴者は、私の不十分な発音でも声があるほうがわかりやすい。私は、相手の手話が不十分でも手話があるほうがわかりやすい。だから、私は下手な発音でも声をつけて話し、相手はカタコトの手話をつけて話す、というギブアンドテイクの気持ちが大事だと思うの」

「それは、聞こえる人に屈服することになるんだぞ。アメリカを見てごらん。ろう者としての誇りをもつ人は、みんな声を出していないよ」

「なぜ屈服することになるの？　手話を使う聴者は、ろう者に屈服しているの？」

二人の会話は、声なしの手話で行われた。いつしか谷川と彼女の間では平行線をたどる会話が増えたが、二人とも賢い生徒だったので、谷川は彼女と話すのが楽しかった。一日中彼女のことを考えるようになり、彼女が他の男子生徒と話しているのを見ると、胸が苦しくなった。「あいつと何をしゃべっていたのか」などと彼女を束縛する言い方が増え、彼女は、次第に谷川を避けるようになった。谷川が「今度の日曜日、会わないか」と女生徒にファックスを送っても、すぐに返事が来ないことが増えた。

返事がもらえないまま日曜日になり、谷川は女生徒の自宅へ行った。ベルを押しても反応がないが、彼女が本当に家にいないのかわからない。思いあまった谷川は、そばにあった電信柱をよじ登って彼女の部屋のそばのベランダに入ろうとした。

その日の夜、女生徒の母親から高等部の担任のところに電話が入った。

「娘は最近谷川くんに会いたがっていませんでしたが、今日の昼、谷川くんが無断で娘の部屋にベランダから入ろうとしたのです」

その日の夜のうちに、女生徒の担任から谷川の担任や生徒指導部長に連絡が行き、翌朝、谷川は担任に呼ばれた。事実確認のとき、谷川は「彼女はベルの音に気づかなかっただけかもしれない。本当に家にいないのかを調べる方法が他になかったから、仕方なかった」と言い張った。担任が「いくら聞こえなくても、人の家に無断で入るのは法的に許されない。住居侵入罪という罪になる」と説明しても、谷川は「仕方なかった」の一点張りだった。

その事件以降、女生徒ははっきりと谷川を避けるようになり、休み時間に谷川が険しい顔で彼女の居場所を同級生や後輩に尋ねる場面がみられるようになった。

ある日、逃げようとする女生徒を後ろからつかまえようとした谷川を見て、クラブ指導の教員が注意したところ、谷川は、突然その教員の顔めがけて殴りつけた。教員の唇が切れ、体が地面に投げ出されて、大騒ぎになった。その後、谷川は停学処分を受けた。

それ以来谷川は、友達や教員に対して「おまえらに俺の考えはわからない。おまえらは、誇りというものも思想という高邁なものももち合わせていない」という態度をとった。

その後、谷川は、私立大学を受けて合格した。大学の手話サークルは、それまで趣味として手話を学びたいという学生が多かったが、谷川は

「遊び半分で手話を覚えるな」と言い、声を出しながらの手話を攻撃したので、手話サークルは、「声を発しない手話や日本語と異なる文法をもつ手話だけが本当の手話」という考えを受け入れる人だけになった。

谷川が二十歳になったとき、「ろう文化宣言[注23]」が出された。「ろう者とは、日本手話という、日本語とは異なる言語を話す、言語的少数者である」、「日本手話を話すろう者と、シムコムを最善のコミュニケーション手段としている中途失聴者や難聴者とでは、その言語的要求が異なっている」、「ろう者と中途失聴者・難聴者を一括りにした『聴覚障害者』という名称の使用は、大きな問題をはらんでいる」という文を読んだとき、谷川は、感動のあまり全身が震えた。

「日本手話は日本語と対等な言語。ろう者の母語は日本手話。対応手話を使い、日本手話を使わないろう学校はダメだ！　この現状を変えてやる！」

二

和賀桃香《わがももか》は、先天性の聴覚障害児として生まれた。両親も祖父母もろう者であり、家族みんなで声なしの手話を使っていた。いわゆる「デフファミリー」だった。

桃香は、Q桜県立南浜ろう学校の幼稚部に入学し、毎日母親に連れられて登校した。当時の幼稚部は、手話を使わない聴覚口話法で教えていた。母親は、教室の後ろで授業を参観し、帰宅後も絵カードを使ってことばのおさらいをさせなければならなかった。授業で教員が「助詞の『へ』と『に』はこのように使い分ける」などと説明するのを聞き、「自分も勉強になった」と母親は言った。その一方で、母子で「早く行こう」「待って」などの会話を手話ですると、教員から「他の子どもに悪い影響を及ぼすから、学校では手話を使わないでほしい。手話だと『行こう』『行った』などの動詞の活用が身につかないから、家庭でも口も動かして『イコウ』『イッタ』などと言うようにしてほしい」と言われた。

桃香の両親は、桃香をろう学校小学部に入れたがったが、その頃から小学部では重複障害児の比率が高まっていた。桃香が「ミカちゃんやヨッちゃんが難聴学級へ行くから、私も一緒に行きたい」と言ったので、両親は、桃香を難聴学級に入学させた。桃香は、中学校難聴学級を経て、他府県のろう学校の美術系コースに進学し、推薦で美術大学に合格した。

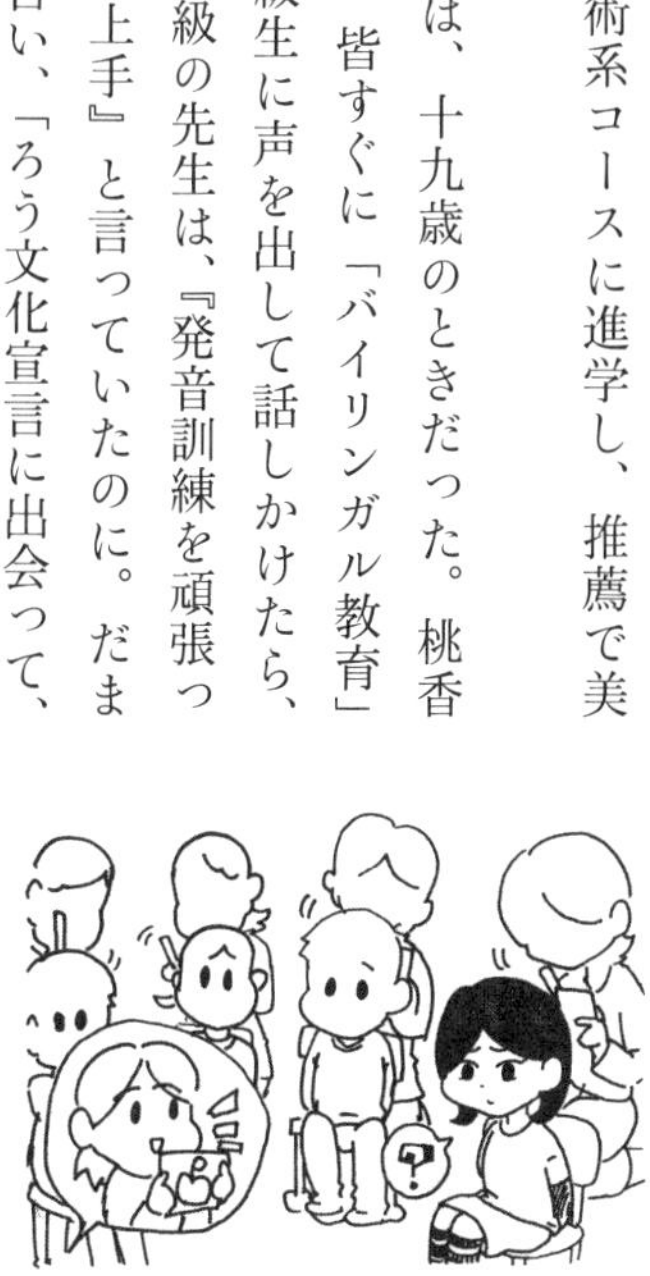

桃香が「ろう文化宣言」に出会ったのは、十九歳のときだった。桃香の両親や祖父母はろうあ運動をしており、皆すぐに「バイリンガル教育」を熱烈に支持した。桃香は、「大学の同級生に声を出して話しかけたら、全然通じず、笑われた。ろう学校や難聴学級の先生は、『発音訓練を頑張ったら話せるようになる』『あなたの発音は上手』と言っていたのに。だまされた。発音訓練の意味はなかった」と言い、「ろう文化宣言に出会って、

私は生き方が定まった。私は、これからいっさい声を出さない」と宣言した。「ろう者に声はいらない。日本手話だけで書記日本語を獲得できる。日本語を話しながら表す対応手話は中途半端で、かえってわかりにくい」と強調した。

桃香は、Q桜県の教員採用試験を受けたが、その頃には、手話通訳を希望すれば通訳者が配置されるようになっていた。面接では、手話通訳者が試験官の質問を手話通訳し、桃香の不明瞭な発音を音声に直して試験官に伝えた。他の人から面接で声を出した理由を聞かれたとき、「声を出したほうが受かりやすいから。実際、声を出さないで受験したろう者は落ちた」と答えた。

翌年、桃香は、美術科教員として北条ろう学校の中学部に着任した。

三

「デシベル（dB）」は音の強さを表す単位であり、「ささやき声は三十デシベル、普通の会話は六十デシベル、電車が通るときのガードの下での音は百デシベル、飛行機の爆音は百二十デシベル」などと言われている。「身体障害者」の認定基準は、国によって異なる。日本では、簡単に言うと、両耳の聴力レベルが七十デシベル未満であれば身体障害者手帳は交付されない。[注24]

塩野康信《しおのやすのぶ》は、中学入学後聴力が徐々に低下し、聞き返すことが増えた。最初は自分が聞こえにくいことを認めたくなかったが、ある日高熱を出し、自分の聴力が明らかに低下したことを自覚した。

すぐに病院へ行き、「両耳六十デシベル」と診断され、ステロイドやビタミン剤を投与された。聴力悪化はその後も続き、地域の高校に入学したときは両耳七十五デシベルになったので、意を決して障害者手帳の交付を受け、補聴器を購入した。

他の中途失聴者と比べて、障害者手帳の交付を受けて補聴器を購入するまでの時間が短かったのは、小学校からの同級生に重度の聴覚障害児ワタルがいたからだろう。小学校の担任は、ワタルのために指文字や手話歌をクラスに紹介したので、塩野は、指文字や簡単な手話を早くから知っていた。ワタルから「難聴者で聴力が悪化する例は多い。君も今後もっと悪くなるかもしれない」と言われたとき、塩野は、自分がショックをさほど受けていないことを自覚した。むしろ「すぐに治るよ」と気休めを言う人よりましだと思った。

ワタルが「話の内容が想像できると読唇できるが、想像できないと読唇が難しい」と言ったとき、塩野は「難聴者の聞き取りと同じだ」と思った。塩野も、突然話しかけられると聞き返しが多かった。友達が「今晩このことで電話する」と言って電話してきたら、内容が想像できるのでかなり聞き取れたが、突然の電話のときは、「君は誰？　何の用事？」と戸惑うことが多かった。それで、塩野は、電話に出なくなっていった。ワタルが「うちの母は口形が明瞭で、一対一ならほとんど読唇できるが、母が他の人と話しているとそばで目をこらしてもほとんどわからない」と言ったとき、塩野は「これも難聴者の聞き取りと同じだ」と思った。塩野の聴力低下を知っている家族や友達は、ややゆっくりとメリハリをつけて話してくれたから、かなり聞き取れたが、その家族や友達が他の人と早口でしゃべっていると、そばで耳を傾けてもほとんど聞き取れなかった。聴者でも、静かなところと騒がしいところとでは話の聞き取りやすさに差があるが、塩野は、以前と比べるとその差がぐんと拡大したと感じた。

高校に入って初めて補聴器をつけたとき、最初は音の質が以前と違うことに戸惑ったが、すぐに慣れた。鈴虫の鳴き声が聞こえたとき、「久しぶりに聞いた」と新鮮に感じた。しかし、補聴器をつけたからといって、以前のように会話できるわけではなかった。友達と連れ立って歩きながらしゃべるとき、以前は傘を差しながらでも会話ができたが、補聴器のボリュームを上げると、傘に当たる雨の音がかなり大きく聞こえるので、友達の声と重なって聞き取りにくくなった。騒音が大きい大通りでの会話も難しくなり、友達の口を読み取るため、体をねじりながら友達の顔を見ようとして、段差や障害物に気づかず、ひやりとする場面が増えた。周囲が暗くなると、友達の口に少しでも街灯の光を当てて見やすくするため、街灯と友達の間に自分を入れて歩くことを心がけるようになった。それでも、暗いと口がよく見えないので、話がわからなかったとき、適当に相槌を打つことが増えた。「会話についていけないことを悟られないようにするため、僕は無口になりつつある」と感じた。

塩野は、中学校の頃から曖昧な聞こえを補うために人の口を見る習慣がついた。中途失聴者は読

唇が苦手な人が多いと聞くが、自分は読唇できるほうだと思った。高校以降は、聴者よりろう者や難聴者と話すほうが楽だと感じた。聞き返してまた聞き取れなかったとき、「もういい。大した内容じゃないし」と言う人は、ろう者や難聴者より聴者に多いと感じたからだ。「大学に入ったら本格的に手話を覚えよう」と思った。

大学入学時には両耳百デシベルになり、補聴器のボリュームを上げても、鈴虫の鳴き声は聞こえなくなった。また、人の話の内容もほとんど聞き取れなくなった。塩野は、友達から「補聴器をつけると元どおり聞こえるのか」と聞かれて、「僕も前は、メガネと同じで補聴器をつければ聞こえるようになると思っていたが、実際は違う。音の有無はわかっても、中身がわからない。それに、小さな高い音がほとんど聞こえない。『S』と『H』は高い音だから、『し』や『ひ』、『い』が、同じ『い』に聞こえる」と説明した。

大学入学後、塩野は、谷川茂治や和賀桃香と出会い、手話の魅力に取りつかれた。谷川や和賀は、Dプロの理念を熱っぽく語った。

「今の手話講習会は、ほとんどがシムコムの講習会になっている。本来の手話である日本手話が教えられていない」

塩野は、最初は「シムコム」の意味がよくわからなかった。ただ漠然と「シムコムは、日本手話ではないもので、よくないものらしい」と感じた。

塩野は、日本語を獲得してから失聴したので、最初は対応手話が多かった。「何を食べるか」を「何

／食べる／か?」という手話と口形で表すと、谷川は「おまえの手話は、声を出していないだけで、バリバリの対応手話だ。日本手話ではこう表す」と言って、「食べる／何?」という手話を使いながら最後のところで眉をつり上げてみせた。「私は忘れていた」では、「私／忘れた」という手話と口形ではなく、「パー」の口形と手話、うっかり忘れた表情が大切だと指導された。

手話劇団の練習のあと喫茶店へ行くと、そこでは、「ろう学校で先生たちが使う手話はシムコムになっている。シムコムを手話と言うのはおかしい。それなのに、先生たちは、自分たちは手話を使っていると思いこんでいる」ということが、よく話題になった。

「ろう学校の先生たちは、『今にわかるよ』の文を『今／わかる』という手話で表す。そして、生徒が『今わかる』と書くと、『ろう児は日本語が正確に書けない』と言うんだ。自分たちの手話が間違っていることを棚に上げて、よく言うよ」

塩野も次第に「日本語と対等な言語である日本手話を使えば学力は獲得できる。読唇が必要な対応手話で指導するのは、口話だけで指導するのと同じ」と考えるようになった。塩野は大学で社会科の免許を取得し、Q桜県の教員採用試験を受けた。面接では声を出して臨み、合格して、南浜ろう学校の中学部に配置された。

二章　デフブラボー

「先生は、声も出したほうがよいと言うけど、声なんか使わなくても日本手話で日本語を獲得できる。声つきの対応手話は、逆に日本語の獲得を妨げる」

和賀桃香は、このせりふを何回つぶやいただろうか。

一

「手話がわからん！」

「おまえの手話通訳は下手！　代われ！」

会場で、突然怒号がフロアーから飛び、騒然となったので、津堂道之と竜崎昌史は驚いた。手話通訳者は通訳し続けようとしたが、手がおろおろ動くだけだった。司会者が、うろたえながらも「静かに」「発言は挙手してからお願いします」と繰り返すと、前にいた人たちは目で相談していたが、すぐに一人の男性が挙手した。

司会者が「どうぞ」と言うと、男性は登壇し、声のない手話で発言した。

「私／名前／何?／谷／川。私／ろう／拍手(手をひらひらさせる)／(間をとる)／『デフブラボー(指文字で)』／自分を指さす／うなずく」

これを日本語に直すと「私の名前は谷川です。私は『ろう／すばらしい』という意味の『デフブラボー』のメンバーです」となるだろう。谷川の手話は、日本手話の雰囲気を備えていた。手話での発言は、以下日本語に直して記す。

「今日の研究会のテーマに関心があり、参加した。ところが、手話通訳者は、確かに手を動かしているが、内容がよくわからない。我々ろう者は、日本語対応手話はわからない。ろう者にわからない対応手話で通訳して、自分は手話通訳していると思わないでほしい。本来の手話である日本手話、ろう者にわかる日本手話で通訳してほしい」

谷川の発言は、このような内容だった。司会者は困惑していた。

谷川が「自分と一緒にいる女性が日本手話で通訳できる」と言ったので、司会者は壇上の通訳者と小声で話したあと、「では、通訳者を交代します」と言った。谷川と一緒にヤジを飛ばしていた女性が登壇し、それまでの通訳者は舞台の横に去った。登壇した女性は、ところどころで意識的に口の動きを止めて通訳していたが、津堂や竜崎は、先ほどまでの通訳者の手話との明らかな違いがあまり感じられなかった。「口の動きを時々意識的に止めただけで、頭の中では日本語を思い浮か

べている」と感じた。しかし、谷川は、満足そうな顔でうなずいている。そのそばには、のちに津堂や竜崎と同じろう学校で働くことになる和賀や塩野の姿があった。

津堂道之は、Q桜県立南浜ろう学校に小学部教員として採用されていた。津堂は、北条ろう学校幼稚部、地域の小学校の難聴学級を経て、私立の中学・高校に入学した。私立大学を卒業したあと、通信教育で小学校免許を取得した。その一方で、ろう教育の歴史に関心があり、Q桜県のろう教育史を個人的に調べていた。

竜崎昌史は、Q桜県立北条ろう学校中学部に国語科教員として採用されていた。Q桜県の生まれだったが、両親は、息子が聞こえないとわかると、R旗大学付属ろう学校幼稚部に通わせるためにR旗県に引っ越した。竜崎は、付属ろう学校で幼稚部から高等部まで過ごし、その後私立大学に入って教員免許を取得した。父親の定年退職と同時に両親はQ桜県に戻ったので、竜崎もQ桜県の教員採用試験を受けた。

津堂は、竜崎の三年前に教員採用試験を受けた。採用試験における手話通訳者の配置は前例がなく、ろう学校を希望する場合、希望する校種（小学校・中学校・高校）で障害のない人と同様に受験する必要があった。障害児校枠や障害者枠はまだつくられていなかった。津堂が恩師に相談すると、「手話通訳は権利だが、現状を見ると、通訳なしで受けたほうが合格する可能性が高いだろう」と言われたので、手話通訳者なしで面接に臨んだ。面接では、試験官から遠く離れたところに椅子が置かれていたが、最初に「僕は重度の聴覚障害があり、ろう学校を希望しています。唇の動きで話を読み取るので、椅子を前にしていただけないでしょうか」と声で言うと、試験官がうなずいたので、音を立てないように椅子を前へ持っていった。試験官の唇を必死で読み取り、はきはきと答えるようにした。話が読み取れなかったときは、『大学で』のあとの部分をこの紙に書いていただけませんか」と言ってメモを差し出した。試験官が一文字書いたところで、「あっ、わかりました」と言って、回答した。合格するか不安だったが、幸い合格した。南浜ろう学校の校長が教育委員会に手話通訳の必要性を伝えてくれたので、その後の教員採用試験では、実施要項に「手話通訳を希望する人は、人事課に伝えること」という文が載せられるようになった。

竜崎は、津堂に教員採用試験のためのアドバイスをもらったこともあり、二人の勤務校は別々だったが、親しく交わっていた。今回の研究会も、津堂から紹介され参加していた。津堂は、ろう教育史に詳しく、コミュニケーション論争についても知っていた。竜崎は、付属ろう学校の同級生との交流を通して、日本手話だけが本物の手話だという主張は知っていた。だが、二人とも、壇上の通訳者を下手と言って斥けるやり方には、驚いた。

二人は、帰りの電車の中で話した。あれは、「ろう文化宣言」の影響だろうか。あの最初の通訳者の手話が否定されるなら、自分たちの使う手話もろう学校の教員たちが使う手話も否定されるだろう。だが、日本手話で難しい教科内容や高いレベルの日本語を教えられるのだろうか。

「僕は、『日本手話』と『日本語対応手話』の違いがいまだによくわからないんだ」

「僕もだ。今までは、声があれば対応手話で、なければ日本手話だと思っていたが、さっきの通訳者の手話は、声を出していないだけで、手話は対応手話そのものと感じたよ」

「君もそう感じたのか。僕もだ」

「前、『旗がたくさんはためいている』という文で、対応手話では『旗ヒラヒラ／いっぱい／旗ヒラヒラ』、日本手話では『旗ヒラヒラ／旗ヒラヒラ／旗ヒラヒラ（場所をずらしながら）』と表すと言った人に、口でさっきの文を言いながらさっきの日本手話で表し、『これは日本手話と対応手話のどちらか』と尋ねたら、相手は答えられなかったよ」

「その『旗』と『はためく』は同じ手話、似た手話になるが、大勢の聴覚障害児が『はためく』という日本語を知らないよ。『腰』『ひじ』『ふくらはぎ』も、手話では体の部位を指さすだけだが、手話で表せても日本語が書けない例が多いよ」

「『医者』や『薬剤師』を手話で表して、紙に書かせたら、『病院男』『薬女』と書いた例があるよ。僕も、ろう学校に着任した当時は、手話で学力を獲得させようと意気ごんでいたが、最近、手話と日本語の間の距離を感じている。手話で伝わったと思っても、紙に書かせて、本当にその日本語を覚えたかを確かめる必要性を感じている」

「僕も、食事の前に言う『いただきます』の手話ができても、『いたきます』などと書く例、『耳たぶ』を『耳ぶた』などと間違える例を見ると、口を動かして音韻の順番や日本語のリズムに慣れることの意味を感じる

んだ。『口話は、聞こえる人への同化だ』と言う人がいるが、日本語の獲得を助ける面があることを感じるんだ」

「手話を使うと伝わるから、ろう教育をよく知らない人は、手話を流ちょうに使えば学力は獲得させられると単純に思う人が多いね。小学校高学年以降は全然違うんだが」

「今後、手話に安易に流れる幼稚部や小学部が出てこないか心配だね。『お義理で』『おそれ多い』『嫉妬』など、手話で表しにくいことばがたくさんある。手話で解決できるところとできないところを冷静に見つめながら指導する必要があるね」

ある日、ろう学校幼稚部の教員が、津堂に「昨日、デフファミリーのお母さんにファックスで連絡したんですが、返事がなかったので心配していたんです。今朝会ったとき、『届いたか?』と尋ねたら、『届いた』と言われたので、『一言返事がほしかった』と言うと、『オーケーなら返事をしないのがろう文化。ろう学校の先生ならもっとろう文化を勉強してよ』と言われたんです。そういうものなのでしょうか?」と尋ねてきた。

「そんな話、初耳ですよ。僕なら一言返事しますね。無事に届かないこともあるんですし。それに、ろう者どうしなら、それでいいかもしれないけど、あなたは聞こえる人ですから。聞こえる人にろう者のやり方を押しつけるのは、僕としては好きじゃないですね」

その後、津堂や竜崎は、「これがろう文化」のせりふをよく聞くようになった。

二

竜崎は南浜ろう学校に異動し、高等部で福呂歌江と同僚になった。福呂は、慣れた人となら電話ができる難聴者で、社会科の教諭だった。ろう学校勤務は二十五年を越えており、手話は流ちょうだった。竜崎は、ろう文化宣言やバイリンガル教育について、福呂に尋ねてみた。

「聞こえる子どもが日本語と英語のバイリンガルになることを目指すバイリンガル教育と、ろう児が日本語と手話のバイリンガルになることを目指すバイリンガル教育は、なんか違う気がするから、私は、あとの方を『バイリンガルろう教育』と呼んでいるのよ」

「なるほど。じゃ、僕もこれからそのように呼びます」

「そのバイリンガルろう教育は、ろう児が声なしの日本手話を十分に獲得すれば、文字を通して書記日本語を獲得できると主張する。トータルコミュニケーションは、どんな方法だってかまわないと言っている。声つきの対応手話は、バイリンガルろう教育では否定され、トータルコミュニケーションでは否定されていない。[注25] 私は、このように解釈しているわ。でも、突然尋ねてきてどうしたの？」

「先週のろう教育を考える集いで、和賀先生が口話を批判されたのです。和賀先生はデフファミリー出身で、今年から北条ろう学校で美術を教えている先生です。その集いで、D井さんが『今、難聴学級で小五の娘は、両耳百二十デシベルの最重度なので、補聴器だけでは限界がある。だから、この先は手話も使ってコミュニケーションしてほしいと思っている』と報告されたのです。福呂先生は、D井さんをご存じですか」

「知っているわ。幼稚部のときから『今は口話で娘と通じているが、いずれ手話が必要になると思う』と言って、手話を覚え始めたお母さんだわ」

「D井さんの報告のあと拍手がわいたのですが、和賀先生が『スウェーデンでは、声なしのスウェーデン手話を最初に教え、小学校に入ってから文字でスウェーデン語を教えており、学力獲得に成功している。声つき手話では、手話もスウェーデン語も中途半端になる。まず本物の手話を十分に獲得させる必要がある。D井さんはこれから娘に手話も覚えさせたいと言われたが、そんな中途半端な手話ではいずれ失敗する。あなたの娘は将来不幸になるだろう』と言いきられたのです」

「えっ、『中途半端な手話』『失敗する』『不幸になる』、そんなことばが出たの?」

「そうです。それで、僕は挙手して、『聴力も本人の状況もさまざまであり、日本手話で日本語を獲得できるというデータもまだ十分にそろっていない。僕としては、補聴器や読唇、口話の限界を感じているので、D井さんが将来は手話も口話も使ってほしいと言われたことにエールを送りたい』と発言しました」

福呂は、「私もそう思う」とうなずいた。

「すると、和賀先生は、僕に向かって、『手話が下手ね。バイリンガル教育のすばらしさを知らないなんて、勉強不足ね。私は、北欧のろう学校を視察してきたのよ。ろう教員ならもっと勉強してよ』と言われました」

「え、和賀先生は、『手話が下手』『勉強不足』ということばをはっきり使ったの？」

「そうです。確かに僕は手話が下手で、勉強不足ですから」

「そんなことないわよ。それより大切なのは、教科を教える力だわ」

「僕も、手話の力が全てとは思いません。話は戻って、和賀先生が『あなたは対応手話だから難聴者ね』と言ったので、『僕は重度なので、〝ろう〟と思っている』と言ったら、ふふんと笑われました。そして、『〝ろう文化宣言〟を知っている？　よく知らないの。勉強不足ね』と言われたので、本を図書館から借りて読むと、手話を使わない聴覚障害者や対応手話を使う聴覚障害者は『ろう者』ではないことになっているんですね[注26]」

「そうなのよ。ろうと難聴の境目は、人によって違うみたい。『ろう者』は重度の聴覚障害者や聴覚活用ができない人で、『難聴者』は軽度の聴覚障害者や聴覚活用がかなりできる人とイメージする人が多いようだけど、最近は、日本手話を使う人が『ろう者』で、対応手話を使う人が『難聴者』だとか、幼少時から手話で育った人が『ろう者』で、大きくなってから手話を覚えた人が『難聴者』だとか考える人がいるみたい」

竜崎は、「へえ」と言いながら「目からうろこ」の手話を使った。

「私は、障害等級は6級で、難聴者のほうだけど、手話もあるほうがわかりやすい。この手話は対応手話のほうだと感じる。なんていうのか、助詞や文末がどんな日本語かわからないと全体がぼやける感じ。前、手話学習会の講師を引き受けたら、あるろう者から『福呂は難聴なのに、なんで手話を教えるのか。手話はろう者のもの』と言われたの」

「え、それは、日本人の英語の先生が、『あなたは日本人なのに、ネイティブの英語話者じゃないのに、なんで英語を教えるのか』と言われるようなものじゃないですか」

「私もそう思ったんだけど、それ以来手話講師は断っているの。難聴者が使う手話が否定されていると、この頃よく感じる。手話を使う聴覚障害者は障害者手帳を持つ聴覚障害者の二割らしいから、手話を使わない聴覚障害者は手話を使う聴覚障害者の四倍いることになる。でも、日本は手帳交付基準が厳しくて、手帳を持たない難聴者が千万人前後いると言われていることも考えると、この『四倍』は『十倍』、『百倍』、いやそれ以上かもしれない。だから、『手話をろう者のものだけにしないで』と言いたいわ。手話を覚えたがらない難聴者も多いけど、高齢者は手話を覚えにくいから仕方ない面もあると思う」

「えー、そんなに多いんですか。それなら、ますます『聴覚障害者には、手話を知らない難聴者も含まれる』ことをもっと強調する必要がありますね」

「私が若かったとき、『あなたは軽度だから、重度のろう者よりまし』『普通に話せて日本語の力があるあなたは、まし』と言われ、悲しみや悔しさを感じたわ。お米が好きな日本人は、お米のない国へ行くとつらさを感じるけど、お米を食べたことがない人は、お米のない国へ行ってもつらさを感じない。難聴者や中途失聴者がよく語るつらさや悲しみは、このあたりと関係するように思ったわ」

「僕はろう者のほうですが、『難聴者は過酷な谷間にいる』と感じるときがあります。つらさや大変さを比べることは、難聴者とろう者とで中身が違うので、おかしいと思います」

「ありがとう。耳を使うが手話を使わない人と耳も手話も使う人、耳が使えず手話を使う人、それぞれのコミュニケーション環境の整備が大切だと思う。対応手話と日本手話をめぐる論争を『コップの中の争い』と表現した人がいたけど、私もそう感じるのよ」

福呂は、「自分が難聴者として理解を訴えること」の意味を改めて感じた。

「そうそう、ある大学生が『私は手話を覚えて人と話すのが楽しい。私はろう』と言ったら、『ろう学校を卒業していないくせに、ろうと言うな』と怒った人がいるわ。デフブラボーというフリースクールに関わっている谷川という人なんだけど、知っている?」

竜崎は、「ええ。かなり前に『手話通訳が下手。代われ』と言って、壇上の通訳者を下ろしていたことが印象に残っています」と言って、眉根を寄せた。

「デフブラボーに参加したある子どもが声も出しながら手話をしたら、谷川さんや和賀先生から『声を出すな』と怒られたらしいわ。それで、その子は、『私はもうデフブラボーに行かない』と言っているんだって。そんな話も聞いたわ」

「へえ。でも、谷川さんや和賀先生は、その子が声を出しているとわかったんですね」

「そうなのよ。私の知り合いは、補聴器を使わないんだけど、『口話も手話も』と考えている人なの。その人も、『ろう者としての誇りをもつなら声を出すな』と言われ、『日本人としての誇りをもつなら英語を使うなと言うのか。聴者としての誇りをもつなら手話を使うなと言うのか。本当に聞こえないろう者なら、相手に声があるかどうかはどっちでもいいじゃないか。大切なのは目に見える手と口の動きじゃないか』と言っていたわ」

「本当にそのとおりですね。和賀先生が『ろう児のモデルたるろう教員は、声なしの日本手話を使うべき』と言ったので、『僕は、子どもの実態に合わせてどちらも使いたい。君が日本手話でないと学力を獲得させられないと信じているなら、君が実証すればよい』と言ったんです。すると、『あなたのような人がいるからやりにくい』と言われたので、僕は『僕とは関係ないだろう』と言って、すぐにその場から離れました」

「それは賢明だったわ。それにしても、あなたもはっきり言ったのね」

福呂は、竜崎を見直す思いだった。そして、「世の中は、正論や理論だけでスムーズに動くものではない」という持論を話した。

「今後、『日本手話でなければ』と言った人が『口話も必要』と言い出すとしたら、それは口話の必要性がわかったからというより、単に周りの人が『やはり口話も必要』と言い出したからというのが多いと思うわ。だから、研究理論やデータを示して相手を説得するより、周囲の人に『口話も必要』と感じさせるほうが早いと思うわ」

「そうですね」

「広い視野で考えるためには、勉強と感性が必要だわ。勉強は力づくで何とかなるけど、感性はそれまで育った環境によるところが大きいわ。『子は親の鏡』とか『尊重されて育った人は人を尊重できる』ということばの意味を、私、この頃よく考えるのよ」

三

福呂が街を歩いていると、保護者のE坂から声をかけられた。

「親の会で、D井さんが『あなたは勉強不足です』と和賀先生から言われたとかんかんになっていましたよ。他の保護者も『和賀先生から失礼なことを言われた』と怒っていました。なんでも『娘を口話で育てたあなたは、虐待したのと同じ』と言われたんですって」

福呂は、そこまで言うのかと思い、目を丸くした。

「そうなんですよ。そのお母さんは、当時の手話を禁じる雰囲気の中で、口話は口話でも遊びの中で楽しく娘さんを育てられた方でした。娘さんは、楽しく教えてくれた母が大好きだと、親の会でみんなに話してくれたんですよ」

「そうでしょうね。口話法でも楽しく育てようと頑張った母親も多いでしょうね」

そこで、福呂は、以前から気になっていた噂を思い出して尋ねた。

「でも、和賀先生たちの言う『バイリンガルろう教育』を応援する母親も増えているのではないでしょうか？」

「そのようですね。和賀先生たちがやっているデフブラボーの幼児教室に参加する親が増えていますね。ひよこ園のお母さんから『声を出しながらの手話はダメと言われたが、どう思うか』と聞かれ、先輩のお母さんが『日本語獲得のためには口話が大切。でも、補聴器だけでは限界があるから、手話もいずれ必要』と答えていました」

E坂が言った「ひよこ園」というのは、難聴幼児通園施設のことである。Q桜県では、〇歳から二歳の間に聴覚障害が発見された子どもたちは「ひよこ園」に通い、三歳児クラスから南浜ろう学校や北条ろう学校の幼稚部に通うことになっている。聴覚障害の程度が軽く、地域の保育園や幼稚園に在籍しながら、週に一回程度ろう学校で教育相談を受ける子どもも多い。以前のひよこ園では、手話に否定的だったが、手話を用いる夫婦の子どもが数名いる学年では、手話が使われる場面が増えていた。

E坂が「以前と比べると、手話に柔軟なお母さんが増えましたね」と言うと、福呂は、「いいことだと思います。聞こえているようで実際は聞こえていない人も多いので。軽度難聴の私だって、手話と声の両方があるほうがわかりやすいですよ」と笑った。

「そのとき、金沼さん、今高校生の娘さんがQ桜県で初めて人工内耳をつけたことで有名な金沼さんが、『聞こえる人のほとんどは手話を知らないから、手話なしで会話できるようにさせることが大切。娘は小学生のとき人工内耳の手術を受けたが、聴覚口話法のおかげで聴覚活用の習慣が最大限についていていたから、人工内耳の効果が最大限に現れた。今後は人工内耳の時代だ。みんなに人工内耳を勧めたい。私も娘が乳幼児のとき手術が受けられたらよかったのに、と残念に思う』と言われたのです」

Q桜県初の小児人工内耳装用例である金沼規子《かねぬまのりこ》の母親は、人工内耳を賛美しており、耳鼻科医師と金沼の結びつきは、ろう学校やろうあ協会の中でかなり知られていた。福呂は、以前、何かの集いで金沼規子の母親が南浜ろう学校幼稚部の聴覚口話法や人工内耳を賛美する内容の報告を行い、人工内耳に反対するろう者や日本手話による教育を望む保護者からブーイングを浴びたという話を思い出した。

「ひよこ園のお母さんが『今、高校生の娘さんとどんな方法で会話しているのか』と尋ねたら、金沼さんは『娘は友達に合わせて仕方なく手話を覚えたが、家庭では手話は必要ない。娘は重度だが、人工内耳のおかげで口話だけで大丈夫』と言いきられたのです」

福呂は、長年高等部で教えており、聞こえているようで実際は家族との団らんからはみ出ている例が多いことを知っていたので、「規子さんは、本当に手話が全く必要ない状態で大丈夫なのでしょうか?」と尋ねてみた。

「さあ。私は、最近規子ちゃんと会っていないので。でも、中学生のときは、手話がなくても通じていましたね。発音は、聞こえる人と全く同じとは言えませんが、だいたい通じる発音でしたね。

勉強もかなりできるようですね」

「それならいいんですけど」

「ここだけの話ですが、規子ちゃんより一年上のユキちゃんは、『規子ちゃんは手話を使っているけど、内心は手話を軽蔑している』と言ったそうです。そうそう、ユキちゃんのお父さんが、最近『日本手話による教育を求める会』の講演に参加されたそうですよ」

「『日本手話による教育を求める会』という会ができたのですか?」

「ええ、ビラが配られています。金沼さんは、その会がお気に召されないようで、後輩のお母さんたちに『手話はダメ。日本語の獲得が遅れる』と言い回っておられるそうです」

「えー、手話を否定されているのですか」

「手話を否定するというのは、一般的には、手話を使うなという意味とされていますが、私としては、他の人が使うから仕方なく自分も使うが、自分に手話を使わないでと言うのも、広い意味での手話否定に含まれると考えています。金沼さんもそれですね」

「なるほど」

「金沼さんたちが『手話を覚えると日本語は獲得できない』と言って人工内耳を勧め、デフブラボーが『アメリカや北欧では、対応手話の失敗は明らか。まず日本手話の獲得が大切。人工内耳はダメ』と言っていて、今のひよこ園の親は二つに分かれているそうです。日本手話による教育を望む人が集まって裁判を起こすという噂もあります」

それを聞いて、福呂は暗い気持ちになった。日本手話を主張する人々の中には、「ろう者は声を出すべきではない」、「声を出す人は、聴者に迎合している」などと言って、声を出す聴覚障害者に批判的な人がいることを知っていたからだ。

四

塩野康信が社会科教諭として南浜ろう学校中学部に着任した年の翌年に、和賀桃香が北条ろう学校中学部から南浜ろう学校中学部に異動してきた。その年に、中学部にいた聴覚障害教員が退職したので、中学部の聴覚障害教員は塩野と和賀の二人となった。二人ともデフブラボーに関わり、声なしの日本手話を使っていた。

ある日の放課後、小学部の津堂の教室で、津堂と竜崎、福呂が雑談をしていた。

「先週の研究会で、ベテランの手話通訳者が『ろう学校幼稚部では、声なしの手話で教えるべき。中途半端な対応手話では、書記日本語や学力は身につかない』と発言したんだ」

「最近、そのように言う手話通訳者が増えているね」

「その通訳者は、『何を食べたいか』の手話は、『食べる／〜たい（好き）／何?・』のように疑問詞を最後にもってくるべきだと言っていた。ろう学校では、『何／食べる／〜たい（好き）?・』のように日本語にそって表す手話は間違いだと指導すべき、とも言っていた」

「えー、僕は、疑問詞を最後にもってこない手話はやめろと指導したくないよ」

「聞いた話なんだが、あるろう学校から地元の高校へ行った生徒がいて、その生徒が高校の行事に手話通訳を依頼したら、通訳者は口を動かさない手話、『ぺ』『パ』の口形が多い手話で通訳し、生徒が『日本語にそって口を動かしてほしい』と言ったら、通訳者は、生徒や保護者、ろう学校教員に向かって、『あなた方の手話は間違っている』と批判したらしい。それで、その生徒は、『私はもう通訳を頼まない』と言っているらしい」

「そりゃ、ひどい話だな。通訳者は相手の希望に合わせて通訳してほしいな」

「『幼稚部は、本当は声なしの日本手話で教えるべき』と言っていた手話通訳者にこの話をしたら、『相手のニーズに合わせて通訳するべき』と言っていたけど、僕は、その人から『聴者に近いろう者』として見下されている気がずっとしているんだ。前に講演を頼まれたとき、その人がいたから、先回りして、『僕はろう者の代表を気取るつもりはない。むしろろう者の異端児だが、手話も必要だから、ろう者の世界の隅っこに置かせてほしい。僕の話は、日本語にこだわるろう者の話と思ってほしい』と言ったんだ」

「手話通訳者が増えるのはうれしいが、『聴者に近いろう者』を否定しないでほしいな。英語も話す日本人に『あなたは日本人らしくない』と言って否定するのと同じだな」

そこで、福呂が話題を変えた。

「中学部では、ろう教員は、塩野先生と和賀先生となり、二人とも『私はろう。その私の望むことはろう者みんなの望むこと』と言っている感じ。同じ聴覚障害者でも、手話を必要とするろう者から音声でかなり大丈夫な難聴者までいろいろいるから、カラスが『自分は鳥。自分は鳥の気持ちがわかる』と言って鳥の代表を気取っているのと同じように感じるの」

「なるほど」

「中学部では、『ろう者である和賀先生や塩野先生の言うことは正しい』と単純に思いこむ先生が出てきたように感じるの。たとえば、これは、他の人に言わないでほしいんだけど、同じ中学部の加古先生とF嶋先生」

竜崎がすぐに「そうかもしれません。以前、F嶋先生と一緒に全国ろう学校研究会に参加しましたが、帰りに気まずくなって、それ以来あんまりしゃべっていません」と言った。

「へえ、何があったの?」

「人工内耳のことが話題になったとき、F嶋先生が『少しでも見えたり歩けたりするようになるための手術はよいが、耳が少しでも聞こえるようになるための人工内耳の手術はダメだ』と言われたので、理由を尋ねると、『ろう者がそう言ったから』の一点張りでした。一人や二人のろう者の意見をろう者全体の意見と受けとめてはいけないと言いましたが、なかなかわかってもらえませんでした」

「へえ、そんなことがあったの。F嶋先生は熱心な先生だと思うけど、ちょっと自分の頭で考えきれていない先生だと感じるわ。その傾向は、加古先生にもあるわ。これもあまり口外しないでほしいけど、加古先生は、校内の公開授業のとき、自立活動の授業の中で『人工内耳はよくない』という内容のビデオを見せたそうよ」

「えっ、生徒に見せたんですか」

「そう。アメリカの人工内耳に反対するグループの主張を肯定的に紹介する内容だったらしいわ。小学部の湯川先生が『他の学年に人工内耳の子がいるのに』と思って見ていたら、加古先生があわてて『いろいろな考えがありますね』とごまかすように言って、ビデオを止めたらしいわ。授業が終わったあと、加古先生は、湯川先生に『私もこんな内容とは知らなかった。これは塩野先生が紹介してくれたものだった』と言ったそうよ」

「公開授業なのに、中身を前もって見ずに、いきなり授業で見せたんですか」

「そうらしいわ。加古先生は『時間がなかったので』と言い訳されたらしいけど」

津堂と竜崎は、憤慨した。

「湯川先生がそのことを中学部主事に話したから、主事はそのビデオを預かり、副校長や校長と一緒に見て、この内容は公立学校として見せるのは問題がある、今後こういうことがないようにと、加古先生に注意されたらしいわ」

「塩野先生には?」

「加古先生が管理職から言われたことを、塩野先生に伝えたかどうかは、知らないわ」

そのあと、三人は、次のような話をした。

福呂が二十五年前にろう学校に着任し、手話を学び始めたとき、「まじめ」と「素直」や、「研究」と「工夫」は、それぞれ同じ手話になると知ったこと。福呂が「意味が違うのに」と言ったら、「手話では同じだから仕方ない」と言われたこと。

その後、福呂があるろう者に『まじめ』と『素直』が同じ手話になって困らないか」と尋ねたら、「私は口を見てどちらかを読み取っている」と言われたので、手話には手指の形や動きだけでなく口形も含まれているのかと思ったこと。その直後に、そのろう者が「手話と文字だけで教科学習は大丈夫。口話はいらない。対応手話はダメ」と言ったので、福呂は、そのろう者の言う口話や手話と口形の関係がわからなくなったこと。

日本手話と対応手話をめぐる論争は、一般の人にはピンとこないようだが、この論争によるストレスで休職や退職に追いこまれた教員がいるほど激しいものがあること。

昔は、「子どもは日本語のお風呂に入れて日本語を獲得させる必要がある」と言われており、「ろう者の両親に生まれたろう児は、聴者が預かって育てるほうがよい」と言う人がいたが、現在では、「日本手話を第一言語としてしっかり獲得させる必要があるから、聴者の両親に生まれたろう児は、ろう者が預かって日本手話のお風呂に入れて育てるほうがよい」と言う人がいて、唖然としたこと。

「口話法を批判するとき、昔の口話法と現在の聴覚口話法を区別する必要がある」とある人が発言したとき、拍手を送ったこと。

「彼と彼女は対等な人権をもつ」ことは、「彼と彼女は同等の能力をもつ」ことを意味しないのと同様に、ある言語と別の言語は、言語としては対等であり、どちらも尊重されるべきだが、どちらを使っても電気工学や哲学の教授ができるとは限らないこと。いまだに電気もひかれていない村や外部からめったに人が訪れない辺境の村に住む少数民族は、お互いに通じ合える立派な言語をもつが、その言語で「磁力」「真空管」といった電気工学に関わる講義がすぐにできるだろうか。江戸時代の日本語も同じような状態にあり、知識人たちは欧米語の日本語への翻訳に苦しみ、「日本語はダメだ。国語を英語に変えよ」と主張した知識人もいたが、日本語は、漢字やカタカナを利用して造語を行い、現在では、日本語では電気工学や哲学を教えられないという声はあまり聞かれないこと。

「バイリンガル」と言うと聞こえはよいが、聞こえる子どもでも日本語と英語の完全なバイリンガルになることは難しいこと。英語での会話ができても、難解な英論文が読めるとは限らず、また英文を読んで意味がわかっても正確に作文できるとは限らないこと。「まず日本手話で自由にコミュニケーションできるようになること。それが考える力を伸ばし、書記日本語の獲得を可能にする」と主張する人がいるが、日本人の聞こえる子どもたちは、日本語で自由にコミュニケーションできるにもかかわらず、英語話者の子ども並みの英語の力を獲得することは容易ではないこと。

「手話は身についたが、日本語の力がなかなか身につかない」と悩む教員に対して、「日本語の力が伸びないのは、手話を操る力がまだ足りないからだ」と言った大学教員がいたが[注27]、それは、「日本人の聞こえる子どもの英語の力が伸びないのは、日本語を操る力がまだ足りないからだ」と言うのと同じようなことになるのではないかと思ったこと。

聴者中心の社会から、ろう者を手話を話す少数者として尊重できる社会への変革は必要であり、その意味で「ろう文化宣言」が果たした口火的な役割は評価されてよいが、同時に、ろう者を他の障害者や中途失聴者、難聴者から切り離し、ろう者を型にはめ、ろう者に特権を付与しようとしていないかという点に関して、注意が必要なこと。

そのように指摘する津堂や福呂、竜崎に対して、谷川や和賀、塩野は「君たちは手話が下手だし、バイリンガルろう教育について勉強不足だから、何もわかっていない」、「福呂は、難聴者の使う対応手話が否定されたと感じるのだろうが、私たちは、難聴者の好む手話を否定していない。本物の手話と混同するなと言っているだけだ」と言うのだった。

三章　ろう児の人権救済申立

「手話は、書記日本語の獲得に直結しない。いくら日本語を口にしたり紙に書いたりしても英語が書けるようになるわけではないのと同じで、いくら指文字[注28]や手話で表しても日本語が覚えられるわけではない」

津堂道之は、このせりふを何回つぶやいただろうか。

一

二〇〇三年五月二十六日。和賀桃香のところに、谷川茂治からメールが届いた。

「人権救済申立有志の皆様へ、明日日弁連に対して人権救済申立を行います。記者会見が夜七時からのニュースで放映されます。日弁連から勧告が出されれば、全国のろう学校でたちまち日本手話が使用されるでしょう。申立を応援する署名活動も始める予定です。明日公になるまで、このメールの内容はぜったいに他言しないでください！」

和賀は、思わずガッツポーズをした。

バイリンガルろう教育を望む人たちの有志は、以前から「手話を否定するろう学校や文部科学省の非を法的に問いたい」と運動を進めていた。最初は「手話によるわかりやすい授業を受けられない状態が続いたことにより高い学力を獲得できず、結果として職業選択の範囲が狭められ、苦痛や損害を被った」という理由で損害賠償を請求する方法を検討したが、相談を進めるなかで、「人権侵害があると認めさせる方法のほうが現実的」ということで人権救済申立を行うことになったらしいと、和賀は聞いていた。

申立を行う児童生徒とその代理人の保護者の名前がたくさんほしいということで、手話による遊びや学習を進めてきたデフ・フリースクールの関係者への打診がなされた。デフ・フリースクールは、「ろう児がろう者としての誇りをもって育つために、日本手話と書記日本語によるバイリンガルろう教育が必要」と考える人によって運営されており、「ろう文化宣言」の影響を受けて全国各地で設立された。のちに開校する私立明晴学園[注29]の前身である「龍の子学園」もその一つだった。

Q桜県では、谷川たちが「デフブラボー」というフリースクールを立ち上げ、和賀や塩野もそれに協力した。デフブラボーは、「全国ろう児をもつ親の会」の趣旨に賛同して立ち上げられた「日本手話による教育を求める会」の小田島つや子やG藤富江を講師として招聘し、手話を使わない聴覚口話法教育のひどさや、フリースクールで日本手話を用いるろう者と出会ったときの感動を語ってもらったことがあった。「ろう児の人権救済申立の趣旨に賛同し、申立人になってくれる保護者はいないか」と相談されたとき、谷川は、デフブラボーに熱心に参加する保護者から数人を選んで打診した。その結果、Q桜県から三組の保護者と子どもが申立人に名前を連ねることになった。

五月二十七日の夕方に放送されるテレビニュースのための取材の話は突然であり、東京にいる母親とその子どもだけが取材されることになったらしい。

いよいよだわ。和賀はぞくっとした。日本手話による教育を堂々と進められる時代が来るのだわ。声なしの日本手話で教えようとしても、「津堂先生や竜崎先生は声も出しながら手話を使っているよ」と言われるので、津堂や竜崎の存在は、目の上のたんこぶだった。

同じ頃、竜崎昌史がパソコンをのぞくと、「お待たせしました!」と題された新着メールがあり、そこには「人権救済申立有志の皆様へ、明日日弁連に対して『人権救済申立』を行います。その後記者会見が行われます」と書かれていた。二人のろう児を育てている先輩のマキからだった。

「日本手話を使わないのは人権侵害」と言って法的に訴える動きがある噂は聞いていたが、彼らはいよいよ行動に移したのか。マキは口話も大事に考えている人だと思っていたが、マキもこの動きに関わっていたとは知らなかった。何かの手違いで、メールが竜崎にも送られてきたのだろう。

竜崎は、翌日の夜の七時前からテレビの前に座り、ニュースが始まるのを待った。「保護者有志、日本手話による教育を求め、人権救済申立へ」という見出しで、三名の児童・生徒とその保護者が並んでいた。アナウンサーが「ろう学校の授業はわかる?」と小五ぐらいの女児に尋ね、そばにいた母親が手話通訳した。女児は「わかりません。口だけだから」と手話で答え、それは母親によって音声日本語に直された。女児は「手話があれば話がわかる。ろう学校は手話を使って授業をしてほしい」と口を動かしながら手話で語っており、字幕は「手話があると勉強がわかる。手話による授業を望む」となっていた。竜崎は、女児の手話と口形を見て、「日本語にそって口を動かして答えていたが、彼らはこれが日本手話だと言うのだろうか」と思った。

その後、人権救済申立の弁護人の話とアナウンサーによる解説になった。人権救済申立が行われると、日弁連は、本調査に入るかを協議する。本調査の結果、①不措置、②措置、③中止のいずれかになる。①不措置とは、措置をとるには至らないと認められることである。②措置とは、人権侵害またはそのおそれがあると認められることであり、司法的措置、警告、勧告、要望、助言・協力、意見の表明があるとされる。日弁連の出す勧告にはかなりの威力があり、勧告が出されると、彼らはそれを振りかざして全国のろう学校に「対応手話ではなく日本手話を使え」と迫るのだろう。そして、自分たちは、声を出しながら手話を使うことを批判・攻撃されることになるのだろう。

竜崎は、暗い気持ちになった。自分だって、ろう学校の教員や親たちには、もっと手話を効果的に使ってほしい。だが、そのことと、発声や聴覚活用を否定することは別だ。声を出したくない人はそうしてもいい。だが、声も使いたい、耳も使いたいと言う聴覚障害者を「君は本物のろう者じゃない」「君の手話は本物の手話ではない」などと見下す雰囲気が広がり、和賀が「私は、ろう者の正統派、ろう者の代表だ」という態度を助長するとすれば、それは嫌だ。その晩、竜崎は、なかなか寝つけず、自分の思いを津堂にメールした。

二

ろう児の人権救済申立[注30]を応援する署名活動が始められ、日本手話による教育を求める会やデフブラボーのホームページで、その署名用紙がダウンロードできるようになった。

人権救済申立のことは、北条ろう学校や南浜ろう学校でも話題になった。南浜ろう学校の全校職員会議のあと、湯川が福呂を呼びとめた。湯川は聴者で、ろう学校経験が長く、小学部の研修部員を務めていた。

「昨日の研修部会で、塩野先生から、『人権救済申立』を応援する署名用紙を研修部として回そうという話が出たの」

「えー、研修部として?」

「それで、私が『公的な教育機関の分掌として関わるべきではないと思う』と言ったの」

「その署名用紙は、ろう学校宛に来たの?」

「いいえ、塩野先生が和賀先生からもらって、個人的に持ってきたらしいわ」

「それなら、塩野先生が個人的に回すのはいいけど、研修部として回すべきではないわ。『最近の研修部は日本手話推進部か』という声を聞いているのよ」

「それは、私も聞いたわ。それで、私が『個人的に持ってきた研究会の案内を紹介するのは、今後やめよう』と言ったら、塩野先生が『なんで？　研究会だからいいじゃないか。いろいろな研究会で、自分と異なる意見を聞くことが大切なのに』と不満そうだったの」

「それで？」

「新規採用や転任の先生が多く、ろう教育の『ろ』もまだよく知らない先生が多いなかで、一人の先生が個人的にたくさん持ちこんで、結果的に校内で紹介される研究会に偏りが出るのはまずいんじゃないかと、私は言ったの。昨日は、案内の回し方について結論は出なかったけど、人権救済申立については、研修部としては関わらないことになったわ」

「それでよかったと思うわ」

「でも、中学部では、すでに署名用紙が回され、たくさんの先生が署名したらしいよ」

「まあ。私は署名しないわ。あれは、ろう学校で使われている対応手話や口話併用手話を否定するものだから。中学部の先生たちはそれを知ったうえで署名されたのかしら？」

「知らないで署名している先生や保護者がいると思うわ」

福呂と湯川は、大きくため息をついた。

後日、ろう学校教員や保護者の何人かは、「人権救済申立を進めた人たちが、ろう学校で多くの先生が使う対応手話を否定していることを、自分は知らなかった。この申立は、手話をまだ使っていないろう学校に対する異議申し立てであり、自分たちが使っている手話を否定するものではないと思って、署名してしまった」と語った。

三

人権救済申立の一か月後、福呂は、手話スピーチ大会を見に行ったが、トイレで保護者のＥ坂と出会った。Ｅ坂とは、以前から何回か話す間柄だった。

「福呂先生は、ろう児の人権救済申立をご存じでしょうか？」

「ええ、知っていますよ」

「どう思われますか？」

福呂は、周囲に誰もいないことを確認してから、「署名するしないはそれぞれの自由ですが、私は署名しません。なぜなら、あれは、今の南浜ろう学校で使われている手話を否定するものだからです」と答えた。

「そうですよね。前、人権救済申立を応援する講演会に参加したら、南浜の学芸会での手話劇が批判されていました。『手話劇は、声つきの完璧な対応手話だった。自分には内容がわからなかった。あれは本物の手話じゃない。始末が悪いことに、先生たちは、自分は手話を使っていると思っている。日弁連から勧告が出されたら、それを持って全国のろう学校を回り、日本手話の使用や日本手話が使える教員、特にろう者の採用を迫るつもりだから、人権救済申立の署名活動に協力してほしい』と言っていました」

「南浜の手話劇の手話がはっきり批判されたのですか」

「そうです。私は聞こえる親です。息子は重度なので、手話が必要です。息子が出た手話劇は、声つき手話でしたが、私はすごく感動しました。私は日本手話は使えませんが、息子は声も手話も一緒に使うのが一番わかりやすいと言っています。それなのに、彼らは、私や息子の使う手話を否定していると感じました」

「それは、私も感じます。私の使う手話も否定されていますよ」

「もし勧告が出されたら、ろう学校はどうなるのでしょう?」

福呂が「口話がよいと考える先生だけでなく、『口話も手話も必要』と考える先生も攻撃されるでしょう」と答えると、E坂は、「そんな……」と声を震わせた。福呂が、「アメリカでも、日本手話に相当するアメリカ手話でなければダメだ、英語対応手話はダメだという運動が起きましたが、その背景には自分たちの職の確保という意味合いもあった、という論文[注31]をどこかで読みました」と言うと、E坂は、「その職の確保とは、どういう意味でしょうか?」と尋ねてきた。

「声を出さないろう者にとって働きやすい職場は、同じく声を出さないろう者が多いところです。私としては、今後、本当に力があるろう者は、一般の企業へ飛び出そうとし、ちょっと力の足りないろう者は、ろう学校教員を希望することが増えるのではないかと思ったことがあります。差別と言われそうなので、言わないようにしていますが」

「なるほど。自分たちの仕事の確保と運動がつながっているのですね。本当に力があるろう者なら、教員として採用されてほしいですが、正確な日本語が書けない、高校の教科書も理解できない人が、ろう学校に来て授業をして、生徒が間違った日本語を使っても訂正できない、板書を見ると間違いだらけ、そんな状態はぞっとします」

「聞こえる先生でも間違える場合はありますよ。例は少ないでしょうけど」

「日弁連から勧告が出されたら、ろう学校はどうなるのでしょう?」

「勧告が出されたら、教育委員会は、『ろう者枠』でもつくって、学力や日本語の力をあまり見ずにろう者の採用を急ぐかもしれませんね」

「先生、私、なんか暗い気持ちになってきました」

「私も同じですよ。日弁連はどう出るでしょうね? 新聞社も、日本手話と対応手話があることを知らずに、手話を使わないのは差別だという主張をあおっている感じですね」

「先生、どうしたらいいでしょうか? 中立の文章では『対応手話や口話を否定するものではない。日本手話による教育を望むろう児や親がいるから、その選択権の保障を求める』とあり、対応手話は否定されていないのかと思ったんですが、中立を応援するグループの講演を聞いていると、対応手話や口話は全面的に否定されていると感じました」

「それは、私もです。彼らが否定しない対応手話というのは、中途失聴者や軽度難聴者の使う手話のことだと思います。つまり、日本語を先に獲得した者にとっては対応手話のほうがわかりやすいので、彼らもそれは否定しません。だけど、放っておくと日本語を自然に獲得できない聴覚障害児には、まず日本手話が大事だと言うのです」

「でも、『聴覚口話法は聴覚障害児全員に無効』と言いきるのはどうでしょうか。『聴覚口話法は全員に有効』とは、聴覚口話法を勧める先生も言っていないと思います[注32]」

「手話についても同じですよ。一部にせよ口話の有効性を認めているなら、『失敗したとわかっている対応手話を使うことやそれをバイリンガル教育と偽称することは人道的に許されない』や『手話も使って教えていると言うが、日本語を話しながら手が動いている程度。対応手話は隠れ口話主義だ』のような発言は出ないと思いますね[注33]」

「そうですね。『学力の遅れが生じるのは、聴覚口話法がろう児の自然な母語習得を妨害するから』などというのを聞くと、口話は全面的に否定されていると感じますね」

「戦前や戦後しばらくの口話法は、『聴覚障害児全員が口話だけを使うべき』と押しつけたという過ちを犯しましたが、今、その裏返しが起きているように感じますね。『ろう者にとっては、発声は苦痛でしかない。声はいらない』と言ったろう教員がいますが、そうではないろう者もいるので、『ろう者は～』と『私は～』を使い分けて発言してほしいですね」

四

デフブラボーの役員会では、人権救済申立のことでもちきりだった。いろいろな保護者やスタッフが、「見て、見て。人権救済申立を応援する署名用紙がこれだけ集まったわ」と言いながら、署名用紙の束を持ってきた。

「すごい！　すごい！　こんなに集まったら、きっと勧告が出されるわ」

「そしたら、ろう学校も変わるわね！　そのときのことを考えたら、わくわくするわ」

「そしたら、手話じゃダメだと言う人の吠え面をかかせられるわ。あんなに私たちの運動をけなし、人工内耳を勧めていた金沼さんは、今頃悔しがっているでしょうね」

そのとき、一人の保護者が「私たちにもっと何かできないでしょうか」と言って、新聞記事のコピーを持ってきた。そこでは、京都の二歳児保護者有志が、対応手話ではなく日本手話をまず獲得させ、その後書記日本語、口話日本語の順序で学習させることを京都府立聾学校に対して要望したことが報じられていた。注34
「Q桜県でも、同じことができないでしょうか」

みんなの視線は、来年三歳児クラスに入学する予定の保護者に注がれた。

五

聴覚障害教員親睦研究会がP駒県で開かれ、Q桜県の聴覚障害教員も参加した。竜崎は、南浜ろう学校高等部での自立活動に関する実践報告を行った。「これは、あるろう者のホームページの掲示板で、手話サークルに入ったばかりと思われる女性が書いた文章です」と言って、「手話サークルのミニ講演で、講師の先生から、南浜ろう学校では全校で手話が使われていないと聞いた。ひどい。こんなに手話が広まっているのに。ろう児の人権救済申立の署名活動に協力したい」という文を紹介した。

「日本手話と対応手話があり、日本手話だけが手話と思うのは本人の自由ですが、それを知らない聴者は、『手話がない』と聞くと、手話全てがないと誤解してしまいます」

竜崎は、高等部部会で「日本手話と対応手話を区別して一方を排除することはしない」と確認されたことを紹介し、「自立活動では、大まかに言えば、手話学習、ろう教育の歴史、障害認識、福祉制度について指導しています。お互いに通じるよう工夫し合うことが大事と考えて取り組んでいます」と言って、詳しい指導内容を報告した。

研究会が終わると、塩野と和賀が、腹立たしそうな顔で竜崎のところへやってきた。

「さっき君が紹介したミニ講演の講師は、僕だった。だが、僕は、『ろう学校では対応手話は使われているが、日本手話は使われていない』とちゃんと話した。読み取り通訳者がそれを落としたのだ。この文を紹介することは、僕に対する人権侵害になる」

竜崎は、さっき話題にした講師が塩野だったと聞いて驚いたが、「君はその講演で声を出さなかったのか」と尋ねると、塩野は、「そうだ。声をつけたら手話じゃなくなるからだ。それに、誇りをもつろう者なら声を出さないものだ」と答えた。竜崎は、「声も使って報告した僕は誇りをもっていないと言いたいのか」とむっとしたが、それはやり過ごし、「ずれが起きれば、読み取り通訳者が悪いのか」と尋ねた。

「そうだ。読み取り通訳が下手なのが悪いんだ」

竜崎は、「通訳者が技術の向上に向けて努力するのは当然だが、なんでもかんでも通訳者のせいにしてはいけない。読み取り通訳の難しさを理解したうえでの工夫が、話す側にも求められると思う」と話したが、竜崎の真意はなかなか伝わらなかった。

和賀は、「日本の手話通訳は遅れているからね。でも、今後手話通訳者の技術は向上するわ。私たちには質の高い手話通訳を求める権利があるのよ」と言った。

竜崎は、「ベテランの手話通訳者でさえ、正確な読み取り通訳は難しい。僕はそれを知っているから、難しい内容の読み取り通訳を頼む場合は、小声で話したりしている。読み取り通訳の難しさを考えずに声なし手話で話して、ずれが起きたとき、それを全て通訳者のせいにするのはどうかなと思う」と話したが、平行線のままだった。

翌日、竜崎は、不愉快な気分が残っていたので、ろう学校で津堂に意見を求めた。

「発声の有無をろう者としての誇りの有無と結びつける発想がまた出たね。じゃ、英語を話す日本人は日本人としての誇りをもたないことになるね」

「同感!」

「『ネットに載った文を紹介すると塩野先生に対する人権侵害になる』は、おかしいな。塩野という名前は載っていなかったんだろ」

竜崎は、心が軽くなるのを感じた。津堂も、自分の経験を語った。

「前、声なし手話の講演があり、全国でもトップ級の手話通訳者とパソコンを早打ちできる人が配置された。僕が講師の手話と画面の文字を見て、思わず手話で『ずれている』と言うと、講師は僕を見て『ずれている？』と言ったが、そのまま声なし手話で講演された。あとで聞こえる人に尋ねたら、通訳者の声と文字はかなり一致していたらしい。『パソコンの文を印刷して、講演の内容とずれていないかを講師に尋ねてほしい。今回の読み取り通訳者は全国でもトップ級の人らしいから、技術不足だからと言うと、きちんと読み取れる技術のある人は国内にはほとんどいないことになる。情報保障は聴者にも必要だから、聴覚障害者と聴者の両方に伝わる方法をもっと考える必要がある』と感想用紙に書いたが、あとで、主催者から『こんなことを書くのはあなただけ』と言われた」

「和賀先生や塩野先生なら、『読み取り通訳者が悪い』と言うだろうね」

「読み取り通訳のずれは、通訳者の努力だけで簡単になくせるものじゃないと思う」

「同感！」

「手話通訳者に『あなたは技術不足』と言っても、相手はおそらく『すみません』と言ってやり過ごすだろう。『努力するのは当然だが、それだけでは解決できない』と声をあげてほしいな。最近の『手話は日本語と対等な言語。手話で表せないことはない。ずれが起きたら、それは全て通訳者が悪い』という風潮は、困ったものだと思う」

「そうだよね。前、僕が『It rains dogs and cats.』と書いたら、『違う。It rains cats and dogs. だ』と言われ、『僕が書いたのではなぜダメなの?』と尋ねたら、『日本語で〝猿犬の仲〟はなぜダメかと尋ねているようなものだ』と言われ、なるほどと思ったよ。聞こえる子は、『ケンエンノナカ』を聞き慣れているから、『エンケンノナカ』はおかしいとわかる。この感覚を身につけるには、その言語を直接使う回数の保障が大切だろうね」

その後、津堂の担任している児童が「僕は学校へ行ったとたんに、紙を先生に渡した」と書いたことが話題になった。確かに「とたんに」は「すぐに」の意味であり、手話も同じになるが、この児童の書いた文章は不自然になる。津堂は、不自然になる理由をきちんと説明できず、「そういうものだから」としか言えなかったという。

そこで、津堂は、最近のできごとを思い出して、竜崎に話した。

「V曽ろう学校中学部とうちの中学部が交流したときの話だが、そこの校長が和賀先生に『お宅に歴史論文を書いた津堂先生がいますね』と言ったとき、和賀先生は、『津堂先生は、口話で育ったから本当の手話が使えない。皆から信頼されていない』と言ったらしい」

「え、『信頼されていない』なんて、よくそんなことが言えるな」

「うちの校長がそれをV曽ろう学校の校長から聞いて、『信頼されていないのは逆』と言ってくださったらしい」

「そりゃ、よかった」

「和賀先生は日本語が正確に書けない。あるろう者が聴者から『〝ろう文〟って、どんな文？』と聞かれ、『和賀先生のブログを読めばよい』と言ったらしいよ」

「『手話で育つと本当の日本語が使えない』と言ったら、和賀先生は怒るだろう。なのに、その逆の『口話で育つと本当の手話が使えない』を、なぜ平気で言うんだろう」

「その理屈だと、今の手話通訳者のほとんどは、本当の手話が使えないことになるね」

「『人の振り見て我が振り直せ』が先天的に難しい人っているのかな」

「それで、また思い出した。和賀先生は、教育実習に来たろう者の公開授業を見て、『完璧な声つき手話だった。残念』と言ったらしい。その実習生が『私にとっては声を出すのは自然なのに、声つき手話だったから残念と言われた』と外で話したら、和賀先生は『なんで外で話すのか』と怒ったらしい。なのに、和賀先生は、自分の教育実習のとき『私は声を出したくなかったのに、声を出せと先生から言われた』と外で話しているんだ」

「それ、聞いたことがある。その実習生がJ牧県のろう教員に自分の経験を話したら、J牧県のろうあ協会は『手話を区別するな。手話は全て手話。口話も必要』という雰囲気が前から強いところなんだが、『そこまで言う人がいるのは本当か。君の受けとめ違いではないか。針小棒大ではないか』と言われたらしい。その実習生は、『セクハラを訴えても信じてもらえない人の気持ちがわかったような気がした』と言っていたんだ」

「和賀先生の『本物の手話が使える人は、幼少時から本物の手話で育った人』というような血統主義というか排他的な雰囲気も嫌だが、逆に、『私は聞こえる人と結婚した』、『私は聞こえる友達のほうが多い』などと自慢みたいに言う人も嫌だね」

「あ、そういう人、いる。僕の先輩が、難聴学級の同級生とばったり会ったとき、『久しぶり』と手話で話しかけようとしたら、『しっ、しっ』と手で追い払われ、知らん顔をされたらしい。先輩は、『あいつ、聞こえる人と一緒だったから、自分は手話を使う人じゃないと言いたかったのかな。でも、挨拶ぐらいせえよと、腹が立った』と言っていた」

「ろう者どうしでも、溝が深いね。僕より年上のろう者で、電話できないぐらい重度なのに、日本語の力がある人がいて、同世代のろう者との間に溝があると感じたことがある。その溝は本人がつくったのかもしれないが、難聴者協会とろうあ協会の間の溝と同じぐらいの溝が、日本語や口話の力があるろう者とないろう者の間にもあるような気がする」

「僕もそれは感じる。さっきの『結婚』で思い出したが、手話サークルの聞こえる人と結婚した同級生が、結婚式に手話通訳をつけることを自分の母に反対され、『母はあちらの親戚の目を意識している』と感じ、強く言えなかったと言っていた。逆に、いとこの結婚式で、いとこから『手話通訳派遣を頼もうか』と言われ、喜んでいた同級生の話も聞いた」

「どちらの手話がよいか以前に、手話への理解がまだまだのところも多いなあ」

六

福呂や竜崎、津堂は、ろうあ連盟が人権救済申立を快く思っていないという噂を聞いていたが、二〇〇三年十月に出された「全日本ろうあ連盟の人権救済申立に対する見解」[注35]を読み、安堵した。「日本手話だけが手話」という主張を否定する内容だったからだ。

全日本ろうあ連盟の「人権救済申立に対する見解」二〇〇三年十月十七日

（……）申立書では手話を「日本手話」と「日本語対応手話」に二分し、峻別しています。しかし、言語の理論的研究としての区分はあり得ますが、現実のろう者のコミュニケーションとしては、手話はさまざまな形で使用され、安易に二分できません。（……）手話を、ろう者の現実のコミュニケーションから離して、抽象的・理念的定義に無理に当てはめ二分してしまう考え方は、ろう者の現実を無理に分類することであり、結果としてろう者を分裂させる恐れを孕んでいます。万が一、コミュニケーション方法の優劣を論じることに結びつくと、逆に人権侵害につながる恐れなしとしません。連盟はもっと広い意味での手話の導入と、児童・生徒間での手話による自由なコミュニケーションの保障を全国のろう学校で実現させることが、現時点における全国共通の目標になるものと考えます。（……）

七

福呂は、保護者のE坂から「あちらの動きに我慢できない。口話も手話もどちらもほしいのに、あちらは口話を排斥しようとしている。『口話も手話も』という趣旨の署名活動を始めたいが、どう思うか」と意見を求められ、「個人的には賛成だが、公的にはよいとも悪いとも言える立場にない。署名活動は誰でも始める権利があるから」と答えた。

翌日、高等部の職員室で、竜崎が福呂に「Q桜県で『口話も手話も』という趣旨の署名活動が始められるという噂があります」と話した。二人とも、高等部では、声なしの日本手話だけが本物の手話と考える教員はいないことを知っていたので、周囲をはばかることなく話せた。

「僕は、ある親から尋ねられ、『その趣旨の署名活動は、個人的にはありがたいと思う』と答えたのですが、昨日、別の親からメールが来ました。デフブラボーの人たちがそのような署名活動が始まるらしいと聞いて、かんかんに怒り、『竜崎か津堂がその動きの首謀者なら、首にしてやる』といきまいているので、気をつけてという内容でした」

「えっ。『首にしてやる』？　でも、竜崎先生や津堂先生は、その署名活動の発起人じゃないんでしょ」

「ええ。でも、僕か津堂先生が署名活動を始めたという噂があるようです。デフブラボーの谷川が『和賀先生か塩野先生に尋ねたら詳しいことがわかるだろう』と言ったらしいです。それを聞いて、たまらなく不愉快になりました」

「わかるわ。でも、署名活動は、誰でも始める権利があるわ。たとえ公務員としても。公務員の地位を利用して署名をお願いするのはダメだけどね」

「秋篠宮紀子様の手話スピーチが話題になったとき、谷川が『紀子様の手話は、声つきの完全なシムコムになっていて、さっぱりわからんかった』と言っていて、それを聞いた人は、『多くの聞こえる人が使うような手話が否定されているとはっきりわかった。自分は、谷川たちと距離を置こうと思い始めた』と言っていました」

「谷川たちは、人権救済申立が通ったら、紀子様の手話も否定するのかな。私としては、紀子様の手話を初めて見たとき、ほれぼれと見入ったわ。あの口の動かし方やスピードは、ろう学校幼稚部での話し方の参考になるんじゃないかと思ったわ」

福呂は、昔のろう学校の教員たちは口の動かし方に工夫があったことや、最近は口を読ませようとする教員が少ないと感じていることを話した。

数日後、京都の知人から福呂に「ろうあ連盟の人権救済申立に対する見解が出て安堵したが、京都の保護者有志が『口話も大事にしてほしい』という趣旨の署名活動を始めることになった。賛同してくれるなら協力をお願いしたい」というメールが送られてきた。福呂は、すぐにネットで検索し、京都で「口話も手話も」の趣旨の署名活動[注36]が始められたことを確認した。そこでは、次のように書かれていた。

・手話は、机上では二分できるが、聴覚障害者や手話通訳者の実態を見ると、両者は融合して使用されているのが現実であり、二分することには無理がある。それを敢えて二分することは、結果として聴覚障害者を分裂させるおそれをはらんでいること。

・「申立」文では、「日本語対応手話や口話を否定するものではない」と述べられているが、その一方で「日本語対応手話を使うな、声を出すな」いう主張も見られ、教育現場に混乱の兆しが見え始めており、勧告が出されると、「口話」を希望する人々に対する「人権侵害」の可能性が強まること。

・日本手話を第一言語として獲得することが、書記日本語や高い学力の獲得につながるという「保証」が、現時点では少ないこと。すなわち、具体的な橋渡しの手法に関する臨床データの蓄積がまだ不十分であること。

・日本語文法体系と異なり声を発しない日本手話のモノリンガルになった時の不利益は、現時点ではきわめて大きいものがあること。

京都での署名活動開始を知った福呂は、すぐにE坂に伝えた。E坂は、数名の保護者と話し合い、自分たちの署名活動の計画は白紙に戻し、京都の署名用紙をダウンロードして協力しようということになった。その話し合いの場では、手話には、日本手話と対応手話、端的に言えば声なし手話と声つき手話があること、後者の手話であれば、かなりのろう学校で用いられていること、「気持ち」と「気分」の違いや「見たか」と「見たのか」の使い分けを手話だけで説明するのは難しいこと、しかし、聞き慣れない単語の読唇や聞き取りは難しく、手話は内容の理解に有効なこと、耳に頼る子どもには、声のない手話は逆にわかりにくい場合があること、ろう学校の生徒人数は少なく、日本手話クラスと対応手話クラスに分けると一、二人しかいないクラスが多く生じることなどをしっかり説明しよう、などということが確認されたという。

福呂は、竜崎か津堂を首にする動きについて、何人かの教員に尋ねてみた。加古は、人権救済申立を応援する人々が「口話も手話も」の署名活動の首謀者を首にしてやると怒っている、と聞いて、はっとした。なぜなら、自分が塩野にそのことを話したことがあるからだ。加古が塩野に「あなたは、ろう児の人権救済申立を応援するグループに、竜崎先生か津堂先生の名前を伝えていないか」と尋ねると、塩野は、「F嶋先生から竜崎先生が署名活動を始めたと聞いたから、和賀先生に伝えたことがある」と答えた。F嶋は、加古から尋ねられ、「私は、竜崎先生が署名活動を始めたとは言っていない。竜崎先生が『人権救済申立が通って勧告が出されると大変なことになる』と言ったのを伝えただけ」と言った。

加古が和賀に尋ねると、和賀は、「私は塩野先生から『竜崎先生がこんなことを言っていた』と聞いて、他のろう者に伝えただけ。竜崎先生を首にする動きが起きるとは全く想像していなかった。私は悪くない」と答えたので、加古は、「口話も手話もと考えるか日本手話がよいと考えるかは、本人の自由。だが、相手が署名活動を始めたから首にしてやると言うのはおかしい」と伝えた。

加古はさらに「私は口話も手話も必要と思っているが、よく知らないで中立の署名用紙に署名してしまった。それは私が悪いのだが。今後は、日本手話と対応手話の違いと、口話に対する評価をきちんと説明したうえで、署名を求めてほしい」と伝えた。加古は「署名を求めたとき、説明不足だった」という返事を期待していたが、和賀や塩野は、「自分は他の人の話を伝えただけ。自分は悪くない」と繰り返すばかりだった。

加古が同僚の松永に話すと、松永は、「あまり気にしないで。加古先生のように、人権救済申立の趣旨は、他県の手話を使わないろう学校に手話を使ってほしいと訴えるものであり、現在の自分たちが使うような手話でもよいと受けとめていた先生が多いようだ」と言ってくれた。

福呂は、松永を通して加古と和賀や塩野のやりとりを聞き、「人権救済申立のことで日本手話を求める人とろうあ連盟の関係が非常に悪くなったことをみんな知っているから、和賀先生や塩野先生の『想像もしていなかった』は信じられない。むしろ、彼らにとっては、『口話も必要』と言う先生の存在は目の上のたんこぶだったから、自分の手を汚さないで他の人がその先生を攻撃してくれたらありがたいと思って、知らないふりをして伝えたように感じてしまうんだけど、これ、私の考え過ぎかな」と思った。

竜崎は、松永から話を聞き、「和賀先生は、以前から『竜崎や津堂先生がいるから本物の手話が広まらない』と怒っていましたから、『口話も手話も』の署名活動が始まると聞いていきりたった人たちに僕や津堂先生の名前を伝えた可能性は十分にありますね。F嶋先生と加古先生は、以前から和賀先生と仲良しで、和賀先生の意見をろう者みんなの意見だと受けとめがちでしたから、今回のことは勉強になったのではないでしょうか」と言った。

その後、加古は病休を取り、一年間近く休んだ。

福呂は、駅で卒業生の保護者に会ったとき、「加古先生、病気で休まれているそうですね。前お会いしたとき、ぼそっと『自分が信頼していろいろとお世話した人に裏切られた』と言われました。加古先生、何かあったのでしょうか」と尋ねられた。福呂は、「加古先生の言う『いろいろお世話した人』は、塩野先生と和賀先生のことか」と思ったが、保護者には「加古先生の病気については、私は何も聞いていません。学部も違いますし」と答えた。そして、「この保護者は、すでに加古先生の長休を知っている。親の会で聞いたのだろうか。親のつながりはすごいな」と思った。

その後、加古は復職した。福呂は、それまで行事の合間に加古と和賀や塩野が会話をかわす場面をよく見かけたが、加古の復職後はそれをあまり見かけなくなったと感じた。

八

二〇〇五年四月、「日弁連から結論が出た」というメールが竜崎に送られてきた。ネットで調べると、日弁連は、人権救済申立に対して勧告を出さず、手話教育の充実を求める意見書を出していた。そこでは、「国は、手話が言語であることを認め、言語取得やコミュニケーションのバリアを取り除くために（……）、聴覚障害者が自ら選択する言語を用いて表現する権利を保障すべき」と書かれていた。[注37]竜崎は、そこに「手話による効果的な教育方法が確立されていない」と書かれており、「日本手話」という語が使われていなかったことから、ろうあ連盟の言い分にそって作成されたように感じた。また、「手話による教育を選択する自由」という表現は、「口話による教育を選択する自由」も認めていると感じた。

竜崎が自分の感想を福呂に話すと、福呂は、「ろうあ連盟は、前の『見解』の中で『手話とは何かというろう者の間でも議論が分かれる問題について、手話と直接関わりのない日弁連という組織の判断を求める発想には賛成できない』と書いていたから、日弁連も判断を避けたと思うわ。私も、ろうあ連盟の意向にそったものだと感じるわ。ろうあ連盟は喜び、理事長が日弁連を訪問して感謝の意を表したらしいわ」と言った。

「なるほど。それにしても、人権救済申立を応援していた人たちとろうあ連盟の対立はすごかったですね。彼らはろうあ連盟を痛烈に批判していましたね」

「ろうあ連盟は巨大な組織だから、一枚岩じゃないわ。連盟の幹部なのに、人権救済申立をした人と同じ考えだなと感じることもあるわ。『手話は言語の一つだから、口話を使わなくても手話で教育できる』と単純に考える人もいると感じるわ」

「僕もそう感じます。ところで、意見書は、書記日本語の獲得を目標としない教育もあってよいと言っていることはないでしょうか？」

「それはないと思う。バイリンガルろう教育を主張する人々は、書記日本語の獲得という目標を放棄していないから『バイリンガル』と言っているわけでしょ。でも、誰かが、彼らは本音は『手話モノリンガルでよい』と思っているんじゃないかと言っていたわ。だけど、はっきりそう言うと、支持者は激減するだろうね」

「そうですね。その一方で、口話も手話もと考える先生でも、生徒の伸びる余地はもうないと言う先生がいます。高等部では、実習体験の発表や文化祭の劇の練習は、担任がホームルームや総合的な学習の時間を使って指導することになっているのですが、数学科や理科の先生は、時間が足りないときは放課後の時間を使って指導しているのに、国語科の先生は、自分の国語の授業の時間を使って指導していたんです。それで、僕が『僕も国語科だが、単一障害生徒に対する国語の授業では、国語の教科書を少しでも多く使いたいと思っている』と言うと、『あの子たちの学力は、授業時数を増やしたところで変わらない。劇の練習のほうが生き生きと取り組む』と言われました」

「そのように言う先生は、私も何回も見てきたわ。伸びしろをゼロと決めつける先生と『本音は手話モノリンガル』の先生は、大同小異に感じるね。ろう学校に居続けたいと希望する先生の中に、『大学や高校に合格させなければというプレッシャーが、ろう学校では少ないから楽。ろう学校専攻科は全員が合格するから、適当に教えて適当に専攻科に送りこめばいい』と言った先生がいたの。それを聞いて、私、悲しかったわ」

「ああ、今高三の生徒が『君は、大学進学なんて無理。専攻科へ行けばよい』と担任から頭ごなしに言われたと怒っていました」

「今高一のあの子は、前、私に社会のプリントを見せてくれたの。Ａ４の紙いっぱいに外国の料理や果物などがカラー印刷されていて、『月餅』『ライチ』と記入するだけ。彼女は、『こんなに大きく印刷して、名前を記入するだけ。幼児扱いされている。聞こえないから単語を覚えるだけで精一杯だろうと決めつけられているのかな』と言っていたの」

「その生徒は力をもっていますから、そう感じるのは当然でしょうね。高校ともなれば、現象の背景を考えさせるのも大事なのに、目に見える物の名前を覚えればよい問題ばかりなのは、逆に失礼ですね。最近の先生は、プレゼンテーションソフトを使ってのショーづくりに力を入れて、定着させるための宿題づくりが減っているような気がしますね」

竜崎は、文化祭で手話劇に取り組んだときのことを思い出して、福呂に話した。

「国語の先生は、『劇の練習で、生きたことばを身につけさせるほうがよい』と言っています。知的障害があるカズくんが、『何とかして』のところで、最初は『何／貸す』の手話を使っていたので、『頑張る』の手話を使うよう指導されていました。劇が終わって三日後に、どんなせりふを言ったかを尋ねると、答えられなかったので、シナリオを見せたら、『何とかして』のところで、あんなに何回も練習して発表した『頑張る』ではなく、最初にやった『何／貸す』の手話になっていたんです。練習で三十回ぐらい『何とかして』と口を動かしながら『頑張る』の手話を使ったのに、と衝撃を受けたんです」

「カズくんは、舞台では、曖昧な発音のまま手話を使っていたわ。本人は、練習のとき、その『頑張る』の手話のところでどんな日本語を思い浮かべていたんだろうね」

「重複障害生徒の場合は、シナリオを使った国語の勉強もありだと思いますが、単一障害生徒の授業では、高等部ですから、ちゃんと教科書を使ってほしいと思います」

「私もそう思う」

「その先生は、国語の授業中に、劇で使う紙吹雪を切らせていたので、『総合的な学習の時間の二十時間があるのに、劇の取り組みのためになぜ国語の時間を使うのか。紙吹雪を切ることと国語の勉強の間にどんなつながりがあるんだろうか』と、疑問に思ったんです」

「あの先生は、劇が大好きだから、特別時間割期間中は劇のことで頭がいっぱいみたい。他の学年の授業を忘れて、劇で使う道具の点検をしていたこともあったらしいよ。生徒が『先生がまだ来ない』と職員室に来て、教務の先生が探し回っていたわ」

口話に流れることも日本手話に流れることもよくないという話になったとき、竜崎が、「今はまだ聞いていませんが、将来、生徒たちが『新転任の先生が手話ができないのは問題だ』と言って訴えてこないかと思うことがあります」と言うと、福呂は、「それはありうるね。でも、手話ができる先生ばかりという状態が本当によいことかな」と首をかしげた。

「僕は、大学進学後や就職後のことを考えると、周囲の人の理解を得ようとする力も大事なので、ろう学校、特に高等部は、手話ができない新しい先生が一割ぐらいはいてもよいと思っているんです。職場の新陳代謝も、ある程度は必要ですしね」

「私もそう感じる。……竜崎くん、今の、『ダイシャ』？　『タイシャ』？」

「えっ、『ダイシャ』じゃないんですか？」

「『タイシャ』なんだけど」

「えっ、濁点がつかないんですか。代理、代替、代打……、これはみんな『ダイ』でしょう」

「そうよ。ほとんどの語は『ダイ』だね。『タイ』で始まる語は……、今、思いつかないわ」

「今まで『ダイシャ』だと思いこんでいましたよ。でも、僕は、このように読みの間違いをそのときそのとき指摘されてきたから、読みの間違いを減らせてきたと思います」

「読みの間違いを指摘されるのを嫌がる子もいるけどね」

竜崎は、そこで話を戻した。

「手話の上手な先生が子どもの能力を最大限に伸ばそうとする先生とは限らないと思うんです。僕の偏見かもしれませんが、養護学校から来た先生と一般校から来た先生の間の違いを感じます。一般校から来る先生は、それまで教科書を全部終わらせるのが当たり前だったので、授業に気迫やスピードを感じますが、養護学校からの先生は、最初から目標設定が甘く、悪く言えば授業が『ダラダラ・時間つぶし』になっていることが多い気がします。僕も、つい自分に甘くなっていて、反省しなければならないんですが」

「私もそれは感じる。『準ずる教育』を行う単一障害のコースは、養護学校から来る先生より一般校から来る先生に多く担当してもらいたいわ。手話が上手でも生徒の伸びしろを小さく考える先生より、手話が下手でも生徒の伸びしろを大きく考える先生のほうがましだと思う。時々、『これは、この生徒には難しすぎる。目標設定が高すぎる』と思うこともあるけど、『目標設定が低すぎる』と感じるよりましだと思う」

「ですが、一般校から来た先生はみんなよい先生、とは限りませんね。今年非常勤で来た先生が、今までの感覚で教え、生徒が理解できなかったとき、『こいつら、バカか』とつぶやいたそうです。それを聴力がよい生徒が聞いて、『悲しかった』と言っていました。僕は、直接抗議してもよいと言いましたが、生徒にしてみれば言いにくいだろうと思ったので、主事に話して、主事からその先生に注意してもらいました」

「へえ、そんなことがあったの。『こんな内容、あの子には難しいから、ここまでを教えよう』と思うことは、私にもあるけど、『見限る』と『見極める』は違うだろうね」

そこで、竜崎は、毎晩遅くまでネットに夢中で、宿題をほとんどやらないスバルを話題にした。数学の担当者は、「筑波技術大学[注38]を志望するなら、これぐらいは」と言って毎回宿題を出していたが、スバルの担任のH池は、「宿題、宿題と言わないでほしい。スバルくんは、宿題ができず、登校を渋っているので」と怒ってきたという。数学の担当者が「技大へ行きたいと言っているから」と言うと、H池は、「スバルくんには技大に行ける力なんてありません！」と叫んだという。その一方で、技大の先生が学生勧誘のため南浜に来たとき、H池がスバルや親に「技大に行きたいなら数学を頑張る必要があるね」と話していたのを見て、竜崎は驚いた。常勤講師のH池は、他県の教員採用試験に受かっていて、来年は南浜にいないから、スバルや親にいい顔をしたのだろうが、本当に生徒のことを考えるなら、数学の担当者と一緒に「自宅でパソコンに向かう時間を短くして、家庭学習時間を増やそう」と諭すべきではないかと思った。

竜崎は、他にも疑問に思ってきたことを福呂に話した。三学期の世界史がローマ帝国で終わったこと。その世界史の公開授業の事後研で、ていねいに進めたところが評価されており、それに異を唱えるものではないが、進度の遅れを誰も指摘しなかったのが気になったこと。その頃、世界史の必履修科目未履修問題が話題になっており、ローマ帝国で終わることに問題はないのかと思ったこと。また、職業科のある生徒は、高等部の数学の授業で、小数や分数、正負の数の計算しかやっていないのに、「数学I」や「数学A」の単位をもらっていることは問題にならないのかと思ったこと。

それを聞いて、福呂は、昔は普通教科軽視の傾向がよくみられたことを紹介した。以前は「手に職を」と言われており、先輩の教員から「絵画科の先生は、授業中なのに、生徒に絵を描かせて、自分は職員室で談笑していることがよくあった」と聞いたこと。一般高校にあるような普通科の設置に対して、職業科の多くの教員が消極的ないし反対だったこと。他県のろう学校の管理職が「職業科の先生が大量に退職する時期を待って、普通科を設置するつもりだ」と言ったこと。

「職業科でよかったと思う生徒も多いけど、職業科を希望する生徒が減り、職業科の先生たちが中学の勉強も難しい生徒を職業科に入れようとしたことがあったの。着任したばかりの私が、怖いもの知らずで、『普通科や職業科は準ずる教育、つまり高校教科書の使用が可能な生徒が対象でしょう。職業科の先生は、今までは、中学の勉強も難しい生徒には重複障害コースを勧めていたでしょう』と言ったら、『しっ、職業科の先生に聞こえたらまずい』と言われたことがあるわ」

「僕も、これはよくないと指摘したら、先輩の先生から『ここでは、人の弱点をつつかないのがマナーよ』と言われたことがあります。それから、聞こえる先生が同じ聞こえる先生から『ろう学校は一般校で務まらない先生が回されてくるところだから、君もそれを自覚して行動するように』と言われたという話を聞きました」

「聞こえる先生全てがそうとは思わないけど、ろう学校に来て自分に対する厳しさがゆるむ先生はいるかもしれない。前のあの校長は、高等部主事だったとき、実質的な授業実施率を少しでも上げるために行事の精選を厳しく指示していたけど、主事が変わったら、あの一般校から来た担任は、マンガ博物館や国際交流館への校外学習を増やしていて、私は内心『準ずる教育を行うコースの生徒にマンガの歴史を見せたり民族衣装を着せたりすることに意味があるのか』と思ったの。授業実施率の計算が私の仕事だったから、『今年度は、この学年は実施率が五ポイント下がって八割を切った』と部会で報告すると、その担任から『その五ポイントに何の意味があるのか。今さら学力は変わらない。楽しい思い出をつくるほうがずっと意味がある』と言われ、そのときのショックが今でも忘れられないわ」

「教師の期待によって生徒の成績が上がるというピグマリオン効果が本当なら、ろう児の学力は変わらないと考える教員に教えられる生徒は気の毒ですね。フランスのバカロレアのように、日本でも高校卒業認定試験を受けさせると、先生たちは、少しでも多くの単元をこなそうとする意識や気運が高まるかなと思ったことがあります」

「なるほどね。でも、その試験が任意なら、部会で諮ったとき反対されそうね」

「それは僕も感じます。高等部で『個別の年間学習指導計画』の作成がしんどいという声があり、教務部で話し合ったとき、準ずる教育を行うコースでは、その科目の学習単元をあらかじめ表の中に入れておき、そこに○を記入する形にして、先生が打ちこむ文字数を減らす方法を提案したら、『教科書をあまり使っていないことが一目瞭然だから、従来どおり自分で単元の名称を考えて記入する方法のほうがよい』と反対されました」

福呂も、教務部として書類を整理したとき、「一学期で教えた単元がこれだけ？　学習指導要領の配当時数の五倍以上になっているのでは」と驚いたことがあるという。

「ろう学校は、よく言えば個人に合わせて、悪く言えばのんびり、授業が進められる。私も含め、『準ずる教育』をもっと意識しなければと思うけど、口に出しにくいわ」

四章　ろう学校盗難事件

「私が悪いんじゃない。お母さんやお父さんが悪いのよ。ろう教育が悪いのよ。私は、手話がなくてさみしかっただけ。だから、仕方なかった！」
鳥辺美佐恵《とりべみさえ》は、このせりふを何回つぶやいただろうか。

一

鳥辺美佐恵は、物心ついたときには補聴器を装用していた。残聴があったので、ろう学校幼稚部へは週に一回母親に連れられて通い、あとは地域の幼稚園に通っていた。

その後、地域の小学校に入学した。母親が前もって自分の聴覚障害を担任に説明してくれたので、担任が美佐恵の名前を呼ぶときは、「これからあなたの名前を呼ぶよ」というように美佐恵の視線をとらえてから呼んでくれた。だが、友達は、最初から理解があったわけではなかった。友達から呼ばれても気づかないときがあったが、友達は「前呼んだときは振り向いたのに」と思ったのか、突然「あんた、昨日帰り道後ろから呼んだのに、無視したでしょ」と怒ってきたことがあった。それでも小学校低学年のときは、友達と一緒にブランコに乗ったりドッチボールをしたりして遊べた。シールをあげたり荷物を持ってあげたりして、友達の歓心を買い、少しは仲間に入れてもらえたが、それが功を奏したのは小学校中学年までだった。いつしか仲間に入れてもらえないことをごまかすかのように、「私は本を読むほうが好きだから」というポーズをとって、休み時間は本を読むことが多くなった。そのおかげで日本語の力はかなりついたが、高校生や大学生になっても友達をつくることは苦手だった。

美佐恵の父は、検事をしていた。母は会社勤めだったが、娘の聴覚障害がわかってから仕事をやめ、娘の言語指導に懸命だった。美佐恵は、友達にめぐまれなかった分勉強に励んだので、国立大学は落ちたものの、ある私立大学に合格した。しかし、美佐恵の父や兄、姉は皆いわゆる旧帝国大学に入っていたので、美佐恵が国立大学に落ちたとき、家族は落胆を隠さなかった。

国立大学に落ちたことは残念だったが、私立大学に通ううちにこの大学に入ってよかったと思うようになった。障害学生支援室があり、ノートテイクや手話通訳の情報保障が充実していたからだ。また、手話サークル活動も活発だったからだ。美佐恵が手話サークルに入ったと聞いて、両親はよい顔をしなかった。だが、手話があると聞き取りや読唇が楽になるので、美佐恵は手話にのめりこんだ。手話にのめりこむほど、家族の手話に対する無理解が悲しかった。美佐恵は、家族での団ら

んに入りきれなかったが、家族は「もっと耳を使うように」と言った。
美佐恵の聴力は徐々に悪化したが、幼少時から読唇もしていたので、家族との会話が格段に難しくなったということはなかった。家族は、手話がなくても会話できると思っていたが、それは「何時に帰るの」のような簡単な内容ばかりだった。

美佐恵が大学生のとき、ろう児の人権救済申立が行われた。「ろう児の人権救済申立を応援しよう」というテーマにひかれて参加し、谷川茂治と出会った。谷川の手話は力強く、その主張は、手話に理解がない家族に悲しみや反発を感じていた美佐恵の心をつかんだ。

谷川は、美佐恵に言った。

「ろう学校の教員になりたいの？　そりゃいい。今のろう学校は日本手話を認めていない。手話を使っていてもそれは対応手話だ。北欧を見ろ。スウェーデンでは、スウェーデン語対応手話ではなく本物のスウェーデン手話を第一言語として、学力獲得に成功している。日本は遅れている。君は、ろう学校に入って、この現状を変えてほしい」

美佐恵は、谷川を喜ばせようと、人権救済申立を応援する署名活動を頑張った。谷川は美佐恵を対等な人間として扱い、「君には力がある」と励ましてくれた。やがて谷川に妻がいることを知ったが、「妻とうまくいっていない」と聞いていたので、いつかは「妻と別れて君と一緒になりたい」

と言ってもらいたいと思った。

二

鳥辺美佐恵は、Q桜県の教員採用試験に合格し、南浜ろう学校の小学部に配置された。それを聞いて、谷川は人一倍喜んだ。鳥辺の両親は、ろう者とつきあっていることを喜ばなかった。彼に妻がいることを知っていたら、もっと反対しただろう。気兼ねなく自由に谷川と会ってゆっくり過ごしたいと思った鳥辺は、ろう学校に着任するのと同時に一人暮らしを始めた。「もう社会人になったから」と言って、親の意見も聞かずに、簡単に荷物をまとめてアパートに移った。

誤算は二つあった。一つめは、一人暮らしは予想以上にお金がかかったこと。二つめは、谷川が本性を現し、お金を要求し始めたこと。

鳥辺の手元には、障害基礎年金として月に八万円ほどが入ってきたが、自宅から通学していたときは、この八万円はまるまる自分のこづかいになった。谷川から「運動やデフブラボーに寄付してくれ」と言われており、鳥辺は月に二、三万円を谷川に渡していた。教員になって給料をもらうようになると、谷川はいろいろと理由をつけて「五万円ほど貸してくれ」と言い、鳥辺が渋ると、「じゃ、もうつきあわない」と言った。鳥辺は、大学時代も親しい友人がつくれず、谷川だけが何時間も話し相手になってくれる存在だったので、谷川と別れることは身を切られるようにつらかった。「来週返すから」のことばを信じたこともあって、徐々に五万円、六万円とお金を渡すようになり、気がつくと、自分の生活費にも事欠くようになっていた。「手話を使わない家族は家族ではない」と捨て台詞を残して家を出たので、家族にも相談できなかった。母からそれ見たことかという顔をされるのが嫌だった。ある日、谷川の「金を貸してくれないならもう会わない」に負けて、財布にあった最後の一万円札を渡した。財布に二千円ぐらいしか残っていないのを見て、鳥辺は「今晩、明晩のおかずを買うお金をどうしようか」と悩んだ。

職員室で自分が人のお金に手を出したと我に返ったとき、「人の目にふれるところに財布を置くほうが悪い」と自分に何度も言い聞かせた。同僚は千円札の枚数が減っていることに気づかなかったのか、そのときは何も起きなかった。

へえ、自分の財布にいくら入っているかを意外と自分でつかんでいないんだ。これが一万円札ならすぐに「ない」と気づくだろう。手を出すなら千円札に限ると思ったが、やっとの思いで手にした千円札は二、三日で消えた。

どうしよう。だけど、人の財布に手を出している間の罪悪感、心臓のバクバクはできるだけ味わいたくない。でも、千円札に限定すると、すぐになくなってしまう。かと言って、一万円札なら、盗まれたとすぐに気づかれるだろう。今日は、本当に財布の中にお金がない。今晩のおかずを買う

お金もない。職員室には誰かがいることが多く、チャンスはそう多くない。あ、今だ。誰もいない。

鳥辺は、隣席のI瀬の財布に手をかけた。財布をあけて、「千円札を」とまさぐっていたら、人の気配を感じたので、お札をさっと抜き取ってポケットに突っこむのと同時に財布を元に戻し、自分の椅子に座った。しばらくしてトイレに行き、ポケットに突っこんだお札を取り出して見たら、千円札と千円札の間に一万円札が入っていた。

しまった、一万円札を抜き取ってしまった。戻すべきか。だけど、戻すときも、人がいないときでなければならない。人の財布に手をかけている間心臓がバクバク言うのは、もう味わいたくない。それに一万円札なら来週の給料日までもつ。どうしよう。

そう迷っている間に、職員室には一人、二人と教員が戻ってきて、一万円札を財布に戻す機会を失った。

その翌日、職員室でどんな話題が出るか気が気ではなかった。鳥辺は人に打ち解けてしゃべるほうではなかったので、鳥辺の態度を不審に思う人はいなかったようだ。

「あれ、何もないな、I瀬先生は一万円札がなくなったことに気づかなかったのかな」と思って数日間を過ごしたが、翌週の全校職員朝礼で、校長が「小学部の職員室で、一万円ちょっとのお金がなくなりました。皆さん、各自お金の管理をお願いします。職員室が空になることがないようお願いします」と言ったとき、会議室全体がざわついた。鳥辺は、通訳された手話を見て、心臓がはねあがった。手話通訳の教員は、他の聴覚障害教員の顔を見ながら手話通訳していたので、鳥辺の表情の変化に気づかなかった。隣に座っていた福呂や竜崎は、驚きながら手話通訳者を注視した。

校長の話が終わり、鳥辺が視線のもって行き場に困って視線を動かしたとたん、入口のところで手話通訳してもらっていた津堂と視線が合った。その日、津堂は会議室に行くのが遅れ、聴覚障害教員が固まって座る席に座り損ねたので、同じように会議室に入りそびれて入口付近に立っていた聴者の教員に手話通訳してもらっていた。津堂は「えー、同じ小学部で？　盗られたのは誰？」と問いたげに鳥辺に視線を向けたが、鳥辺は思わず視線をそらした。そして、すぐに「しまった。津堂先生は不審に思わなかっただろうか」と不安になった。

小学部の職員室に戻り、すぐに小学部職員朝礼が始まった。相馬主事が「会議室で報告があったように、小学部でお金がなくなる事件が起きました。本人は『定期を買うために財布にお金を入れ、帰りの駅で定期を買おうとして初めて一万円札がないことに気づいた』と言っています。盗難とすれば、今後このようなことが起きないように、各自お金の管理をきちんとしてください」とさらっと話した。教員どうしで詮索が始まるかと思ったが、不思議なことにそんな気配はあまり感じなかった。あとから思えば、犯人が外部の人、子ども、親、教員のいずれか全くわからなかったので、めったなことは口にするものではないという雰囲気があったのだろう。

鳥辺は、この経過の中で、学校というのは盗難があっても警察に届けた

がらないこと、外部の犯行か内部の犯行かわからない間は詮索する雰囲気があまりないことを知った。職員朝礼で報告があったときは、心が凍りついて、人のお金には金輪際手を出すものか、こんな思いをするなら谷川とはきっぱり別れようと思ったが、しばらくすると、谷川に会いたいという思いがどうしようもなく頭をもたげてきた。同じ時期に採用された女性教員から「デートをした。一緒に買い物を楽しんだ」と聞くと、自分にも恋人がいるという話がしたくなるが、休日にゆっくりしゃべれる男性といえば、谷川しかいなかった。それで、気がつくと、要求されてはお金を渡すことの繰り返しとなった。

三

谷川茂治は、ろう児のための学習塾を始めたが、塾の収入だけでは難しかったようだ。

給食をランチルームで食べるときや小学部研究会を会議室で行うときは、職員室に鍵がかけられるようになったが、鳥辺も含めて誰かが職員室にいる間は無防備だった。鳥辺は、谷川に「これで最後だから」と言われ、またお金を渡した。そして、生活費に困り、また同僚の財布に手を出した。無我夢中で財布からお札を抜き取ってポケットに突っこみ、帰宅後それを取り出したら、一万円札が二枚入っていた。「二万円も！　また全校職員朝礼で報告されるのだろうか」と胸が締めつけられた。

職員朝礼で盗難が報告されたときどんな顔をすればよいかわからなかったので、その後しばらくは、児童の相手や仕事の準備に追われているふりをして朝礼に参加しなかった。その後、若い講師から「またお金がなくなったんだって」と声をかけられ、その日の全校職員朝礼でまた盗難の報告がなされたことを知った。「今度こそ人のお金に手を出したくない」と思った鳥辺は、谷川に会うまいと決めた。谷川からメールが来ても、「その日は用事があるから会えない」などと返事した。

一か月間ほど谷川を避ける努力をして、「これで谷川と切れるかな」と自信をもち始めた頃、谷川が突然ろう学校までやってきた。事務室から小学部の職員室に電話がかかり、相馬主事が電話に出たあと、鳥辺のほうを振り向いて、「事務室から電話。谷川という人があなたに会いたいって」と言ったとき、鳥辺は反射的にかぶりを振った。自分の顔はこわばり、体は硬直していただろう。

「え、会いたくないの?」

主事は、不審そうな顔をした。鳥辺は、「谷川にお金を渡してきたことは知られてはならない」と思い、「ちょっとトラブルがあったので、会いたくないんです。すみませんが、『今仕事中なので会えない』と伝えていただけませんか」と頼んだ。相馬主事は怪訝そうな顔をしたが、「わかったわ」と言って、事務室へ向かった。

鳥辺は、そのあとすぐに自分の教室へ行き、椅子に座って呆然としていた。「今頃、主事は谷川に会っているだろう。谷川はどこまでしゃべるだろうか。私に会いたいと言うだけならいいが、私からお金をもらいたいなどとベラベラしゃべっていないか。そうなれば一連の盗難事件との関わりを疑われてしまう」と、気が気ではなかった。

三十分ほどたった頃、相馬主事が鳥辺の教室にやってきた。

「帰ってもらったけど、ちょっと話したいことがあるので、校長室まで来てください」

そのあとは、疾風怒濤だった。谷川は、対応した主事に「鳥辺から毎月お金をもらっているが、今月はまだもらえていない。メールをしても返事をくれないから、学校に来た。このお金がもらえないと生活できないんでね」などと言ったので、主事はとっさに「人に聞かれてはまずい」と判断し、玄関から校長室まで案内したという。校長と副校長、主事の三人が谷川と話したとき、谷川は「自分は鳥辺の内縁の夫のような者で、鳥辺は今までずっと自分にお金をくれていた。それが一か月ほど前から自分に会おうとせず、お金もくれなくなった」と説明したという。

相馬主事は、鳥辺に「あなたは谷川さんとつきあっているのですか」と尋ねた。

「最初はつきあっていましたが、お金を要求されるようになって、別れようと思い、最近は会わないようにしていました」

「そうですか。彼に脅かされているというようなことはないのですか」

「脅かされている、というようなことはないですけど」

「それならいいのですが。とにかく、今後あの人が学校に来ることがないように、二人で話し合ってほしいのですが」

「はい、わかりました。そのようにします。ご迷惑をおかけしてすみませんでした」

帰宅後、鳥辺は谷川に「これからは絶対に会わない。お金を渡すことも絶対にしない」というメールを送ったが、谷川は激高した。

「俺が学校へ行ったのがそんなに困るのか。なら、また学校へ行ってやる」

「だめ。お願いだから、学校に来ないで」

「それなら、金をよこせ」

「お金はない。一人暮らしはいろいろお金がかかって、あなたに渡せるお金はない」

「嘘つけ。今までずっと金をくれたじゃないか」

こんなむなしいやりとりを何回か重ねた。「これで最後よ。これで絶対に最後にしてね」と念を押して、その次の給料日に五万円を渡した。谷川は、「ああ、最後にしてやるぜ」と言ったが、その舌の根も乾かぬうちに「金をくれ。でないと、学校へまた押しかけてやる」というメールが送られ、鳥辺は目の前が真っ暗になった。「お願い、来ないで」とメールを送ったものの、谷川がいつまたろう学校へ来るかと気が気ではなかった。

その数日後の昼休みに、相馬主事が鳥辺を手招きし、二人は誰もいない教室に入った。鳥辺の不安は的中した。主事が「あの谷川という男がまた来て、あなたに会わせろと言っているの。あなた、まだ関係が続いているの?」と尋ねた。

「いいえ、私は、前のあのときから、『もう絶対に会わない。お金も渡さない』と言い続けているんです。なのに、彼がしつこく言ってくるんです」

「わかったわ。今は、お金のやりとりの関係はないのに、彼がまだお金を要求している意味ね。あなたは、念のため研修室へ行ってそこで待っていなさい。午後の授業は、他の先生と一緒にやる授業だから、あなたがいなくても大丈夫。私から教務の先生に伝えておくから」と主事は言うと、玄関や事務室、校長室がある本部棟に向かった。

鳥辺は、谷川が小学部棟まで自分を捜しに来たとき会わないようにという意味だと察し、すぐに指示にしたがった。実際、谷川は激高すると何をしでかすかわからないところがあった。

鳥辺は研修室へ行ったが、職員室に寄らなかったので手元に何もなく、手持ちぶさたのまま居ても立ってもいられない気分で、研修室の中を歩き回った。しばらくして、何気なくカーテンの隙間から外をのぞくと、パトカーが玄関前に停まっているのが見えた。谷川が何か事件を起こしたのかとドキッとしたが、「それならサイレンを鳴らしながら来るはず。私は、それぐらいは聞こえる」などとめまぐるしく考えた。

そのあとも気になり、時々カーテンからのぞくと、やがて谷川が警官に付き添われてパトカーに乗りこみ、パトカーが走り去るのを副校長と主事が見送っているのが見えた。

「谷川が去った」と安心するのと同時に、「やがて副校長と主事がこの研修室にやってくるだろう。谷川はどこまでしゃべったのか」という不安に襲われた。

数分後、副校長と主事が階段を上ってくるのが、研修室のドアの窓ガラスごしに見えた。

「谷川さんは、あなたからお金をもらいたい、本人とそのように約束している、あなたに会わせてくれないなら、小学部へあなたを捜しに行くと言ったので、これは学校として応じられないと思い、警察を呼んで連れて行ってもらいました」

「谷川さんは、あなたから毎月十万円をもらっている、もう一、二年前からそのような関係になっていると言っていましたが、本当ですか」

それで、鳥辺は、どれぐらいのお金をどれぐらいの期間にわたって渡し続けたかを、生活費に事欠くようになったことにふれないようにしながら話した。相馬主事が「こんなことを言うと不愉快に思われるかもしれませんが、あなたのご両親に今回のことを話すべきではないでしょうか」と言ったとたん、鳥辺は、「それはできません！　私の親には黙っていてください！」と叫んだ。

「ですが、今ざっと計算したら、月々十万円を一年間以上渡したので、百五十万円ぐらい取られたことになるのでしょう。今一人暮らしなのでしょう。あの谷川は、これから警察で事情を聞かれるでしょうが、あなたのところへすんなり行かなくなるとは思えません。用心のため、当分の間実家へ帰ったほうがよいのではないかと思いますが」

「いいえ、それはできません！」

鳥辺は、涙をぽろぽろこぼしながら叫び続けた。

押し問答のようなやりとりを何分間続けただろうか。相馬主事はため息をつき、「あなたはもう帰りなさい。明日は休みなさい。急に体調が悪くなったからと、私から教務部長に伝えておきます。来週の月曜日から普通の顔で来るのですよ」と言った。鳥辺にとっても、金曜日から日曜日までの三日間の休みはありがたかった。誰にも会いたくなかった。

四

小学部職員室へ、湯川が「今、パトカーが来ているよ」と言いながら入ってきた。

「え、パトカー？　なんで？」

「さあ、サイレンを鳴らしていなかったから、単なる見回りかな。今度の避難訓練の打ち合わせかな。今度のは、不審者への対応の仕方を訓練するらしいから」

しばらくして、他の教員が来て、「今、知らない黒ずくめの男が警官に付き添われてパトカーに乗って行ったわ。それを、副校長先生と相馬主事が見送っていたわ」と言った。

「えー、誰だろう？　相馬主事がなんで関わっているんだろう？」

「幼稚部の先生が、子どもに『これがパトカーですよ。悪いことをしたら、おまわりさんに連れて行かれますよ』などと話しかけていたわ。大したことじゃないでしょう」

それを津堂は何気なく聞いていた。

翌日、津堂は、校長室に呼ばれた。何だろうと思いながら校長室へ行くと、校長から「あなたは、谷川茂治という男性を知っていますか？」と尋ねられた。

「谷川しげはる……、『しげはる』は、どういう漢字ですか？」

「茂るの茂、政治の治だそうです」

「谷川茂治ですか。どこかで聞いたような気がします」

「北条ろう学校の出身だそうですが」

「あっ、ろう者ですか。とすると、デフブラボーの谷川ですか」

津堂の脳裏に、講演会で「手話通訳が下手。代われ」と叫んでいた谷川の顔が浮かんだ。髪の毛がぼさぼさで、無精髭をはやしており、生活の崩れを感じさせる男だった。

「その男性がろう学校へ来て、『鳥辺先生に会いたい』と言ったのですが、『鳥辺先生は今いない』と言うと、『じゃ、津堂先生に会わせろ』と言ってきたのです」

「えー、僕は、彼と話したことはありませんが」と言って、津堂ははっとした。

「もしかして、その谷川というのは、昨日パトカーで……」

「そうです。警察にお願いして、パトカーで連れて行ってもらいました」

「あの、谷川さんは何か悪い話をもってきたのですか?」

校長は、一瞬ためらったようだったが、すぐに話してくれた。それだけの信頼関係が、校長と津堂の間にできていたからだろうか。

「谷川さんは、鳥辺先生にお金を要求していたそうです。ここだけの話にしてほしいのですが、鳥辺先生は、前からかなりのお金を彼に渡し続け

てきたようです」

「えーっ」

「谷川さんの妻の名前は、アベマユミと言うそうです。北条ろう学校幼稚部出身だとか」

「あっ、知っています。彼女は、僕の実家の近くに住んでいて、短大生のとき僕の母のところへお茶を習いに来ていました。でも、僕は、彼女とずっと会っていません」

「じゃ、谷川さんは、奥さんを通してあなたの名前を知ったのかもしれませんね。谷川さんは、私が受けた印象ですが、やくざのような雰囲気を感じました。あなたのところへも行く可能性があると思ったので、あなたにお話しさせていただいた次第です」

「ああ、それで、普通なら秘密にする話を、僕にしてくださったのですね」

「そうです。昨日警察へ連れて行ってもらい、脅迫罪になりかねないことを話してもらったので、あなたのところへ行くようなことはないと思いますが。実は、その男は警察からマークされている話を今朝聞いたので、用心のためにお話しさせてもらいました」

「えっ、マークって?」

「あまり詳しくは言えないのですが、別のところで立件される可能性があることをしたという話でした。今後、本当に逮捕されるかはわかりませんが」

「わかりました。谷川という人から、あるいは彼女から連絡をもらうようなことがあっても、無防備に会わないようにします」

そこで、津堂は、思いきって「あの、最近小学部で頻繁に起きている盗難事件とは関係ないのでしょうか」と尋ねてみた。校長は、一瞬逡巡したが、すぐに答えた。

「実は、私もそれを疑っています。ですが、そんなことは、こちらから本人に尋ねられません。そんなことを尋ねたら、違っていた場合、人権問題になってしまいます」

「あの、僕は、以前から鳥辺先生が、そのう、おかしい、怪しいと思っていました」

「ほう、なぜですか」

「前、全校職員朝礼で校長先生が小学部での盗難を報告されたとき、僕は、たまたま鳥辺先生と視線が合ったのです。すると、彼女はすぐに視線をそらしたので、『あれ？』と思ったのです。他の小学部の先生たちは、『え、何？　何？』ともっと聞きたそうな顔をしていたのに、鳥辺先生にはその雰囲気がなかったので、おかしいなと思いました」

「なるほど」

「ですが、人を疑ってはいけないし、彼女は障害年金があるので、同じ年に採用された先生より手元に入るお金は多いし、まさかと思っていました。それと、実は最近、他府県の聴覚障害教員が集まる研究会が南浜市で開かれたとき、途中でお金がなくなったのです」

「えっ、そこでもお金がなくなったのですか。そうですか。私も谷川さんの話を聞いて、鳥辺先生と小学部で何回も起きた盗難事件の関わりを疑いましたが、証拠がありません。彼女が犯人ではない場合、人権問題になります。彼女の話では、毎月十万円ほどを谷川さんに渡していたようですが、これでも彼女は少なめに話しているのではないかと感じました。この話は、絶対に、他の先生に言わないようにお願いします」

「はい、わかりました。ありがとうございました」

その日の夕方、津堂は、鳥辺の母親と思われる女性がろう学校に来たのを見かけた。その日、鳥辺は欠勤していた。

五

二週間後の放課後、福呂は、周囲に誰もいないのを確かめると、津堂に尋ねた。

「先日の聴覚障害教員の親睦研究会では、会計などのお仕事、お疲れ様。で、お金がなくなったことだけど、あれは小学部の盗難事件と関係ないのかしら？ あなたは受付にいたけど、何か気づかなかった？」

津堂が何と答えたものか迷っていると、福呂が「実は、私、鳥辺さんの様子がおかしいと感じているんだけど」と言ったので、津堂は、福呂も鳥辺の関与を疑っていることを知った。

「実は、僕もそのように感じているんです。お金がなくなり、Q桜県の聞こえない先生たちでお金を出し合って補おうと提案したとき、他の先生は『なんで？』と不審そうでしたが、鳥辺先生はしらっとした顔で『それで、いくら出せばよいのですか？』と言ったので、『あれ？』と思ったのです」

「それは、私も気づいていたわ。それと、前、朝礼で校長から小学部での盗難の報告があったとき、鳥辺さんをふと見たら、視線をさっとそらされたから、『あれ?』と思ったの」

「福呂先生もそう感じたんですか。僕もそのとき鳥辺先生と視線が合ったのですが、すぐにそらされて、そのときからおかしいなと思っていたんです。あのパトカーが来た木曜日の昼から、鳥辺先生は体調が悪いと言って姿が見えなくなりました」

「そう言えば、パトカーが来ていたわね」

「パトカーが来た日の翌日、彼女は休んだのですが、主事が夕方の部会で、『鳥辺先生は、昨日パトカーで連れて行かれた男性からお金を要求されていた。管理職はそれを知り、鳥辺先生に内緒で母親を呼んで今後の対応を相談することになった。みんなは、何も知らない顔をして、今後も鳥辺先生に温かく接してやってほしい』と話されました」

「えー、主事はそこまで話したの?　盗難との関係について何か言っていた?」

「いいえ、それは何も言われませんでした。みんなも盗難事件とのつながりを考えたようですが、誰もそのことを話題にしませんでした。親しい先生と二人きりになったとき話題にしたことはありましたが、小学部全体では話題にしようとする雰囲気はなかったです」

「鳥辺先生は、みんなが知っていることを知っているの?」

「いいえ、鳥辺先生は知らないと思います。主事は、鳥辺先生に『小学部の皆には、病気で休むと説明する』と言われたらしいので」

「えー。でも、人のお金を盗んで、知らん顔をして教え続けるなんて、気持ち悪いわ」

福呂は、顔をしかめた。

「僕もそう思います。もし本当に盗難事件の犯人なら、絶対クビですよね。一、二万円盗られたI瀬先生が警察に届けたいと言ったので、主事と一緒に南浜警察署へ行ったら、『校内での盗難は難しい。被害届は出さないほうがよい』と逆に説得されたらしいです」

福呂は、「なんで?」と声をとがらせた。

「僕もよく知りません。主事とI瀬先生は、そういうわけで、盗難事件の被害届を受けつけてもらえず、学校に戻ってきたらしいです」

「それ、あの桶川市のストーカー事件を思い出すわね」

「そうですね。警察は、検挙率を下げるような事件の被害届は受けないようにして検挙率を上げようとしているのかなと思いました。管理職も、自分の学校から泥棒を出したくないから、警察が被害届を受けなかったことを本当は喜んでいるのかなと思いました」

「それにしてもねえ、ショックだわ」

「僕もです。鳥辺先生は、こないだの『職場新聞』で『私はろう。ろう児のモデルになりたい』と書いていて、不愉快になりました。盗難事件と無関係としても、男からお金を要求され、ずるずるとお金を渡し続けて、男が学校に来て警察沙汰になって、学校に迷惑をかけたのに、ろう児のモデルになりたいなんてよく言うよ、と思いました」

「最近、みんな『ろう児のモデル』とよく言うわね。カラスが鳥のモデルになりたいと言っている感じ。カラスはカラス、スズメはスズメでいいのにね」

「管理職は、鳥辺先生の母親を呼んで、『こういうことがあったが、本人は家族に話さないでくれと言っている。手話を覚えない家族と会いたくないようだ。聞こえているように見えても、口話だけと手話もあるのとでは全然違う。今からでもいいから手話を覚えて、娘さんとコミュニケーションしてほしい』と話されたらしいです。しばらくして、鳥辺先生はアパートを引き払って自宅に戻ったそうです」

「社会人にもなって、不始末の処理のために母親を呼ぶかしら。私なら恥ずかしいわ」

「人のお金を盗んで素知らぬ顔をして教えるのは、おぞましいです。自分の子どもの担任が実は泥棒だったと聞いたら、ぞっとします」

「本人は、『私は、手話がなく、さみしかった。家族が手話を覚えてくれていたら、こんなことは起きなかった。悪いのは家族だ』と思っているのではないかな」

「いくらそのような背景があったって、犯罪は犯罪です。いくら家庭環境が悲惨だったからと言って、犯罪が犯罪でなくなるわけがないでしょう」

祖父母から「罪の重さは、正直に言えば二分の一、三分の一、四分の一になり、ずっと隠していれば二倍、三倍、四倍になる」と聞かされて育った津堂は、鳥辺の体の中で、盗みをした事実を隠したままにすると、どす黒い塊として増殖するだろう、妊娠すれば赤ん坊はおなかの中でそのどす黒い塊と一緒に育つのだろうと思い、「親の罪を知らずに生まれる赤ん坊はかわいそうに」と身震いした。

福呂は、中学から大学まで鳥辺と一緒だった人が「鳥辺さんは、友達のつくり方が変。この人は自分の友達と思ったら物を贈りまくる。子どものときはシールとかを贈りまくり、大学生になったらクッキーとかを贈りまくる。あれじゃ、社会人になって好きな男ができたら、お金をどんどん貢ぎそう」と言っていたことを話した。

津堂も、鳥辺に違和感を抱いていた。たとえば、鳥辺は、気が利かないときと気が利くときの差が激しい。気が利かないときは、「ぼうっと突っ立っていないで手伝えよ」と言いたくなるぐらい気が利かないのに、気が利くときは、相手が「そこまでしてくれなくても」と困惑するぐらい相手に尽くそうとするのだ。

以前聴覚障害教員が集まる研究会が他府県で開かれたとき、津堂は鳥辺たちとホテルのロビーで出会い、宿泊する部屋は何階かが話題になった。津堂は、翌日に報告を頼まれていたが、その準備がまだ終わっておらず、その日の夜にパソコンに向かう予定だった。それで、津堂が「九階だよ」と言って、「苦界」にひっかけて冗談で「苦しい／世界」の手話で表わしたとき、鳥辺が笑って「それじゃ、津堂先生は今晩死ぬかもしれませんね」と言った。鳥辺は単なる冗談でそう言ったのだろうが、津堂は不愉快になった。そばにいた人は、津堂の「苦界」を笑って聞き、「明日の準備がまだなのか。これからそれをやるのか。お疲れ様」と言ってくれた。津堂は、「鳥辺は、あんなふうに人の気を悪くすることをすぐに口にするから、いろいろな人から敬遠されるのだろう」と改めて感じた。そのことを津堂が福呂に伝えると、福呂は、「私も、手話を覚え始めた頃、『ろう者は、ストレートに言う人が多いな』と違和感を覚えたことがある」と話した。

「前、ある会合にろう者が参加したとき、手話が少しできる人がいて、『僕でよければ』と頑張って通訳してくれたの。最後に、そのろう者は、『ありがとう』とお礼を言って、その直後に『手話は下手でしたけどね』とつけ足していたの[注39]」

「えっ、『手話が下手だった』とはっきり言ったのですか」

「そう。だから、その通訳した人は、お礼を言われてもよい気持ちになれなかったと思うわ。そばにいた人が、あとで『ろう者は、遠慮がないんですね』と驚いていたわ」

「確かに、聞こえる人は『オブラートに包んだ言い方』が多いですが、ろう者はそれに慣れていないかもしれませんね」

福呂は、高等部での自立活動での経験を話した。

「『お通じはあるか』の意味を尋ねたら、生徒の八割が『私の話は通じているか』の意味だと解釈していることがわかったから、『排便はあるか』の意味だと教えたの。そのとき、『大便』は『バナナのような大きなうんこ』で、『小便』は『小さなころころしたうんこ』のことだと思っている生徒が案外多いこともわかったの[注40]」

思わず津堂は笑い、「確かに漢字だけを見ると、『小さな便』ですね」と言った。

「さらに、『社会の窓があいている』の意味を尋ねたら、知っていた生徒は一割ぐらいだったの。意味を説明したら、生徒から『〝チャックがあいていますよ〟と言えばいいのに、なんでわざわざそんな言い方をするのか』と聞かれたの。『聞こえる人の世界では、遠回しの言い方が相手に配慮した言い方とされることが多い。遠回しの言い方の意味がつかめない人は、空気が読めない人とされることがある』と話したけど、その生徒は、『直接言えばいいのに』と不満そうだったの」[注41]

「なるほどなあ」

そこで、津堂は、子どものときのことを思い出した。いとこが泊まりがけで遊びに来ており、母に「いとこはいつまで泊まるの」と尋ねたときのことである。母から「『いつまで泊まるの』は『早く帰ってほしい』意味にとられるから、本人の前でそんなことを言わないように」と注意され、幼かった津堂が驚いて、「僕は、もっと泊まってほしいなと思ったから、そう言ったんだよ」と言ったが、「そうだとしても、『早く帰ってほしい』という意味があると感じる人がいる可能性を考えなさい」と言われた。津堂は、手話を覚え始めたとき、聞こえる人の感じ方に無頓着なろう者がいることに驚いたことを思い起こした。そのような人は聴者にもいると言われれば、そのとおりなのだが。

その後もろう教育を考える集いや聴覚障害教職員親睦研究会などが開かれ、津堂や福呂は「またお金がなくならないか」と心配だった。しかし、鳥辺のことを知らない人は、鳥辺しかいない部屋に無防備にお金を置いたり鳥辺に会計を任せたりすることがあった。それで、福呂は、北条ろう学校の聴覚障害教員であるJ西が鳥辺と一緒に会計を担当することになったとき、J西に「南浜の小学部で盗難が頻発したことや前回の親睦研究会でもお金がなくなったことから、お金の管理に気をつけてほしい」と伝えた。

六

翌年のゴールデンウィークが終わった頃。福呂は、小学部の津堂と帰り道一緒になった。福呂が何の気なしに「小学部は最近どう？　変わりはない？」と声をかけると、津堂は、一瞬戸惑い、「何か聞かれたのですか？」と尋ねてきた。

「え、それ、どういう意味？　また何かあったの？」

「実は、また盗難が起きました。先週、小学部の教員親睦卓球のときです」

「えっ、知らなかった。職員朝礼では、何も聞いていないわよ」

「そうです。報告はされていません。『お金がなくなった』と騒ぎになったので、すぐに小学部部会が開かれて、相馬主事が『みんなで思いを語り合おう』と呼びかけて、それぞれが自分の思いを話しました。僕も『前盗難が起きたとき、最初は外部の人かと思ったが、何回も起きて、内部の人かと感じ始めて悲しかった。最近起きなくなってほっとしていたのに、またこんなことが起きて、とても残念だ』と話しました」

「鳥辺先生は？」

「鳥辺先生は、『人のお金を盗むことは悪いことだと思う』と言っただけで、隣の人の番になりました。結局、そのときは、みんな『悲しい。残念だ』と話しただけです。そのあと鳥辺先生は、体調がよくないみたいですが、毎日出勤しています」

「あの、もしかして、鳥辺先生、前の男の人とよりを戻しているのかしら？」

「さあ？　僕は何も聞いていませんが」

「本当にイヤね。これからもまた時々お金がなくなるのかしら」

福呂は、眉をひそめ、最近の出来事を津堂に話した。

「ネズミ講、悪徳商法、振り込め詐欺、結婚詐欺、ストーカー行為、ドメスティックバイオレンスなど、社会問題をよく知らない聴覚障害生徒が多いけど、口で説明するのは大変だから、絵が得意な先生に描いてもらったストーリー漫画を使って、被害に遭わない方法や日頃からどんなことが必要かを、社会や自立活動の授業の中で考えさせてきたの」

「それ、いいですね」

「その中に『男に金を貢ぐ女』というのがあるの。鳥辺先生のことがあったからというより、前から友達や恋人をつなぎ留めようとお金を渡す例があったからなの。別れ話が出たとき、今まで恋人のために使ったお金を返せと迫ってトラブルになった例もあったの」

「ああ、それは、聞こえる人にも聞こえない人にもいそうですね」

「マンガを使った授業をある研究会で報告したら、他県のろう学校からほしいと言われたから、『これらを送ってよいか』と副校長に尋ねたの。そしたら、『男に金を貢ぐ女』の最後のシーン、つまり職員室で同僚の机の下に置かれたカバンの中の財布をまさぐってお金を盗むシーンをカットして、文章で書いてほしいと言われたの。私が理由を尋ねたら、副校長は、ぽろっと『かわいそうでね』と言われたの。私が『は？　誰がかわいそうなんですか？』と聞いたら、あわてて『いや、犯罪場面を露骨に生徒に見せるのはよくないと思ってね』と言われたの」

「じゃ、副校長は、鳥辺先生と盗難事件のことを知っておられるのでしょうか」

「それは尋ねなかったわ。『男に金を貢ぐ女』のマンガ自体をカットしろとは言われなかったから、『いいですよ。こだわっていないから』と言って、最後のシーンだけ文に変えたの。本当は、他に男が女に暴力をふるうシーンがあるけど、それについては何も言われなかったから、『このシーンはダメで、このシーンはかまわないという理由が、今ひとつわからないんですけど』と言ってもよかったんだけど、なんか副校長をいじめているような気がして、言わなかったの」

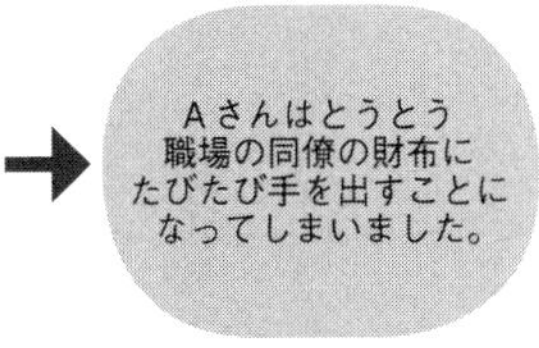

絵を文に変えることになった

「副校長が『かわいそうだから』と言われたのですか。校長から何を聞かれたのか知りませんが、副校長も、小学部の盗難事件の犯人は鳥辺先生と思っておられるのでしょうか」

「副校長は、口を滑らせたように『かわいそうだから』と言われただけよ」

その数日後、鳥辺は長休を取った。それを聞いた教員たちはささやきあった。

「先々週の盗難事件と関係があるのかな」

「私はあると思う。鳥辺先生、あのあとしんどそうだったし、次の日にふらっと倒れて保健室に行っていたし。盗難事件と無関係だったら、しんどくなるわけないよね」

「仮に今回の事件と無関係としても、去年の盗難事件と関係あるなら、今回初めてみんなの思いを交流したから、しんどくなるだろうね。本当に関係あるなら退職してほしい。逮捕や懲戒免職までは望まないけど、犯罪に染めた手で子どもに関わってほしくない」

「私も、黙って退職してほしいと思うわ」

津堂は、鳥辺が谷川とよりを戻してまたお金を貢いでいる可能性を考え、谷川の現在の状況を友人に尋ねた。そして、谷川は離婚し、亡くなった父親の会社を継ぐために北条市に戻ったことや、デフブラボー運営の中心は谷川から和賀に移りつつあることを知った。

七

津堂は、復職後の鳥辺がそれまでと比べて積極的になり、自分の悲惨な学校時代の話を同僚に聞かせることが増えたように感じた。鳥辺から「小学生のとき、同級生から『おまえと話すのはうざい。おまえがいると、うっとうしい』と面と向かって言われた」と聞いたとき、津堂も「確かにこの仕打ちはひどいな」と感じ、鳥辺が休み時間は本を読むようになったのもわかるような気がした。その一方で、聞こえない子ども全員が鳥辺のような仕打ちを受けるわけではないと思った。

後輩が「鳥辺さんは、すぐに聴覚障害や手話を使わない家族のせいにする。だけど、手話を知らない家族に囲まれて育った点や小学校から地域校へ行った点は、私と同じよ。大学で鳥辺さんと知り合った人は、最初は『聴覚障害があるから仕方ない』と思うみたいだけど、私とつきあい始めると、『聴覚障害があるとみんな鳥辺さんみたいになると思っていたけど、違うのね』と言うのよ」と話したことを、津堂は思い出した。復職後の鳥辺は自分の悲惨な経験を話したがっているように見えるが、言語化することで傷が浅くなる面があるから、これはよい傾向だと思う一方で、「私が同僚のお金に手を出したのは、こんな生い立ちのせいよ」と言い訳したがっているようにも感じた。

津堂は、小学校の難聴学級から私立の中高一貫校に入学したが、振り返ってみると、自分も聴者との人間関係で苦労したなと思った。歌のテストで、時間の節約のため二人ずつ歌うことになったとき、「相手は僕と一緒だと歌いにくいと思うので、僕一人だけで歌わせてほしい」と音楽の先生に前もってお願いし、本番では、「僕の歌はジャイアンみたいにひどいので、一人で歌います」と言ってみんなを少し笑わせてから、精一杯声を出して歌ったが、笑う人はおらず、逆に拍手が起きたのでほっとしたことを思い出した。

グループに分かれて好きな曲を演奏することになったとき、仲のよい友人に「僕も一緒でいいのか」と尋ねたら、「できることをすりゃいいんだよ。トライアングルならできるかな」などと、自分にもできる方法を考えてくれた。そのとき、津堂は、「僕は聞こえないからこれはできない」と言うだけでは反感を買うことがあるが、下手なりに努力しようとする姿勢を見せると、案外みんなに受け入れられることを学んだ。

クラスのコーラスでは、「僕は口パクでいくが、口の動きを合わせたいから口を見せてほしい」と頼んだら、友人は口を見せてくれた。「声を出して歌ってもいいじゃないか」と言った友人もいたが、「僕が声を出したら皆のハーモニーを乱す」と言って断った。その翌年、津堂が「去年は、僕は口パクだったが、着ぐるみを着て動くのはできないのかな」と言ったら、友人が「先生にかけあったよ。ＯＫだって。おまえは衣装をつけてみんなの笑いをとれ」と言ってくれた。他の友人が用意してくれた衣装を着て舞台に出て、コーラスの間ユニークな動きをすると、大喝采を受けた。

このことを通して、津堂は、聴者と何から何まで同じように行動しなくても、それなりに工夫すれば受け入れられることを学んだ。それで、その後インテグレーションする後輩に対して、「これはできないと言うだけでは反発を買うことがあるから、こんな方法ならできるというような言い方をしたほうがよい」とアドバイスするようにしてきた。

自分が通った学校が荒れていたら、自分の歌は笑われ、「おまえが入るとクラスは入賞できない」と面と向かって言われたかもしれない、と津堂は思った。鳥辺は「いじめられ、つらかった」と言ったが、そのいじめの程度は何で決まるのだろうか。津堂は、自分もグサッときたことが何回かあったが、全体的に見ればよい友人にめぐまれたと思う一方で、「聞こえません」だけでなく、どこまで聞こえてどこからが聞こえないのか、どんなところで不便を感じるのかを、もっと具体的に説明すればよかったと反省した。それで、「鳥辺のいた学校はどんな雰囲気だったのか。なぜ悲惨な学校生活を送ることになったのか。自分の悲惨な体験談だけでなく、『こうすればよかったと思う』という気づきや反省も含めて語ってほしい」と思った。

数か月後の職員会議で「コンプライアンス」についての説明があった。法令遵守という意味だ。校長が教育委員会からの通達の内容を説明している間、津堂は、隣に座っていた鳥辺の表情を観察した。鳥辺は、手話通訳者の顔をほとんど見ようとせず、資料に目を落としていた。話題が変わると、ほっとしたかのように、通訳者の顔を直視していた。

その後、高等部の福呂は、湯川から鳥辺が吉尾彰《よしおあきら》とつきあっていることを聞いて驚いた。吉尾は、高等部からろう学校に入学し、自動車会社に就職した生徒だった。福呂は「大卒の女性が高卒の男性と結婚することもあるのかと思ったが、これは差別かな」と思い、黙っていた。しばらくして、その話が高等部の他の教員に伝わったとき、吉尾を知る教員たちも、「あの吉尾が鳥辺先生と結婚したのか」と驚いていた。

八

一年後、津堂は、保護者の一人から「鳥辺先生の母親が、今年度の『お母さんをたたえる会』で表彰されることになった」と聞き、不愉快な気持ちになった。「聴覚障害児を育てたお母さんをたたえる会」では、毎年各都道府県で推薦された数名の母親を東京の霞が関に集めて表彰しており、秋篠宮紀子妃も参列されるものだった。

相馬主事もそれを聞き、周囲に誰もいないのを確認してから、津堂に「鳥辺先生の母親が表彰されると聞いて、複雑な気持ちになったわ」と言ったので、津堂は尋ねてみた。

「鳥辺先生のお母さんは、娘が小学部で頻発した盗難事件と関わりがあるかもしれないことを知っておられるのでしょうか」

主事は、「いいえ」と首をふった。

「私は、鳥辺先生の母親には、谷川からお金を要求されたことしか伝えていないの。『聞こえているようで、実は家族の団らんから疎外され、孤独を感じている人が多い。今からでも手話を覚えて、娘さんと会話してほしい』としか言っていないの」

相馬主事は、申し訳なさそうな顔をし、「私としては、鳥辺先生がそしらぬ顔をして子どもに接しているのを見ると、早くみんなに正直に話して、これ以上罪を重ねないでほしいと思う気持ちと、小学部から犯罪者を出したくない気持ちの間で、葛藤しているの」と言って、ため息をついた。

津堂は、後日自分に教えてくれた先生が犯罪者だったと知ったとき、大半の人は不愉快に思うだろうことから、鳥辺には早く身の振り方を考えてほしいと思ったが、その伝え方によっては人権問題に発展しないかと思い、何も言えなかった。鳥辺は、津堂の思いを敏感に感じとっていたのか、その後も津堂に自ら話しかけることはほとんどなかった。津堂は、「鳥辺は、自分をこわがって近寄ろうとしない」と感じた。

五章　ろう学校体罰事件

「うかつだった。げんこつの場面をひそかに録画されるとは思わなかった。自分は甘かった」

村田《むらた》壮一郎《そういちろう》は、何回ほぞをかんだことだろうか。

一

武市明日香は、南浜ろう学校に通っていた。明日香は、小学部低学年のときの担任が嫌いだった。

「今の日本語、もう一回言ってみて」とたびたび言われるのが、特に嫌だった。

「今『こあめ』と言ったと思うけど、『こさめ（小雨）』だよ」

「『トイレ、行く、待って』は、友達に対してはかまわないけど、先生に対しては、『トイレに行くので、待ってください』のように、ていねいに最後まではっきり言おうね」

「今の『視力検査』が、『しろくけんさ』と聞こえたけど、今言い直したら、ちゃんと『しりょくけんさ』と言っているとわかったわ。これからも発音に気をつけてね」

明日香は、このように読みの間違いを指摘されたりきちんとした文章で言い直させられたり発音を矯正されたりするのが、うっとうしかった。教員たちは、卒業生から「学校にいる間にもっと勉強しておくべきだった。特に読み方は、会社で間違えると笑われる。学校や家で間違いを指摘されたときはうざいと思ったが、本当は大切なことだった。ワープロを打つとき読みを間違えると漢字がなかなか出てこないし」と聞いていたので、うるさく思われようと毎日の積み重ねが大事だと信じていた。

明日香は、「聴覚障害のある和賀先生は、こんなことを言わない」と感じた。声を出さなくてもため口をきいても何も言われないので、いつしか「聞こえないから、漢字の読みや発音は正確でなくたっていい」と思い始めていた。

明日香の兄の浩太朗は、中学部で担任に反発していた。中一のときの担任は、手話は上手だったが、授業や部活動では厳しかった。マナーや提出物の締切に厳しい教員だった。浩太朗は、「そんな学習態度じゃテストに合格できないよ」と言われると、家で母親に「先生から『おまえは合格できない』と言われた」と訴えた。母親も、担任とウマが合わないと感じていたので、主事に「今の担任に続けて担任させないでほしい」と訴えた。主事は、面倒な事態になるのをおそれて、次年度に担任を他の教員に代えた。

その後、浩太朗は、授業で何かを厳しく指導されると、「ママに言いつけるぞ」と言うようになった。息子が嫌いな先生は母親からも嫌われる先生になり、息子が好きな先生は母親からも好かれる先生になった。

このような母子だったから、周囲の教員は手加減しながら浩太朗に接していたが、村田壮一郎は、どの生徒にも平等に厳しく指導した。卓球部で、村田が「そんな練習態度じゃ全国大会に出られないぞ」と言うと、浩太朗は母親に「村田先生から『おまえは下手だから全国大会に行けない』と言われた」と訴えた。団体戦のメンバーに入れなかったとき、「僕は村田先生から嫌われているから、団体戦のメンバーからはずされた」と訴えた。それを真に受けた母親は、主事に怒鳴りこんだ。

このようなことが重なって、村田は、次年度に小学部へ異動した。

二

村田が小学部へ異動した年の六月、全校職員朝礼で、副校長から「中学部の塩野康信先生は、体調がすぐれず、当分の間長休を取られることになりました」と報告があった。南浜ろう学校では、中学部と高等部の教員は、教科毎に連絡を密に取り合っていた。竜崎は、高等部の福呂は中学部の塩野と同じ社会科なので何か聞いていないかと思って、福呂に尋ねてみた。

「塩野先生から直接聞いたのではないけど、塩野先生と和賀先生の間でいろいろあったみたい。二人ともデフブラボーに熱心に関わっていて、バイリンガルろう教育を信奉していると思われているけど、実際は、二人の間で不協和音が走っていたみたい。塩野先生は、和賀先生からいろいろ言われて、ストレスになったみたい」

「そう言えば、最近の塩野先生は、口話に対して柔軟になった感じでしたね」

竜崎も思い当たることがあった。塩野は、中学部で最初から声なしの日本手話を使おうとしていたが、一年後に和賀が北条ろう学校から異動し、「私は、ネイティブサイナー（手話を生まれたときから使う人）。私のほうが日本手話をちゃんと使える」と言って、塩野の手話を「それは違う。本当のろう者はこんな手話を使う」と人前で否定した。また、塩野が時々発声することを「塩野先生は本物のろう者ではない」と批判していたので、それが塩野にとってはおもしろくないようだという話を、竜崎も聞いていた。

「人権救済申立があった頃、塩野先生は研修部員で、日本手話やバイリンガルろう教育をテーマとする講演会の案内を持ちこみ、全校に紹介したりしていたでしょう」

「ああ、『研修部は日本手話やバイリンガルろう教育の推進部』と言われていましたね」

「そのあと研修部で話し合われ、人権救済申立を応援する署名用紙は研修部として回さない、学校宛に来て研修部に回された案内だけを紹介すると決まったとき、和賀先生が、『研修部のあなたは何をしていたのか』と言って、塩野先生を責めたらしいわ」

「えー」

「塩野先生は、最初は、日本手話で学力を伸ばせると信じていたみたい。だけど、社会を教えているうちに、限界を感じて悩んでいたみたい。たとえば、歴史のエピソードを手話でおもしろおかしく話すと、受ける。反応がいいから理解されたと思って、テストすると、悲惨な結果が出る。『征夷大将軍』『執権』『殿様』『天皇』『上皇』がごちゃごちゃ。『年貢』『税金』『攘夷』『勤王』など難しいことばの意味や読みが覚えられない」

「ああ、それらのことばは、口形なしの手話で表すのは難しいですね」

「『日本語を言いながら手話をつけてほしい』と言う生徒や、聴覚活用できる生徒もいる。それで、発声や聴覚活用も必要なら使うほうがいいのかと悩み始めたら、和賀先生から『それは、あなたの手話がまだ本物の日本手話じゃないから』と言われたらしいわ」

「えー。僕も、口を動かさない手話だけで高い学力を獲得できるとは思えませんよ」

「塩野先生は、和賀先生から厳しいことを言われて、それがストレスになったのではないかと聞いたわ。和賀先生にしてみれば、同志にはずっと同志でいてほしかったんだろうね」

竜崎は、以前のできごとを思い出した。それは、始業式で校長が自ら手話を使って話したときのことだ。幼稚部の教員は、担任する幼児のすぐそばで、校長の話を簡単に言い換えたりしていた。村田は、自閉的傾向があり飛び出そうとする小学部の児童を軽く抱きかかえ、その場にいさせようとしていた。津堂は、自分の担任する児童がポケットに手を突っこみながら校長の話を聞いていたのを見て、手話でさりげなく手をポケットから出すよう指導していた。そのすぐそばに中学部の塩野と和賀がいたが、塩野は、腕組みをしていた手をおろし、直立不動に近い姿勢に改めた。一方、和賀は、ジャケットのポケットに手を入れたままだった。それを見て、竜崎は、「和賀先生は、津堂先生の指導を見ても変化がなかった。塩野先生は、手をポケットに入れていなかったが、津堂先生の指導の本質は目上の人の話を聞く態度にあると察し、自ら姿勢を改めた。この二人の違いはどこから来るのか」と思った。以前、ある教員が、「『人の振り見て我が振り直せ』というが、これが苦手なろう児が多い。これは、ろう児が悪いというより、団らんや雑談から疎外されてきたことの現れの部分が大きいと思う」と言ったが、「和賀先生はデフファミリーで育ったから、家族での団らんには十分に入れていたと思うけどな」と思った。

竜崎は、塩野は和賀と比べて広い視野や柔軟性、常識をもっているように感じ、今後も塩野は和賀や谷川と一緒に活動を続けるのだろうかと思っていた。その後、塩野は、休職中に人工内耳の手術を受け、かなり会話が聞き取れるようになったという。もともと中学まで聞こえていたので、人工内耳の効果が現れたのだろう。復職後の塩野は、和賀や谷川と一線を画しようとした。「今までの自分は、無理矢理自分をろうの世界に押しやろうとし、日本手話を必要以上に賛美したりしたが、人工内耳をつけて、昔の自然な自分を少し取り戻せたような気がする。だが、今聞こえる音の質は、昔のと違う。人工内耳だけで全て聞き取れるわけではない。手話併用が一番わかりやすい。だが、声なしの日本手話がよいと言う人の思いも尊重されるべき」と語ったが、ある生徒から「人工内耳をつけた人は、聴者の国へ帰れ」と言われたのがショッ

クだったという。この生徒は、デフブラボーに熱心に参加し、発声をやめていた。

三

和賀桃香や谷川茂治は、次のデフブラボーの企画を相談するために役員会に参加した。

「見て、見て。この新聞記事！」

保護者のＫ滝が、新聞の切り抜きを持ってきた。そこには、次のように書かれていた。

Ｖ曽ろう学校で体罰　二〇〇五年六月十日

Ｖ曽県立Ｖ曽ろう学校で、男性教諭（五二）を含む二名の教諭が小学部低学年児童の足を蹴るなどの体罰を行っていたことが、四日明らかになった。学校側の説明によると、前年十二月中旬の放課後、数人の児童が教室で騒いだとき男性教諭が注意したが、児童が男性教諭を蹴ったため、男性教諭は児童のひざを蹴り、頭をこぶしでたたいた。学校は、三学期の途中からこの教諭を全ての授業から外した。[注42]

和賀や谷川は、Ｖ曽県のＧ藤富江たちと交流があったので、この体罰事件はＶ曽ろう学校の中で問題になったときから知っていた。

「この体罰は十二月に起き、親はこの先生を担任からはずしてほしいと言ったのに、学校側は、最初は『そんな事実はない』と言ったらしい。さらに三月、他の先生が体罰をしたと親が訴えたのに、それも最初は聞く耳をもたなかったらしい。それで、親がある議員に訴えて、その議員が動いてくれたから、やっと事実調査が始まったらしい」

「へぇ。ひどい話だね」

「ここに書かれている教諭二人は口話法にこだわっていた先生だから、これで日本手話導入の雰囲気が盛り上がったと、G藤さんが言っていたよ。体罰に対する見方は年々厳しくなっているから、体罰をネタに目障りな教員を追い出せるかも、と言っていたよ」

「なるほど。うちの学校でもそういう体罰現場を押さえられたらいいのにね」

和賀は、塩野や鳥辺、福呂、竜崎、津堂、村田の顔を思い浮かべた。

塩野は、前は運動を一緒にやっていたのに、今は人工内耳をつけて「口話も必要」と言い出し、管理職を喜ばせている裏切り者だわ。鳥辺も、大学生のときと今とで言っていることが違う。福呂は女性で、手をあげる場面はないから、ムリ。竜崎や津堂は、若い男の先生だから、セクハラになるよう仕向けられるかもしれない。村田は、もともと体育系で、古いタイプの先生で、時々子どもにげんこつを食らわせている。でも、校内では、これらの先生に味方するような先生、管理職ばかりだわ。

そのとき、谷川が「V曽県では、ビデオがあったから、新聞記事にできたらしいよ」と言った。

「え、ビデオがあったの?」

「公になっていないけど、実はビデオに撮られていて、それが決定的な証拠になって議員を動かし、教育委員会を動かしたらしいよ」

「そんなちゃんとした証拠があることは、この記事には書かれていないわ」

「校内の先生がひそかにビデオに撮ったという噂があるんだ。保護者が撮ったんならともかく、同じ教員が撮ったとわかるビデオなら、公にしにくいんじゃないかな」

「でも、ビデオがあると、皆すぐに動くんだね。ビデオがなかったら、『そんな事実はない』『手が少しふれただけ。暴力ではない』などと、のらりくらり逃げるんだろうね」

和賀は、自分の嫌いな教員を追い出せないものだろうかと思い始めた。

四

和賀は、鳥辺のことをよく思っていなかった。ろう児の人権救済申立が行われた頃の鳥辺は「日本手話が使えるろう学校にしたい。私も頑張る」と勇ましいことを言っていたくせに、ろう学校に着任すると、「日本手話だけでは、高いレベルの書記日本語を獲得させるのは難しい」などと言って、管理職の歓心を買っているように見えた。

和賀は、日本手話を望む親の子どもが南浜ろう学校小学部に転入する話を聞き、小学部への異動を希望したが、小学部主事は、和賀の異動を拒み、鳥辺を担任とした。それを知った和賀は、鳥辺を呼び出し、「あんたがいなかったら、私が小学部へ行ってあの子を担当して、あんたよりずっと上手な日本手話で指導して、あの子の学力を伸ばせたのよ」と怒鳴りつけた。

その話は、鳥辺から相馬主事に伝えられた。主事は、福呂との雑談の中で、「和賀先生は小学部への異動を希望していたが、私が断った」と話したので、福呂は、主事が和賀を小学部に入れまいと思っていることを知った。

その後、和賀は、第一子の育児に追われ、朝の全校職員朝礼に参加していなかったので、小学部で盗難事件が頻発したことを最初は知らなかった。しばらくして、北条ろう学校のJ西は、ろうあ協会青年部の活動の中で和賀と打ち解けたので、福呂から「南浜の小学部で盗難が頻発し、最近の聴覚障害教員親睦研究会でも盗難が起きたから、お金の取り扱いに気をつけて」と言われたことを、和賀に話した。和賀は、それを聞いてすぐに校内の盗難事件について何人かの教員に尋ね、「鳥辺のことではないか。貢いだ相手は谷川ではないか」と感じた。鳥辺が大学時代に谷川に傾倒し、デフブラボーの企画に積極的に協力したことを知っていたからだ。

和賀は、その後のデフブラボーの集まりで、谷川に「あんた、鳥辺さんとつきあっていたとき、かなりお金をもらってたんじゃない?」と尋ねてみた。

「ああ。お金をくれなきゃ会わないと言ったら、一か月に十万円ぐらいくれたぜ」

「そんなに! でも、鳥辺さん、障害基礎年金もあるから、余裕あるかな」

「鳥辺のアパートの家賃は七万円とか言っていたぜ」

「それぐらいはするでしょ。食費、光熱費、洋服代……、やっぱり苦しいかな」

「おい、なんで、急にそんなことを尋ねてくるんだよ」

「実はね……」と言って、和賀は、少し前に小学部でお金が頻繁になくなったことを話した。谷川の目がきらりと光った。

「ふーん、あいつが職場のお金を盗んだのか。こりゃ、おもしろいことになったな」

「あんた、それをネタにお金をせびろうと思っているの？　脅迫罪になるわよ」

「いや、冗談だよ。前ろう学校へ行ったら、先生が警察を呼んで、俺はしょっ引かれた。そのとき、今度鳥辺にお金を要求したら逮捕すると言われた。今は、親父が財産を残してくれたから、お金に困らないし、今つきあっているL塚ケイコがいい金づるなんだ」

「次から次へとよくやるわね。それはさておき、ちょっと考えたんだけど」

そう言って、和賀は、V曽ろう学校の体罰事件とビデオのことを話した。

「つまり、鳥辺に体罰現場をビデオに撮らせるわけか」

「そう。校内で、私は『日本手話支持者』と思われているけど、鳥辺さんは『口話も手話も』という雰囲気だから、口話主義者から警戒されていない。少なくとも私よりはね」

「で、誰かターゲットがいるのか」

「ええ。塩野先生とか村田先生とか。気に入らないって言えば、村田先生より塩野、竜崎、津堂先生のほうだけど。誰かが体罰事件で新聞に載ったら、V曽ろう学校と同じように、『お互いに通じる日本手話でないからこんな事件が起きる』とマスコミに流せるわ。V曽県と同じように、日本手話による教育が必要という雰囲気が一気に盛り上がるわ」

そこで、谷川は、寺前照秀という「人権派」で知られる議員に、日本手話による教育を望む旨の手紙を出したら、すぐにていねいに返事をくれたことを話した。

「すごい。議員が動いたら、教育委員会も学校もすぐに動くわ。百人力だわ」

「で、どのように進めたらいいかな」

かくして、谷川と和賀は、口で言ったことは残らないことを計算に入れながら脅迫罪に問われないように、巧みに鳥辺に「塩野先生か村田先生か誰かの、体罰か何かの現場をビデオに撮る」ことを承伏させた。ただし、鳥辺は小学部なので、最終的には小学部の教員の体罰現場が撮られることになるのではないかと思っていた。

五

盗難事件が頻発した小学部では、ほとんどの教員が貴重品を入れたサイドバッグを肌身離さず持つようになっていた。鳥辺もサイドバッグを身につけ、「ろう児には文字で示すことが大事なので、メモ用紙とマジックが入っている。それから、子どもが何かを初めてできるようになったらすぐに写真に撮ってクラス新聞に載せるため、デジカメが入っている」と言っていた。相馬主事は、津堂に「鳥辺先生がサイドバッグをつけ始めたのを見て、思わず『なんであなたがつけるのよ』と言いそうになったわ」とささやいた。

小学部低学年のケンタは、聴覚障害と自閉症をあわせもっていた。自分の思いどおりにならないとパニックになり、相手を平手やこぶしでたたくことがたびたびあった。ある日、ケンタはパニックを起こし、近くにいた女児をたたいたので、村田は思わずケンタを押さえつけ、「人をたたくんじゃない。ほら、マリちゃんが泣いているじゃないか。人をたたいたらこんなに痛いんだぞ」と言って、ケンタの頭をこぶしでたたいた。その光景が、待ちかまえていた鳥辺によってひそかにビデオに撮られ、和賀に渡された。

PTA役員のK滝は、役員会が終わったあと、ケンタの母親に「村田先生がケンタくんに体罰をしたらしいよ」とささやいた。ケンタの母親は「ケンタはよく人をたたくので、先生はそれを止めようとされたんだと思う。うちの主人も暴れるケンタをたたくことがある」と答えたが、K滝は「それでも体罰は許されないわ。目撃者がいるのよ。村田先生がケンタくんをげんこつでたたいたのよ。これを許してはいけないわ。あなたが言えないなら、私が校長先生に言ってあげる」と言って、強引に承諾させた。K滝は、すぐに校長室へ行って体罰行為があると訴えた。校長は「事実であればそれは許されない。こちらでもすぐに調べてみる」と答え、その場は引き取ってもらった。

このことはすぐに小学部主事に伝えられた。相馬主事は「うちの学部では重複障害児が多く、パニックになって暴力をふるったとき、それを押さえることはあるけど」と答えた。

翌朝の小学部職員朝礼で、主事から「体罰があったと訴える親がいる。V曽ろう学校の体罰事件の二の舞にならないよう、気をつけるように」と伝えられたが、すでに遅かった。ビデオは、和賀や谷川を通して、寺前議員に渡された。寺前議員は教育委員長に電話をし、教育委員長から電話を受けた校長は蒼くなった。小学部主事は、逡巡した末、村田を担任からはずした。小学部の一部の保護者はそれを聞き、「他の先生も体罰をしている。自分の子どもの担任からはずしてほしい」と口々に訴えた。教員たちは「連鎖反応が始まった」と感じた。

これには、口話と手話の問題もからんでいた。小学部では、経験年数の長い教員が多く、口話を大切にした指導を行っていた。手話もできる範囲で用いていたが、日本語は日頃から意識的に指導しないと身につかないと考え、毎日大量の宿題プリントをつくり、保護者にも協力を求めていた。「家庭で親が子どもの宿題に協力するのは当り前。できないのは親の怠慢」という雰囲気があり、一部の保護者の反感を買っていた。

経験年数の長い教員は、親の気質の変化に対する教師たちの鈍感さが今回の事件の遠因となったと語った。つまり、以前は、家庭を犠牲にしてでもわが子にことばを身につけさせたいと願う親が多かったので、それに甘えて、教師も、絵カードの色塗りやことばのおさらいは親の仕事と決めつけた。しかし、今は、シングルマザーも増え、「言語指導は学校の仕事でしょ」と言い切る親も現れた。この体罰事件が起きたあと、幼稚部の親は、「教室の後ろでの参観[注43]は、親の義務ではない。朝子どもを学校に送り届けたら、あとは自由にさせてほしい」、「毎朝の弁当づくりはしんどい。学校の給食を幼稚部の子どもも食べられるようにしてほしい」などと訴えた。

口話法が優勢だった頃は、「教師は聖職」と考える人が多かった。口話法は、周りの人に努力と工夫を求める方法であり、保護者にも献身的な努力が求められたが、当時はそれが当たり前と思う人が多かった。しかし、今の保護者は、学校と家庭を区別し、教師と親を区別する。バイリンガルろう教育の主張は、「親の献身的な努力は必要ない」という考えと結びつき、支持者を増やした面もあるように思われた。

三か月後、「Q桜県立南浜ろう学校でも体罰!」という見出しで、村田壮一郎の体罰事件が新聞に載り、村田は依願退職した。それ以来、村田はろう学校に姿を見せなかった。

人工内耳親の会会長の金沼克子は、新聞を読み、歯ぎしりした。村田は、かなり以前に聴力検査に関わっており、克子と親交があった。

塩野は、人事異動希望を出し、村田が退職した年の翌年に他校へ異動していった。

六

体罰事件の一年後、福呂は、校内の誰かが村田の体罰現場をビデオに撮って議員に流したという噂を聞き、はっとした。鳥辺の長休は、小学部での盗難事件と関係すると思っていたが、鳥辺が体罰現場を撮影したのなら、それも苦しみのもとになったのではないか。鳥辺は、あのサイドバッグの中にビデオカメラを隠し持っていたのか。さらに、体罰事件のターゲットとして、実は村田より塩野がねらわれていたという噂を聞いたとき、福呂は、「塩野先生は、身の危険を感じ、南浜から逃れるために人事異動を強く希望したのか」と思った。

ある日、津堂は、福呂にためらいがちに話した。

「あの盗難が起きたとき、校長も『犯人は鳥辺先生だと思う』と個人的に僕に言われました。黒ずくめの男が警察に連れて行かれた日の翌日の部会で、主事が母親に、鳥辺先生がその男にお金を貢いでいたと伝えたことが報告され、その後盗難がやんだことから、何人かの先生が『鳥辺先生が犯人だと思うが、知らん顔をしているのを見るのは不愉快』と思いつつ、ふれないようにしてきました」

「そうでしょうね。周りの人は、気持ちがよくないでしょうね」

「今頃言っても仕方ないんですが、そのとき、僕は、鳥辺先生がろう学校に居続けると、何か悪いことが連鎖して起きないかと感じていたんです」

「村田先生の体罰事件が起きたから、改めてそう思ったわけね」

「ええ。鳥辺先生が村田先生の体罰現場を撮り、そのビデオが寺前議員に渡ったというのは、噂で聞いただけで、それが本当なのか、証拠がないんです」

「証拠がないから、動けないわけね。校長が言ったように、ね」

「管理職なら、鳥辺先生に盗難事件との関わりを尋ねられるのでしょうか」

「管理職も尋ねられないでしょう。特に、校長は、事なかれ主義だから。『まあまあ』でおおごとにしたがらない人で、まさに長いものに巻かれろという主義だからね」

「その校長の性格で僕たちも助けられている面があるんですが、鳥辺先生がこのままろう学校にいると、また何か悪いことが続いて起きないかと不安なんです」

「村田先生の事件でも感じたけど、管理職は、身を縮めて、さざ波が鎮まるのをひたすら待とうという感じ。だから、このままふれたがらないと思うわ」

福呂はそう言ったが、津堂の「また何か悪いことが連鎖して起きないか」という不安はその後も的中することになる。

七

竜崎は、北条ろう学校のJ西から「塩野先生に久しぶりに会い、手話で話しかけたら、『僕は手話と決別した』と言ってよそよそしくされた」と聞き、それを福呂に話した。

「塩野先生は、中途失聴で苦しみ、ろう者の仲間に入りたくて手話を覚えたわけでしょう。そして、人工内耳をつけたから手話はポイという態度じゃ、あのイソップ童話のコウモリみたいです。鳥とけものの戦争で、状況に合わせて『自分は鳥の仲間だ』と言ったり『自分はけものの仲間だ』と言ったりしたコウモリは、やがて仲間はずれにされる話ですが、鳥とけものの両方とも仲良くしたいと言うこと、つまり、音を取り戻したが、手話も使うから仲間でいたいという態度をとることは、そんなに難しいんでしょうか」

「あなたの気持ちもわかるけど、塩野先生も苦しんだと思うよ。塩野先生は、最初は、『手話も口話も必要』と言って、ろう者と聴者の両方ともつきあおうとしたけど、予想以上に人工内耳のことで中傷を受け、『裏切り者』と言われたりして、彼らから最も遠い世界である『聴者の世界』に無理矢理戻ろうとしたのではないかしら」

軽度の難聴者である福呂は、人工内耳をつけた塩野の気持ちを忖度しようとしていた。「なるほど。デフブラボーの人たちは人工内耳に反対しているから、塩野先生は彼らから最大限に遠ざかろうとしたわけですか。そうそう、難聴児親の会が、塩野先生に人工内耳をつけた体験の講演を依頼したそうですが、断られたらしいです」

「そうでしょうね。塩野先生が長休を取った当初は、人工内耳のことはまだ考えていなかったらしいわ。けど、いろいろ悩むうちに、『昔の自分に少しでも戻ると、自分の精神的なストレスが減るかもしれない』と思って、人工内耳の手術を受けたらしいわ」

「塩野先生が休みを取ってから人工内耳をつけると決めたとは、知りませんでした」

「塩野先生は、最初は『手話も口話も必要』と言うつもりだったけど、予想以上に中傷を受け、他校への異動を希望したのだと思う。自分の長休やアイデンティティ確立の苦しみにふれずに人工内耳を語ることは難しいと思うわ。でも、私としては、いつかは、自分の心の揺れ動きの経過を人に語れるようになってほしいと願っているのよ」

「そうですね」

福呂は難聴だったが、自分の聞こえの限界をありのままに認めることの大切さを日頃から感じていたので、自分が考えていることを竜崎に語った。

「人工内耳装用者には三つあって、一つめは人工内耳で難しい話でもかなり聞き取れるケース。二つめは人工内耳の限界を自覚し、手話も自分に必要と認めて、目も耳も使おうとするケース。三つめは人工内耳の限界から目を背け、口話にしがみつき、手話を拒むケース。塩野先生は、最初は一つめまたは二つめを目指そうとしたけど、和賀先生や谷川さんからいろいろ言われて、この二人から最も遠い世界へ無理矢理戻ろうとしたように感じるの」

「なるほど」

「塩野先生には、ゆくゆくは二つめとして堂々と自分の経験を語ってほしいと思うわ。それから、今年北条ろう学校から来た金沼先生は、Q桜県で最初に小児人工内耳をつけた人だけど、最後の三つめのように思うの。今、小学部でいろいろ起きているみたい」

福呂は、竜崎が小首をかしげたのを見て、「竜崎くんは、今小学部で起きていることを知らないのかな」と思ったが、話を続けた。

「教育大学を卒業して北条ろう学校に配置されたJ西先生は、他県で小児人工内耳をつけた人らしいけど、さっき言った二つめで、周りの先生たちとうまくやっているみたい」

「ああ、J西先生は、いろいろな人と協調できる先生のようですね。前会ったとき、『自分は人工内耳で大丈夫だと思っていたが、手話を覚えて、それまでの自分は曖昧に聞こえた音声と前後の文章から必死で推測していたとわかった。手話は、推測に費やすエネルギーを減らし、思考する余裕をさらに生み出してくれた[注44]』と言っていました」

「なるほどね。人工内耳は、万能ではなく、補聴器の一種だと思ってほしいわね」

「そうそう、J西先生、おもしろいことを言っていましたよ。『他県のあの人は、耳鼻科医師から第二の〝西川はま子〟に仕立てられている。私も、前は人工内耳の宣伝に使われたかもしれないが、手話と出会って、人工内耳の効果の部分には感謝するが、人工内耳の限界の部分から目を背けないでほしいと言うようにしている』と言っていましたよ」

「確かに、〝第二の西川はま子〟がどこかで生まれているだろうね」

「『人工内耳をつけても話がわからないのに、なぜ人工内耳をつけるのか』と言われ、人工内耳の外側の部分をはずした人もいますが、単なる生活音がしたとわかるようになったなら、それだけでも人工内耳の意義はあると思うんです」

「私もそう思う。前、聴力検査室の先生が、『生徒が補聴器をはずすことを叱るのではなく、自分たちの補聴器フィッティングが下手だったと考えるようにすべき。補聴器が本当に効果的なら、自ら手放さないはず』と言われたけど、人工内耳も同じだと思う」

福呂が「以前の聴覚障害教員は、手話を認めさせようと一丸となれたけど、今後は『声なし手話』

派、『口話も手話も』派、『聴覚口話』派に分裂するだろうね。前から難聴者協会とろうあ協会の間には相容れないものがあったけど、同じ重度のろう者でもばらばらになっていくんじゃないかな」と言うと、竜崎も「僕も、『声なし手話』派が強い団体の研究会には参加しづらいです」と言って、ため息をついた。

八

その後も、体罰事件は、何回も新聞をにぎわした。福呂は、X塔県のろう学校での体罰事件が報じられた日の翌日に、竜崎に言った。

「この頃体罰事件が多いわね。私、背景に何かあったのかと考えるようになったわ。ろう学校での体罰事件の全てがコミュニケーション論争に関わっているとは思わないけど」

「僕もです。V曽ろう学校の体罰事件も、口話と手話をめぐる対立がその背景にあったと聞きましたが、V曽の場合は、それまで手話に否定的すぎて、ろうあ協会の人が『自分は口話も手話もと考えているが、日本手話だけが正しいと考える人たちが派手に動いたおかげで、手話の解禁が急速に進んだ』と喜んでいるらしいと聞きました」

「V曽ろう学校小学部で、日本手話クラスと口話併用手話クラスに分かれ、建物も別、運動会も別と聞いたわ。もっと驚いたのは、先生たちの親睦会も別らしいのよ」

「えー。親睦会がなんで別なんですか」

「考えが相容れない人たちと一緒にお酒を飲みたくないから、のように聞いたわ」

「それはおかしいです。考え方が違うから場を分けるのではなく、ろう学校全体でみんなの進む方向を模索すべきです」

「私もそう思うわ。ただでさえ聴覚障害児の人数が減っているのに、こんなことをしたら、さらに集団が成り立たなくなるわ」

そこで、福呂は、竜崎が以前話したことを思い出した。

「口話に自信がないろう者は、手話が全てという風潮を歓迎するだろうね。前、竜崎くんは、『将来生徒が、新転任の先生が手話ができないのは問題と言って訴えないだろうか』と言っていたけど、それが起きたら、今回の体罰事件と同じで、背景に口話を使わない手話になだれこみたい人たちの思惑があるかもしれないと思うようになったわ」

「そうですね。ろう学校に採用されたがっているろう者がいたら、生徒をたきつけて、手話ができない教員がいるろう学校を問題視する雰囲気をあおりたてて、自分の採用につなげたがる人がいるかもしれませんね」

「本当に力があるろう者なら、採用されて当然だけどね。発声の有無や発音の明瞭度より、教える力や日本語の力を見てほしいわね。アメリカでも、英語対応手話の否定とアメリカ手話の強調の背景には、自分の職の確保があったというような話があるらしいわ」

「保護者はうつろいやすいものですから、今は、『手話ができる先生に担任になってほしい』と叫んでいても、今度は、『日本語の間違いが多いろう者には担任してほしくない』と叫び始めるかもしれませんね。とすると、結局、教科指導力や日本語力ですね」

「あるろう学校の校長は、ろうあ協会から『ろう児が助詞を使えないのは、先生の手話が下手だから』『目と手を使えば全てうまくいく』などと言われて、お困りだったわ」

「それは、『先生たちの日本語が下手だから、日本人の聞こえる子どもは英語がなかなか身につかない』と言うのと同じになりませんか」

今度は、他県のろう学校で、聴力について保護者の相談を受ける立場にある教諭が、人工内耳に関する海外研修旅行に出かけたが、その費用を人工内耳のメーカーである会社が負担しており、これは倫理規定に違反する疑いがあることが、新聞で報じられた。[注45] 聴力検査に関わる教員たちは、管理職から「人工内耳メーカーとの癒着を疑われる言動は厳に慎むように」と注意を受けたので、人工内耳装用を迷う保護者に対してQ桜県で最初に人工内耳の手術を受けた金沼規子の母親を紹介することも控えるようになった。

ある県の校長が「ろう学校として人工内耳を勧めることはしていない。人工内耳装用児の親の希望は、日本手話を使ってほしいという親の希望と同じように、尊重したい」と言うと、あるろうあ協会の幹部から「ろう学校は、人工内耳を勧めないだけでなく、人工内耳をやめさせるように積極的に働きかけるべき」と言われたという。それを聞いた教員が、「このろうあ協会の『耳を目に口を手に変えれば、全てがうまくいく』『口話は使わず手話一本で行くほうが学力を獲得できる』『ろう学校は人工内耳をやめるよう助言するべき』のような文がちりばめられた要望書を、ＰＴＡや親の会、難聴者協会、医師たちに見せたら、どう言われるだろうか」と言うと、校長は「戦争になるだろう。だから、公開したくない」と答えたという。「マル秘の文書か」と尋ねると、「団体印が押されているからマル秘ではないが、人に見せたくない」と言われたという。

「その県では、ろうあ協会が教育委員会に『手話はりっぱな言語だから、ろう学校は口話を使わない手話で教育するべき』と要望したらしいわ。でも、誰かが『その動きの中心の一人は、中途失聴者で発声している。自分は発声による恩恵を享受しながら、声なし手話で教育すべきと言うのは、おかしいんじゃないかな』と言ったらしいわ」

「声なし手話で聴者と同じ日本語の力を獲得できる保証がまだないのに、ですか。ろう学校に来る人工内耳装用児の親の希望は、『口話も手話も』あるいは『口話中心』だと思いますが、幼稚部が声なし手話になったら、大勢の親が幼稚部を避けるでしょうね」

「そうね。人工内耳が六割の幼稚部で、残りの四割の半分が『口話も手話も』と願っているなら、全体の八割は声なし手話のろう学校を避けるかもしれないね。あるろうあ協会の幹部が、『ろう学校の先生たちは口話で教えるほうが楽だし、医者は金儲けのために人工内耳の手術をしたがっているから、ろう学校は医者と結託して親に人工内耳の手術を勧めているんだ』と言っていたわ」

「でも、全国各地のろうあ協会が皆口話を否定しているとは思いません。Ｖ曽ろうあ協会の会長は、

『手話も口話も必要。議員の一人が、日本手話だけが正しいと考える人の後押しをして口話否定の動きに加担するのには、自分も困っている』と言われましたよ」

「へえ。全日本ろうあ連盟と全国のろうあ協会、聴覚障害者協会[注46]は、結局口話という方法も認めているのか認めていないのか、私にはよくわからないわ」

「もしQ桜県ろうあ協会が教育委員会やろう学校に『手話は立派な独立した言語だから、ろう学校は口話を使わない手話言語で教育せよ』『口話を使わない手話教育を原則とせよ』と要望書に書くなら、僕は、口話も必要と思っているので、Q桜ろうあ協会を脱会したくなりますね。この要望書をろう学校PTAや難聴学級、医師たちも見られるように公開してほしいですね。ろうあ協会の会員みんながそう思っているかどうかはわかりませんが、最近の若い人は、補聴器も人工内耳も手話も使う人が多いと思いますね。スウェーデンでは、最近は、声つき手話を解禁し、今はそっちのほうを希望する若い人が多いというような話も聞きますね」

「手話を否定する口話法を裏返すと、口話を否定する手話法になる。人工内耳を勧めることを裏返すと人工内耳をやめさせることになる。ある事態の解決は、その事態を裏返すこととは限らない。同害報復や仇討ちと同じで、同じことが繰り返されるわ」

「振り子を高いところから降ろすと反対側の高いところまで上がっていくように、声なし手話を主張するほど、手話なし音声に戻ろうとする動きが大きくなるように思いますね」

九

全校研究会のあと、津堂と竜崎は雑談をしていた。

「先週、北条小学校難聴学級時代の担任を偲ぶ会に参加したんだが、情報保障が全くなかったんだ。それで、僕の座っていたテーブルでは、僕の母が口形と簡単な手話で通訳してくれたんだ」

「へえ」

「僕の後ろのテーブルにいたお母さんが手話通訳しようとしたら、ある指導主事がやってきて、お母さんに『手話通訳しないでください』と言い、後輩たちに『あなたたちは口話で育ったから、口話でわかるでしょう』と言ったらしい」

「えっ、それはひどいな」

「自分がそのテーブルにいたら、『口話で教えてもらったことには感謝しているが、口話だけで百パーセントわかるわけではないことをわかってほしい』と言ってやったのに」

「その指導主事は、難聴学級の先生だったのか」

「そう。御子柴先生と同僚だった時期があるらしい。君、御子柴先生を知っているか」

「今、北条ろう学校で教えている先生だろう。北条は、以前から手話に否定的な雰囲気が強かったが、御子柴先生が手話も必要と頑張っていると聞いているよ」

「そう。その御子柴先生は、僕の担任だったんだ。御子柴先生の娘さんが北条市の小学校に採用され、小四の国語の手話に関する教材を取り上げた公開授業に、その主事が来られたらしい。事後研修会で、主事が『自分は難聴学級で教えたことがある。本当は、みんな手話を使わないほうがよい』と発言されたらしい」

「えっ、そんなことを言ったのか」

「そうらしい。御子柴先生の話では、その主事は『手話はダメ』と公言してはばからない先生で、同じ職場にいたときやりにくかったらしい。御子柴先生がろう学校に変わってから、その主事が校長になり、『手話を使う先生は、うちの難聴学級ではいらない』と言って、手話に肯定的な先生を他校に異動させ、ろう学校からの人事異動を断ったらしい」

「あ、その手話嫌いの校長の話は、聞いたことがある」

「北条ろう学校では、手話は少しずつ受け入れられているが、それは重複障害生徒が増えているから仕方なく使うという感じらしい。北条の管理職は、本音は手話を使わない聴覚口話法がよいと思っているらしい。だから、御子柴先生たちが研究部で『手話の活用』を全校研究テーマにしようとしたら、ある管理職がそれに文句を言ってきたらしい」

「今回の村田先生の体罰事件で、北条の管理職は、『南浜は、手話を完全に自由化した』と言って、苦々しく思っているらしいな」

「V曽ろう学校では、日本手話のクラスと口話併用手話のクラスに分かれたらしいが、南浜はそこまで行かないだろう。もともと手話は声つきだが、以前からかなり使われていたから、単なる体罰事件にとどまった感じだな。声なし手話になだれこむ気配は、今のところ、和賀先生のいる中学部以外では、そんなに感じないね」

「そうだな。Z砂県のろう学校でも、声なし手話を主張する先生が多いんだが、その幼稚部で、『声なし日本手話を使う日』や『補聴器をはずす日』が設定されたらしい。先生どうしや先生と親の間で声で会話したら1円出すという罰金制度[注47]がつくられたらしい。しかも、『手話に声をつけるのはやめよう』という提案が、全校職員会議でなされたらしい」

「えっ、マジで?-」

「難聴の先生が『私は、声つきの手話が一番わかりやすい』と言って反対したらしい」

「それは、多くの生徒も同じだよ」

「僕もそう思う。『補聴器をはずす日』が設定されていいなら、『手話を使わない日』も設定されていいことになるよね。『補聴器にも発声にも否定的なZ砂ろう学校には行かせたくない』と言って、仕事の都合でZ砂県から離れられない父親を残して、母子だけ他県に引っ越してそこのろう学校に入った例があると聞いたよ」

「それは気の毒だな。家族は一緒のほうがいいのに。声をなくそうとしても、絶対に口話を希望する人が盛り返してくるよ。声なし手話に大きく傾いたろう学校は、すぐに反動が来るよ。だから、幅広い支持が得られる教育方法が必要だよ」

「その反動が来たとき、『声なし手話をまず獲得させよ』と強く主張したろう教員で、特に日本語の力が弱い人や本当に声が出しづらい人は、どうなるんだろうな」

「その人の人柄にもよると思うよ。『口話で育てたあなたは虐待したのと同じ』『口話で育てると不幸になる』『私は、北欧のろう学校を視察したりして、バイリンガルろう教育を勉強している。あなたは勉強不足』と言いきった人は、『口話も必要』の雰囲気になったとき、どんな言い方をするんだろうな。『手話もあるほうが世界が広がる』『手話のメリットも活かして教えるほうがよい』のように言えばよかったのにね」

それから、「手話教育を進める先生が無理矢理人事異動させられた」と伝えたテレビ番組が話題になった。その教員は、L県で声なし手話による教育を主張していたという。

「僕は見ていないが、どんな内容だったの?」

「Lろう学校で、声なし手話を取り入れる動きの中心になった教師が人事異動させられたことが紹介されていた。授業光景も出ていたが、あとで聞いた話では、テレビ局は、手話が上手な教員の教室を素通りして、手話がまだたどたどしい教員の教室に入って録画し、さらにその中で手話が落ちた場面を抜き出してテレビに流したらしい。この番組の企画には、さっきの人事異動させられた教師が絡んでいたという噂があるらしい」

「最近のマスコミを見ていると、『日本手話が導入されれば、めでたしめでたし』のような安易なつくり方が目立つね。[注48] 声なし手話の導入で日本語の入力が少なくなって、日本語の力が落ちたら、誰が責任をもつんだろうね」

「あのテレビで、あの子は『のり、はさみ』の手話だけだったのに、字幕では『のりとはさみがいるよね』と書かれていた。[注49] 手話はできても日本語が書けない例が多いから、僕が個人的にL貝の先生に尋ねたら、あの子ははさみという日本語もまだ覚えていないと言われたんだ。でも、多くの人は、あの字幕を見て、その子はその日本語を身につけていると錯覚するんじゃないかな」

「L貝県では、その後管理職が教育委員会と一丸となって、口話排除の雰囲気を一掃し、ある大学の先生が『L貝ろう学校は、今日本で最も上げ潮の学校。手話も上手で、授業レベルも高い』とほめていた。逆に、Z砂県では、校長が手話も上手で日本語指導も大事に考える教師を幼稚部に数名配置したのに、『ろう者に発声させるのはひどい』と言う親や先生が教育委員会や議員に訴えて、その教師は皆わずか一年で元に戻されたらしい」

「教育委員会は、校長と一緒に『手話も日本語指導も大事だから、手話も堪能な教員を幼稚部に配置した』と言えなかったのかな。情けない。Z砂ろう学校はこれからどうなるのかな」

「手話通訳は人件費が高い。音声認識ソフトが進んで、音声を文字に直す情報保障を選ぶ会社が多くなったら、書かれた日本語を理解できない人は、職業選択の幅が狭くなるかもしれないね。聴覚口話法でなければと信じて、のちに後悔する親が現れたのと同じように、日本手話でなければと信じて、のちに後悔する親が現れないか、心配だね」

六章　母子カプセル

「私は、人工内耳と補聴器で大丈夫。手話ばかり使うと聴覚活用や読唇の力が落ちるのに、先生たちは、私にも手話を使おうとする。『手話はいらない』と言うと、白い目で見られる。私は、自分の望む方法を言っているだけなのに」

金沼規子は、このせりふを何回つぶやいただろうか。

一

金沼規子は、二歳のとき髄膜炎の後遺症で失聴し、南浜ろう学校の幼稚部で聴覚口話法教育を受けた。母親の克子は娘の言語指導に熱心だった。「重度の聴覚障害なのに、よく聴覚活用できている。日本語の力もある」は、母子にとって最上のほめ言葉だった。

規子は、小学校難聴学級に入学し、小三のときQ桜県で初めて小児人工内耳の手術を受けた。医師から「人工内耳の効果は、聞こえていた期間の長さや補聴器活用の度合いによって変わるが、規子ちゃんは効果が大きく現れている。聴覚口話法の成果だね」と言われたとき、克子は「手話を使わない聴覚口話法で育ててよかった」と思った。

当時聴力検査室にいた村田壮一郎は、人工内耳の手術を迷う保護者がいると、克子を紹介した。克子は、手話を使わない聴覚口話法や人工内耳を勧めた。規子は、聴覚口話法や人工内耳の成功例と宣伝された。克子は、人工内耳親の会を結成して会長となり、医師や聴力検査室の教員とともに人工内耳の効果を宣伝した。

規子は、克子から「ろう学校の先生になりなさい。給料はいいし、同僚は聴覚障害に理解があるし、民間の企業と違って倒産する心配もないし」と言われて育った。

規子が小学生のとき、「ろう文化宣言」が出された。

同級生の一人が手話を覚え始めると、同級生の間でも自然に手話が広がった。同級生たちは日本語をかなり獲得していたので、文の一部に手話をつけるやり方だったが、手話併用のほうが読唇や聞き取りが楽になることを、みんな自然に認めていった。その中にあって、規子だけが手話を使わないわけにはいかなかったので、規子も手話を覚え始めた。ろう学校教員になれば幼稚部はともかく高等部や中学部、小学部では手話が必要なことを知っていたので、手話を覚えることにさほどの抵抗はなかった。規子は、「私は、聴覚活用できるから手話は必要ない。だけど、友達が使っているし、ろう学校では手話が必要と聞いているから、仕方なく覚えているだけ。医者は『手話を使うと聴覚活用の力が落ちる』と言うから、それが心配だけど」と日頃から言っていた。克子は、規子に「友達が手話を使うからあなたも覚えるのは仕方ないが、手話ばかり使うと、せっかく身につけた聴覚活用や読唇の力が落ちるから、家庭ではもちろん、先生だけと話すときは、手話を使わないで話すのよ」と言い続けた。

聴力検査室の関係者に会うと、克子は、「最近手話が広がっているが、手話では日本語は獲得できない。南浜ろう学校の聴覚口話法はすばらしいものだから、頑張ってほしい。口話法が手話法に負けることがないように祈っている」とエールを送った。

二

金沼規子は、私立大学に入り、特別支援免許（旧称「養護学校免許」）と中学社会、高校地理歴史の免許を取得した。教員採用試験は、障害者枠で受験して合格した。面接のときの試験官は、聴力検査室出身で校長になった教員だった。

規子と克子は、南浜ろう学校への着任を希望したが、その前年度に南浜ろう学校で体罰事件が起き、村田が失職した。日本手話を主張するグループからの圧力が高まっていたので、管理職は、「今回はとりあえず北条ろう学校へ行ってほしい」と克子に伝えた。「いつでも南浜に異動できる。むしろ最初に別の学校に配置されたほうが、そのあと南浜に長く在籍しやすい」と聞き、克子と規子は承諾した。

規子は、北条ろう学校の中学部に配置され、社会を中心に教えることになった。その年に克子がリウマチを発症したこともあり、克子と規子は、翌年度に南浜ろう学校への異動を強く希望した。翌年、規子は南浜ろう学校に異動し、小学部に配属された。

規子は、小五の重複障害児アキの担任となった。小五という学年集団での取り組みと重複障害児の高学年グループでの取り組みがあり、打ち合わせや会議が多かった。小学部には、津堂道之と鳥辺美佐恵、M垣仁美がいた。三人とも人工内耳をつけない重度の聴覚障害者であり、「補聴器をつけても全て聞き取れるわけではない。『おかあさん』は『オアーアン』のようにゆがんで聞こえる。自分は唇の動きも参考にして話を理解している」とみんなに説明していた。

ろう学校の教員たちは、ろう学校にいる人工内耳装用児の実態から、人工内耳をつけても百パーセント聞こえるわけではないことを知っていた。有名な大学の耳鼻科医師や規子に人工内耳の手術をした医師は、「聴覚的情報をどんどん与えよ。手話を使うろう学校へ行かせるな」と言っており、人工内耳をつけたわが子に口を隠して話しかける親もみられた。その一方で、「人工内耳は万能ではない。性能のよい補聴器にすぎない」と言う耳鼻科医師もいた。

ろう学校のベテランの教員は、「難聴者は谷間にいる」の意味を実感していた。この「谷間」は、福祉制度上の谷間と学習上の谷間を意味する。前者について、障害者手帳がもらえない軽度の難聴者は、補聴器の効果が大きく現れるにもかかわらず、補聴器購入に際して福祉事務所からの補助がないので、親の経済状況によっては補聴器が買えず、日常生活で入る情報量に制約が生じることになる。後者について、聴覚障害が軽いほど日本語や学力の獲得が容易になると思う人が多いが、必ずしもそうとは限らない。重度の聴覚障害児に対しては、周囲の大人は「この子はきちんと聞こえていない」と思い、日頃から助詞など細部まできちんと伝わるように配慮したり、子どもが助詞を正確に使えているかに注意を払ったりするが、軽度の難聴児は、発音も明瞭であり、単語もかなり聞き取れるので、周囲の大人は「この子は聞こえている」と思い、さほど注意を払わない傾向がみられる。たとえば、「黒板を消しなさい」は、「黒板●消しなさい」のように「●」の部分が曖昧に聞こえることがあるが、子どもが「黒板」と「消しなさい」を聞き取って指示どおり黒板を消すと、大人は「この子は聞こえている」と思う。ところが、子どもが「私は黒板に消した」と書くと、大人は「助詞の使い方が変」と気づき始める。

小学校低学年では、実物を示したり実際に体験させたりして学習を進めることが多いが、高学年になると、ことばでことばを説明したり人の話を聞いて自分が経験したかのように受けとめたりする必要がある内容が増える。たとえば、「お金」や「双葉」は、実物を見せて教えられるが、「保険」や「磁界」は、それができず、ことばで説明する必要がある。「九歳の壁」や「九歳レベルの峠」ということばは、このように目に見えない概念や抽象的な概念の理解、小学校高学年以降の教科学習が難しい現象をさしており、ろう学校でいち早く指摘されてきた。[注50]

「谷間にいる難聴者」の意味を知っている教員たちは、「聞こえているようで聞こえていない」ことが多いとわかっていたので、校内でも音声と手話の両方を大切にしてコミュニケーションしようとしていた。聴覚だけで会話が可能な児童にも、手話に頼る友達のために手話も使うよう声をかけていた。そんな中、いつからか「金沼先生は手話を使いたがらないから困る」という声が聞かれるようになった。

金沼は、小五の担任会や高学年の担任会で、「私は聞こえるから手話はいらない」と言ったが、手話ができる教員はつい津堂や鳥辺、M垣に対するのと同じように手話も使っていた。金沼が職員室にある電話に出ようとしないこと、放送の内容を金沼に伝えると初めて聞いたような顔をすることから、教員たちは「金沼は、右耳に人工内耳を、左耳に補聴器をつけているとは言え、全て聞き取れてはいないようだ」と感じていたからだ。

ある日、ろう学校に来たばかりの小泉と金沼が職員室にいたとき、他の教員が職員室の入口のドアを開け、「三時間目の場所が音楽室からランチルームに変わったよ」と伝えると、すぐにドアを閉めて出ていった。小泉は、『金沼先生は自分は聞こえると言っているから、通訳しなくても大丈夫だろう』と思い、そのまま仕事を続けた。

三時間目が始まる前に、金沼は音楽室へ行き、すぐに職員室に戻って「誰もいなかった」と言ったので、小泉は、あわてて「ランチルームに変更されたらしいよ」と伝えた。そのあと、金沼は、むすっとした顔でランチルームに遅れてやってきて、ずっと不機嫌だったと、他の教員から聞いた。

小泉は、その後何かあったとき、カタコトの手話で金沼に伝えようとしたが、ぴしゃりと「私に手話を使わないで！」と言われた。小泉は、「金沼先生は、本当は聞こえていないのに、手話を使わないでと言うのはおかしい」と思い始めた。

数週間後、非常勤講師のN森が、金沼から「私は人工内耳をつけているから声だけで大丈夫」と言われていたこと、手話がまだ使えなかったこと、たまたまそのとき両手がふさがっていたことから、「この荷物を十七号室に置いてください」と声だけで金沼に伝えた。しばらくして、その荷物が十七号室にないことが判明し、騒ぎになった。

「私、金沼先生に頼んで持って行ってもらったわよ。変ね」

N森は首をかしげた。

皆で探し回り、荷物が十一号室で発見されたとき、教員たちは、金沼が「七（しち）」を「一（いち）」と聞き間違えたことに気づいたが、それを金沼に伝えるとふくれるだろうと思ったので、誰も職員室で話題にしなかった。みんなは「こういう聞き間違いがあるから、手話も使いたいのに、金沼先生は『口話で大丈夫』と言い張るから困る」と思っていた。

後日、この話を聞いた津堂は、「ああ、ろう学校や難聴学級では、『しち』と『いち』は紛らわしいから、『七』は『なな』と言う人が多いよ。僕もそうだよ。同じように、『に』と『し』、『きゅう』と『じゅう』も紛らわしいから、『四』は『よん』、『九』は『く』と言う人が多いよ」と言った。

小学部の職員室では、金沼のことが話題にのぼるようになった。

「日本で最初に人工内耳をつけた子は、一歳で失聴し、八歳で手術を受けたらしいけど、音の弁別ができるまでには至らなかったらしい。金沼先生は、その日本最初の事例から一年後ぐらいに同じく小三で手術を受けているし、『職員室の電話には出ない』と言っているから、人工内耳だけで全てを聞き取れるわけではないと思う」

「担任会で情報が落ちないよう手話も使おうとすると、金沼先生は『手話を使わないで!』『読唇の力を落とさないよう、読唇の練習を毎日することが大切だから』と言って拒否する。だけど、難しい日本語が多い文の読唇は難しいから、情報をきちんと届けたいと思って、つい手話を使ったら、手話から目をそらされて、むかっときた」

「少人数の担任会では、発言者の声が重なることがあるけど、金沼先生は、そのとき、『重ならないでくださいと前からお願いしているでしょ! 重なったら聞こえません!』と金切り声で言う。発言が重なったのはこちらが悪いんだけど、重ならなかったら全部聞こえるわけでもないのに。実際、金沼先生から出された質問を聞くと、『あ、今の話、正確に伝わっていなかったんだな』と思うことが何回もある」

「『さっき説明があったよ』のように『あなた、聞こえていなかったのね』と指摘する雰囲気があると、とたんに金沼先生は顔が険しくなる。『自分は口話で大丈夫』というプライドが傷つきそうな場面になると、すぐに不機嫌になる」

「あなたは、『さっきの私の説明は下手だった。ごめん』などと言って、金沼先生のプライドを傷つけないように気を遣っているね。傍から見ていて、よくわかるわ」

「情報がきちんと伝わるように手話も使おうとすると、目をそらされるから、手もついつい止まってしまう。使うなら使う、使わないなら使わないと決めたいけど、本当は伝わっていないと感じることが多いから、使わないと決めることもできないんだ」

「私もそう。『自分は手話も必要』と認めてくれるほうが、毎日気持ちよく口も手も使って話せるのにと思うわ」

「二年前に採用されたM垣先生は、ニコニコして表情が豊かで、通訳者をまっすぐ見て、『うん、うん』『え?』と表情で聞いてくれるから、通訳しがいがある。津堂先生や鳥辺先生も同じ。それに比べて、金沼先生はずっと硬い表情だから、通訳しづらい。そんなに手話がなくても大丈夫と言いたいなら、朝の職員朝礼や職員会議で通訳者の前の席に座らなくてもいいでしょと言いたくなる」

「金沼先生の話がわからず聞き返したら、彼女は声だけで繰り返した。私は手話がわかる。手話があると不十分な発音でも内容が想像しやすくなる。なのに、彼女は手話を使わない。もっとおかしいと思ったのは、彼女が『私は発音を聞き返されるのがイヤ』と言ったこと。それって、発音がわからなくてもわかったふりをしろという意味なのかな」

「M垣先生は、発音を聞き返しても、笑顔で手話と声で言い直してくれる。自分の聞こえや発音の限界を素直に認めている感じで、好感をもつわ。社会でも、聞こえにしがみつく人より、自分の限界を素直に認める人のほうが、好感をもたれると思うわ」

あるとき、人工内耳装用児や軽度難聴児を担当している教員が言った。

「私が担当している子は、三人とも『自分は聞こえる』と言って、相手の口を見る姿勢がない。親も『うちの子は聞こえる』と言う。そこで、『壁に耳あり、障子に目あり』を声だけで言ったら、一人は『たべにびわり、しょうじにびわり』と書いたけど、もう一人は『このことわざ、知っている』と言って、正解を書いていたわ」

「ことばを知っているとその知識を利用して、一部が曖昧に聞こえても、何と言われたかがわかるのね。聞こえる子は、初めて聞く語を正確に聞き取って意味と結びつけて、着実に我が物としていく。人工内耳をつけていても初めて聞く語が曖昧に聞こえると、語と意味を結びつける経験が積み上がらない。逆に、聴覚活用が難しくても本をたくさん読んで語彙が豊かな子は、日常生活の中で知識で補って聞き取って、生活の中で意味と結びつける経験を積み重ねて、着実に我が物としていくのね」

「そう言えば、クミちゃんは、『四十九日』を『シチュークリーム？』と言っていたわ」

「え、あの障害者手帳ももらえないぐらい軽度難聴のクミちゃんが？」

「そう。よく聞こえているクミちゃんが知らない単語を正確に聞き取れないことが、改めてわかったわ。クミちゃんが助詞を正確に使えないのも納得できたわ。だけど、このクミちゃんは、先生の内緒話をホントによく聞き取るのよ。このギャップには驚いたわ」

「未知の語を正確に聞き取る力が学習言語の蓄積につながるのかな。無意味語であっても正確に聞き取る力がないと、学習言語の獲得は難しいのかな」

三

南浜ろう学校では、年に一回、土曜日にろうあ協会や手話サークルの人が多数参加する授業公開が行われることになっていた。小学部部会で、研修部の湯川から「今年度も、月曜日が代休なので、月曜日の時間割で全ての授業を公開したい。授業見学者の参考資料をつくるため、『月と太陽』『概数』のように、単元名や内容をネットに記入してほしい」という提案があり、承認された。

四日後、湯川は、小学部公開授業の案内文書をつくろうとして、金沼が「この授業は公開不可。これも公開不可」などと記入したことを知った。そこには「他の先生と一緒の授業も公開不可」とも書かれていた。湯川は、かちんときたが、金沼のところへ行って、努めて柔らかく「月曜日の時間割で全て公開するともう決まっているのよ」と伝えた。

「だから、公開できないんです。アキちゃんは、一時間目に着替えがあって、人に見せられません。それに、体育のあとや午後はウトウトするので、それも公開できません」

湯川は、金沼がなおも細かく理由を説明しようとするのをさえぎって言った。

「ろうあ協会の人が見に来る公開授業は気が重いと思う気持ちはわかるけど、手話がまだたどたどしい新転任の先生はもっと気が重いと思うよ。それに、この公開授業は、小学部の授業交流も兼ねているのよ。あなただけ特別扱いはできないのよ」

金沼は次第にふくれ顔になったが、湯川は、それを見ないようにして話し続けた。

「着替えは、カーテンの中で着替えている間だけ、見学者に廊下で待ってもらえばいいのよ。今までもそうだったのよ。それに、他の先生は、『アキちゃんをウトウトさせないように工夫している』と言っていて、その工夫の交流も公開授業の目的の一つなのよ」

湯川が「あなたの理由や言い訳は聞かない」という態度を見せると、金沼は、「わかりました」と言うなり立ち上がり、職員室を出て行った。

公開授業の日の朝、金沼から欠勤の連絡があった。重複障害児の高学年グループの図工は、金沼と講師のN森が担当であり、N森はあわてていた。

放課後、N森は、湯川に「打ち合わせで金沼先生に意見を言うと不機嫌になるから、意見を控えるようになり、次第に打ち合わせがなくなった。授業に出て初めて具体的な内容がわかる状態でいいのかと思いつつ、教諭である金沼先生に言いにくかった」と話した。湯川は、「金沼先生は、人から意見されるのを嫌がっている。自分の授業をどの人からも見られたがっていない。この先大丈夫だろうか」と思った。

四

南浜ろう学校小学部の運動会では、小一から小三までの低学年と小四から小六までの高学年に分かれて、ダンスなどの集団演技に取り組むことになっていた。金沼と同じ担任団の丸本は、子どもたちの自発性や主体性を育むことを大切に考え、やる気がない児童や反抗的な児童に粘り強く働きかけようとしていた。ある児童がグラウンドを飛び出し、それを丸本や他の教員が追いかけたのを見て、金沼は「ドクターが前『子どもを追い詰めないように』とアドバイスされたのに、しつこく追いかけたらダメでしょ」と冷たく言い放った。

ドクターというのは、教育センターから派遣された医師のことで、最近、発達障害児への対応に苦慮する教育現場からの要請に応じて専門家がアドバイスする体制がつくられた。ドクターは、気に入らないことがあると飛び出す児童を観察し、『少しでもできたらうんとほめること』『追い詰めないこと』などとアドバイスした。それは箇条書きされ、主事から小学部教員に伝えられた。金沼は、その箇条書きの中の『追い詰めないこと』を引用して、粘り強く働きかけようとした丸本の行為を批判した。それを聞いた湯川は、主事に「『追い詰めないこと』は『指導を諦めること』ではないと思う。丸本先生は子どもに穏やかに働きかけていたのに、それを『ドクターの指示にしたがっていない』と言われると、丸本先生が気の毒だ」と伝えた。そのことは主事からドクターに伝えられ、ドクターから改めて「追い詰めないこと」の意味の説明がなされた。

金沼は、このように、いろいろな教員をストレートに批判する言動が多かった。たとえば運動会では、教員たちには装置準備係、ゴール係、児童指導係などの役割分担があり、金沼の仕事は、ゴール係として、ゴールに着いた児童を並ばせ、その順位をメモすることだった。運動会の総括のためのアンケート用紙が配られたとき、金沼は「装置準備では、前の児童が倒したハードルを直すとき、その位置がゆがんでいた。もっとていねいに直すべき」と記入し、装置準備係の教員から「装置準備係は人が少なく、競技が終わったあとへとへとだったのに」という声が出された。また、金沼は、「ゴールした児童が競技終了までの間ふざけていた。児童指導係はちゃんと指導すべき」と記入し、児童指導係から「この児童指導係は、重複障害児の指導のこと。金沼先生はゴール係だったから、走り終わった児童がふざけたとき指導できたはず。児童指導係は、後半に走る重複障害児のそばで待機し、競技が始まると、一緒に走って『この輪をくぐって』『今度はボールを持って』とつききりで指導した。こんなことを書かれるなら、『重複障害児指導係』と名称を変えてほしい」という不満が出された。他にも、金沼は、「集団演技の練習のとき、小泉先生や丸本先生は雄馬や翼をもっとちゃんと指導すべき」、「アキや隼人は手持ち無沙汰のことが多かった。もっと細かく指導すべき」、「重複障害児と単一障害児を同じ場で演技させるのはムリ。場面を分けるべき。重複障害児が一緒だと全体が決まらず、きれいに見えない」などと総括用紙に記入した。

それを読んだ小泉や丸本は腹を立て、何人かの教員に見せた。

「これ、ひどい。雄馬くんや翼くんは、確かにアドバイスが素直に聞けない。かと言って自分たちでやろうともしない。小泉先生や丸本先生は、そこを動かそうと一生懸命だった。それなのに、練習の間、金沼先生は、自分には関係ないという顔で木陰のベンチにふんぞり返って座っていたわ」

「重複障害児のアキちゃんや隼人くんは、周りを見て自分から動こうとするのが課題。隼人くんの担任の小泉先生は、集団演技の指導者ではないけど、隼人くんに合図を送ったりしていたわ。それなのに、アキちゃんの担任の金沼先生は、何もしていなかったわ」

湯川が「どうしたの?」と尋ねてきたので、小泉が経過を説明した。湯川は、「金沼先生は、ここに来て一年目だから、指導の大変さがまだわかっていないんだと思う。来年度は、金沼先生に中心指導を経験させたらいいと思う。指導の大変さがわかると、言い方を変えるのでは」と、年長の教員らしくアドバイスした。

湯川は、あるとき、見かねて金沼に「『これはできない』と言うだけだと、『その仕事を誰がやるかは自分には関係ない。他の人がやればいい』と突き放す雰囲気になるから、『この方法だったらできる』とか『この仕事は遠慮したい。その代わりにあの仕事をしてもよい』というふうに言うほうがいい」とアドバイスしたが、金沼は、「わかりました」と口で言いながら、「うるさいな」という表情を露骨に見せた。
二、三学期になると、小学部の職員室で、金沼に関する話題がさらに多くなった。
「口話ができるといっても、それは一対一の場面に限られていて、集団での会話は難しい場合が多い。インテグレーションの経験がある人は、口話の限界を感じて、手話も必要と言う人が多いけど、金沼先生は聞こえる人の間で本当にもまれた経験がないのかな。口話だけでやってほしいと頑なに言い続ける。児童がいる場面では言わないけどね」

「学級活動で、金沼先生に『子どもにさせたら』と言うと、『あの子たちにはムリです』と言う。『下手でも仕上げるのが遅くても、子ども自身にやらせることが大切』と話すと、『ムリに決まっています』と言って、不機嫌な顔をされた」

「私も、金沼先生を説得しようと話が長くなると、ふくれ顔をされて、口で『わかりました』と言いながら、手で『あっちへ行け』のようなしぐさをされた。本人は無意識のうちにやっていると思うんだけど、その手のしぐさには腹が立ったわ」

「朝、金沼先生の母親から電話があって、『娘は体調が悪いので、病院へ行ってから、学校へ行かせます』と言われた。『休まれてもよいですよ』と言ったら、『いえ、診察が終わったら行かせます』と言われ、この『行かせます』には驚いた。普通は、『行くと言っている』などと、本人の代弁者、通訳者としてのことばを使うんじゃないかしら」

その頃、教員たちは、金沼の母親が頻繁に管理職に電話をかけてくることを知っており、「金沼先生は、自分の困ったことや不満を母親に代わりに管理職に伝えてもらっているみたい。私なら『自分のことは自分で解決する。お母さんは黙っていて』と言うのに」とささやきあった。

五

卒業式の日が近づいた。小五の児童は、小六の卒業生に送辞を述べたり花束や記念品を渡したりすることになっていたので、小六の児童と一緒に式の練習を二回行った。

小六の隼人は、自閉的傾向が強く、パニックになると飛び出すことが多かった。小六の担任たちは、隼人が舞台に上がらなかった場合、担任の小泉が校長に合図を送り、校長が舞台からフロアーに降りて卒業証書を渡すことも考えていた。式の練習のとき、隼人は舞台に上がろうとしなかったが、小泉は校長に長時間合図を送らなかった。そばにいた他の児童が「隼人、ほら、行けよ」と言って隼人を引っ張って立たせようとしたら、隼人は急に立ち上がって講堂から出ていこうとした。他の教員が隼人を抑え、「式のときは、君たちは座っているから、隼人を引っ張ることはできないだろう。だから、今から練習するんだ」と説明し、再度やり直させた。金沼は、それを見て、隣にいた講師のN森に「隼人くんに何かさせようとしてもムリよ。時間の無駄よね」と言って同意を求めたが、N森は、返答に困って曖昧にうなずいた。

卒業式の日になった。隼人の名前が呼ばれたとき、みんな固唾をのんで見守った。小泉は、講堂の隅で隼人に向かって「舞台に上がってくれ」と念じたが、隼人はなかなか立とうとしなかった。校長が二回ほど小泉に視線をやったが、小泉は「もう少し待ちましょう」というように小さくかぶりを振った。時間が流れた。

これまでかと思ったとき、隼人がゆっくりと立ち上がり、舞台へ歩き始めた。小泉は、「そうだ。隼人、そのまま上がれ」と念じた。隼人が舞台に上がり、校長にお辞儀をし、卒業証書を受け取ったとき、小泉は「よくやった」と言いたげに何回も大きくうなずいた。

隼人が証書を持って舞台から降り、椅子に戻ったとき、割れるような拍手が起きた。保護者席では、隼人の母親が目頭を押さえていた。小泉や丸本の目もうるんでいた。湯川も涙腺がゆるみかけた。「よかった、よかった。こんなに感動したのは久しぶり」と思い、隣に座っていた金沼に目をやると、金沼は冷たい表情で前を見ていた。

湯川は、N森が「金沼先生から『隼人が舞台に上がるのはムリ。みんな時間を無駄にしている』と同意を求められ、困った」と言ったことや、金沼が「ドクターが『追い詰めないように』と言ったでしょ」と冷たく言い放ったことを思い出し、「金沼先生は、この隼人くんの感動的なシーンから、『待つことの大切さ』を学んだだろうか」と思った。

卒業式が終わり、教室に戻ったとき、たくさんの教員が「隼人、よかったよ」、「隼人、偉かった」などと声をかけていた。職員室でもそのことが話題になった。M垣が、興奮気味に金沼に「隼人くん、すごかったね。小泉先生が校長にゴーサインを長いこと送らなかったから、いつまで待つのかとハラハラしたわ」と話しかけたが、金沼は、「そうですか」と無表情で答えた。そして、「でも、隼人くんは、卒業証書を受け取ったあとのお辞儀を忘れていましたね」と言うなり、その場から離れていった。そこにいた教員たちは、自分たちの感動に水をさされたように感じた。小泉は、「隼人は、あれで百二十パーセントできたんだぞ。誰かに促されずに登壇できただけでも、証書をもらう前のお辞儀ができただけでも、ものすごい成長だったんだぞ。それなのに、金沼先生は隼人の成長がわからないのか」とむっとした。津堂は、「金沼先生は、他の先生とどこか違う。一言で言えば、他の先生は子どもが初めてできたことに目を向けるが、金沼先生は形式に目を向ける」と違和感を抱いた。

六

金沼規子が南浜ろう学校小学部に異動した一年目は、何とか無事に過ぎた。翌年、金沼はもち上がりで小六の重複障害児アキの担任になった。M垣は、高等部へ異動した。

小五・六の担任団は、修学旅行担当、運動会の集団演技担当、学芸会の劇担当などの分担を年度当初に相談し、金沼と丸本、小泉が集団演技担当となった。前年度の総括で金沼の書いた文章が話題になったとき、湯川が「来年は金沼先生に中心指導の大変さを経験してもらうのがよい」とアドバイスし、丸本や小泉もそのように思ったからだ。

四月にその案が出されたとき、金沼は承諾した。「修学旅行担当は旅行会社との交渉がしんどい。学芸会は運動会より大きなイベントであり、責任が重い。それに、手話指導に関わりたくない」と思ったからだ。前年度の学芸会で、中学部の和賀たちから「小学部は、声つき手話を児童に押しつけている」、「あのせりふの手話がおかしかった。聴覚障害教員は正しい手話を教える義務がある」などと言われており、ここでも日本手話と対応手話の対立が現れていた。劇のリハーサルのとき、和賀から「あの『これしかない』の手話は、『これだけない』の意味になっている」と指摘され、金沼が「私は劇担当ではない。担当の湯川先生に言ってほしい」と言うと、ぴしゃりと「担当かどうかとは関係なく、先生どうしで意見を出し合ってよりよい劇になるよう取り組むべきでしょ」と言われた。これらのことから、金沼は、「劇発表を通して先生の指導力や手話の力が評価されている」と感じ、自分は劇担当になるまいと決めていた。

五月。集団演技の指導者と児童代表で構成される実行委員会が昼休みに開かれることになった。高学年なので、児童の希望も聞いて演技の内容を決めることになっていたからだ。ところが、実行委員会がランチルームで開かれたとき、金沼は職員室にいた。湯川が「あれ、今、実行委員会が開かれているよ。金沼先生も行くんでしょ」と声をかけると、金沼は「参加する気になれないから行きません」と手を振り、すぐに目を伏せた。湯川は、「また何かあったな」と思い、それ以上声をかけなかった。

その直後に、相馬主事が金沼に「五時間目は授業がないんでしょ。ちょっと話したいことがあるの」と手招きし、二人は職員室を出ていった。

職員室に丸本と小泉が戻ってきたので、湯川が「金沼先生、実行委員会に行かなかったけど、何かあったの」と尋ねると、丸本は渋面をつくった。代わりに小泉が説明した。

「一昨日、金沼先生と丸本先生の間で言い争いがあったんです。金沼先生が昨年『重複障害児と単一障害児を一緒にして集団演技をさせるのはムリ。分けるほうがよい』と総括アンケートに書いたので、今年は演技を場面で分けて、重複障害児が登場する場面と単一障害児が登場する場面を組み合わせることになったんです」

「ああ、金沼先生がそう書いてきたことがあったわね。覚えているわ」

「丸本先生が重複障害児の動きも考えて、金沼先生に『この場面の指導をよろしく』と言ったら、金沼先生は『できない』と答えたんです。丸本先生が『中身はやりやすいように変えてもいいよ』と言ったけど、金沼先生はむくれていました」

丸本がそのあとを続けた。

「昨日の夕方、金沼は、突然『私は中心指導を降ります！』と言ってきたんだ。四月に役割分担案に合意したのに、今頃『私はやらない』と言うのは無責任だと言ったら、金沼は泣き出して、ぷいっと出ていったんだ」

「だから、昨日、僕と丸本先生は、相馬主事に金沼先生の今回のことを話したんです」

「ああ、だから、さっき主事が金沼先生を呼び出したのは、そのことなのね」

その後も、金沼がいないときに、金沼のことが話題になった。

「今、金沼先生と丸本先生は最悪の関係よ。職員室で隣どうしだけど、二人は互いに体を背けて仕事をしているわ。みんな金沼先生を腫れ物扱いしているわ」

「金沼先生の母親からまた主事に電話があるんじゃないかな。丸本先生と衝突した翌日も、あの母親は『娘は丸本先生から意地悪されている。娘が丸本先生と一緒に仕事をしなくてもいいようにしてほしい』と主事に言ったらしいけど、主事が『年度の途中でそのようなことはできない』と断ったらしいわ」

　ある日、金沼は欠勤した。その翌日に、副校長から全校職員朝礼で「金沼先生は、しばらくの間長休を取られます」という報告がなされた。

　金沼の代わりに来た講師のO橋は、はきはきと受け答えをするので、皆から好意的に受けとめられていた。津堂は、「金沼先生の隣の丸本先生は、O橋先生が金沼先生の机に座るようになってから、自分の机にまっすぐに座るようになったな」と感じた。

　高等部の福呂は、小学部の湯川から話を聞き、「金沼先生は、今後教員が務まるのか」と心配していたが、金沼の長休を知り、「やはりこうなったか」と思った。

七

　福呂歌江は、北条ろう学校に勤務する御子柴直子と久しぶりに会った。御子柴は、以前南浜ろう学校に勤めていたとき、福呂とウマが合い、よく話す間柄だった。その後小学校難聴学級に転勤し、金沼規子を担任した。長年小学校難聴学級に勤務したあと北条ろう学校に転勤し、やがて新規採用された規子と一年間同僚の関係になった。

御子柴が「お久しぶり。ところで、金沼先生、お休みですってね」と尋ねてきた。

「ええ。知っていたの？」

「金沼先生からうちのクラスの親に体験談を話してやってほしいと思って、南浜の副校長に電話したら、『金沼は病休中だから、講演の依頼は遠慮したほうがいい』と言われたの。北条から南浜に変わった生徒からも聞いたわ。もしかして精神的なもの？」

「病名は聞いていないけど、いろいろな話を聞いていると、そっちのほうかな」

「人間関係？」

「うーん、私もそれかなと思うけど」

「そうか。あの子、昔から、聞こえない生徒の中でも今一つうまくやっていなかったの。なんていうのか『お山の大将』で、手話も仕方なく使っているという感じで」

「あ、それは私も感じていた」

「やっぱり障害認識がポイントだったのかしら」

「私もそう思う。聞こえないことをありのままに認め、それを周りの人に説明できる力が、聞こえる社会でうまくいくかどうかの分かれ目になると、改めて感じたわ」

「あの子は、『私は口話ができる。そんなに気を遣ってくれなくてもいい』というプライドみたいなものが突出していたの。聞こえる生徒が『こんな手話を覚えたよ』と使いたがっても、『私には必要ないから、私の前では使わないで』と素っ気なく言う、それでも相手が手話を使おうとしたら、『私は手話がなくても大丈夫と言ったでしょ!』と口をとがらす、そんな感じだったの」

「あら、その雰囲気は今も残っているわ」

「私が担任だったとき、それが本人の課題だと感じていろいろ話したけど、結局、あの母親は熱烈な聴覚口話法支持者で、娘は母の言いなり。今も母子分離できていないと思う」

「あ、それは私も強く感じるわ。いわゆる『母子カプセル』の問題だね」

御子柴が「その『母子カプセル』って何?」と尋ねたので、福呂は説明した。

「うん、私も最近テレビで聞いたんだけど、過度に密着した母子の関係を言うらしいわ。乳児期は母子一体だけど、普通は、子どもは反抗期にそのカプセルから飛び出し、社会性を身につけていく。思春期を過ぎても密着関係にあると、共依存関係に陥り、子どもの精神的な成長に問題が生じるんだって」

「そういう意味なの。確かに、あの母子は今も同じカプセルの中にいると思うわ」

「私もそう感じるわ」

「これからの難聴学級やろう学校は、もっと自分の障害を人に説明できる力、情報保障があって当たり前と思わず、自分から人に依頼できる力がつくように働きかける必要があるわ。だから、式のときの情報保障は準備しておくけど、生徒が『今度もお願いします』と言ってこなかったら、字幕をわざと表示しないことも必要だと思うの」

「あ、それ、大切。情報保障は当たり前だけど、当たり前と思わないことが大切だわ」

福呂は、南浜ろう学校では、生徒が何も言わなくても情報保障はできる限り進めるのが当然という雰囲気があり、そのことが卒業後の彼らにとって本当によいことだろうかと考えていた。「情報保障が整う方向へ自ら働きかける姿勢」が育っていないと、ろう学校と社会のギャップにぶつかったときうまく対応できないかもしれないと思っていた。

「金沼先生が北条に着任したとき、彼女は中学部で、私は小学部だったから、話す機会は少なかったの。そのときは、新規採用で初任者研修などがあったから、彼女は、担任ではなく副担任だったし、保健部などの校務分掌ももたされなかったわ。授業も、新採ということで、親がうるさくない生徒、まじめでおとなしい生徒の集団が回されたから、ごたごたはあまり起きなかったわ。でも、それなりにいろいろあったみたいね」

「そう。今、そのごたごたが小学部で爆発した感じ。ここだけの話にしてね」

八

ある日、副校長が小学部の職員朝礼に参加し、「昨日、金沼先生の母親から電話がありました。『娘が北条ろう学校にいたときのことをねじ曲げて広めている人がいる。また、娘の今回の長休を外部にもらしている人がいる』などと、大変怒っておられます。皆さん、自分の言動に気をつけてください」と報告した。

それを聞いた教員たちはささやきあった。

「うちの子どもの小学校や中学校で長休を取る先生がいると、『○○先生が長休を取られたので、代わりに□□先生が来られることになりました』という内容のプリントが全員に配られるよ。だから、先生の長休は、秘密にしなければならないことではないよ」

「そのプリント、うちの子の学校でも前任校でも配られていたわ。うちの子のクラスで教えていない先生が休む場合でも、お知らせプリントが配られていたわ」

「先生が長休を取ったことをわざわざ言う必要はないけど、代わりの講師が来たことは生徒に報告されるし、通知表にも講師の名前が書かれるから、親も知っているよ」

「ろう学校は、難聴学級とつながっているし、PTA活動も活発よね。親の会など親どうしの交流も活発だから、親の間で情報が伝わるのは早いわ」

「金沼先生は、前、あのPTA役員の息子と衝突して、あのお母さんが怒っていたでしょう。あのお母さんはスピーカーだから、母親どうしの雑談でも話題にしていると思うわ。そのお母さんがデフブラボーの支持者なら、もっと話題にしていると思うわ」

「金沼先生の母親は、『あることないことを言われて迷惑している』と怒っているらしいけど、あの母親は、娘に『勉強！　勉強！』と言って、娘が教員になったことが自慢だったから、『長休を取った』という事実が、娘が教員としてうまくやれなかったこととして母親のプライドを傷つけているんだと思う。娘は、学力はあるかもしれないけど、人間として育ちきれないでいることを、あの母親は認めたくないんだと思う」

「金沼先生の母親は、『娘の長休を誰が外部にもらした！　ふれ回った！』だけでなく、『娘の長休は、先生たちからいじめられたから』と怒っているらしいよ。特に、同じ高学年の丸本先生を高学年担当からはずしてほしいと言っているらしいよ」

「えっ、母親がそこまで言うの？」

「そう。校長は聴力検査室の出身で、前から金沼先生の母親と仲良しらしいから」

「へえ。私は、金沼先生との関わりはあまりないけど、あれはほとんど金沼先生のほうに非があると思う。アドバイスしてもすぐにむくれる」

「金沼先生はこの先教員として務まるのかしら。あの母親は娘の実態が見えていないわ」

「他県のろう学校の先生が言っていたけど、そこでは、幼稚部を修了して難聴学級へ行ったあとろう学校教員になった人の七割が、精神的なもので長休を取ったんだって」

「その七割って、すごく高い！」

「そうでしょ。理由として、親離れできず、自分の価値観を確立していないこと、周囲が自分に合わせるのが当たり前と思っている態度などが話題になっていたわ」

「金沼先生も同じだわ。本当の意味で他者と交流した経験が少なかったのかな。でも、一般社会でも、学力はあっても精神的に未熟な人が増えているかもしれないね」

「他に、日本語が書けないからうちの子の担任にしないでくれと言われている人、保護者とのトラブルで担任をおろされた人、無断遅刻を繰り返す人がいる話を、他府県の先生から聞いたわ。聞こえる先生にもいるだろうとは思うけどね」

「一般校でも『えー』と思うような先生がいるわ。たとえば、二年以上の病休は無給だから、数か月間勤務して二年近く病休を取ることを繰り返す先生がいる。校長は、『数か月間勤めて二年間欠勤することの繰り返しだから、担任は任せられない。TT（授業補助者）しかない』と言っているけど、五時に早々と帰宅するのを見て、みんな不愉快になっているらしいわ。『病休は累積で何年まで有給、それ以上は短期間でも無給の制度があればいいかも』と言った人がいるわ」

「隣の県のろう学校で、退職間近の先生が異動してきて、手話を覚えようとせず、四月中旬から休み始めて、余っている四十日間の年休を使いきってから退職すると言ったらしい。年をとると手話を覚えるのがしんどいのはわかるが、四十日間も全て代講というのはあんまりだから、管理職が『今すぐ退職してくれると代わりの講師を手配できる』と言ったら、その先生は『年休を消化したい』と言って拒んだの。管理職が『それなら、四十日間分の代講プリントをつくってほしい』と言ったら、問題集を学校に送ってきたんだって。結局、四十日間ずっと代講というのはできないから、学習集団や時間割を学期の途中で変更したり他の先生の持ちコマ数を増やしたりしたんだって」

「それと似た話を、他の県で聞いたわ。その先生は、二月に残った年休を全部使って、担任していたクラスの生徒の卒業式にも参加しなかったんだって」

そのあと、非常識な社会人の言動が話題になった。

九

福呂は、昼休みに、南浜ろう学校で開かれた特別支援学校研究会の理事会に北条ろう学校の理事として出席していた御子柴と、久しぶりに会って話した。

「先週、金沼先生のお母さんから学校に電話がかかってきたの。私が金沼さんに会ったとき『体調はいかが』と言ったことから、『娘の病休を知っていたのか』と聞かれ、『知っていた』と答えると、『あなたに伝えた先生の名前を教えてくれ』と言われたの」

「へえ」

「『南浜と北条は一緒になることが多いから、複数の先生から聞いた』と答えたら、『その先生の名前を教えてほしい』と言われたの。『ほとんどの学校では、長休を取った先生と代わりの講師について知らせの紙が配られている。理由はもちろん書かれないが』と説明して、『会議の時間なので』と言って、電話を切ったのよ」

「へえ。お母さんは、なんでそんなに娘の休みが知られるのを気にしているのかしら」

「うちの中学部からそちらの高等部へ行った生徒がうちに来たとき、他の先生が『金沼先生はお元気？』と尋ねたら、その生徒は『今お休み。理由は知らないけど』と答えていたわ。それに、金沼先生の代わりのO橋先生は、うちで講師をされたことがあるの。保護者が『金沼先生が戻ればO橋先生はいなくなるのかと娘が言っていた』と話していたわ」

「生徒も親も金沼先生の長休を知っているのにね」

「それに、私が南浜の管理職や聴力検査室の先生に会ったとき、あちらのほうから金沼先生のことを話題にしてきたのよ。だから、金沼先生のお母さんの言う『守秘義務に違反した人』には、南浜の管理職も聴力検査室の先生も生徒も保護者も含まれることになるわ」

福呂は、金沼克子のきつそうな顔を思い浮かべた。

「とにかく、私としては、教員の病休自体は秘密にしなければならないこととは思わないけど、金沼先生のお母さんはそれを気にする人だから、気をつけてね」

「わかったわ。ありがとう」

七章　モンスターペアレント

「規子の長休は、職場の無理解のせい。規子は小さいときから医者や先生の言うとおりに頑張ってきたのに、手話に消極的というだけで、なぜこんな目に遭わなきゃいけないの」

金沼克子は、このせりふを何回つぶやいただろうか。

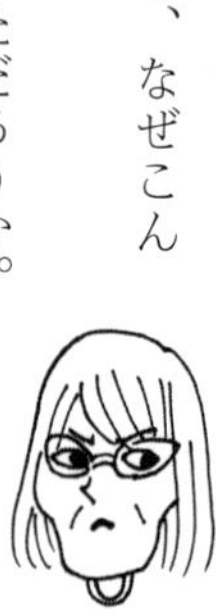

一

九月、金沼規子が二学期途中からの復帰を希望しているという話があったとき、小学部では、「二学期末か年度末まで休めばいいのに」という雰囲気があった。金沼は、六月下旬に「適応障害」という診断書を提出して、病気休暇を九十日間取得した。母親は、「この九十日間は百パーセント給与が支払われる。診断書があれば引き続き休みを取得できるが、給料が減額される」と聞いて、「九十日間休んだら復職しなさい」と言い、管理職にそのように伝えたので、金沼は十月から復職することになった。

小学部部会では、重複障害児の担任がころころ変わるのはよくないという理由で、金沼の代わりに来たO橋を担任として残すための工夫についての説明がなされた。金沼が「他の先生と一緒の授業や会議はイヤ」と言ったので、フルタイムの教員として復帰しながらも、担当授業時数は週に十時間ほどになった。校務分掌はいっさいもたないことになり、そのしわよせは他の教員にいくことになった。後日、他の教員は、金沼の様子を見て、「金沼先生は自分の復職によるしわよせがどこにいったかを考える気配がない」とささやきあった。

職員室で金沼の机の移動が行われたとき、津堂が「机を動かす必要があるの？　担任を続けるO橋先生の机は同じ学年の先生のそばにあるのに」と言うと、I瀬が「管理職から、金沼先生と丸本先生の机を引き離すよう指示があった」と教えてくれた。津堂は、人間関係による年度途中での机の移動は今まで聞いたことがないと思ったが、黙っていた。

金沼は、明日から復職という日の夕方、小学部職員室に顔を見せた。職員室にはかなりの教員がいたが、鳥辺はたまたま年休届を出して帰っていた。相馬主事が、「今から話をするので、こちらを見て」と言って、津堂の前で手を振ったので、津堂は主事を見た。金沼と津堂は三メートルほど離れていたが、目と目が合う場所にいた。主事は二人の視野に入るところに立ち、自ら手話を使って「金沼先生が明日から復帰されます。金沼先生、挨拶をどうぞ」と言った。

金沼は、手をおろしたまま、「病気のため休ませていただきましたが」と挨拶を始めた。津堂は、「手話を使ってください」と手話で合図を送ったが、金沼は、津堂の姿が十分視野に入っていると思われるにもかかわらず、手話を使おうとしなかった。主事が見かねて通訳を始めた。津堂は、再度手話で金沼に合図を送ったが、金沼の目の前で主事が通訳を始めたにもかかわらず、金沼は最後まで手話を使おうとしなかった。津堂は「無視された」と感じた。「主事も主事だ。自分で手話を使うよう金沼先生に指示すればいいのに」と思った。

数日後、津堂が副校長と別件で話したとき、金沼が復帰の挨拶で手話を使わなかったことが話題になった。副校長は、主事から報告を受けていたのか、「そんなことがあったらしいね。金沼先生に尋ねたら、津堂先生のことを忘れていたと言っていたけど」と言った。津堂は、「同じ聴覚障害者の僕の存在を忘れていたってどういうこと？　主事は、僕と金沼先生に合図を送り、自ら手話を使って話された。僕の存在は金沼先生の視野に十分入っていたはず」と憤慨した。それを聞いた竜崎や福呂、M垣は、「金沼先生は、子どもたちとは手話や声も使って話すのに、『津堂先生の存在を忘れていた』と言ったの？　それは失礼。同じ聴覚障害のある先生がそんなことを言うとはひどい」と、異口同音に言った。

ある日、津堂が金沼の肩を軽くたたいて、「それはこの箱に入れるんだよ」と何気なく伝えようとすると、金沼は、津堂に視線を向けずにすっとその場を離れていった。津堂は、「え、無視された。『あ、そうですか』と流せばいいのに。ひどい」とむっとしたが、「びょーき、びょーき。彼女はま

だびょーき」と自分に言い聞かせた。

二

数日後の休み時間に、若い講師のN森が鳥辺に話しかけた。

「言いにくいけど、鳥辺先生が復職したら仕事の内容は復職前と同じだったのに、金沼先生は、フルタイムで戻って、授業は十時間だけ。先生との会議や打ち合わせは、全校職員会議と小学部部会以外はなし。逆にO橋先生が、非常勤講師なのに、金沼先生より授業時数が多く、しかも担任。担任団の打ち合わせなどで忙しそう。O橋先生が気の毒。金沼先生はなぜ特別扱いなの?」

すると、そばにいた湯川が「しっ」と口に人差し指を当てて、「金沼先生はまだ病気だから。それに、他の先生と一緒の授業や会議はしないという条件つきだったの」と言った。鳥辺が「そんな例、今まであったの? 加古先生も塩野先生も私も、復職後は復職前と同じ仕事だったわ。金沼先生だけなぜ特別なの?」と聞くと、湯川は、「私もこんな例は初めてだけど、金沼先生は特別なの。病気だからよ」と答えた。

「なぜ特別なの? 医者から診断書が出ているの? 以前の仕事が全部できる見込みがあって初めて復職するんじゃないの? たとえば、足の怪我が治りきっていないから体育の補助を別の人に変わってもらうというのはわかるけど。給料を全額もらって仕事量は前の半分というのは、今まで聞いたことがないけど、可能なの？」

「それは知らないけど、管理職がそのようにしろと言ったのよ」

津堂は、管理職は金沼の母親と仲良しで、「訴えてやる」などと言われているらしいと聞いていたので、特別扱いせざるを得なくなるだろうなと思いながら聞いていた。だが、民間会社で仕事をした経験のあるN森が、「こんなこと、民間会社なら考えられないわ。フルタイムに見合った仕事量のない先生がフルタイムの人と同じ給料をもらうなんて、税金の無駄遣いだわ」と言った。

それを聞いた津堂は、「確かにこんな待遇は、利益第一の民間会社ではあり得ないだろうな。社長の縁故者以外は」と思った。すると、近くにいたI瀬が「要するに、母親の声、よ」と口をはさみ、すぐに湯川に制されていたが、鳥辺や津堂は、その「母親」のことばで意味を了解した。だが、N森は納得せず、「O橋先生は、昼休みは勤務時間外なのに、アキちゃんのおかずを細かくして食べさせたりして、昼休みも仕事よ」と言うと、湯川が「しっ」と言った。

「金沼先生は、小泉先生や丸本先生と一緒のクラスに入るのはイヤと言っているらしいの。小泉先生や丸本先生は、『金沼先生と一緒はイヤ』という言い方ではなく、『アキちゃんの担任がころころ代わるのはよくないから、O橋先生が引き続き担任できるよう工夫してほしい』と希望されたの。で、O橋先生もこの形の勤務を了解されたから、O橋先生には気の毒だけど、この形が一番いいの。だから、それを蒸し返すようなことを言っちゃだめ」

「でも、どう見ても、仕事の量は、O橋先生が金沼先生の二倍、三倍よ」

「金沼先生はリハビリ中なのよ」

すると、またI瀬が「三月までの辛抱よ」と口をはさみ、湯川に制止されていた。みんな何となく黙りこんだ。

そのあと、津堂がI瀬に「三月までの辛抱」の意味を尋ねると、I瀬は「管理職から聞いたわけじゃないけど、管理職は今、金沼先生の行き先を相談中だと思う。言ったら悪いけど、ババ抜きよ。ババを持っていることは伏せたほうが得策よ」と答えたので、津堂は凍りついた。金沼が「ババ」なのか。「ババ」は取り除いても、しばらくすると「ババ」のような存在が浮かび上がってくる。「ババ」を取り除くばかりの職場は、結局みんなにとって居心地が悪いと思うのに。自分は幸い今は疎んじられていないが、もし手話を知らない教員ばかり、聴覚活用できる子どもばかりになったら、一日中手話が必要な自分は「ババ」のような存在になるのだろうか。だから、みんな金沼にアドバイスをして、「ババ」の状態から脱却させる必要があるのに、ふれないのが身のためという雰囲気が職員室に漂っている。これでいいのか。

盗難事件にしてもそうだ。みんな、あの頻発した盗難の犯人は鳥辺だと感じているのに、ふれようとしない。鳥辺は、復職後担任をもたされていない。主事は「まだ安心できないから」と言い、他の教員は「鳥辺先生は、親と何かあったとき、上手にかわせない。そのうち、安心できる親の子がもたされるのではないかな」と言っていた。

その鳥辺は、金沼にあまり関わろうとしない。二人が話す場面をあまり見ない。復職後の鳥辺は、

「自分は他人にふれないから、他人は自分にふれないでほしい」と言いたげだ。津堂は、以前鳥辺が「金沼先生は、母親から離れられていないのが致命的だわ」とぼそっと言ったのが印象に残っている。「鳥辺さんは自分の母親とうまくいっていないみたい」と聞いたとき、鳥辺が母親から離れようともがいているなら、母親べったりの金沼は鳥辺の嫌悪の対象になるかもしれないなと思った。

三

ある日の放課後、南浜ろう学校の校門から少し離れたところで、金沼が立っていた。中学部の重複障害生徒をバス停まで送っていった加古が、「何しているの?」と声をかけると、金沼は「母を待っているの。これから用事があるから」と答えた。加古は、「そう。お疲れ様」と言って手を振り、中学部の職員室に戻ると、数人の教員がひそひそ話をしていたので、「どうしたの」と尋ねた。

「今、美術室で、和賀先生と主事が、金沼先生のお母さんとやりあっているみたい。主事はまだ手話ができないから、手話の上手なF嶋先生が通訳に入っているらしい」

「金沼先生のお母さんが? 金沼先生は、今、校門の外でお母さんを待っているわよ」

そこへ、F嶋が「疲れた」と言いながら戻ってきた。

「どうしたの?」

「和賀先生に会いに来た人がいたんだけど、すぐに和賀先生が『通訳してほしい』と私を呼びに来たから、私が行って、そこで初めて金沼先生のお母さんだとわかったの。お母さんは、要するに、和賀先生に『娘の悪口を言いふらすな』と怒ってきたの」

「え、お母さんがわざわざ学校にやってきて、それを言うの?」

「そう。お母さんが『娘が北条で人間関係がうまくいかず、長休を取ったなどと事実でないことを言いふらすな。人権侵害だ』と言い、和賀先生が『私は、金沼先生が長休を取ったことと北条で人間関係が難しかったことを別々に言っただけ』と言い返し、お母さんが『そもそもなぜ娘の長休を外で言うのか。守秘義務違反だ』と言い、和賀先生が『私は北条に勤めたことがあり、北条の先生は生徒や親からも聞いたと言っている』と言う」

「へえ。すごい言い合いだね」

「お母さんが『娘は手話を軽蔑し、職場でトラブルが多発したとか、手話を否定する人は性格がゆがんでいるとか言って、娘を貶めるな』と言い、和賀先生が『金沼先生も、和賀は声を出さないから職場で嫌われているなどと悪口を言うから、私も困っている』と言う、そんな繰り返しだったの。途中から主事も入って、平行線の話が繰り返されたわけ」

「で、どうなったの?」

「主事が、場を収めようとして、『まあまあ、お母さんのお気持ちはわかりました』と言うと、お母さんは『本当にわかったのなら、和賀先生にしかる

べき措置をとるべきでしょ』と目をつり上げて迫っていたの。主事が『校長先生と話されますか』と言うと、お母さんは『これから用事がある。今、娘が校門で待っている』と言って帰られたわ」

「和賀先生は?」

「主事と一緒にお母さんを見送ったあと、校長室へ行ったわ」

やがて、和賀が職員室に戻ってきたので、F嶋が「どうなったの?」と尋ねると、和賀は、声のない早い手話でまくしたてた。

「校長や主事から『金沼先生の悪口を言いふらすな』と怒られたけど、金沼先生も『和賀先生は中学部で嫌われている』と言い回っていて、それが他のろう者や生徒から私に伝わってきたの。私も今まで『金沼先生は私の悪口を言いふらしている』と頭に来ていたけど、黙っていたの。だから、校長や主事に『私に人の悪口を言いふらすなと言うのなら、それを金沼先生にも言ってほしい』と言ってやったわ」

和賀の声なし手話が読み取れない教員も聞きたそうにしていたので、F嶋は音声で通訳した。

「管理職も管理職だけど、一番むかつくのは、金沼先生が私に不満があるなら私に直接言えばよいのに、金沼先生ではなくお母さんがやってきたこと。金沼先生は、その間校門でお母さんを待っていたんだって。せめて一緒に来るべきでしょ」

それを聞いた何人かの教員は、思わずうなずいた。

「へえ。モンスターペアレントは、生徒の親だけでなく社会人の親にもいるのか」

「モンスターペアレントは、民間会社でも増えているみたいよ。新入社員の母親が会社に『なぜ残業させるのか。定時刻に帰らせろ』『遠い支店になぜ息子を転勤させるのか。他の人にしろ』『ノルマが厳し過ぎる。息子は支店長から怒られ、泣きながら帰ってきた』などと怒ってくるそうよ。女性社員の父親が『娘をいじめるな。裁判に訴えてやる。娘を退職させる』と怒鳴りこんできたこともあるらしいわ」

「へえ。私は三十年間いろいろな学校に勤務してきたけど、教員の母親が社会人になった子どものことで学校に怒鳴りこんできた例は、今回初めて聞いたわ」

「私だったら、母親がそんなことをしたと聞いたら、翌日恥ずかしくて出勤できないわ」

「金沼先生は、お母さんがそういうことをしたと知っているのかしら」

「校門でお母さんを待っていたらしいから、知っているでしょ。お母さんに頼んで、和賀先生のところへ行ってもらったんじゃないかな。今、小学部でもいろいろあるらしく、お母さんが頻繁に小学部主事に電話をかけてきているらしいわ」

小学部の小泉は、そのとき用事があって中学部の職員室に来ており、金沼の母親がすごい剣幕で和賀に怒ってきたことを知った。

四

金沼の母親が和賀のところへ怒鳴りこんできたことは、小学部の職員室でも話題になった。それで、教員たちは、金沼が前任校でも何かしら問題があって、長休を取ったことを知った。小泉がF嶋に「その長休の原因は?」と尋ねると、「なんでも交通事故に遭って休んだらしい」ということだった。小泉は、「交通事故による長休でも、金沼の母親は外部に知られたことを怒ってきたのか」と思った。

職員室では、金沼の母親からの苦情をおそれ、萎縮している教員のことが話題になった。

「『モンスター』の言い方を嫌う人もいるけど、理不尽な要求をする親が増えているね。私も、金沼先生に何かを言ったあとお母さんから電話がかかってくるかもと思うと、金沼先生に関わらないようにしてしまうわ」

「鳥辺先生や津堂先生は、誰かが話しているとき、その二人が雑談中か打ち合わせ中かを様子から判断して、打ち合わせ中なら話しかけるのを遠慮すると言っているけど、金沼先生はそのあたりの空気が読めず、のけものにされたように感じるらしいわ。前、お母さんが主事に電話をかけてきて、そのように言っていたわ。それなのに、私たちが手話を使って話すと嫌がるのは、おかしいわ」

「モンスターペアレントをもつ子どもは適応障害になりやすいんだって。怒鳴りこんだり文句を言ったりする親の後ろ姿を見て、子どもは潜在的に『私が何をしても親が文句を言ってくれる。世の中は文句を言えば通してくれるんだ』と思うようになるんだって」

五

小学部職員朝礼では、手話通訳を必要とする教員は、通訳する先生のそばの長机に座ることになっていた。

ある日の朝、いつも手話通訳する教員が不在だった。鳥辺は、児童の登校を見守る当番だったため、そこにいなかった。とっさに津堂は、自分の机に座ったまま、隣の教員に「ごめん、通訳をお願いします」と言った。そして、一瞬「金沼先生はどうするのかな」と思ったが、金沼の両隣に手話が上手な教員がいたので、どちらかが通訳するだろうと思った。

金沼の隣にいた教員が「通訳しようか」と声をかけたが、金沼はそれを断った。職員朝礼の途中で金沼が突然席を立って出て行こうとしたので、隣の教員が「まだ終わっていないよ」と声をかけたが、金沼は、硬い表情で手を振って出ていった。一時間目は、金沼は授業がなく、職員室に戻ってこなかった。二時間目と三時間目は授業があるので戻ってくるだろうと思っていたら、二時間目が始まる直前に戻ってきた。

三日後の金曜日の夜、福呂は、御子柴から「明日か明後日に会えないかしら」というメールを受け取ったので、電話をかけて翌日会う時間と場所を指定した。福呂は、「御子柴の用件は、複雑な内容かな」と思った。軽度難聴であっても、電話機を通して聞く音声や録音された音声は生の音声と異なるので聞きづらい例が多いことを知っていた御子柴は、福呂に対しても、話の内容や複雑さによって、電話で伝える方法、メールを送ったうえで電話で話す方法、直接会って話す方法を使い分けていたからだ。

翌日の土曜日、二人は、南浜市と北条市の間に位置する町の喫茶店で会った。

「三日前の昼休みに、突然、南浜の副校長から電話をいただいたの。至急お会いして話したいことがあるって。だから、翌日に来ていただいたの」

御子柴は、経過を詳しく説明した。

「副校長から電話があった日の前日の昼休みに、金沼先生の母親からまた電話がかかってきて、『あなたが南浜の先生に娘の交通事故や長休について話したのではないか。おかげで、娘は南浜で中傷を受け、苦しんでいる。それと、娘の南浜での病休をあなたに伝えた先生は、娘に対する加害者だから、その先生の名前を教えてほしい。その先生を訴えてやる』と言われたけど、私は、『授業が始まるので』と言って電話を切ったの」

「ええっ、『加害者』『訴えてやる』、そういうことばをホントに使ったの？」

「そう。はっきり使っていた。電話を切ったとき、『その先生を訴えるから、名前を教えてほしい』と絶叫され、その声がしばらく耳から離れなかったわ」

御子柴は、話を続けた。

「そしてね。翌日の水曜日の十時頃、南浜の副校長から電話があり、『直接話したいことがある』と言われたから、その次の日に北条に来ていただいたの。副校長の話では、水曜日の朝、金沼先生が突然副校長室に来て、自分の交通事故や二回の長休についてもらした先生の名前を知るために、母に頼んで御子柴に問い合わせていると話したんだって。金沼先生は、北条での交通事故や長休を南浜の先生が知っていることや、南浜での長休を北条の私が知っていることを怒っているらしいわ。副校長は、『誰が自分の長休や交通事故についてもらしたかを詮索するのはやめて、前向きになるようにと話したら、金沼はわかったと言ったから、復職させたのに』と、何回も絶句されていたわ」

「えー、そんなことがあったの」

「副校長は曖昧な言い方だったけど、私は、津堂くんを担任したことがあり、あなたとも仲良しなことを知っている人が多いから、金沼先生は、『津堂や福呂が御子柴から話を聞いて、南浜で自分を中傷している。津堂や福呂が南浜での自分の病休を御子柴にべらべらしゃべった』と思っているのかもしれない」

「えー。私は、金沼先生の話を聞くだけで、他の人には言っていないのに。それに、和賀先生も、同じように金沼先生の母親から怒られたらしいよ」

福呂は、湯川や松永から金沼の母親が南浜ろう学校に来て和賀に怒鳴りこんだことを聞いていたので、それを御子柴に説明した。

「へえ、そんなことがあったの。でも、あの母親は、小学校難聴学級でも北条ろう学校でも何回も学校に怒ってきたから、今さら驚かないわ。それにしても、金沼先生は、私のメルアドや住所を知っているから、本人が私に直接言えばいいのに。もう社会人なんだから、自分で解決しようとしてほしいわ。母親もそのように娘に言ってほしいわ」

「本当にね。社会人ともなったら、自分で問題解決しようとする姿勢が必要なのにね」

「金沼先生は、私が研究会で『お久しぶり。元気?』と声をかけても、何も答えずに顔を背けて行ってしまうことが、何回もあったのよ。この態度、大人げないでしょ」

「え、元担任のあなたを無視しているの? 南浜でも、何人かの先生が同じように顔を背けられているらしいわ。だから、あまり気にしないでね」

そこで、福呂は、「北条での金沼先生の病休は、交通事故の怪我によるものなのか精神的なものなのか、私にはわからなかったんだけど」と尋ねてみた。

「それは私も知らないわ。これは本当に守秘義務があるからね。診断名は怪我に関わるものだと思うけど、実際は、かわいがってくれた祖母の死亡によるストレスと職場でのストレスが原因かなと、勝手に想像していたの。その後、母親が『娘は私のそばにいる必要がある』と言って、南浜への異動を強く希望したらしいわ」

「そう。強く要求するかしないかで診断書が出る比率が変わる、ってあるのかな」

「それはあると思うよ。特に、精神疾患はそうだと思うわ」

「なるほどね」

「でもね、金沼先生の母親にしてみれば、娘を守ろうとするのは、ある意味仕方ないことなのかもしれない。実はね、金沼先生が小四のとき、父親と兄が川で事故死されたの。そのときのお母さんの嘆き悲しみぶりといったら正視できなかったわ。だから、残されたたった一人の身内を失いたくないと思い、学校に過度に干渉するようになったと感じるわ」

「えっ、そんなことがあったの」

二人はしばらく話したが、そういう事情があるにせよ、今の金沼の「自分の要求は通って当たり前」という態度や、周囲で軋轢が多発している状況は問題だということになった。

「母親が何回も怒ってきたから、北条の管理職は、金沼先生が転出してホッとしたみたい」

「そうでしょうね」

「逆に、南浜の管理職は、金沼先生の長休を外部に言わないよう、先生たちに注意を促すべきか悩んでいたみたい。他の先生のときに言わなかったことを金沼先生のときに言うのはおかしいということになって言わなかったらしいけど、そのあと母親からクレームがきたから、副校長が小学部で注意を呼びかけたらしいね」

そして、幼稚部の教室で母親がずっと参観するのは、母親を教師化させる場合があることが話題になった。福呂も、帰り道、母親が「今日の授業で、あなただけできなかったのはどうしてなの」と幼児をこづいて泣かせていたのを見たことがあり、過干渉になる親や親離れ・子離れができていない例がろう学校では多いように感じていた。

「誰か忘れたけど、有名な先生が、『九歳の壁』を越えるための条件の一つとして、『親子間の車間距離を適切にとること』[注51]をあげたけど、それ、本当に大切だね」

六

福呂は、小学部の津堂の教室へ行き、津堂に御子柴から聞いたことを話した。

「私も長休自体は秘密にすべきこととは思わないけど、気をつけてね」

「えー、教員って子どもに責任をもつ仕事ですよね。僕の友達が『病気で休むと欠勤扱いになり、減給・無給になる』と言っていたので、公務員は恵まれているとわかりました。税金をいただきながら休む以上、長休という事実が市民にある程度知られるのは仕方ないという覚悟が必要だと思います」

「私もそう思う。自慢の娘が職場適応できず長休を取ったこと自体が、母親にとっては屈辱であり、長休を話題にされることは誹謗中傷を受けるに等しいんだろうと思う」

「そうですね。そうそう、デフブラボーの役員会で、K滝さんのお母さんが金沼先生の休みを話題にしたそうです。K滝さんは武市さんと仲良しだそうです。金沼先生のお母さんは『手話で育てると日本語を獲得できず、不幸になる』と言っていて、日本手話寄りのお母さんや人工内耳に反対するろう者の反感を買っているので、役員会で『聴覚口話法や人工内耳は、性格が歪んだ人間に育てる』などと話題になったそうです」

「金沼先生の長休が、人工内耳反対で日本手話万歳のデフブラボーで話題になったら、あっという間に悪意を伴って広がるだろうね」

「でも、保護者を守秘義務違反で責めることはできないと思います。それから、金沼先生は、自分の長休が話題にされると怒るのに、こないだ、隣の県の聴覚障害教員の長休を自ら話題にしていたのを見て、おかしいと思いました」

「え、そんなことがあったの。それは、確かにおかしいわね」

「校長先生も、それを聞いてあきれておられました。それから、その隣の県の聴覚障害教員と会ったとき、『職場に理解がない人がいたから、長期休暇を取ってやった』と言っていて、僕は、その『取ってやった』にひっかかりを感じました」

「え、『取ってやった』って言ったの。確かにひっかかるわね」

さらに、津堂は、「副校長先生が御子柴先生に電話された日は、先週の水曜日でしたね」と言って、その日の職員朝礼の途中で金沼が突然職員室から出ていったことを話した。

「え、金沼先生は、隣の先生の手話通訳を断ったの？　何に腹を立てたの？」

「金沼先生は、手話通訳者がいなかったことに怒ったのではなく、通訳を頼まなくても誰かが通訳してくれなかったこと、つまり、僕が彼女にも見えるところへ通訳者を行かせなかったことに腹を立てて、朝礼の途中で席を立ったのかなと思います。彼女は、そのあとすぐに副校長のところへ行って、『今、母から御子柴先生に自分の長休をもらした先生の名前を尋ねてもらっている』と言ったそうですが、それは、『津堂』という名前を御子柴先生から引き出そうとしていたのかなと思います。最近、僕が彼女の肩を軽くたたいて何かを伝えようとしたら、露骨に顔を背けてすーっと離れていったこともあり、やはり、僕は彼女から悪意や恨みみたいなものをもたれていると確信しました」

「それは、私も同じよ。でも、なんで、隣の先生の手話通訳を断ったんだろう?」

「彼女にとって、手話通訳をお願いすることは、自分は手話がなくても大丈夫と言っていることと矛盾するので、自分のプライドが許さず、できないんでしょう」

「ああ、なるほど。『口話で大丈夫』というプライドが傷つく場面に置かれると、その職場は理解がない、ということになるのか」

「あっ、その言い方。そうか、副校長の真意はそこにあったのか」

津堂が思わずつぶやいたのを見て、福呂は「どうしたの?」と尋ねた。

「金沼先生が復職する前に、副校長から『小学部で手話通訳がもっときちんとなされるように言おうか』と聞かれ、『金沼先生は手話を使わないでほしがっている』と答えたんですが、副校長は、『手話はいらないという彼女のプライドを傷つけないよう情報保障してあげてほしい』と言いたかったんだと思います」

「金沼先生が『手話はいらない』と言っても、通訳者から視線をそらして硬い表情でいても、さりげなく通訳してあげる意味？　それは長続きしないわ。管理職は彼女にはっきり指導し、彼女は自分も手話通訳を必要としていることを素直に認めるべきだわ」

そこで、津堂は、少し前にI瀬から言われた「ババ抜き」について話した。

「まあ、『ババ抜き』？　すごくグサリとくるたとえね」

「僕も心が凍りつきました。みんな金沼先生に腫れ物にさわるように接して、ババに仕立てていると思いました。なんか逆に、彼女が哀れに思えてきました」

「そうね。母親をおそれて問題を先送りしても、ずっとババのままだわね」

「金沼先生は、来年度どうなるんでしょう」

「私が思うに、高等部かな」

「やっぱりそう思いますか」

高等部には、一年前から金沼の中学校難聴学級時代の担任だった狭山が主事として転勤しており、金沼は、狭山に栄養ドリンクを差し入れたりしていた。

「私のいる中学部には絶対に来ないわね。和賀先生もいるし」

福呂は、金沼と同じ社会科教員であり、塩野の転出に伴って中学部に異動していた。

「管理職は、金沼先生が職場適応できるよう、一つひとつきちんと指導すべきだわ」

そして、福呂は、和賀も中学部でよく思われていないこと、たとえば、時間にルーズで、仕事が期限までにできないとき、「育児で忙しいから」と言い訳すること、朝よく休み、一時間目の授業は自習が続いていること、誰かが生徒指導で悩んでいる話をしたら、「あなたの手話が本当の手話じゃないから」などと自分に優位性をもたせる解釈をすること、連絡帳などで和賀の文章に間違いが多いことを知った保護者の一部が、「学校全体での日本語指導が大切なのに」と主事に懸念や不満を伝えていることなどを話した。

そのとき、津堂は、他県のろう者から聞いた話を思い出して、福呂に伝えた。

「和賀先生については、確かに、よい話をあまり聞きませんね。実は、前、他県のろう者と話したとき、『和賀という先生がそちらにいるか』と尋ねられて、『いるよ』と答えたら、『教え子の父親とできているらしいね』と言われたんです」

「ああ、和賀先生は、ろうあ協会の活動で、自宅にろうの男性がたくさん来ているから、そういう噂が流れるんじゃない？」

「単なる噂ならいいんですが、和賀先生のご主人が、『妻は他の男とできている』と悩み、他のろう者に相談しているという話も聞きました」

「まあ、和賀さんは、下ネタが好きという話を聞いているし、そうかもしれないわね」

福呂はそう驚いた様子がなかったので、津堂は、思いきって話してみた。

「さらに、驚いたのは、他県から高等部に入学した生徒の親が、他のろう者から『和賀さんは禁断の果実を食べる人だから、息子さん、気をつけて』と言われたらしいんです」

「え、禁断の果実？　それって、生徒に手を出すという意味？」

さすがに、福呂は驚いていた。

「そうです」

「まさか、いくら和賀先生でも、そこまでバカなことはしないでしょ」

「僕もそう思ったんですが……」

「でも、その禁断の果実って、意外とあるかもね。私も、隣の県のろう学校で、若い女の先生が高等部の男子生徒とキスをしていたとか抱き合っていたとか、聞いたことがあるわ」

「気持ち悪い話ですね。ことが発覚したら、どうなるんでしょうか？」

「免職じゃない？　相思相愛でも、先生と生徒の立場ではねえ」

そのあとは、口話と手話のことが話題になった。

「今後、聴覚活用できることに優越感をもつ人や口話を徹底的に否定する人は、聞こえる人の間でも、逆にぎくしゃくすることが増えるのではないかな」

津堂は、「手話を否定する人と言えば、真っ先に金沼先生を思い浮かべてしまいます」と言い、金沼が元担任の狭山のところへ頻繁に行っていることを話した。

「金沼先生は、夜、駐車場の車の中で狭山主事と長時間話すことが多いんだそうです。他の先生が、『狭山主事は金沼先生の不満を聞いてあげているだけとしても、中年の男と若い女が何回も暗い車内に長時間一緒にいるのはよくない』と言っていました」

「それは私も聞いたわ。でも、昨年採用されたP笠先生も、放課後、自分の元担任がいる聴力検査室へ何回も行っているわ。『聴力検査室は一種の密室だから、あれはよくない』と言う先生もいるわ。私としては、精神安定につながるならいいかなと思うけどね」

そのあと、福呂は声をひそめた。

「ここだけの話だけど、竜崎先生の話では、狭山主事は、以前、金沼先生の母親が和賀先生に怒鳴りこんだ話を聞いて、『和賀を殺してやりたい』と口を滑らせたらしいよ」

「えーっ、『殺してやりたい』ですか？　『いなくなればいい』ではないんですか？」

「そうらしいわ。管理職・教員として以前に、人間としてあるまじき発言でしょ。他にも湯川先生の話では、狭山主事は、他学部で『自分が小学部主事なら、金沼にひどいことをした丸本を飛ばす』とか『金沼は小学部でいじめられている』とか言ったそうよ」

「『いじめられている』ですか。それは、小学部の先生たちに失礼な言い方ですね」

「そうでしょう。狭山主事は、『金沼先生に非はない。相手が百パーセント悪い』と頭から決めつけている感じで、『狭山は客観的に見られない』と多くの人から聞いたわ」

「僕もそう思います」

「私も、狭山主事は、軽薄短小というか、衝動的というか、歴代主事の中で最低の主事だと感じているのよ。金沼先生の話をうのみにしてここまで激しいことを言うなんて、あり得ないわ。もし金沼先生が高等部へ行って、狭山主事が金沼先生とぶつかる人をことごとく悪者扱いし続けたら、さらにごたごたが起きるかもしれないね」

七

金沼規子は、小学部に復職し、居づらさを感じた。誰かと口論することはなかったが、小学部では、教員全員で児童全員をみる雰囲気があり、会議が多い。母が管理職に強く要望したので、規子は、担任ではなくフリーの立場で復職したが、特に三学期は新年度に向けての会議や打ち合わせが多く、それが苦痛だった。

金沼は、管理職から校内異動の希望先を尋ねられたとき、即座に「高等部」と答えた。高等部では、中学生のときの担任だった狭山が主事を務めていたからだ。また、複数での会話についていきにくいことを感じていたので、共同でもつ授業より単独でもつ授業が多くなりそうな学部や、割り当てられる分掌の数が少なくなるよう教員人数が多い学部を希望していたからだ。また、中学部には日本手話至上主義の和賀や同じ社会科の福呂がいたので、「中学部は、絶対イヤです」と伝えた。

幼稚部主事は、聴覚障害教員のP笠がすでに幼稚部におり、人工内耳装用児が増え、対応が難しい親がいたことから、聴覚障害教員の新たな受け入れを渋った。小学部主事は、「鳥辺もまだ安心できないから、当面は、聴覚障害教員は津堂と鳥辺だけにしてほしい」と言い、中学部主事は「同じ社会科に聴覚障害教員が二人もいるのはどうも。それに、金沼の母親が和賀に怒ってきたことがあり、またゴタゴタが起きるのは困る」と渋った。それで、高等部主事の狭山が「では、金沼は、高等部が引き取る。聴覚障害教員としてすでに竜崎とM垣がいるが、問題ない」と宣言した。

金沼の所有する免許は社会科であった。高等部は、退職予定の英語科教員の補充を希望していたが、社会科教員は二人とも高等部に来たばかりだったこと、金沼が英語の臨時免許取得のためのお金を払ってもよいと言ったことから、金沼の高等部への異動が決まった。高等部の教員たちは、英語の免許をもたない聴覚障害教員が英語の授業をもつと聞いて懸念を示したが、狭山主事が「大丈夫。今回だけ臨時免許で。来年は、英語科の教員を増員してもらい、金沼先生には本来の地理歴史を担当してもらう」と言って押しきった。

竜崎が金沼に「英語の免許をもっているの?」と尋ねると、金沼は「もっていないけど、狭山先生が大丈夫と言った」とあっけらかんと答えた。

「じゃ、英語検定やセンター試験を受けたことは?」

「どちらもないです。私は、私立の大学に推薦で受かったから」

「それで英語を教えることに同意したの?」

「ええ、狭山先生が大丈夫と言ったから」

竜崎は絶句した。高等部は職業科を廃止し、大学進学に力を入れようとしていたからだ。

この年の春から「主幹教諭」という副校長の補佐職が設置され、狭山がそれを務めることになった。そして、高等部主事は、一般高校から異動したQ畑が務めることになった。金沼は、単一障害生徒に対する英語の授業を八コマ担当し、残りは、重複障害生徒の担任として社会や自立の授業をもつという案が出された。習熟度の高い学習集団は英語科教諭のR城が担当し、中学レベルの英語を教える学習集団を金沼が担当することになった。

八

金沼は、高一の重複障害生徒の担任になったが、担任会でも「読唇の力を落としたくないから、手話はいらない」と言って、手話もつけて話そうとする教員の手話から視線をそらした。教員から聞き返されたとき、手を使わず声だけで繰り返し、それでも通じないと露骨に苛立ったので、高等部の教員もいつしか金沼を敬遠するようになった。

一学期の教科内授業研究会では、同じ教科担当者や重複障害担当者の間だけで互いに授業を参観することになっており、竜崎は、M垣から「金沼先生は、自分のやり方を変えようとしない」と聞いた。つまり、金沼は、高等部の重複障害生徒への授業の中で、「焼きゃくろでもやせるゴミ」と板書したが、M垣が「この生徒は、確かに漢字の読みは苦手だが、漢字を見て意味をつかむのが得意だし、新聞や本では漢字を使うのが普通だから、『焼却炉で燃やせるゴミ』と普通に漢字を使って書いてルビを打つほうが、

生徒にとっては理解しやすいと思う」[注52]と言うと、金沼は「この生徒は小四までの漢字しか習っていないから、『焼』は使うが、『燃』や『却』は使ってはいけない」と主張し続けたという。M垣は、「金沼先生は、その後も生徒がまだ習っていない漢字はひらがなで書いている。金沼先生は聞く耳をもたないから、私はもう言わない」と竜崎に話した。それでも一学期の間は、大きな問題は表面化することなく過ぎた。

南浜ろう学校の高等部の通知表は、評定の数字と、「(○)浮力の意味を理解する」、「(△)因数分解する」、「調理実習にまじめに取り組んだ」のような文章表現を載せていた。通知表の記述について、「学習指導要領では『関心をもつ』のようにひらがなで書かれているから、通知表などでも、抽象的なものをもつ場合は『持つ』ではなく『もつ』と書くべき」などと言った校長が過去におり、校長によって修正指示の内容がころころ変わると混乱するので、高等部では「通知表の書き方に関する申し合わせ事項」を作成していた。教務部は、その申し合わせ事項にしたがって通知表の文をチェックしていた。

あるとき、教務部の教員がこぼした。

「一学期の通知表で、金沼先生が『興味を持つ』と記したから、『もつ』に訂正すると言ったら、むくれた。五月の部会で周知したときは、何も言わなかったのに」

「ほとんどの教員は、そういう細かい訂正は教務部に任せると言うんだけどね」

竜崎は、教務部として通知表をチェックしたとき、金沼が記入した「英文を正しい発音で音読する」という文が気になった。自分も聴覚障害があるので、英語は正しく発音できない。大学受験のとき、発音やアクセントに関わる問題は全て自信がなかった。一生懸命覚えようとしても覚えられず、いつしか覚える努力を放棄した。

それで、竜崎は、「金沼先生は、自分も重度の聴覚障害があり、聴者と同じように発音できないのだから、せめて『正しい発音で読もうとする』のような表現にしてほしかった。それとも、生徒の発音が正しいかを自分は判断できると思っているのかな」と思ったが、付箋をつけて「『音声はろう者には不要。口話は人権侵害』と考える人もいるので、もう少し別の表現に変えてはどうか」と記したから、あとは教務部長や管理職が善処するだろうと思い、それ以上のことはしなかった。以前、地域校の教員から「うちの学校にいる聴覚障害生徒は、努力家だが、発音が不明瞭で、正しい音程で歌えないし、英文も正しい発音で読めない。聞こえる生徒と同じモノサシで評価すると、どうしても不利になる。心が痛む」と言われ、竜崎は「『発音を意識して読もうとする』という観点で評価できたらいいですね」と話したことがある。

高等部職員室で、金沼のことが話題にのぼる回数が増えていった。

「金沼先生は、『口話の力を落としたくないから、私に手話を使わないで』と言うが、口だけではいっぱい落ちるから、『手話も使えよ』と言いたい」

「あれじゃや、結婚相手にも『手話を使わないで』と言いそう。私ならイライラしてケンカになるか、会話を諦めるかになりそう。同じ口話にこだわる難聴者が合いそうね」

「金沼先生は、狭山主幹にべたべた。主幹にこびを売るような目で話しかける。ランチルームで、主幹の隣に座って、しなだれかかるように給仕したりお皿を片付けてあげたりしている。あれを見ると、私、どこかのバーに来ているような気持ちになる」

「金沼先生は、ＰＴＡ副会長の娘の明日香さんに英語を教えているけど、この二人は些細なことで衝突したのよ。明日香さんは怒って、そのあと反抗的な態度をとり続けている。兄の浩太朗くんも、よく『ママに言いつけてやる』と言っていた生徒だったわ」

「R城先生は、『明日香さんは私がもつほうがよいと思ったけど、できなかった。他の集団にはもっと大変な生徒がいる。あの集団は、まじめでおとなしい生徒ばかりだが、大学進学をめざしているから、英語免許のない先生に任せられなかった。私は担任をしているから、ホームルームや自立活動を入れると、私がもてる授業はこれだけになり、残りを金沼先生に任せるしかなかった』と言っていたわ」

「思春期真っ最中の高等部では、正論や理屈だけでは動かない生徒が多く、冗談が多い先生や頭から決めつけずに話を聞く先生に人気が集まる。かと言って、生徒の言うことを無条件に認めるのではなく、他人の気持ちも考えさせるような働きかけが必要。その点、金沼先生は、『〇〇すべきでしょ！　なぜできないの！』と一方的に迫るから、生徒の反感をいったん買ったら、一気に生徒との関係が崩れる危険性が高いと思うわ」

「明日香さんの母は、デフブラボーを熱烈に支持するK滝さんと仲良しで、村田先生の体罰事件のときも日本手話を応援する雰囲気だったから、ちょっと危いかも」
「明日香さんは、最近補聴器をはずしているわ。小学部までは声を出していたけど、中学部で、和賀先生の影響からか、声なしが増えたわ。母親は、『声は不要』とはっきり言うわけではないけど、子どもの話をうのみにする親だから、気をつける必要があるわ」

九

ある日、高一の生徒が入院したので、千羽鶴を贈ろうということになった。その週のホームルームの指導担当は金沼だった。金沼は、「入院した生徒に折り鶴やメッセージカードを贈ろうと思います。たくさん折るのはムリなので、一人あたり五羽までにしてください」と説明した。その前の担任会で「千という数字にこだわる必要はないが、多いほうがいいから、他の学年や先生にも呼びかけよう。重複障害生徒は五羽でよいことにしよう」と話し合われていたので、松永が「五羽より多くなってもいいと生徒に伝えて」と手話で伝えたが、金沼はそれを無視し、「みんな五羽までにしてください」と言って説明を終えた。

翌日、十羽折ってきた生徒がいたが、金沼は、顔をしかめて「五羽までと言ったのに、あなたは説明を聞いていなかったの！」と叱った。そばにいた松永があわてて「まあ、たくさん折ってくれたのね。ありがとう」と言って、その折り鶴を受け取った。松永が「せっかく持ってきてくれたから、集まった分だけ贈ろう」と言ったが、金沼は「困ります。高一は八人なので、四十羽をこの色画用紙に貼りつけて、メッセージを書かせようと思っているんです」と言った。松永が「いいわね。でも、余分に集まった分は、糸で通してそれに添えたらいいね」と言ったが、金沼は渋った。

他学年の生徒や教員が折り鶴をたくさん持ってきたので、松永は、お礼を言って受け取った。「金沼先生は『誰が糸を通すのか』と嫌な顔をするだろうが、みんなの厚意を無にしたくない。私が糸を通そう」と思い、金沼が見ていないときに折り鶴に糸を通した。「病院へ持っていくのは、主事と私、もう一人の担任の三人だから、金沼先生がつくる色画用紙と私が糸を通した千羽鶴を持って行けばよい」と考え、金沼が生徒にメッセージを書かせて完成させた色画用紙を、「いいのができたね」と言って受け取った。

金沼は、定時刻になると、狭山主幹とひとしきり笑顔でしゃべってから帰っていった。周囲の教員は、「金沼先生が笑顔で話すのは主幹ぐらいだね」と苦々しい思いで見ていた。

別のホームルームのとき、金沼は、説明の途中で板書するために背を向けた。そのとき、ある生徒が「これでいいんですか」と普通の大きさの声で尋ねたが、金沼は気づかなかった。松永は、生徒に「金沼先生がこちらを向いてから、もう一回言ってあげて」とアドバイスし、「人工内耳をつけても聞こえないことがあるんだな」と思った。そのとき、生徒

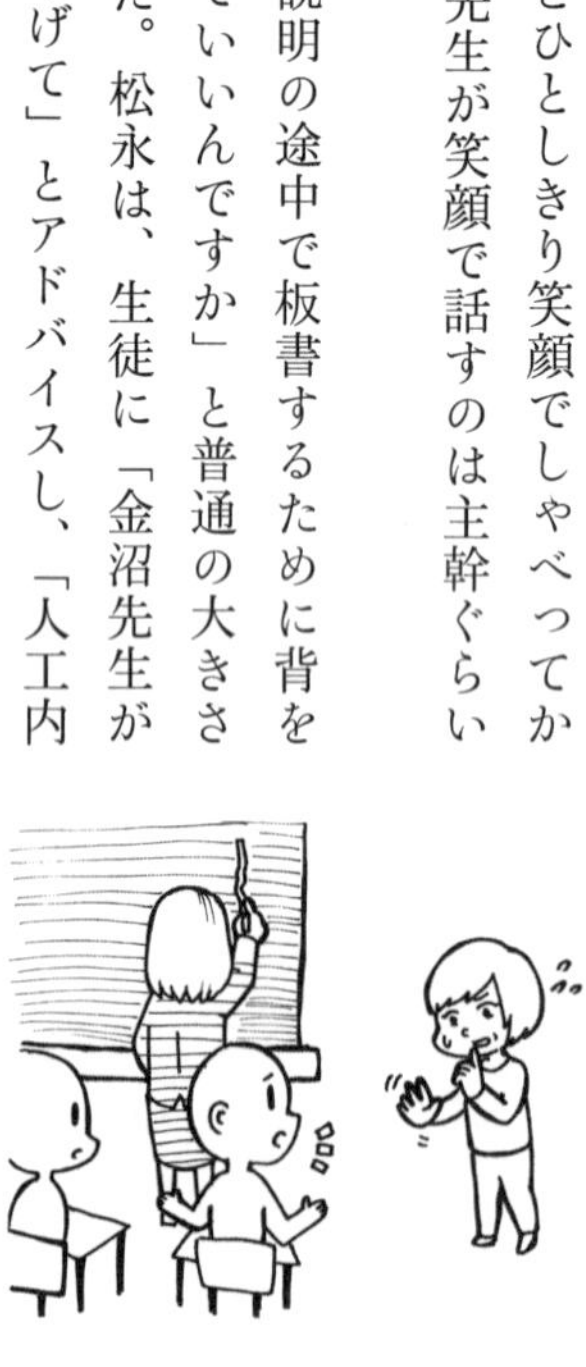

が「金沼先生はいつも『私は聞こえる』と言っている」と声だけで言ったので、松永は、「しっ」と手ですばやく合図を送った。金沼は、生徒の発言に気づかなかったが、教員たちは、「さっきの生徒の発言が金沼に伝わると気まずくなる」と感じた。

十

高等部の竜崎が、中学部へ「福呂先生、今お時間ありますか」と言ってやってきた。

「前、他県のろう教員が、『聴覚障害教員が増えたのはうれしいが、マナーが悪い先生や謝れない先生がいる。だから、私は先輩として注意している』と言ったとき、僕は、金沼先生のよくない評判を聞き流してきたが、それでよかったのか、せめて『嫌いな人でも会釈ぐらいはするほうがいい』と伝えたいと思いました」

福呂は、自分も「後輩を指導できていないことに忸怩たるものがある」と御子柴に言ったことや、昨日も同僚が「全校研修会で手話通訳したとき、金沼先生は私を見ようとせず、『あなたが勝手に手話通訳しているだけ』と言われているような気がした。終わったとき、P笠先生やM垣、津堂、竜崎先生はお礼を言ってくれたが、金沼先生は無表情のままだった」と言ったことを思い出した。

竜崎は、話を続けた。

「それで、僕は、情報通のS浦先生に少し話して、どう思うかと尋ねたら、『管理職は、金沼先生の母親から訴えてやると何回も言われ、母親に怯えているよ』と言われたので、『管理職自身が金沼先生に手を出せないなら、僕もさわるのはやめよう』と思いました」

「そのほうがいいと思うわ」

「S浦先生と話した翌日、狭山主幹がやってきて、『S浦から聞いた。〝挨拶できない〟などと、金沼の悪口を言いふらすな。ひどい目に遭った金沼が挨拶できないのは当たり前だろう。管理職みんなで全力をあげて金沼を守る』と言われました」

「え、S浦先生が主幹に話したの。なるほど。S浦先生は、最近管理職になりたいから管理職にすりよっているという噂があるわ」

「そうらしいですね。僕もS浦先生に話したのは失敗だったと思います。S浦先生に『僕は何もしないと決めた。だから、今の話は聞かなかったことにしてほしい』と言ったのに、裏切られたと思いました。主幹から『言いふらした』と言われたのは心外です。それ以来、主幹からきつい視線を向けられたり無視されたりしていると感じています」

「私も、主幹から、無視とまではいかなくても、煙たがられていると感じるわ」

「福呂先生もですか。それから、昨日、教務部長から『金沼先生と衝突すると飛ばされるよ』と言われました。僕は、金沼先生と直接口論したことはありませんが、金沼先生は高等部にいたがっているので、自分が居心地よくいられるために『この先生とあの先生はイヤ』と主幹に伝え、管理職は今後金沼先生の嫌う先生を他の学校や学部へ飛ばすのか、主幹が副校長以上になったら、僕はますます危ないなと思いました」

「そんなことないわよ。いくらなんでもそんな横暴が通るわけないでしょう」

「津堂先生に話したら、主幹が北条の御子柴先生に『金沼先生を誹謗中傷するな。金沼先生の悪口を言うな』と怒ったことや、主幹は僕に言ったのと同じことを津堂先生にも言ったことを教えてくれました。津堂先生も御子柴先生も、主幹から『おまえがひどいことをしたから、金沼がおまえを無視するのは当たり前だ』と言われたそうです」

狭山は、難聴学級にいたことがあり、その関係で、同じ難聴学級を担当していた御子柴とは、以前からの知り合いだった。

「え、主幹は、御子柴先生にもそこまで言ったの。主幹は、金沼先生が嫌う先生を攻撃、無視しているのか。『管理職みんなで金沼先生を守る』と力んでいるのは、主幹だけだと思うよ。Q畑主事は転勤されたばかりだから、今は主幹の言いなりだけど、そろそろ自分の判断で動き始めると思うよ。他の管理職は、公平無私を心がけていると思うよ」

「そうだろうとは思いますが……。それから、これは津堂先生から聞いた話ですが、こないだの全校研修会で丸本先生が手話通訳したとき、金沼先生が研究会の途中で会議室から出て行き、主幹がそれを追うように出て行きました。その日の夕方に、主幹が小学部の教務部長のところへ来て、『なぜ丸本を手話通訳によこしたのか。おかげで金沼は気分が悪くなって早退する羽目になった。小学部は配慮が足らない』と怒ったそうです」

「えっ、先生みんなが輪番でやる手話通訳に、主幹は、丸本先生をよこすなと怒ってきたの。それはおかしいよ。で、教務部長は何と答えたの？」

「教務部長は『すみませんでした』と謝ったそうです。主幹が出て行ったあと、そばにいた先生が、『丸本先生は今後手話通訳しないのか』と聞いたら、教務部長は、『謝っただけだよ。手話通訳はみんなが輪番でやるものだから、どの学部でも四月につくった輪番表にしたがって分担することになっているよ。特定の先生を輪番表からはずすのはおかしいよ』と言ったそうです」

「まあ、『輪番はみんなでやるもの。輪番からはずすべき先生がいるなら、前もってその名前を全学部に周知してほしい』とはっきり言ってやればよかったのに」

「日本人って、その場を収めるために、本当は悪かったと思っていないのに表面的に謝ることが多いですね。今回だけで終わるのなら、それも一つの処世術ですが」

「そうね。それにしても、管理職ともあろう人が、そこまで常軌を逸したことをするとは思わなかったわ。でも、主幹は、前から『和賀先生を殺してやりたい』『自分が小学部主事なら丸本先生を飛ばす』と言うような人だから、あなたもあまり気にしないでね」

「そう言われると、気が少し楽になりました。それにしても、主幹は管理職として不適切だと思います」

「私も、主幹は管理職の器ではないと感じるわ。実は、前、副校長が『金沼先生は高等部以外に行くところがないが、狭山主事が高等部主事のままだとさらに面倒な事態になる可能性が高いから、たまたま新設された主幹に狭山を回した』というようなことを話していたと、他の先生から聞いたことがあるの。本当かどうかは知らないけど」

「でも、主幹教諭になれば、その次は副校長でしょう。そのときのことを考えると憂鬱です」

福呂と竜崎は、はあーと息を吐いた。

「誰かが『あんな軽挙妄動の多い人が副校長以上になるわけがない』と言ったけど、人を見る目がない管理職もいるからなあ。日本では、ひどいことを言われても聞き流すのが美徳という雰囲気があるけど、最近『パワハラ、セクハラ、アカハラ』と言って訴える人が増えているから、主幹もこのまま暴走を続けたら危ないかもね」

「そうですね。声をあげる先生が現れたら、危ないかもしれませんね」

そこで、竜崎は、聞こえる人の寛大さを感じたエピソードを語った。それは、竜崎が教務部として時間割編成に関わったときのことだった。当時は、パソコンが使える教室が一つしかなく、そこを希望する教員が多かった。竜崎は、時間割を組んだあと、同じ教務部のT渕に教室配分を依頼した。時間割案が発表されたとき、竜崎が教室を配分したと思った教員から「パソコンが使える授業が1コマだけでもほしい」と言われたことから、T渕がその教室を独占し、自分が使わないときだけ他の教員に配分したことを知った。「教室配分はT渕先生の仕事なので、T渕先生に伝えて」と言うと、「じゃ、我慢する」と言われ、「僕から見てもこれは不公平。同じ教科なのにこの差はおかしい」と言うと、「T渕先生にまた自殺騒ぎを起こされたら面倒。私が我慢するほうがまし」と言われた。それで、竜崎は、「聞こえる先生は寛大な先生が多い」と思ったという。

福呂は、「それは、寛大というより、面倒なんだろうね」と言い、自分がろう学校に着任して数年後のことを話した。「セクハラ」ということばがまだ一般的でなかった頃のことだ。卒業生から「職業科の先生から、ブラウス越しにブラジャーをはずされた。『初めてのキスはいつ？』としつこく聞かれた」と聞いたので、福呂がその職業科の助手に話すと、「それは前から知っていたが、私は弱い立場だから何も言えなかった。今も言えない」と言われた。それで、福呂は先輩の教諭に話したが、「あの先生ならあり得る話ね」と言われただけで、一緒に善後策を考えようとしてくれると感じた教員はいなかった。

「その卒業生は、『今でも悔しい。福呂に話せば何かしてくれるかも』と思って話してくれたのかもしれないのに、私は、助手の先生と同じ穴のムジナになってしまった。その卒業生は、今『福呂に話しても聞き流された』と不信感をもっているかも。心苦しいわ」

「今は相談窓口がありますが、当時はまだなかったから、主事や校長に話しても握りつぶされたと思いますよ。僕がその卒業生から話を聞いても、同じ結果になったと思いますよ」

そして、モンスターペアレントの話に戻った。

「それにしても、前、モンスターは、社会人の親にもいるのかと驚いたけど、元担任や管理職にもいると知って、驚いたわ。『この親にしてこの子あり』と言うけど、『この担任にしてこの子あり』『この上司にしてこの部下あり』だね。『職場ではわがままは通らない・通さない』と指導すべきなのに、モンスターペアレントに怯えて毅然とした態度がとれない不甲斐ない管理職、という図式があるみたいね」

「僕のいとこが病院に勤務しているんですが、『告訴してやる』と何回も言う患者に『逆に脅迫罪で訴える』と言うと、静かになることが多いそうです。僕が『自分には弁護士がついていると言ってみたいが、これ、いやらしい発想だね』と言うと、津堂先生は『いや、君は、我が身が危ないと感じたんだろう。相手が何もしなかったら何もしないんだろう』と言ったので、僕が『そう。カメムシと同じ』と言ったら、笑われました」

「アハハ、カメムシは、刺激を与えなければ悪臭を放たないからね。それにしても、訴えてやると言い過ぎることは、脅迫罪になるのか。なるほど」

「津堂先生も、弁護士をしている弟に相談して同じことを言われたと言っていました。そして、『いざというときは弟を紹介する』と言われたので、気が楽になりました」

「そう。とにかく、金沼先生にはさわらないこと。松永先生も湯川先生も金沼先生を指導しようとして、逆に恨まれ、狭山主幹から悪者扱いされているみたい。あなたはどれぐらい感じているかわからないけど、高等部全体では、『金沼先生には関わらないのが無難』と思っている人が多いみたいよ。主事も、高等部の雰囲気が変わったのを感じて、お困りのようよ」

「そのようですね。今のを聞いて、なんか逆に金沼先生が哀れに思えてきました」

「そうね。ある意味、可哀想ね。小学部でも高等部でもうまくいかなくて、これからどうなるんだろうね。仮に、主幹が金沼先生の嫌いな先生を高等部から次々と追い出して、新しい先生が来て、うまくいくと思う？」

「同じことの繰り返しだと思います」

「でしょう。前、リストカットを繰り返した先生がいて、みんなその先生のわがままを通していたのよ。この先生も結局いろいろな部室で長くて三年しかいられなかったのよ」

福呂は、このリストカットを繰り返した先生と金沼先生は似ていると思った。上司による評価を気にし、授業を見られることを嫌がり、気が進まない仕事はすぐに突っぱね、自分の要望は通って当たり前と思いこむ態度が似ていた。

「僕が着任したとき、『あの先生は、問題があって、二、三年で部室を変わることの繰り返し』と聞いたことがありますが、他府県で知り合ったろうの先生は、『アクが強い僕をどこも引き取りたがらず、おかげで三十年間異動なし』と笑っていました」

「同じ学校に何年以上いられないというルールが厳しい県とそうでない県があるわ。『ろう教育は、十年勤めてやっと一人前』と言われているし、手話の問題があるから、行政にはそのあたりのことを考えてもらいたいわね」

そして、福呂は、「ともかく、主幹なんか気にしないこと。私は、歴代管理職の中で、狭山主幹は一番軽薄短小と感じているのよ」と言って、竜崎の肩をぽんとたたいた。

「彼、よく暴走しているでしょ。『あの女生徒、しゃぶりたいぐらいかわいいね』とか言うのよ。

管理職ともあろう者がこんなせりふを言うかしら」

「そうですね。去年、主幹が『金沼は、中学時代僕にほれていたんだよ。僕に恋愛感情を抱いていたと思うよ』と言ったのを聞いて、『管理職の立場の人は、普通こんなことを言わない。狭山は変』と思いました」

「気持ち悪いね。管理職になったらそんなのは思っても言わないようにするのにね。だから、『管理職みんなで金沼を守る』というのも、主幹の失言、暴言だと思うよ」

「そうですね。やっぱり、愚痴を聞いてもらうと、実際は何も変わらないのに、気が楽になりますね。この愚痴を聞いてもらうことを、『それは金沼の悪口を言っていることになる』と言われたら、僕はうつになると思います。今日は、ありがとうございました」

八章　『ろう教育史ぶらり』

「手話で通じることと学力を獲得することは違う。手話と日本語の間の距離を理解しないまま、日本手話を強硬に要求する人の言い分をうのみにするのはよくない」

深見通は、このせりふを何回つぶやいただろうか。

一

ルポライターの深見通は、『歴史散策』の編集長から『ろう教育史ぶらり』シリーズの原稿執筆を依頼されたとき、ろう教育について無知だったので、知り合いに相談すると、聴覚障害者でろう学校に勤めている津堂道之を紹介された。津堂は、ろう教育史を調べていた。

深見は、最初は手話通訳者を介して話したが、津堂の人柄に感じ入るものがあり、もっと直接話したいと思ったので、手話サークルに入った。誰かが「その国の言語を知らなければ、その国の歴史は本当には理解できない」と言っていたが、手話を学ぶなかでその意味がよくわかったと思った。

深見は、聴覚障害には、外耳と中耳に障害がある伝音性と、内耳に障害がある感音性があり、前者は補聴器の効果が大きいが、後者は、音がゆがめられて脳に伝わるため補聴器の効果が限定される場合が多いことや、ろう学校の生徒の大半は感音性であることを知った。「補聴器をつければ大丈夫」、「手話や文字という伝わる手段があれば、学力獲得は大丈夫」などと単純に思いこむ人が多いが、自分もかつてはそうだったと思った。

盲聾教育の祖で京都府立聾学校の創始者である「古河太四郎」が話題になったとき、津堂は、太四郎の兄の子孫である古川統一が著した本『累代の人々』[注53]を見せてくれた。古河太四郎が盲聾教育を始めたきっかけは、投獄されたときのろう児との出会いにあるとされているが[注54]、その経過はこの本にあるとおりなのか、太四郎を捕縛した人の中に、のちに太四郎が依願免職したときの北垣国道知事がいたかなどが話題になった[注55]。

津堂は、古川統一の子孫に「『累代の人々』は、フィクションかノンフィクションか」と尋ねたら、「私たちはノンフィクションと聞いている」と言われたことを話してくれた。また、太四郎の投獄を示す文書を持っていた太四郎の娘古川光子が無縁仏として京都市の真如堂に葬られたと知り、娘は古川家と交流がなかったのかとずっと不審に思っていたが、古川統一の子孫から「太四郎に実子はいなかった。岡本氏の本[注56]の家系図に書かれている子どもは、皆もらい子だ」と聞かされ、「太四郎先生は、孤児たちの道を拓くために、自分の養子にして他の家に養子に出したのか」と思ったことも話してくれた。

津堂は、「皇族は、昔から障害児教育を庇護した。京都の盲聾教育に関する書物を見ても、皇族からの寄付が多かったことが書かれている。僕としては、慈善活動というのもあっただろうが、実は、皇族は、血族結婚が多く、聴覚障害児が生まれる確率が高かったこととの関連もあるんじゃないかと思ったことがあるんだ」と言っていた。それで、深見が、昭和天皇の弟の三笠宮に隠された双子の妹がいるという噂があることを津堂に話すと、門跡のことが話題になった。津堂は、「昔は、生まれた赤ん坊に明らかな障害があると、産婆が口をふさいで殺し、死産と偽ることもあったらしい。でも、聴覚障害は、生まれたときからあっても、三歳頃までわからない。三歳ともなれば、存在はそう簡単に消せない。だから、聴覚障害があるとわかった皇族は、門跡に入れられたケースもあるんじゃないかと、僕は勝手に想像しているんだ」と話してくれた。

そして、昭和天皇の周囲に何人かの聴覚障害者がいる噂があることが話題になった。津堂は、「僕は、その噂が本当かは知らないが、『皇族だから障害児が生まれてはいけない』とは思わない。障害児は、皇族にも生まれる可能性がある。障害児が生まれても、それを隠さず、堂々と育てて、障害児教育の発展につなげてほしい。障害をもった皇族は、自分の生きざまを書き残し、どんな場面で生きにくいと感じたかを発信してほしい。そのことが、バリアのない社会づくりに貢献すると思うんだ」と話していた。

歴史史料の扱いについても、津堂は、「盲教育とろう教育とで、歴史史料に対する姿勢が違うと感じたことがある。それは、ろう教育界では、盲教育界と比べて教育方法が目まぐるしく変わることも関連するようだ」と話してくれた。津堂が写真や資料の保存活動に関わったとき、「手を使うなと言って怒った先生の顔なんか見たくないから、捨てた」と言ったろう者や、集合写真の中で先生の顔だけを黒くぬりつぶした写真を差し出してきたろう者がいて、学校時代の写真や資料の保存状況が盲者とろう者とで違うことに驚いたという。それで、深見が「昔の写真や資料を簡単に捨てる人は、聞こえる人にもいるよ。[注57]僕も、『そんな古い資料、何の価値があるのか』『そんなことを調べて、何がおもしろいのか』と、よく変人扱いされるよ」と話したら、津堂も同じ経験があると言う。

　深見は、手話を守り抜いた校長として有名な高橋潔を主人公としたマンガ『わが指のオーケストラ』を津堂に紹介されて読み、確かにこれを読んで「口話はよくない」と単純に受けとめる人がいるだろうと思った。津堂は、「今、手話を守り抜いたとして高く評価されている高橋潔は、手話を守ろうとしたから偉いのではなく、手話と口話のどちらも尊重したから偉いのだ。逆に、手話を排除する口話法を推し進めたことで有名な西川吉之助や川本宇之介を悪く言う人がいるが、批判されるべきは、口話法を推し進めたことではなく、手話を否定したことだ。みんなろう者の幸せを願っていた」と言っていた。

　深見は、その頃出版されたある本[注58]の中に、「日本では、一部のろう学校でトータル・コミュニケーション法が採用されたが、現在もなおほとんどのろう学校で口話法教育が行われている」という文があるのを読み、津堂に「これは本当か」と尋ねた。

津堂は、「この本の作者は、別のところで『手話と口話法を併用しているところもある』と述べているが、事情をよく知らない聴者は、この文だけを読むと、今も大半のろう学校は手話を否定していると思うだろうね」と言い、「手話」とあるとき、それは対応手話を含めるのかどうかを考えて読む必要性を指摘した。

『日本手話だけが手話』と考える人が『ろう学校では手話が使われていない』と言って、一般の人を憤慨させた例があることから、『日本手話だけが手話』と考える人は、手話と口話の併用法や対応手話を『口話法教育』に含めるかもしれない。僕としては、トータルコミュニケーションは対応手話を否定しないから、この本の中の『トータルコミュニケーション法が採用されたが』に続いて出る『口話法教育』は、対応手話を含めていないように読んでしまう」

津堂は、「その一方で」と言いながら、パソコンで検索し、部屋にあった本棚から二〇〇四年発行の『ろう教育科学』冊子を取り出して、ある論文[注59]を見せてくれた。

「対応手話を手話に含めるなら、今は、多くのろう学校が手話を使っているよ。この論文でも、二〇〇二年の調査の結果、七割以上のろう学校が手話を取り入れていると報告している。調査から数年たった今は、もっと増えているだろう。でも、この手話が日本手話と対応手話のどちらかは曖昧だろう。さっき『その一方で』と言ったのは、『現在もほとんどの学校は口話法教育』と言っているこの本は二〇〇七年発行で、『七割以上の学校が手話を取り入れている』と報告しているこの論文は二〇〇四年発行だから、この『口話法教育』は対応手話を含めないのかと思って、わからなくなったんだ。結局、『現在もほとんどのろう学校は口話法』の根拠は、著者本人に尋ねるしかないだろうね」

深見は、その本の中の「口話教育は予想通りの成果を上げなかったばかりか、ろう児の学力はむしろ低下した」という文を指さし、津堂に「この学力低下の根拠を詳しく知りたい」と言うと、津堂は、「僕もそれが気になって、何人かの大学の先生に尋ねたが、皆『そんなデータはない』『知らない』と言っていたから、著者本人に尋ねるしかないだろう。大学教員ともあろう者が根拠やデータなしに『口話教育で学力はむしろ低下した』と書くとは思えないから、本人には、今からでもいいからどこかでその根拠やデータを公表してほしいね」と言った。

「手話を禁止し始めたのは、大正から戦争前にかけてのことだと思うが、その前の学力とその後の学力を比較した論文は、僕も聞いたことがない。絵描きやろうあ運動で有名なろう者がいるが、八歳か十歳頃に失聴してろう学校に入った例がかなりあるらしい。このような中途失聴の人と生まれつきのろう児を比較しても、意味はない。それに、同じ口話法でも、補聴器が普及する前後や人工内耳が増える前後では違う。学力が向上したとして、それは教育方法を変えたからか聴覚活用が進んだからか早期教育が進んだからか、判断が難しい。それに、知能指数自体が昔と比べて上がったという『フリン効果』もあるしね」

「でも、データもないのに、『手話を禁止して学力は低下した』と言いきっていいのか」

「この著者が何を根拠にそう言っているかは、本人に聞いてくれよ」

深見は、津堂から大手ネット書店の「カスタマーレビュワー」として「アナ×××の丘」や「49×円」（いずれもペンネーム）の文章がよいと紹介され、その後意識してレビューを読むようになった。

「この『アナ×××の丘』さんは、『おそらく近い将来、バイリンガル教育を選択させられた子の書記日本語力獲得状況の惨状が隠し通せなくなり、こと書記日本語力に関する限り、著者の主張の破綻は誰の目にも明らかになろう』と書いている。[注60] 僕もそう思うが、今、口話も必要と言うだけで批判される雰囲気が強くて、なかなか口に出せないね」

深見は、「アナ×××の丘」が記した別のレビューの中で「49×円さんが再度投稿された『少数言語としての手話』のレビューですが、昨日見たらまたしても削除されております。おそらく何人かで示し合わせて『報告する』をクリックした結果なのでしょうが、言論圧殺そのものです」[注61] とあるのを読み、津堂に尋ねたら、「投稿と削除が矢継ぎ早に繰り返されているから、コピーして残してあるよ」と言って見せてくれた。深見は、それを読んだが、まともな内容だと感じ、削除された理由がわからなかった。

「この『アナ×××の丘』さんの文、切り口が鋭いね。『手話法の成功例と聴覚口話法の非成功例を比較している方法論』、まさにこの方法でバイリンガルろう教育を賛美し、過去の教育の否定一辺倒の本が多いと感じる。『手話法の成功例』で思い出したが、明治時代に生まれ、大阪市立聾学校の手話法で完璧な日本語を身につけたとされているろう者を引っ張り出して、『手話法のほうが高い日本語の力が身につく』と言った人がいる。それに関して、あるろう者から『彼が書いたあの本の文章は、実は聞こえる人がかなり直していた』と聞いて、僕は、それが本当か気になっているんだ」

「聞こえる人の文章でも、出版社の編集部が校正するものだろ」

「いや、そのレベルの校正じゃなくて、助詞などの間違いをかなり直したと聞いた。彼が当時としては高い日本語の力をもっていたことは間違いないが、日本語のレベルの判断は難しい。高等部でも、自由なテーマだと間違いがない文を書くのに、出題の仕方を変えたとたんに不自然な日本語が目立つ例がよくみられる。『こんなに難しい漢語を使うのに、こんな簡単なところで助詞の使い方が変』と感じる例にも、何回か出会ってきたよ」

「でも、複雑な長文になると文がねじれる例は、聞こえる人にもよくあるよ。それから、手話での語りから受けた印象と書かれた日本語の間のギャップに驚いたことがあったよ」

そして、対応手話と日本手話の境界線の話になった。[注62] 深見が、手話サークルで、「警報」を「警察／発表」という手話で表わすと、「それは対応手話。手話辞典でも『警報』は『注意／発表』と表すと書かれている」と言われたので、「注意報」の手話を尋ねたら、みんな戸惑っていた。「この二つは同じ手話だが、警報のところで表情の深刻度が増す」と言った人がいたが、「初対面の人なら顔を見てもどちらかわからない」という意見も出た。そのとき、「口話は不要」と日頃から言っていた人が、「私は口も見てどちらかを判断している」と言ったので、深見は、対応手話と日本手話の違いがわからなくなった。津堂は、「対応手話と日本手話は重なっていて、峻別する必要はない」と言っていた。

ある講演で「言語獲得には生得論と学習論がある」という文が出たとき、手話通訳者は、「言語／獲得する／生まれる／獲得する／説明する／勉強する／説明する／ある」という手話を猛スピードで表しており、津堂は、文章を手話と唇の動きから読み取るのと同時に、その手話のスピードに舌を巻いたという。そのとき、その講演を聞いていたろう者が「あの手話通訳、下手だから、わからない」と言ったのが目に入り、津堂は、「あの文だと、あの手話表現が精一杯だと思うのに」とひそかに手話通訳者に同情したという。

津堂がそのことをある会報に記したところ、あるろうあ協会から団体印つきで「それは、手話通訳が下手だからだ。手話は立派な言語だから、手話で表せないことはない。これを書いた人は、手話を貶めている」という手紙が送られてきたという。

「えっ、手話を貶めていると言われたのか」

「そうだ。僕は、『もったいない』や『わび』にぴったりくる英単語がないことを紹介したうえで、『日本語と英語の間でも完璧な翻訳は難しい』と書いたつもりなんだが」

そして、歴史用語の手話表現の難しさの話になった。深見は、津堂と歴史を話題にするなかで、歴史用語を口形のない手話で表す難しさと、津堂が読唇もすることに助けられていることを痛感していた。

深見が「読唇の訓練を受けたのか」と尋ねると、津堂は、「幼児期の発音訓練の中で微妙な唇の動きと音の結びつきを学んだ。発音学習と読唇は結びついている。ろう学校では、手話と同時に唇の動きに注目する子と無関心な子がいて、前者のほうが日本語力が高い子が多いように感じている」と言っていた。[注63]

「僕が『ナヤマは柔らかい感じの音で、カヤタは硬い感じの音』と感じるのは、発音指導を受けたからだろう。ろう児はオノマトペの獲得が難しいと、昔は言われていたみたいだが、最近は、マンガの影響でかなり理解する子どもが増えていると思うよ」[注64]

また、津堂は、人工内耳をめぐる論争についても解説してくれた。人工内耳に関する議論もすさまじいものがある。アメリカでは、「ろう者は手話という独自の言語と文化をもった少数民族であり、人工内耳はこの民族を抹殺しようとしている」、「黒人を医学によって白人にするようなもの」という反発が巻き起こった。

言語獲得期以前に失聴すると、成人以降人工内耳の手術を受けても、耳に入る音と言語を結びつける脳内のネットワークがほとんどないため、人の音声の弁別に至らない人が多いが、言語獲得期以前に失聴してすぐに人工内耳をつけると、脳内のネットワークがつくられやすくなることから、新生児聴覚スクリーニング検査の必要性が叫ばれるようになった。

バイリンガルろう教育の成功例として引き合いに出されることが多かったスウェーデンで、最近は、聴覚障害があると判明した子どものほぼ全員が人工内耳の手術を受けており、現在はスウェーデン語対応手話を望む人が増えているという話も聞かれるようになった。

日常会話で使われる生活言語の獲得は比較的容易だが、九歳以降の教科学習は、学習言語と密接に関連しており、学習言語の獲得は、軽度難聴児や人工内耳装用児でも難しいことが、いろいろな研究で指摘されている。注65

津堂は、「『とても』を表す手話、これは、『とても』という日本語だけでなく、『非常に』『たいそう』『すこぶる』『とてつもなく』などの日本語でも使われる。だが、それぞれの日本語が使われる場面は少しずつ違う。たとえば、僕が子どものとき、日記で『僕は、たいそううれしかった』と書いたら、『この文で〝たいそう〟を使うのはおかしい』と言われた。確かに、『王様はたいそうお喜びになった』は言えるが、『私はたいそううれしい』は言えない。このような微妙な日本語の使い分けが、口を使わない手話で指導できるのだろうかと思うんだ」と教えてくれた。

「前、『気分』や『気持ち』『気』『心』の使い分けが話題になったとき、辞典で調べてみたが、使い分けの説明が難しかった。だが、僕たちは、『今勉強する（　）じゃない』や『風邪薬を飲んで（　）がよくなった』の答えはわかる。なんでかな」

「『千回ぐらい接すれば、その語の微妙な使い方がわかるようになる』と、どこかで聞いたよ。聞こえる人は、『気分』や『気持ち』にそれぞれ何回も接しているから、それぞれの微妙な使い方がわかっていく。これらは同じ手話になるから、手話だけを見て口を読まないろう児は、この微妙な使い分けをどうやって理解すればいいんだろうね」

「聞こえない子が聞こえる子と同じ日本語の力を身につけるためには、聞こえる子と同じ量で同じ質の日本語に接する必要があると思う。聞こえる子が一日に二千語の日本語に接すると仮定したら、聞こえない子が一日に二千語の手話と二千語の日本語に接するのは難しい。そのとき、同じ量の手話でも、日本語の読唇や聞き取りを伴う手話の場合は、読唇も聞き取りもない手話の場合より、日本語のインプット数が多くなるだろう」

「手話で『光合成』の概念を理解すれば、あとは日本語で『光合成』と言うと覚えればよいという『学習の転移』は確かにあるが、手話はできても日本語が覚えられない例が多いから、『学習の転移』の例があっても、声なし手話だけで日本語を獲得するのは難しいと思う。それに、読唇や聴覚活用には限界があるから、日本語の確実で十分なインプットのためには、文字が大切だと思う。昔から、本をよく読む子は日本語の力があるよ」

そのとき、津堂が「ハングル文字を知っているか」と言って、「洗濯機→세탁기、公園→공원、数学→수학、聴覚障害者→청각장애자」などと書かれたメモを見せた。

「このメモを見て、単語が覚えられるかな」

「僕にとっては、訳のわからん記号だな。何回見ても覚えにくいと思うよ。それぞれの文字の読み方がわかったら、そのあとは急速に覚えやすくなるかもしれないが」

「僕もそう思う。外国人が日本語を初めて見たときの印象は、僕たちがハングル文字を初めて見たときの印象と同じだと思う。手話で育つろう児が発音の仕方を知らずに日本語の文字を覚えるのは、僕たちが発音の仕方を知らずにハングル語の文字を覚えるのと同じだと思うよ」

そこで、津堂は、「おはよう」「トイレ」などの日本語をまだ覚えていない五歳児のろうの両親が、担任から「もっとろう学校へ連れて来てほしい。手話で話したあと指文字で日本語単語を紹介してあげてほしい」と言われたとき、「あの大学の先生が『両親ろうのろう児は優秀という研究データがある。幼児期は日本語は遅れているように見えるだろうが、いずれ他の子を追い越す。だから、聞こえる子が小学校に入ってからひらがなを覚えるのと同じで、指文字を使うのは小学部からでよい。乳幼児期は手話を十分に獲得させることが大事』と言っていたから、今は指文字よりも手話を優先してほしい」と言った話を、深見に紹介した。

「え、聞こえる子は、確かにひらがなは小学校に入る頃から覚えるが、その前に、『トイレ』などの日本語を知っているよ。聞こえない子は、日本語単語を全て小学部に入ってから覚える方法で、本当に大丈夫なのかな」

「僕もそう思う。スポンジのようにことばを覚える時期を逃したくないね」

その一方で，津堂は、障害者手帳がもらえないぐらいの軽度難聴児でも、「悲しみも癒えない」を「悲しみもにえない」と聞き取ったり、「むやみに殺生するな」を「もやし、せっする?-?-」と聞き取れなかったりする例があることを紹介し、「今の口話か手話か、あるいは人工内耳か日本手話かの論争から早く抜け出して、日本語、特に学習言語の獲得を可能にする条件を分析するほうが建設的だと思うんだ」と言っていた。

深見は、当時開校されたばかりの明晴学園のホームページに書かれている文章をプリントアウトし、津堂に尋ねてみた。[注66]

「明晴学園は、日本語対応手話は『言語発達や授業の妨げ』になりかねないから『使わない』と明言しているね。指文字の使用にも消極的みたいだね。[注67]ここに、『手話という百パーセントわかることばの保障が、その後の日本語修得を有利にすると、バイリンガルの専門家は等しく認めている』、『手話教育の成果は十二分に実証されてきた』、『日本手話をもとにした教育は、日本語をもとにした教育となんら変わることのない成果をあげうる』と書かれているが、この『バイリンガル専門家』の名前が知りたい。手話教育の成果を十二分に実証した論文や『日本語をもとにした教育と全く変わらない成果をあげた』という文の根拠が載っている論文が読みたい」

津堂は、「明晴学園の言う『専門家』やその根拠が載っている論文を書いた人の名前は知らないけど」と前置きして、自分が思い浮かべる大学教員の名前を口にした。

「手話の効果を述べる論文は、小学校低学年まで、つまり生活言語の範囲が多いように思う。日本語の学習言語の獲得は、人工内耳装用児でもまだ難しいと思うが、声なし手話のほうが口話併用法や人工内耳より効果的なことを示す信頼性のあるデータ、本当にあるのかな？　何人かの大学の先生も『そんなのは聞いたことがない』と言っていたよ」

そのとき、津堂は、「理想を求めて何かを始めたが、教条主義になりかけると、強硬派と現実路線派が出て内部分裂することが多い。人には言わないようにしているが、明晴学園のあたりでもしバイリンガルろう教育がうまくいかなかったらどうなるんだろう、もしそれまで批判していた対応手話を使ったり指文字を早くから使ったり口話法の手法を取り入れたりし始めたら、あれだけ批判していたのにと自分は思うだろうな」と言っていた。

深見が「『聞こえない子をもつ親の掲示板』[注68]をのぞいてみたが、一つの考えにこり固まった人だけが声高に叫んでいる印象を受けた」と話すと、津堂は「自分の考えと違う人を攻撃する人がいる掲示板では、発言しないほうが無難だよ。先日も、人工内耳を迷っている親が『この掲示板を読むと、どーんと暗い気持ちになる。人工内耳は悪と頭から決めつけられている感じ』と言っていたよ。この雰囲気は、この掲示板の管理人の意図から外れているかもしれないけどね」と言った。

「この掲示板は、いろいろな考えがあることを知る意味では参考になるが、自分の考えを書くと徹底的に批判されると感じる人が多いだろうね。僕としては、手話オンリーでも口話オンリーでも人工内耳でも皆それぞれでいいじゃないかという考えの人が大多数だが、この掲示板では少数派だけが書きこんでいる印象を受けた。だから、これを読んで『大多数の人はこういう考えか』と誤解する人が出ないかと、心配だね」

二

深見がネットで「ろうの夫が不倫関係にあった女性を殺害し、死体を車で遺棄した。証拠として押収された車が警察から返されたとき、ほとんどの人は『死体を乗せた車はイヤ』と言って処分するが、そのろうの妻は『車がなくて不便だった』と言って喜んだ」というのを読んだことから、「ろう者特有の心理」というものがあるかが話題になった。

そのとき、津堂は、「ろう者は、思考のとき目に入ってくるもののウェイトが大きいというか、即物的な思考が多いと感じる。差別と言われそうだから、今まであまり言わないようにしてきたけど。この『即物的解釈』というのは、最近発達検査で指摘される『視覚優位型』や『同時処理型』と関係するんじゃないかと考えている」[注69]と言った。

「たとえば、『寒さも峠を越す』で、山を越える手話をすると、『冷たい空気が山を越える』と解釈する。『生産力の向上』を『つくる／力／上がる』の手話で表すと、『誰かの何かをつくる力が伸びる』意味にとらえる。僕だって、口形のない手話をみたら、抽象的な物より具体的な物を、全体的な物より個別的な物をイメージするだろう。前、『デッドスペース』の『デッド』は『死んでいる』、『スペース』は『空間』と聞いた生徒が『お墓の場所?』と言っていて、具体から離れられない例がここでも出たと感じたよ」[注70]

現在も日本語の獲得はろう教育の大きな課題であり、助詞などの文法の理解が難しい聴覚障害児が多いこと、しかし、漢字に関しては聴児にかなり匹敵する成績を示し、和語より漢語が得意な聴覚障害児が多いように感じることも、津堂は話してくれた。

「日本語を身につけるとき、聴児は文から入り、ろう児は単語から入る例が多いように思う。そのせいか、ろう児は単語だけを拾い読みする読解が多い。たとえば、『水ほどほしいものはない』では、『水』『ほしい』『ない』を拾って組み合わせて、『水はほしくない』意味に解釈する例が多い」[注71]

「その『水ほどほしいものはない』は、どんな手話で表わすのか?」

「『最も/ほしい/何?/水』など、『最もほしい』を使って表す人が多いね。国語の先生が、『〃水が最もほしい〃はわかるが、〃水ほどほしいものはない〃がわからないままの生徒が多い』と言ったら、手話通訳者は『その文を黒板に書いて意味を説明すればよい』と言ったんだ。先生は、あとで『日本語指導の大変さがなかなかわかってもらえない。通訳現場で必要な手話と教育現場で必要な手話は違うようだ』と嘆いていたよ」[注72]

「フランス語のたくさんの時制と活用ルールを説明されても、すぐに使えないのと同じだな。国語辞典を与えられるだけで日本語の文がつくれるようにならないのと同じだね」

さらに、津堂は、「聞こえる人は聴覚優位型や継次処理型が多く、聴覚障害者は視覚優位型や同時処理型が多いと言われていて、それぞれにあった指導方法が求められる」、「手話を覚えにくい人は、聴覚優位型が多いように思う」などと話してくれた。

津堂は、盲学校からろう学校に異動した教員の教え方を見て、「視覚障害児に効果的な指導法と聴覚障害児に効果的な指導法は、やはり違う。昔、盲ろう教育は同じ学校で始められることが多かったが、戦前から盲ろう教育の分離が進められた理由として、ろう児や盲児の増加、指導方法の違いという理由の他に、ろう児の発音を教師が理解できる度合いの要因もあったのかと思ったことがある」と話した。深見が「盲学校の先生は、ろう児の発音を理解できないのか。単なる慣れの問題じゃないのか」と尋ねると、津堂は「慣れの問題もあるが、それだけではないと思う」と答えた。

「自分の発音は不明瞭だが、ろう学校の先生はほぼ理解してくれる。肢体不自由の学校から来た先生もかなり理解してくれるが、盲学校から来た先生はなかなか理解できない人が多いと感じている。不明瞭な発音を聞くとき、視覚優位型の人は、全体的な雰囲気から内容を推測する能力にたけているからか理解できるが、聴覚優位型の人は、一音節ずつ明瞭に聞き取れないと何を言っているかわからないのかなと思ったんだ」

深見が、「確かに津堂の発音は、『し』のように一音節だけ言われるとわかりにくいが、単語や文章で言われると、全体的なリズムや強勢のプロソディー、前後の文脈から何を言ったかわかる」と言うと、「深見は、出会った最初から、僕の話をスムーズに理解してくれたな。深見は、手話を覚えるのが早かったし、考えるとき視線が斜め上を向くことが多いから、僕と同種、視覚優位型かなと感じていた」と言われた。

それから、視覚優位型と聴覚優位型の違いや「目の人」と「耳の人」の違いが話題になった。「道を尋ねたとき、地図での説明と文章での説明のどちらを希望するか」、「本を読むとき、脳内で読み上げる声が聞こえるか」、「夢の中で音声が聞こえるか」、「過去の記憶の画像は、自分の目から見た画像か、幽体離脱のように自分で自分を眺めている画像か」、「カタカナ語や歌詞を聞いただけで覚えられるか」などを語り合った。[注73] 深見は、そのとき紹介された本に、[注74]「(あるタイプの人は)頭の中にカメラを持っていて、何かを記憶するときはそのカメラのシャッターをきり、写真として一枚一枚頭の引き出しにしまっていきます」とあるのを読み、「自分はこのタイプだ」と思った。何かを思い出すとき、映像として鮮明に思い出す経験が、深見には多かった。

あるとき、深見は、「君は『聞こえていたらよかったのに』とか『今からでも聞こえるようになりたい』と思うことはないか」と尋ねてみた。津堂は、苦笑しながら「その質問は何回も受けたな。中途失聴者は、聞こえる状態を知っているから、聞こえるようになりたいと思うだろうが、僕は、生まれつき聞こえないから、聞こえない状態が当たり前なんだ。『音楽を楽しめないなんてかわいそう』と言うのは、ライオンが馬に『肉のおいしさを知らないなんてかわいそう』と言い、馬がライオンに『草のおいしさを知らないなんてかわいそう』と言うようなものだ」と答えた。

そのあと、ジイドの『田園交響楽』が話題になった。盲目の少女が牧師に引き取られ、開眼手術を受けたが、周りの様子を見て自殺する話だ。津堂は、「高校生のとき、『田園交響楽』を読んで、聞こえるようになったらどうなるかを考えてみたが、今まで不明瞭に聞こえていたのが突然明瞭に聞こえるようになるのか、単に大きく聞こえるようになるだけか、リアルにイメージできなかった」と言っていた。

「ろう者の平均像」が話題になったとき、津堂は、「聴者による連続殺人があっても『聞こえる人はこわい』と誰も思わないのに、ろう者による連続殺人があると『ろう者はこわい』と思う人が出るだろう。標本数が少ないという統計に信憑性がないというのは、理屈ではわかるが、少ない標本で判断することは僕にもあると思う」と言い、ろう者が登場する小説やドラマが話題になった。

「『障害者イコール弱者』の小説が多いが、この枠から飛び出した小説がもっとほしいね。だが、聴者による犯罪を描いても特に言われないのに、ろう者による犯罪を描くと、『障害者を悪者にするな。障害者差別に加担するな』と言われる可能性があるね」

「自分と異なる考えの人を偏っていると決めつける人のことを考えると、障害者問題をテーマにするのをためらう人もいるだろうね。僕が今書いている『ろう教育史ぶらり』も、口話至上主義者と手話至上主義者のどちらにも与しないように筆を運ぶのに苦労しているよ。もっともこの『歴史散策』はマイナーな本で、読むろう者が少ないからか、今までひどく批判されたことはないが」

「ろう者や手話、教育方法に関していろんな意見があるが、それぞれが自分の立場から主張するしかないだろう。口話だけで幸せなろう者や逆に声なし手話だけで幸せなろう者、口話も手話もで幸せなろう者を描いた小説がそれぞれ出されていいと思う」

「自分の考えをエビデンス、つまり科学的根拠にしたがって書くよう努めるしかできないよ。時代の制約の中で生きるそれぞれが声をあげて、審判を時代にゆだねるしかないよ。なのに、自分と異なる考えの人を偏っていると決めつける人がいる。今でこそ『アンクルトム』は『白人に従順な人』を表す蔑称となっているが、ストウは当時の奴隷制に怒りを感じて『アンクルトム』を書いたのだ。もしも、ストウが奴隷制に反対する『アンクルトム』と奴隷制を支持するアンチ本とを同時に出していたら、それはバランスがとれていることになるのか。僕は違うと思う。それこそ非難ごうごうになると思う。結局、ストウは自分の立場から書くしかなかったし、それで正しかったと思う」

「そうだね。意見を述べるのは自由。自分の考えを人に押しつけるのがダメだね。僕は、『聴覚障害教育概論』のような堅苦しいテキストで口話と手話のいずれかに偏る害を説くよりは、『ろう教育の車輪の下で』のようなタイトルの小説でコミュニケーション論争の軋みを描くほうが、口話と手話の間で激しく揺れ動くことの愚かさを感じる人を増やすと思っているんだ。深見、君がそれを書いてくれたらありがたいんだが」

「いやいや、僕が書いたら、『聞こえるくせに』と言われるよ。たとえ書いたとしても、今の売らんかな主義の多いご時世で通用するかな」

そのあと、「障害」の表記の仕方が話題になった。津堂は、「『障碍・障がい』と書き換えたがるのは聴者に多いと感じる。書き換えることで障害者差別が減るように感じるのかな。でも、『聴覚障がい者協会』と書き換えた団体は、まだ見ないよ」と言っていた。

このように、深見と津堂の会話は、歴史、推理小説の批評など多岐にわたってはずんだ。

九章　通知表文面事件

「通知表チェックの最終責任者は、教務部長や管理職だ。僕は、意見を記した付箋をつけたが、トラブルをおそれて金沼先生に直接言わなかった。でも、それでよかったのだろうか」

竜崎昌史は、このせりふを何回つぶやいただろうか。

一

デフブラボーの役員会で、和賀桃香が、封筒を振りかざしながら入ってきた。

「これ、前話した、武市明日香さんの通知表のコピーよ」

「え、ホントに手に入ったの。すごーい！」

和賀は、封筒からコピーを取り出して、みんなに見せた。

「ほら、金沼先生は、『(△) 英文を正しい発音で音読する』と書いている。この文の横には『△』とある。つまり『不十分である』と評価している。武市さんは、最初ちょっと渋っていたけど、K

滝さんに説得され、この部分だけコピーさせてくれたの」

「これから、これを具体的にどう使うの?」

「これから考える。寺前議員に相談することになるかな」

「ああ、前の体罰事件で頑張ってくれた寺前議員?」

「そう。これ、私が預かるわよ」

和賀はそう言うと、コピーを封筒に入れ、大切そうにカバンにしまった。

「さて、今日は、二歳児の親がろう学校に要望書を出したいという話だったわね」

南浜ろう学校幼稚部に入学予定の二歳児の保護者が二人、日本手話を使った教育を求める要望書を校長に渡したいと言っており、そのための打ち合わせが進められた。

一週間後。二歳児の保護者は、新聞記者を同伴して校長に会いたいと申し入れたが、新聞記者の同席は断られ、保護者だけが校長に会うことになった。保護者が校長に「うちの子は重度だが、聞こえる子どもに無理矢理近づけようとしないでほしい。聞こえる人と同じように正確に発音できるかを、○、△などと評価しないでほしい」と言うと、校長は、「聴覚障害がある以上、聞こえる人と同じように発音できないことは悪いことではないし、恥ずかしいことでもない。足が不自由な人に少しでも歩いたり走ったりするよう指導することはあるが、障害のない人と同じように歩いたり走ったりできないから『ペケ』と評価することはあってはならない」と答えた。

そのとき、校長は、その後、高等部教員の書いた通知表の文章が議会で取り上げられるとは、想像もしていなかった。

二

深見は、ろう教育史を調べたり津堂と交流したりするなかで、南浜ろう学校の体罰事件にも興味をもち、寺前議員がその背景でかなり動いたらしいことを知った。その年の秋、県議会定例会で寺前議員が行った代表質問の内容[注75]を、ネットで読んだ。

ろう学校における教育の問題について（寺前照秀議員）

（……）前回私が、日本手話による教育を望む保護者の願いが拒まれることがないようお願い申し上げたとき、教育長からは、いろいろな保護者の願いを受けとめ、ろう学校などに対して助言や支援をしていくとの答弁をいただきました。（……）

（一）手話の位置づけと手話研修の保障

（……）ろう学校で手話と日本語の両方を用いることを明文化し、日本手話を用いるろう者をろう学校へ手話研修講師として派遣するための予算化を行ってはいかがでしょうか。教育長のご所見をお聞かせください。（……）

（二）保護者の関わり

（……）本県のろう学校幼稚部では、保護者は毎日自分の子供と一緒に登校し、教室の後ろで授業参観することになっておりますが、他県のろう学校では、保護者は、授業中は控室で情報交換や手話学習、下の子の世話を行っておりました。本県でも保護者の関わり方について見直しを行ってはいかがでしょうか。（……）

(三) 通知表の目標や評価

（……）ろう学校の指導目標や通知表の文章として、「正しく発音しながら読む」「正しい発音で音読する」のような表現は、足に麻痺がある子供たちに対して「正確なフォームで速く走る」ことを指導目標にするようなものであり、せめて「正しく発音しようとする意識がある」のような文面であってほしいと思うものであります。それとも、ろう学校は、高等部でも「正常に発音する」を指導目標の一つとし、毎学期末に評価する必要があると考えているのでしょうか。教育長のご所見をお聞かせください。（……）

三

全校職員朝礼で、校長から「県議会での寺前照秀議員の質問内容がネットに載ったが、それを抜き出して印刷したので、関心がある人は読んでください」という話があった。高等部職員室で、印刷された紙が回し読みされた。

竜崎が「この『正しい発音で音読する』は、金沼先生の英語のところにあったように思う」と言ったので、松永が通知表のコピーが入っている鍵つきのロッカーへ走った。

「あった、あった。金沼先生の英語のところにあった」

「やっぱり。僕が教務部としてチェックしたとき、『正しい発音で読もうとする姿勢がある』ぐらいに変えたほうがいいと、付箋に書いたんだが」

金沼は、松永が指さした通知表のコピーをのぞきこむなり、「私は、R城先生から『これを使いなさい』と言われて使っただけよ」と声を張り上げた。R城がむっとして、「私は、『昨年度までの通知表の文章を参考にすればよい。コピーはロッカーにある』と紹介しただけ」と言うと、金沼は、ぷいっと職員室を出ていった。

R城は、「この文章は、今年退職されたU野先生が使っていたのかな」と言って、前年度の通知表のコピーを調べ、「やっぱりU野先生のところに同じ文章があったわ。金沼先生は、昨年度のU野先生の文章をまねたんだわ」と言った。

「じゃ、この表現は、U野先生も使っていたけど、今まで問題にされなかったのね」

周囲の人は、R城が「英語科教員が退職したのに、なんで別の教科の教員が来るのよ」と言いながら、金沼にできるだけ楽な生徒を任せ、英語のプリントやファイルを「使っていいよ」と言って渡したことを知っていたので、職員室は重苦しい雰囲気に包まれた。

竜崎が「ここを見て」と言い、寺前議員の文章の下部を指さした。そこには、「バリアフリーに関わって不合理や矛盾を指摘できる教員を増やす必要がある」と書かれていた。

「金沼先生の通知表を読んだ人は、『〃英文を正しい発音で音読する〃と書き、○、△をつけるのはおかしい。聴覚障害児が正しく発音するのは難しいから、〃正しい発音を意識しながら読む〃など、別の言い方にしてほしかった』と思ったんだろうね」

「この『正しい発音で音読する』は、正確な発音でという意味か、たとえば『th』は『ス』か『ズ』かを理解している意味か、解釈が分かれるかもね。でも、『音読』とあるから、発声は当たり前という感じだね。発声を否定する人は、そこを批判したいんだろうね」

四

デフブラボーの役員会で、保護者が寺前議員の文章を印刷した紙を持ってきた。

「やったー。寺前議員が私たちの訴えを取り上げてくれたのよ。母親がずっと付き添わなければならないって、おかしかったもんね」

「毎日の絵カードの色塗りもことばのおさらいも親の仕事と言われ、できなかったら親が叱られる。なんで親が先生に叱られなきゃいけないのよ」

「ここを見て。通知表のことも取り上げられている。金沼さんは、親たちに『デフブラボーに参加する子どもはいずれ失敗する。これからは人工内耳の時代だ』と吹きこんでいて、胸くそ悪かったから、すかっとしたわ。いい気味だわ」

「金沼さんは、『人工内耳をつけたら、ろう学校へは行かせるな』と言う医者と大の仲良しで、自分もろう学校を見下してきたのに、娘にろう学校の先生になることを勧めたそうよ。『ろう学校を見下す人は、ろう学校の先生になるな』『私は人工内耳で大丈夫と言うなら、一般校の先生になればいいでしょ』と言いたいわ」

和賀も、「金沼先生は、『和賀先生は声を出さないから、中学部で嫌われている』などと他の生徒や親に吹きこんでいたから、ずっと腹が立っていたのよ」と言った。

「そうそう。金沼さんは、『手話では日本語は身につかない』と偉そうに言って、医者や聴力検査室の先生にべったり。ずっとイヤな気持ちだったわ」

「南浜幼稚部の教え方は不自然だわ。遠足で動物園へ行ったら、幼稚部の主事から『動物園にある観覧車やミニ汽車で遊ばずに帰ってほしい。ここで遊ぶと〝動物園〟と〝遊園地〟の概念がゴチャゴチャになる』と言われたんだけど、それ、おかしいと思ったわ」

「先生が子どもに『アメをもらう』と言いながら渡していたから、『普通に〝アメをあげよう〟と言えばよいのに』と言ったら、『子どもは、〝あげる、もらう、くれる〟の使い分けが難しい[注76]から、最初は子どもの立場に立った言い方が必要』と説明されたけど、それは逆に子どもの思考力を育てないような気がしたわ」

「幼稚部では、椅子に座らせて、一問一答の会話が多いけど、それがワンパターン。『熱を出したらどうしますか』というカードを見て、うちの子が『寝ます』と言ったら無視されて、前日に紹介された答えの『病院へ行きます』を覚えて言った子がほめられていたわ。先生が期待しない答えは間違いという雰囲気は、おかしいわ」

「前のお絵描きにしたって、キリンがテーマだったけど、子どもに自由に描かせず、描く順番を指示するから、できあがった絵はみんな、頭が左上、尻尾が右下、体の大きさもほとんど同じ。個性をつぶし、指示待ち人間をつくり出しているように感じたわ」

「幼稚部では、母親が教師化している。子どもらしい遊びが少ない。日本語を不自然なやり方で詰めこんで、逆に思考力を奪っている。子どもは、勉強とは暗記だと思っている。日本語指導という大義名分のもとに、幼児教育の本質がおろそかになっている。これは、日本手話を導入したり親の付き添いをなくしたりすることで、改善されると思うわ」

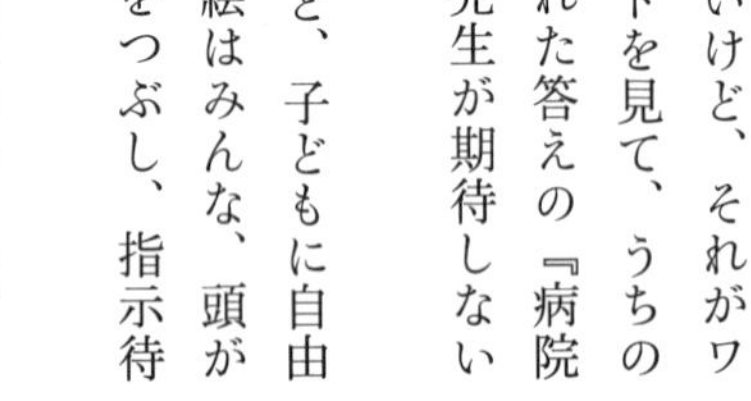

南浜ろう学校幼稚部で

五

武市明日香は、二学期以降、さらに金沼規子に反抗的になった。「goods→読み(　　)、意味(　　)」

という英語のテストでは、「読み（　）、意味（品物）」のように、読みに関する問題は全て白紙回答した。授業中も、英語の読みを口にしなくなり、金沼から「上手な発音でなくてもよいから、口を動かして読んでみて」と言われても口をつぐみ、アルファベットを表す指文字で「goods」と表すだけになった。

英語検定では、金沼は「私はもともと英語科ではないから」と言ってR城に任せっぱなしだったので、他の教員は「英語をもってもいいから高等部へ行きたいと希望したのなら、たとえ臨時であっても、検定の書類作成か会場準備か何かを手伝うべき」と陰で言い合った。

ある日、松永が狭山主幹の部屋で主幹と話していると、電話がかかってきた。電話を受けた主幹は、「はあ、しかし、武市さんは……。はあ、それは……。すみません、こちらからかけ直します。ここで失礼します」などと、小声で話そうと努力していた。

電話が切れるのを待っていた松永は、「武市さん」を耳にはさみ、武市明日香の反抗的な態度について金沼の母親が何か言ってきたのかと思ったので、主幹に尋ねてみた。

「うん、『明日香が娘に反抗している。娘は下手でもいいから発声するよう指導しているのに、指示にしたがわない。明日香が中学部で発声をやめたとき中学部は指導しなかったのか。中学部の怠慢のおかげで、娘は苦しんでいる』と怒ってきたんだ」

「まあ、中学部の怠慢と怒ってきたのですか。通知表のことは言われていませんか」

「それも言われているよ。『娘の書いた通知表がなぜ寺前議員に伝わったのか。娘は昨年度まで英語を指導していたU野先生にならっただけ。それに、通知表の文章は、管理職が事前にチェックすべき』と怒っているよ」

「守秘義務違反とか言っていませんでしたか」

「うん、言っていた。最初は『誰がもらしたのか』と怒っていたが、副校長が『親が自分の子どものもらった通知表の文を外部で言うことを責められない』と言ったから、今は、校内のチェック機能が働かなかったことを怒っている」

「確かに回議されていますから、最終責任は校長にあると言えばそうですけど。金沼先生本人は、何と言っていますか」

「『狭山先生がおいでと言ったから来たのに、なぜこんな目に遭うのか。だまされた』と怒っている。R城も、明日香みたいな大変な生徒を金沼に担当させるとはなあ」

そのときの狭山主幹に金沼に同情する雰囲気を感じて、松永は思わず言った。

「R城先生は、もっと大変な生徒をできるだけ自分の担当とされたのに、そんなことを言ってはいけないと思いますよ。『そんなことを言うなら、英語の臨時免許を取得してでも高等部へ行きたいなんて言うな。小学部にいればよかったのに』と言われますよ」

「でも、金沼は、高等部へ行ったばかりだからな」

「新採の数学の先生や転入されたばかりの理科の先生も、明日香さんやもっと大変な生徒をもたされていますよ。二人とも手話のことで苦労されていますよ」

「わかった、わかった」

狭山主幹は、「用事があるから」などと言って、松永から逃げるように行ってしまった。

その話を松永から聞いた福呂は、「守秘義務」と言い過ぎるとぎくしゃくするなと感じた。自分だって、帰宅後、家族に愚痴ることはある。固有名詞は伏せるけど。

発声の是非は、微妙な問題だ。手話を知らないで耳に頼る生徒と声を出さない生徒がいたら、会話が成り立たない。軽度難聴の生徒もいるろう学校で、全員が声を使わない方向に進むのは無理がある。

「就職後○○の力が求められるから、学校は○○の力の育成を目指す」の「○○」に「英語」を入れるとみんな認めるのに、「発声」を入れると異議を唱える人がいる。そもそも「発声」には「正確な発音」と「不十分ながらの発声」がある。発声をマジョリティ（多数者）への従属・同化と言う人がいるが、それなら、英語学習はマジョリティへの同化ではないのか。時代によっても変わるだろう。補聴器や人工内耳の性能がよくなり、発声は容易になった。正確な発音が難しい例はまだみられるが。竜崎や津堂、M垣、P笠は、「相手が声もほしいと言うなら、自分は不十分な発音だが声も出す。その代わり、相手には不十分な手話でもいいから使ってほしい」と言っている。

誰かが「ろう学校全てが同じ教育方法になる必要はない。日本聾話学校のように徹底的に聴覚口話法で教える学校、明晴学園のように徹底的に日本手話で教える学校があってよい」と言ったが、この二つは私立だ。公立校は、一つの県に一つのろう学校しかない県が多く、二校以上ある都道府県でも、自宅から通学可能なろう学校が二校以上ある人はごくわずかだ。ろう学校が手話に消極的な聴覚口話法で教えているなら、手話を希望する人は引っ越すか寄宿舎に入るかしかない。その逆もしかりだ。だから、公立ろう学校としては、日本聾話学校や明晴学園と同じ教育方針で進めることは難しいだろう。

英語ができる人は職業選択の幅が広がるのと同様に、学力や日本語力がある人は職業選択の幅が広がるだろう。口話もできるほうが聴者との交流の幅が広がりやすいだろう。世の中は「口話も手話も」の方向へ向かっており、口話にしがみつく人や逆に口話を使わないことを人に強いる人は、軋轢が生じやすいように思う。

福呂が竜崎に「発声について、公立校としてどう考えるべきか。中学部は発声をやめた明日香さんをきちんと指導しなかった、と金沼先生の母親が怒ってきたらしいから」と言うと、竜崎はちょっと考えて答えた。

「僕も、聞こえない友達とは、声なし手話、日本語の口形がところどころでつかなくなる手話になることがありますが、発声の有無で書記日本語獲得の難易度が変わるのかどうかを考える必要があるでしょうね。Z砂ろう学校の幼稚部では、子どもらしさや遊び、日本手話の獲得を優先すべきと言って、先生もみんな声を出さず、手話ばかりだそうですが、Z砂の小学部の先生が『小一の児童に〝ありがとう〟と指文字や文字で表したら、意味がわかった児童はいなかった。手話は大切だが、日本語はどうなるのか』と嘆いておられました」

「私も、初めに着席ありきの言語指導は好きじゃないけど、遊びの大切さを振りかざして日本語指導がおろそかになるのもよくないと思う。『日本語にこだわる人は幼児教育の意味がわかってない』と言った人がいたけど、『幼児教育や遊びにこだわる人は日本語獲得の難しさがわかってない』とも言えると思う。日本手話に書記日本語が自動的についていくとは思えない。日本語の積み上げ方を学校全体で考える必要があるわ」

「同感です。日本語が身につかなかったときの不利益は、結局本人に来るのですから。補聴器も進んでいるので、声も無理のない範囲で認めるべきだと思います」

「ろう学校で発声を促す、つまり発声するよう指導することについて、どう思う?」

「『発声するほうが受かりやすい』と言って、採用試験の面接で発声したろう者がいますが、担任した児童が発声をやめたとき、親に『お宅は手話がないから、子どもがかわいそう。口話がなくても日本語は獲得できる』と言ったそうです。自然な団らんは大切なので、僕も親に手話を勧めています。先ほどのろう者は大学まで発声していたので、発声するかしないかを今も自由に選べますが、早くから発声をやめると、それは難しいと思います」

「そうね。発音訓練を受けなかった子どもの舌は『いも舌』になると言われていて、大きくなってからの発音学習は難しいと聞いたことがあるわ」

「社会で生きやすい条件は時代とともに変わります。口話法の星とあがめられた西川はま子に父親が手話を禁じたのも、娘が社会で生きやすいようにと願っていたからでしょう。ろう者に声は不要という信念と同時に、不利益を子どもに押しつけていないかを考えたいです。結局、学校は時代に合わせざるを得ない面がありますね」

「そうね。いくら『手話は立派な言語だ』と叫んでも、聴覚障害児の親の九十パーセントは聴者だからね。聞こえる親は、自分の使う言語でわが子と話したいと願うものだからね。日本手話と文字だけで大丈夫と言う人、対応手話も望む人、対応手話はわかるが日本手話はわからないと言う人などいろいろいて、それぞれの希望は、他の人にとって不利益とならない範囲で尊重されてほしいわ」

「同感です。公立のろう学校としては、『最大公約数』を中心に動くしかないだろうと思います。僕の言う『口話も手話も』は、どちらも同時に使えという意味ではなく、どちらの選択肢も学校全体として用意する意味なんですが、この状態を用意して、それぞれが節度ある範囲で主張して、あとは時代の流れにゆだねるしかないと思います」

「そうね。神様から、日本語は理解できるが手話は理解できない大人と、手話は理解できるが日本語は理解できない大人のどちらかにしてあげようと言われたら、大半の人は、日本語が理解できるほうが有利で生きやすいから、そちらを選ぶんじゃないかしら」

「僕も、そっちを選びます。聴者と同じレベルの書記日本語の獲得は、本当に難しいからです。人工内耳も増え、手話は日本語対応手話に近づくように思います」

「私もそう感じる。そうそう、『口話を使うと、口話で大丈夫と思われて聴覚障害に対する配慮がなくなるから、最初から口話封印でいく』と言った卒業生がいたわ。『僕は中途失聴で声が明瞭だから、最初に僕の聴覚障害を説明しても、同僚はいつのまにかそれを忘れ、配慮がなくなっていく』とか、『私が少し聞き取ると、〝努力すればもっと聞き取れるはず〟とか〝会社の電話に出られるでしょ〟とか言われた』と言っていたわ」

「それは、少し歩くと息切れする人が少し歩いたのを見て、『頑張ったらもっと歩けるはず』と言ったり、『サンキュー』などと少し英語を話したのを聞いて、『努力したらもっと難しい英語も使えるはず』と言ったりするのと似ているな、と思いました」

「口話を少し使うと『努力すればもっと口話でできるはず』と思われるのは、まだ相手の障害理解が足らないことを意味すると思う。『使えるものを使うと誤解されるから使わない』ではなく、『使えるものは使うが、使えないものは使えない』ことを何度も説明して理解を求める方向に進むのは、難しいことなのかな」

福呂と竜崎は、聴覚障害は目に見えにくい障害であることを改めて感じた。

「それから、声が明瞭だと難聴者や中途失聴者だとわかって、『音声日本語を母語として育ったくせに、日本手話で日本語を獲得できるなどと簡単に言うな』と言われたくないから、口話を封印したがる人もいるのかな。ベテランの先生は、声を聞いただけで、いつ頃失聴したか、小さいときの障害の程度はどれぐらいだったかがわかるらしいから」

「それ、『聞こえるくせに、ろう者のことをどうのこうの言うな』と似ていますね」

「口話封印の理由として、もう一つ、読みの間違いに気づかれたくないというのもあるのかなと思ったことがあるの。ある研究会で、院生が『読点』を『どくてん』という口形と声なし手話で表したけど、読み取り通訳者は『とうてん』という音声に直していたから、みんなその院生の読み間違いに気づかなかったみたい」

「それは僕にもあります。前の『タイシャ（代謝）』もそうですが、『平等』は『びょうとう』だと最近まで思っていましたよ。声なし手話なら、確かに読み間違いに気づかれないですむでしょうね。でも、僕の場合は、声に出すことで、『濁点がつくよ』などと読み間違いを修正され、正しい読みの定着につながったと感じています」

そして、「ろう者」「難聴者」「聴者」の分かれ目が話題になった。

「『人工内耳をつけたら手話を使うな』と言う医者が、人工内耳でうまくいかない例を、『それは、マッピングが下手だから。家庭や学校の教育環境が悪いから』などと言って『想定外』のこととすると、人工内耳の限界を認めず口話にしがみつく聴覚障害者が現れるように思うわ。教育現場では、人工内耳でうまくいかない例も『想定内』のこととして、聴覚活用できないろう者、少しできる難聴者、聴者の三つの連続性を考える必要があるわ。この三つが非連続だと、いろいろな葛藤や齟齬、確執が生じるように思うの」

「そうですね。その三つを区別して考えると、弊害が多く生じるように感じますね。その一方で、僕は、将来、手話は老人のろう者のためのものと言われる時代になり、『老聾者』という語が生まれるかもしれないと想像したことがあります」

「なるほどね。世界各地で少数言語が次々と滅んでいるからね。いくら少数言語の尊重をと叫んでも、少数民族の若い人は、それよりお金や仕事に結びつきやすい言語を選ぶだろうね。それを誰が非難できるんだろうね」

「少数言語に帰属感や愛着、やすらぎを感じる人がいたら、それは尊重されるべきですが、その言語の使用を他人に強制すると、別の問題が生じるような気がします」

「そうね。百年後、二百年後に、聴覚障害者や手話はどうなっているのかなあ。想像が難しいね。私が生きている間は、そんなに大きく変わることはないだろうけど」

六

数日後、竜崎が福呂を誰もいない教室に呼び入れた。

「実は、通知表のことで、狭山主幹が僕のところへやってきて、『君が金沼の通知表の文章を外部にもらしたのか?』と言われたんです」

「また言われたの? 今度は、通知表のことを流したと思われているの?」

「そうです。ことばの上では、『もらしたのか?』のように疑問形でしたが、僕がもらしたと頭から決めているような雰囲気を感じました」

「ああ、わかるわ。主幹は、そういう言い方を誰にでもする人だから」

「僕は、金沼先生の書いた通知表の文章のことは、外部の人には言っていませんが、津堂先生には話したことがあります。評価観点が『漢字を正しく読む』であれば、たとえば『時雨』の読みを『しぐれ』と書けたら、発音と関係なく正しく読めていることになります。金沼先生の書いた文は、『英文を正しい発音で音読する』だったので、明らかに正確な発声・発音かどうかを評価している意味になります」

「『正しい発音で』とあれば、聞こえる人やネイティブスピーカーと同じ、または近いレベルでと解釈する人が多いかな」

「僕もそう感じます。『正しい発音で読みなさい』と言われると、僕は『聞こえないから正しい発音で読むことは難しい』と言います。このようなことを津堂先生と話しました」

「そのとき、そばに誰かいた?」

「さあ。金沼先生という名前は最初の一回しか言わず、あとは、文章の解釈のことばかり話していました。そのとき、そばに誰がいたかは覚えていません」

「そう。とにかく、狭山主幹が『君が外部にもらしたのか』と言うのは、前の小学部での盗難事件で疑わしい先生に向かって『君が盗んだのか』と言うのと似ていると思う」

「そうでしょう。僕もそれを感じて腹が立ちました。校長は、『君が盗んだのか?』と尋ねることは人権問題になると言われたのに、主幹は僕に『君がもらしたのか?』と尋ねてきた、それは人権問題ではないのかと思いました」

「なるほどね。でも、主幹は、いったん思うと、それを胸にしまっておくことができず、猪突猛進する人だから、『誰が金沼の通知表のことを外部にもらしたのか』が気になって、あとさきを考えずにあなたに聞いただけだと思う。今回も主幹の単なる暴走だと思う。それに、金沼先生は、これからまた休みを取るような気がする。今回の通知表に関しては、母親の怒りは管理職に向かうと思う。主幹は、今まではヒラの先生対金沼母子だったから、金沼先生をかばってきたけど、自分を含む管理職対金沼母子となれば、どうなるかな。だから、しばらく静観するのがよいと思う」

「そうですか」

「私のカンだけど、あなたや津堂先生、御子柴先生が、主幹のことでまた何かあったら黙っていないぞと思っていることは、校長や副校長に伝わっているような気がする」

竜崎は、わざとS浦に「主幹の言動はおかしい。知り合いの弁護士に相談してみようかな」とこぼしてみせたからだろうかと思った。S浦が管理職にすり寄ろうとしているならすぐに伝えるだろうと思って、S浦に何気ないふりをして話したのだ。

「管理職たちは『口話も手話も大事にしたい』と言っているけど、本音は聴覚口話法主義かもしれないと思うことがある。管理職は、聴力検査室出身が多い。金沼先生が採用試験を受けたのは、村田先生の体罰事件が起きる前で、南浜ろう学校の聴覚口話法をすばらしいと言ってくれる聴覚障害教員に期待していたけど、今はお荷物化していると思う」

「僕も、管理職は、口話に消極的な手話法より手話に消極的な聴覚口話法の支持に傾きやすいと感じています。前から、ろう学校の管理職は聴力検査室や体育の先生が多いように感じていて、そういうものなのかなと思っていたんですが」

「うちの聴力検査室は一人だけで、昔から管理職になる人が多いわ。前、津堂先生に『ババ抜き』と言った先生がいたと話したよね。他のろう学校では、聴力検査室に二人いて、『聴力検査室は、管理職予備室だが、ババの置き部屋になることもある』と言った先生がいたの。授業をもたせられない先生は学部に置きにくいから、だって。それを聞いたとき、きついことを言う人だなと思ったけど、当たっているかも、とも思ったわ」

「僕は聞こえないからババになっても、管理職は、僕を聴力検査室に置けないでしょうね」

「はは、そうかもね。それにしても、人工内耳を使っても限界がある子どもがろう学校に集まるから、学校で必要なのは、人工内耳の賛美ではなく、人工内耳の限界やデメリットを冷静に見つめて対処法を考えること。それなのに、金沼母子は賛美するだけ」

数日後、職員朝礼で、副校長から「金沼先生は、当分の間休まれることになりました。代わりの先生は……」と報告がなされたとき、高等部の教員たちはため息をついたが、その中にほっとした意味のため息が混じっていることを、みんな感じていた。小学部の口さがない教員は、「昨年の小学部のしんどさが、高等部の教員たちにもわかっただろう」と言った。

七

ある日の放課後、津堂は、竜崎に『ろうあ協会青年部ニュース』を見せた。そこには、「デフ卓球クラブをつくりませんか。場所：南浜ろう学校の体育館、日時：毎週金曜日の十八時〜十九時、参加希望者は和賀桃香まで」と書かれていた。和賀は、卓球がうまく、デフリンピックに二回出場していた。

「それは一か月前のだろう。僕も読んだよ。僕は、関心がないから入るつもりはないが」

「実は、事務室が『体育館を使う話は聞いていない。学校の許可を得ずにこんなことを書くのは困る』と怒った話を聞いたんだ」

「えっ、事務室の許可を得ていなかったのか。そりゃ、まずいな」

「和賀先生は、『すみません。私はこんなことは言っていないが、編集部の担当者が間違えたようだ。私から訂正記事を次号に載せるよう頼んでおく』と言ったらしい」

「え、担当者の間違い？　本人が紙に書いて編集部に出すものだろ。編集部が口頭で聞いただけで記事にするとは思えないよ。そうだ、前、高等部で開く作品展を青年部ニュースに載せてほしいと言ったら、所定の原稿用紙に書いて送れと言われたよ」

「そうだろう。僕も友達に青年部ニュースに原稿を載せたいときの手続きを尋ねたら、同じように言われたよ。そのとき、友達に今回の経過を説明したんだが、それが編集部長の谷川に伝わり、谷川が和賀に『自分のミスを編集部のせいにするな』と怒ったらしい。僕は余計なことをしたようだな。だけど、和賀は、『私が事務室で言ったことを誰が谷川に伝えたのか。守秘義務違反だ』と怒ってきてはいないよ」

竜崎は、それを聞いて、金沼母子に対する皮肉とわかり、軽く笑った。そして、最近和賀と谷川はしっくりしていないという噂を聞いているが、二人の間の亀裂はそのことでさらに広がったかもしれないなと思った。

二人は、その『青年部ニュース』で和賀が書いた「ろう児の気持ちがわかるのは、やはりろう者。生徒のちょっとした手話がすぐに読み取れる私は、生徒に近いところにいる」という文章を話題にした。

「これは全面的に間違いとは思わないが、僕は、同時に『聞こえる子どもの気持ちがわかるのは聞こえる人。生徒のちょっとした発言がすぐに聞き取れる私は、生徒に近いところにいる』という声が聞こえてくるような気がする。ろう児を愛情深く育てている聞こえる親や聴児を愛情深く育てているろうの親に不快感を与える場合があると思う」

「確かに和賀は生徒の手話を早く読み取れるかもしれないが、こないだの行事で、口話も手話も使う生徒の声でのつぶやきに先に反応したのは、聞こえる先生だったよ」

「この文章は、『聞こえる先生はダメ』と暗に言っているみたいだし、『自分はよい先生』と自慢しているみたいだし、僕なら、不特定多数の人の前では口にしにくいね」

「僕もだ。ろう児でもろう者でもいろいろいるから、僕も『ろうである自分は、ろう児・ろう者の気持ちがわかる』なんて傲慢だと感じて、言えないな」

「和賀先生が『ろう者である自分は、ろう者の気持ちがわかる』と言うと、『僕も同じろうだが、あなたとは通じ合えないことがたくさんあるよ』と言いたくなるね」

そこで、津堂は、以前副校長がぼやいていたことを思い出して、竜崎に伝えた。

「和賀が副校長に『外国のろうの友達が、今日の午後ろう学校を見学したいと言っている。私の授業を見せてあげたい』と言ったから、副校長が『参観希望者は前もって書類に記入することになっている』と言ったら、和賀は『彼はハードスケジュールだから、今日しか時間がとれない。せっかく日本に来たのに』と不服そうだったらしい。副校長が、たまたま通りかかった僕に、『ろう学校は観光地ではない。和賀先生の家でもない。公私混同しないでほしい』と吐き捨てるように言われたんだ」

「公私混同と言えば、思い出した。昨年だったか、ご主人が文化祭を見に来たとき、和賀がご主人を手招きして生徒や教員のための席に座らせたんだ。そこには、『これより前は、児童生徒と教員の席です。保護者の方やお客様は、後方の席にお座りください』という紙が貼られていたんだ」

「それも聞いた。副校長がそれを見て、保護者が『先生の身内は前に座れて、親は座れないのか』と抗議してきたらどうしようと思ったらしいが、劇が始まったから、注意できなかったらしい」

「今回の体育館使用の話も、その公私混同の表れだな」

八

金沼が高等部で三回目の長休を取って一か月後の冬休みに、福呂は、御子柴と一緒に研究会に参加した。研究会が終わり、二人は喫茶店に入った。

「金沼先生、またお休みらしいね」

「そうなのよ」

「寺前議員が金沼先生の通知表の文章を問題にしたことは、北条でも大きな話題になったのよ。二学期の通知表を書く前に、管理職から文章表現に関して細かい注意がなされたのよ」

「南浜でも同じよ」

「金沼先生のお母さん、また『誰がもらした?』などと、さぞ怒っているでしょうね」

「ええ、竜崎先生が外部に伝えたと思われているみたい。いや、お母さんからではなく、狭山主幹からそう言われたそうよ」

「その狭山のことなんだけど。その前に、本郷という先生を知っている?」

「ああ、本郷先生。北条ろう学校の通級担当で、今年から〇〇大学の特別支援教育コースの先生になった人でしょ。発達検査に詳しくて、いろいろな研究会から呼ばれていたね」

「そう。その本郷先生が関係するんだけど」と言って、御子柴は、長い話を始めた。金沼が北条ろう学校に採用されて一年目のある日のこと。夕方の五時半頃、北条ろう学校の前の通りで、宅配便のトラックが道をふさぐような形で停車中であり、帰宅途中の金沼のバイクは、自分の前の車が反対車線を通って進んだのに続いて進もうとして、本郷の車と接触した。本郷は、他校での教育相談の仕事を終えて学校に戻る途中だった。帰宅途中の生徒や教員がその現場を目撃しており、「本郷先生の車はスピードを落としていたから、金沼先生のバイクが勢いよく車にぶつかっていった感じだった。金沼先生は転倒したが、すぐに立ち上がって普通に歩いていた。警察が来たが、救急車は来なかった」と話したという。そのあと、金沼の母親が駆けつけ、本郷のほうが全面的に悪いと言い張った。金沼は一か月間休むことになったが、目撃した生徒や教員は「そんなに大怪我だった?」と思ったという。金沼の母親は、管理職に、「人から『お宅の娘さん、反対車線で車とぶつかったらしいね』と言われ、娘が悪いかのように伝わっているとわかった。本郷先生がそのようにふれ歩いているのか」、「娘はあのあと足が痛いと訴え、医者の診断書が出されたのに、人間関係で休んだかのように言い散らしている先生がいる。誰が娘の長休を外部にもらしたのか。守秘義務違反だ」、「事故についても、本郷先生は自分の非を認めようとしない。車とバイクでは、車が悪いに決まっているのに。娘は、本郷先生の対応に傷つき、職場への出勤を渋っている。来年度本郷先生を他校に飛ばせないなら、娘を南浜ろう学校に異動させてほしい」などと怒ってきたという。

福呂が驚いて、「お母さんが『本郷先生を飛ばせ。でなければ娘を南浜へ異動させろ』と言ってきたの?」と言うと、御子柴は「そう。これについては、長い経過があって複雑なんだけど」と言って、口話法と手話法の問題が絡んでいることを話してくれた。

「あなたも感じていると思うけど、手話に関しては、北条は、閉鎖的・消極的なの」

「ああ、それは私も感じているわ」

「北条の管理職は、口にはしないけど、手話を使わない聴覚口話法が本当は最高と思っている感じ。だから、手話導入を主張する私や本郷先生は、ちょっと煙たがられているの」

「ああ、なるほど」

そこで、福呂は、南浜を数年前に退職した校長のことを思い出した。Q桜県の研究会で、当時の校長が講演を行ったとき、金沼の母親が「本当にそのとおり。手話を使うと日本語は身につかない」とべたぼめしていたのを聞いた教員が「金沼さんのお母さん、ちょっと変。必要以上に校長をヨイショしていた」と感想をもらしたのだ。その校長は、高等部で教えた経験があり、手話はかなり流ちょうだったが、副校長時代に、「手話は卒業式の厳粛性を損なうから、字幕だけとしたい」と職員会議で発言し、議論になったことがある。そのときの職員会議では、結論は出なかったが、翌朝の職員朝礼で、副校長は「昨日の職員会議での発言を撤回したい」と発言した。副校長があっさり撤回したことについて、福呂が他の主事に尋ねると、その前日に市主催の行事で市長が最初に手話で挨拶をしたことがニュースになったところであり、当時の校長が「発言を撤回したほうがよい」と副校長を諭したらしい。

また、ろう学校の校長が他校へ異動したときの歓送迎会でのことだった。校長が「いやあ、金沼さんのお母さんから金一封をいただいてね。これはいただけないと辞退したんだが、『先生、必ずろう学校に戻ってきてください。Q桜県の聴覚口話法を守り抜くためにも、人工内耳を広めるためにも』と言われてね」と、そばにいた主事に話したらしい。この主事は、手話も必要と考えている人であり、福呂に「金沼さんは、昔ながらのQ桜県の聴覚口話法を賛美していて、それはそれで一つの考えとして尊重しなければと思うんだが、そのために娘を使ってほしいと言っている感じだった」と語った。

福呂がそのことを御子柴に話すと、御子柴は「そうなのよ」とうなずいた。

「北条の今の副校長は、その校長の部下だった人で、個人的にはいい人なんだけど、事なかれ主義。でも、この副校長は、まだましよ。それより、金沼さんを中学校難聴学級で担任した狭山が、そのとき高等部主事だったの。この狭山が、露骨に金沼さんを守ろうとして、みんなそのとばっちりを受けたの」

「とばっちりって?」

「他の先生に、『本郷は、自分の非を認めようとしない。殺してやりたい』と言ったり……」

「え、『殺してやりたい』って、北条でも言ったの?」

「え、その『北条でも』って、じゃ、南浜でも同じことがあったの?」

「そうよ」

「えー。狭山は、どこでも同じことを繰り返すんだね」

御子柴は、話を続けた。

「とばっちりを受けたのは、生徒もよ。事故を目撃した高等部の生徒が『本郷先生の車はゆっくりとしか動いていなかった。金沼先生のバイクは急発進して、前を走っていた車に続こうとして、反対車線にいた本郷先生の車にぶつかっていった。金沼先生は、明らかに反対車線の真ん中で本郷先生の車にぶつかった』と、他の生徒や先生に話したの。すると、狭山は、その生徒を呼び出して、『おまえは本当にちゃんと見ていたのか!? よく見ていないくせに、いい加減なことを言うな。人の悪口を言うな』と、ギョロリとにらみつけたんだって」

「ええっ、生徒の発言を封じたの?」

「結果的にはそうなんだろうね。他に、『事故直後に、転倒した金沼先生は、すぐに立ち上がって歩いていた。歩き方は普通だった』と言った生徒に、狭山は『金沼先生は怪我をしていなかったと言いきれるのか』と詰め寄っていたの。生徒は、狭山に気圧されて黙りこみ、狭山は『はっきり見たかのように言うな』ととどめをさしたんだって」

「それ、異常に金沼先生の肩をもちすぎのように感じる……」

「他の先生もそう言っているわ」

御子柴は、北条ろう学校で狭山からいろいろ言われた教員の話をしてくれた。本郷は、交通事故に関しては、本郷も金沼も同じ保険会社に加入していたこともあり、「保険会社や共済組合、管理職の判断にしたがう」とみんなに言っていたこと。金沼の母親は、金銭に関してというより、過失の割合や外部の人に娘の事故のことが知られていることを気にして怒っていたこと。狭山は、職場の人がどちらかと言えば本郷に同情的だったのがおもしろくなかったらしいこと。事故のあと、金沼が放課後の暗い駐車場の車の中で狭山と長時間話すことが増え、ある教員が「いくら教え子と元担任でも、二人とも成人だから、誤解を招きかねない」と進言すると、狭山は「君は破廉恥なことを考えて、僕の人格を傷つけた」といきりたったこと。狭山は、他学部の職員室で、「金沼は、中学部でいじめられて、事故のあともみんなからいじめられている」と発言し、「先生どうしのことで『いじめる』ということばを使うのは穏やかではないと思う」と言った教員に対しても、逆ギレしたこと。

御子柴は、本郷に同情的だった。

「一番の被害者は、本郷先生だったと思う。本郷先生は、金沼先生が南浜へ異動したとき、狭山と一緒に北条に残り、今年の春に〇〇大学に転職されたの。博士号ももっていたし、発達検査にも詳しいし、みんな、本郷先生はろう学校にいるより大学に行くほうが合っていると言っていたわ」

本郷は、博士課程を修了し、博士号を取得していた。本郷が卒業した大学にはろう教員養成課程があり、当時の教授が手話に理解があったので、本郷は手話も流ちょうで、「口話も手話も」という考え方だった。また、特別支援教育士の資格ももっており、各種の発達検査に詳しかった。幼稚部を担当した経験もあり、最近は教育相談を担当し、特別支援センターのコーディネータや研究部長を務めていた。誰もが本郷の経歴や知識からして、コーディネータや研究部長を務めるのは当たり前だと思っていた。

御子柴は、「私も最近聞いたんだけど、本郷先生は、『あのあと、狭山からいろいろとひどいことを言われ、自分の居場所が狭められていると感じ始めた。管理職は、手話も必要と主張する自分より、昔ながらの聴覚口話法を支持する狭山のほうを守ろうとしているとも感じて、大学への転職の道を探り始めた』と言われたの」と言って、その経過を話してくれた。金沼の交通事故のあとの全校研究会で、本郷が研究部長として次年度の研究計画のあらましを報告したとき、狭山が突然「研究部を廃止したい」と言ってきたこと。急きょ研究部と主事や副校長を含む管理職で会合がもたれ、他の研究部員が「副校長に今度の全校研で次年度の研究計画をこのように提案したいと報告したとき、副校長からは何も話がなかった」と言うと、副校長は「そのとき、狭山主事の意向を知らなかったものだから」と口をもごもごさせたこと。狭山が「研究部は勝手に進めた」と怒ったので、本郷が「今までもこの時期に次年度の研究計画を提案しているので、今年も同じ進め方でよいと思っていた。副校長には例年と同じようにあらかじめ報告していた」と言ったが、狭山はそれを無視し、「ともかく研究部は廃止する」と言い放ったこと。他の研究部員が「四年研究計画の途中だが、今後どこが中心になって研究活動を進めるのか。研究紀要の編集は誰が中心になって進めるのか」と尋ねると、狭山は「それは各学部の主事が指示する。教務部長も協力することになる」と言ったこと。そのとき、他学部の主事が「自分としては、今までどおり研究部があるほうが、研究活動も研究紀要の編集もきちんと進むと思う」と発言したが、狭山が「主事会議で言わなかったことを言うな」といきりたったので、その主事は黙りこんだこと。会合のあと、研究部員の一人が「あの主事、狭山主事を怒らせることを言ったから、来年度危ないかもしれないね」と言ったが、その主事は次年度に他校へ異動していったこと。その次の年度に、狭山が全校職員朝礼で何回か「この日に全校研究会を開く」と言ったが、その数日後に「全校研究会は延期する。日程は未定」という報告があったこと。本郷が昵懇にしている教務部長に「なぜ全校研が延期されたのか」と尋ねると、教務部長は、「どの学部も報告できるだけの研究内容がないから、流れたんだよ」と教えてくれたこと。そのとき、「主幹は、『今まで研究部がやってきた仕事は、今後は教務部長がやる』と言ったらしいが、僕は何も聞いていないよ」と迷惑そうだったこと。研究部が廃止されて三年目になるが、毎年発行されていた研究紀要はストップしていること。そのあとの全校研は、狭山が選んだ講師による「聴能」「人工内耳」のテーマでの講演ばかりになり、各学部の実践報告がなくなっていること。

御子柴も、「研究部が廃止されて、うちの学部でも、研究計画を提案して進める人がいなくなり、実践もマンネリ化している感じ。研究紀要があった頃は、『実践をまとめよう』というのが実践を活性化させていたけど、全校研も研究紀要もなくなった今、みんななんとなく授業をして終わりという感じ。実践をまとめる必要がなくなり、楽になったと言った先生もいて、情けなかったわ」と嘆いていた。

「さらにね、狭山は、本郷先生を特別支援センターのコーディネータからはずしたのよ」

「えっ、本郷先生をはずしたって、誰か適切な先生が他にいるの?」

御子柴は、「そうでしょ。みんなも驚いていたのよ」と言って、経過を話してくれた。本郷の学部で四月当初に出された分掌配置案では、本郷の名前がコーディネータのところに入っていたが、その次の部会で出された案では、本郷の名前がなくなっていたこと。それに気づいた他の教員が、単なる記入もれだと思って質問すると、主事が「いや、今年からはずれるんです」と口ごもり、本郷は不機嫌な顔をして横を向いていたこと。部会のあと、主事が本郷に「事後承諾になって悪かったけど……」と言い、本郷が「狭山ですね」と言うと、主事が「ああ」とうなだれていたこと。他の教員が主事に尋ねると、「僕としては、本郷は今までどおり入るものと思っていたが、狭山から『はずせ』言われたんだ。狭山は支援センターの長だから……」と答えたこと。狭山の本郷に対する態度に関して、何人かの教員が「おかしい」と感じていたこと。たとえば、支援センターとして作成する書類を、今までは狭山が直接職員室にいる本郷のところまで行って、「作成をよろしく」と手渡ししていたのに、最近の狭山は、目の前に本郷がいるのに、主事に「これを本郷に渡してくれ」と言って書類を渡していたこと。他の教員が、狭山は単に本郷の存在に気づいていないだけだと思って、「本郷先生はそこにいますよ」と言ったら、狭山は手を振って出て行ったこと。その前に、狭山と本郷の視線が合ったが、狭山はさっと目をそらしていたこと。

「それって、狭山は本郷先生を干そうとしたって意味?」

「本郷先生と親しい先生がそれを尋ねたら、本郷先生は、『あなたもそう感じる? そうなの。私の居場所を狭めようとしている感じ。狭山からは、前の交通事故のときから、金沼の長休はおまえのせいだなどと言われていたの』と悲しそうに言ったんだって」

「ひどいわ」

研究部としてのテーマの設定、講師の選定、授業公開の仕方などをめぐって、本郷と狭山は対立していたらしい。本郷が、手話をもっと積極的に教育に取り入れるために、「手話の効果的活用」を全校研テーマとし、各学部で研究活動を進めさせようとしたことや、授業公開をさらに積極的に進めようとしたことを、狭山は苦々しく思っていたらしい。授業公開についても、幼稚部教員は、高等部や中学部の授業を見て、「発音が崩れているのに、先生は直そうとしない」、「手話を使い過ぎ。簡単な語句のところでも手話を使っている」、「全般的に生徒に甘い」と言い、高等部教員は、幼稚部の授業を見て、「遊びが足りない。もっと子どもらしさを大切にするべき」、「がちがちの知識ばかりを詰めこもうとしている」、「手話がなく、聴覚活用や読唇ができない子どもが取り残されている。手話も使って子どもどうしでもっと通じ合うようにすべき」と言う傾向があった。また、一部の教員は、手話が未熟な教員の手話を見て、「手話が間違っている」などと指摘したので、手話に自信がない教員は、授業公開に消極的になる傾向がみられた。

金沼は、中学校の頃から同級生の影響で手話を使っていたので、手話は流ちょうだったが、授業公開に積極的ではなかった。しかし、本郷は、当時の校長や副校長から「もっと授業交流を」と言われたこともあって、授業公開の方法や回数を変えようとしていた。金沼たちの初任者研修としての授業公開についても、それまで一部の主事や指導教員しか見ていなかったのを、全校教員も希望すれば見られる形や全校授業研究会と兼ねた形に変えようとしていたが、それを金沼は嫌がっていた。金沼は狭山に訴え、狭山は、同じ学部の教務部長に「本郷は、研究部で、金沼をいじめている。金沼は、ろう学校に来たばかりなのに、本郷は、みんなと同じように公開授業を金沼に押しつけている」と言ったという。

それを聞いて福呂は、金沼が南浜でも授業公開に消極的だったことを思い出した。福呂が、「新採の先生は、人一倍授業を公開して、指導技術の改善に努めるのが当たり前だと思うけど」と言うと、御子柴は「あなたもそう思うでしょ」と言った。

「狭山もおかしいわ。金沼先生から授業公開はイヤと言われても、『積極的に公開して教員としての資質を高める義務が、君にある』と話すべきなのに」

「私もそう思う。前は、全ての先生が一週間授業を公開し、お互いに自由に見られるようにしていたけど、狭山が研究部を廃止させてから、本人が好きな授業を一、二時間だけ選んで公開する形になったの。だから、一部の先生は、複数の先生で指導する図工やホームルーム、補助で入る体育とかを選んで、『ラッキー』と言っているわ」

「それ、ちょっとひどい」

「ちょっと、じゃないよ。おおいにひどいよ。幼稚部の先生は、幼児が登校しない水曜日しか他学部を見られないんだけど、幼稚部以外の先生は水曜日の公開を避けるから、以前は、研究部員が仕方なく水曜日の自分の授業を公開していたの。本郷先生は、ある先生が『水曜日の授業公開がイヤだから、研究部に入りたくない』と言ったのを聞いて、平等にするために、どの先生も全て公開する形にしようと進めていたわけ。それを研究部員がそれぞれの学部で打診したとき、本郷先生のいる学部の部会で、一般校から来た先生が『僕は、今後も授業公開に断固反対する』『研究部は、百害あって一利なし。研究紀要も意味がない』と発言したの。そのときどっと笑い声があがり、誰も後押ししてくれなかったのが悲しかったと、本郷先生が言っていたわ」

「一般校では研究部がないから、ろう学校での研究部の意義がわかりにくいのかな。ろう学校では、研究紀要は大切だわ。京都の先生が『京都の研究紀要によると、小一で小一の教科書が使えるようになったのは昭和四十一年度からで、翌年度の小一は標準学力検査で聴児とほぼ同等の成績を示した』と報告されたのを聞いて、うちの先生が、『南浜の研究紀要は、発行が始まったのが遅く、しかも薄っぺら。小一で小一の教科書が使えるようになったのはいつからかわからない』と言ったのを、私、今でも覚えているわ」

「でしょう。そういう記録が大切なのよね。何も大学の先生が書くような研究論文でなくても、授業実践や検査の結果を載せるだけでも、おおいに意味があるのよね」

それから、御子柴は、「私も最近聞いた話で、特に口止めされてはいないけど、狭山と同じ南浜にいるあなたには知ってもらったほうがいいかなと思って話すのよ」と言って、本郷が大学に転職したあと、狭山をパワーハラスメントで訴えたことを話してくれた。

「えっ、パワハラで？」

「そうらしいわ。私は、本郷先生から聞いたのではなく、本郷先生と親しい先生から最近聞いたの。この先生も『狭山は変』と言っていたわ」

本郷は、狭山が翌年南浜へ異動することになるとは思わず、このままいけば北条でもっとひどい目に遭うと感じ、大学の教官応募に片端から応募し始めたという。そして、転職に成功したものの、狭山が転勤した先の南浜の教員たちから金沼や狭山のことを聞き、「狭山は、南浜でも必要以上に金沼を庇護しようとして、新たな犠牲者を生み出しているのか」と感じ、「同じ学校の先生は声をあげにくいだろう。ならば、転職に成功した私が声をあげて、犠牲者がこれ以上生まれないようにしたほうがいいのではないか」と思い、教育委員会にパワハラで訴えたという。

「私もあまり詳しく知らないけど、本郷先生は、狭山から『おまえが職員会議で手話通訳したから、金沼は気分が悪くなって途中で早退した。おまえはこれから手話通訳するな』などと言われたらしい。『金沼にひどいことをしたおまえは、無視されて当たり前。管理職みんなで全力をあげて金沼を守る』は、私も言われたよ」

「それ、似たことを竜崎先生も言われたと言っていたわ」

「あらまあ、南浜でも、なんと同じことが繰り返されているのね」

福呂は、狭山がそこまで金沼を庇護する理由がわからなかったので、御子柴に尋ねてみたが、御子柴も首をかしげていた。

「本郷先生は、私が知っている以上にひどい目に遭ったみたい。それで、最初は、パワハラを受け付ける総合教育センターへ行ったらしいけど、そのあと反応がなく、労働基準監督署へ行ったら、『公務員のパワハラは、ここでは扱わない。教育委員会に行くように』と言われたんだって」

本郷が他大学でパワハラの問題に取り組む知り合いに相談したら、「あなたは、転職に成功したから、皮肉なことに、パワハラ認定される可能性が下がった」と言われたらしい。自殺やうつ病という事態になれば、パワハラ認定されやすくなるのだそうだ。

福呂が「え、同じ被害を受けているのに、自殺やうつ病があればパワハラ認定されやすくて、転職に成功したら認定されにくいというのは、おかしいわ」と言うと、御子柴は、「私もそう思うけど、現実はそうなっているんだって」と答えた。本郷は、「最大の目的は、狭山が金沼を庇護するあまり周囲の先生を攻撃することに歯止めをかけること」と整理し、教育委員会に訴えたという。本郷は、「狭山がパワハラを行ったと認定される確率は低いと思うけど」と言っていたという。

「じゃ、教育委員会は、本郷先生の訴えに対してまだ結論を出していないの?」

「もう出しているかもしれないけど、私は聞いていないのよ」

「それにしても、教育委員会ねえ……。教育委員会の人は、『私どもは中立です』と強調するだろうけど、本当に中立な立場でいられるかな。管理職と同じ穴のムジナになることが多いと思う。なんて言うのか、泥棒が泥棒を裁くような感じにならないかな」

「私もそう思う」

「そう言えば、金沼先生が高等部に異動したとき、高等部のQ畑主事は、校長から『狭山から干渉が入ってもはねのけるように』と言われたらしい。教務部長は『金沼は他に行くところがないから、多少のことは我慢してくれ。ただし、母親から何か言われたときは、副校長か校長に言うように』と言われたらしい。南浜の校長は、本郷先生が狭山をパワハラで訴えたと知ったから、そう言ったのかもしれないね」

「へえ、南浜の校長がそんなことを言ったの。最近、北条の校長と個人的にしゃべったとき、校長が『本郷と狭山、金沼のことを僕は知らなかった。知っていれば、狭山を南浜に行かせなかった』と言われたの。そのとき、南浜の校長が北条の校長に、『金沼は高等部しか行くところがないが、狭山を高等部主事のままにするとさらにごたごたが起きるだろうと思って、狭山をできたばかりの主幹に回した』と言ったと聞いたわ」

「それ、聞いたことがあるわ。あなたも聞いているということは、本当のことっぽいね。南浜の校長は、本郷先生が狭山をパワハラで訴えたことを狭山に伝えていないかも?」

「その可能性はあるわ。『言動に気をつけるように』ぐらいは伝えたかもね」

福呂は、狭山が現在長休を取っている金沼のために何かしようとしているのか、それとも何もしないつもりでいるのか、よくわからなかった。ただ、金沼の母親は、通知表文面に関してチェック機能が働かなかったということで、管理職や通知表の文面を議員に伝えた親たちに怒っているようだという噂を聞いただけだった。

第Ⅱ部　カタストロフィ

十章　川に沈む

「守秘義務があるのに、私の交通事故や長休、私の書いた通知表のことを外部にもらした人みんなに、復讐してやる」

金沼規子は、このせりふを何回つぶやいただろうか。

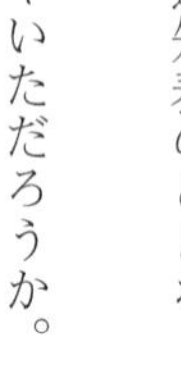

一

金沼は、北条ろう学校中学部で一か月間、南浜ろう学校小学部で三か月間の病休を取った。その後異動した高等部でも居づらくなり、十一月から病休を取った。

皇太子妃が「適応障害」と診断されて静養中であることは有名だったから、福呂は、金沼の病名も「適応障害」だろうかと思い、ウィキペディアで調べてみた。適応障害の「治療」のところで、「病気の原因に成っているストレス因子の除去、あるいは軽減が行われない事には、諸症状が再発する可能性が高い。もし医師から『適応障害』という診断が出たということは、関係者は、この複雑で根深いストレス状況そのものを改善する必要に迫られているのだと理解せねばならない」と書かれていたのを読み、福呂は、「改善には、本人が行うものと周囲の人が行うものとがあるが、本人に非がある場合は、本人の改善の努力が一番必要ではないか。ろう学校教員の大半は親切であり、今までこんなにトラブルになった例はなかったのに、金沼は、周囲の人の改善を要求してばかりのように見える」と思った。

金沼について、いろいろな教員が次のように言っていた。

「高等部ともなると、『剛・柔』を使い分けて臨機応変に生徒に接する必要があるが、金沼先生は、『剛』ばかりをひっさげている。金沼先生は、大人の言うことを素直に聞く段階の幼稚部や小学部が向いていると思う」

「いや、幼稚部や小学部は、複数での指導や打ち合わせが多いが、金沼先生は、協調性がないから難しい。事務のような仕事が合っているだろう。融通はきかないけど、まじめに仕事をするし、パソコンにけっこう強いし、人に接することは少ないし、ルールどおりにするだけという仕事が向いているだろう」

「でも、管理職は、あのお母さんに『訴えてやる』と言われ、怯えているみたいよ。自分は悪くないと信じていても、裁判沙汰になるのはすごく消耗するからね」

「金沼先生は、『自分の要望は通って当たり前』と言っている感じ。病気への配慮は必要かもしれないけど、そのしわよせが周りに行くと、周りの人はたまらないわ」

「前、Q畑主事が肺炎で休まれたとき、私が金沼先生にあることをやんわりと注意したけど、聞いてもらえなかったから、狭山主幹から話してほしいと頼んだの。主幹は、最初は『そりゃ金沼が悪いだろうね』と言っていたのに、結局、『金沼先生に話したら泣かれた。彼女はまだ病気だから、そっちが譲ってやれ』と言われた。涙を武器にする女も、涙に負ける上司も、どっちも嫌だなと思ったわ」

「主幹は、金沼先生を客観的に見られない。金沼先生が丸本先生を露骨に無視したとき、主幹は、『嫌いな人の顔を見たくないのは当たり前だろう』と言ったのよ」

「それ、おかしい。Q畑主事は、来たばかりで人がいいから、狭山主幹の言いなり。だから、高等部の先生の中には、主事や主幹を飛び越えて副校長や校長に直訴した人もいるみたい。前、副校長が『金沼先生の母親が主幹に電話すると、主幹はそれをうのみにして事態をさらに悪化させる方向に突っ走るから困る。今後、母親からの電話は、全部自分が受けるほうがいいのかな』と、ぽろっと言われたわ」

「みんな、金沼先生と狭山主幹はべたべたと言っているけど、先週、美術室を通りかかったら、金沼先生が『狭山先生は私を守ると言ったのに。狭山先生の責任です』と叫び、主幹が『おまえなあ、なんでもかんでも人のせいにするなよ』と言ったのが聞こえたの」

このように金沼のことが話題になることは、金沼が長休を取ってからは減った。

やがて、金沼母子とろう学校の接点は副校長に絞られたという話が伝わったとき、みんなは「主幹は客観的に見られない人だから、副校長を接点にしたのは正解」と言った。

二

金沼規子は、病休を取ったが、何もする気になれなかった。昼夜が逆転し、目覚めるたびに「また目が覚めてしまった。もっと夢の中にいたかった」と思った。

母親の克子は外面を気にし、「今日も『娘さん、仕事を休んでいるんだって。大丈夫?』と聞かれ、逃げるように帰ってきた。いつまでこんな状態が続くの」とこぼすので、母親と衝突し、発作的に包丁を持ち出して手首に当てたこともあった。長休を取った当初は、ネットで「仕返し」や「復讐」に関する文章を読みあさっていた。

十二月に入った頃、ろう学校幼稚部で担任だった鍋島先生が亡くなったという連絡が入った。鍋島先生は、言語指導がうまく、大勢の保護者から信頼されていた。幼稚部時代、規子は、鍋島先生から椅子ごと教室の外につまみ出されたことがあった。他の子どもも、「先生を見て」と何回も注意されたのに、教室の外で飛んでいた蝶々を目で追ってつい窓を見てしまったときや、椅子に座って友達と足をぶつけあって遊んでいるうちにいつのまにかケンカになってしまったとき、外につまみ出されていたが、母によると、親は誰も苦情を言わなかったらしい。逆に、集中して先生の口や黒板を見る習慣がついたと感謝していたとか。

数年前の鍋島先生を囲む会で、鍋島先生が話してくれたことがある。「規子のわがままもそろそろ限界だな。外につまみ出してやるか」と思っていたら、その前に規子の母が飛び出して、規子を抱きかかえ、教室の戸を開けて外に放り出し、戸を閉めて鍵をかけた。規子は、戸をガンガンたたいて泣きわめいた。戸のガラスごしに母が「わがままを言わないか」と恐い形相で言い、規子は泣きじゃくりながら「うん、もう言わない」と答えた。「約束できるか」、「うん」、「指切りげんまん」と指切りげんまんをする真似をして、やっと戸が開けられ、規子は泣きながらダダーッと自分の椅子に駆け寄って座ったが、しばらくの間しゃくり上げており、授業に集中できなかった。その間も授業は進められ、いつもおちゃらける友達も神妙になっていたという。

小学校に入ったあとも、年に一回鍋島先生を囲んで集まっていたので、鍋島先生の葬式に自分だけ参加しないわけにいかなかった。「みんな、私の休みを知っているのかな。何か聞かれたらイヤだな」と気が重かったが、あんなにお世話になった鍋島先生の葬式に参加しないのも変だとわかっていたので、母の背中に隠れるようにして告別式に参列した。通夜より告別式のほうが、ろう学校の教員と会う確率は低いだろうと思ったからだ。

久しぶりに会った同級生の来栖マミとV谷ナナは、屈託ない顔で「久しぶり」と言い、自分の病休にふれる気配はなかった。

告別式が終わったあと、「久しぶりだから喫茶店へ行こう」と誘われ、母はと見ると、他の親と話していた。規子は、母に「友達としゃべってから帰るわ」と言い、二人と一緒に近くの喫茶店に入って、鍋島先生の思い出話に花を咲かせた。マミもナナもまだ結婚しておらず、「彼いる？」の話になった。みんないないという話になり、話は同級生の男子のことに移った。

「勇樹くん、今つきあっている人がいるんだって」

「うわあ、それ誰？　私の知っている人？」

「難聴学級で一年下のサトミさん」

「うわあ、美女と野獣！」

そんな話がとりとめもなく出てきた。その中で、同級生だった吉尾彰の話も出た。

「吉尾くんが二年年上の鳥辺さんと結婚したのは、規子も知っているでしょ」

「ええ」

規子は、鳥辺が吉尾と結婚したことをあとになって知らされた。規子が南浜ろう学校小学部で病休を取っている間に、鳥辺と吉尾は、結婚式を内々にすませたらしい。小学部の教員たちも、鳥辺から突然「結婚しました」と言われて驚いたが、教員たちで少しずつお金を出し合って、ささやかな結婚祝を贈ったらしい。

規子と吉尾のつきあいは、中学校の難聴学級にいた間だけだった。吉尾は、軽度難聴であり、地域の幼稚園や小学校に通っていたが、中学から難聴学級に入った。吉尾の両親はろう者であり、家庭では声のない手話が使われていた。家庭で音声が使われる回数が少なくても保育園や幼稚園で日本語にふれる機会があれば、日本語の力が順調につく例も多い。吉尾は、音声による会話がかなりでき、発音も明瞭だったので、「この子は大丈夫」と思われ、結果的にきめ細かい言語指導を受けることが少なかったからか、吉尾の日本語の力はさほど高くなかった。小学校の教員は、「吉尾の発音は明瞭で、指示どおり動けるから、聞こえていると思っていたが、小学校高学年から助詞の不自然な使い方や学力不振が目立ち始めた」と語った。中学校の難聴学級で、規子は、「吉尾くんは軽度難聴なのに、正確に読めない。たとえば、『授業』を『じぎょう』、『羽目』を『はねめ』と読む」と思った記憶がある。

吉尾の両親は、「ろう学校は手話がない」と言って息子をろう学校へ行かせたがらなかったが、難聴学級の教員が「今のろう学校は昔と違いますよ」と言って見学を勧めた。南浜ろう学校を見学に行った両親は、「高等部や中学部のどの授業でも、手話や文字が使われていた」と言い、安心した表情で息子にろう学校を勧めた。吉尾はその後、ろう学校高等部に入学し、卒業後はハツタ自動車会社に就職した。

規子は、中学校を卒業してから吉尾と会うことはなかった。鳥辺が吉尾と結婚したと小学部の教員から聞いたとき、思わずのけぞった。年配の教員は笑って言った。

「高等部時代の吉尾くんを覚えている先生も驚いていたわ。でも、大卒どうし、高卒どうしの結婚に驚かず、高卒男性と大卒女性の結婚に驚くというのは、一種の差別になるわね。吉尾くんは優しい性格だから、鳥辺さんはそこにひかれたんだと思うわ。めでたいことよね。今の鳥辺さんは幸せそうよ。本人たちが幸せなら、それが最高よね」

規子はそれを思い出したので、マミとナナに「二人はすごく幸せそうと聞いたわ。それでいいんじゃない？」と言った。すると、マミが言った。

「そうね。吉尾くんは優しい性格だものね。でも、ほら、あのとき……、私、吉尾くんの人格が変わったかとびっくりしたわ」

「あのとき」と聞いて、規子もナナも意味がすぐにわかった。

「そりゃ、相手もひどかったもの。私たちだって、ニコニコして怒らないようにしても、堪忍袋の緒が切れることはあるでしょ」

しばらくとりとめもない会話を続けたあと、三人は別れた。

「ふーっ、久しぶりに人に会ったけど、わりと大丈夫だったわ」

同級生と別れた規子は、少しハイテンションになっていた。地下鉄のホームへ行くと、そこに吉尾がいたので、「噂をすれば何とやら」と思った。

「おっ」、「まあ、久しぶり」と、お互いに眺め合った。

「さっきまで、ろう学校幼稚部のとき担任だった先生のお葬式に参加して、マミやナナとしゃべっていたのよ」

「ああ、マミとナナか」

吉尾は、難聴学級で一緒だった二人を思い出したのか、目元がなごんだ。

「ちょっとしゃべりましょうよ。私は喪服だけど」

二人は、地下鉄を降りて駅構内のベンチに座り、しばらくしゃべった。

二人とも手話をあまり使わなかった。規子がマミとナナから仕入れた颯太や勇樹の話をしたら、吉尾も声を立てて笑った。打ち解けた雰囲気になったので、規子はあっけらかんと言った。

「そう言えば、前、あなたがあの南浜音楽大学の大学生殺人事件の犯人に似ていると言った人がいるの。私もその似顔絵を見たけど、似ているようで似ていないと思ったわ」

するると、吉尾は、軽く笑って「ボケカス」と言った。実は、吉尾の顔は少しこわばっていたのだが、そのとき通り過ぎた地下鉄の轟音が気になって、規子は気づかなかった。ただ、吉尾の「ボケカス」を久しぶりに聞き、なつかしく感じた。

「あら、今の、なつかしいわ。その『ボケカス』、あなたの口癖だったわね」

そのとき吉尾の顔がゆがんだが、規子は、カバンから携帯電話を取り出して時刻を見ようとしていたので、それに気づかなかった。

「あら、もうこんな時間。遅くなると母が心配するから。あ、今頃だけど、結婚おめでとう。赤ちゃんがもうすぐ生まれるんですってね。優しいパパになってね」

規子が手を振ったので、吉尾も手を振ったが、そのあとの吉尾の顔は険しかった。

三

規子は、「私は、前と比べたら元気になった」と感じた。家を出られず、友達からのメールにも出なかった頃と比べると、気分が上を向いている。「では、三学期から復職できる?」と自問して、規子はすぐに首を横に振った。

規子が担任した重複障害生徒は、今は他の教員が担当している。希望すれば、前回と同じようにフリーの立場で復職できるよう計らってもらえるだろうが、担任でなくてもどこかの学年の担任団と一緒に活動することが多い。担任した学年、竜崎がいる学年、M垣がいる学年、みんなイヤだ。やっぱり三学期は復職したくない。

ろう学校で私の味方がほしい。そう思ったとき、規子の脳裏に、鳥辺の顔が浮かんだ。聴覚障害教員の中で、和賀は問題外。津堂と竜崎は、「手話も口話も」と考えているが、自分に向ける視線が冷たい。福呂は難聴で、私に細かくアドバイスしようとしてくれた松永先生に似ている。松永先生は悪い先生ではなく、私を育てようとしてくれたのだと思うが、自分の流儀を私に押しつけている感じで、うっとうしかった。M垣やP笠は、職場でうまくやっていて、自分にないものをもっており、この二人と仲良くなりたいとはあまり思えない。とすると、やはり鳥辺をもっと自分の味方に引きこみたい。

同級生たちと久しぶりに話す間には、鳥辺への憎しみや恨みは感じなかったが、帰宅し、改めて鳥辺のことを考えると、鳥辺が自分に打ち解けてくれないことが恨めしかった。鳥辺が自分の通知表のことをデフブラボーに伝えたり村田の体罰現場をビデオに撮ったりしたという噂を思い出すと、鳥辺のところへ行って問い質したくなる。

やっぱり聞いてみたい。鳥辺は「口話も手話も」と考えているように見えるのに、「口話はろう者に不要」という信念が見え見えの和賀と仲がよさそうなのはなぜなのか。鳥辺は、大学で一緒だったから、こちらから腹を割って話せば、あちらも腹を割って話してくれるかもしれない。うだうだとあれこれ推測して悩むよりは、直接本人に尋ねてみよう。鳥辺は、そろそろ産休ではないか。妊娠初期の流産しやすい時期は、こんなデリケートな質問はしにくかったが、出産したらしたで忙しくなるだろう。とすると、出産前のこの時期がよいのではないか。

そう思った規子は、久しぶりに鳥辺にメールをした。それが、自分の破滅につながるとは夢にも思わずに。

「金沼規子です。お久しぶりです。そろそろ産休に入るのではないでしょうか。久しぶりにいろいろ話したいので、時間を取っていただけないでしょうか。日時と場所を指定してください。お返事をお待ちしています」

翌日、返信があった。

「お久しぶりです。私も元気です。十二月二十三日（祝日）の二時に、Dカフェでいかがでしょうか。Dカフェの場所を知らないのでしたら、ネットで調べてください。南浜市山上町にあります。ろう者が立ち上げたカフェですが、ろう者だけでなく聴者も集まるカフェです。個人的な話が手話でできるように、衝立などが用意されています」

規子は、早速ネットでDカフェの場所を調べ、地下鉄やバスで四十分ぐらいの所にあると知った。

Dカフェのホームページでは、「手話で内緒話をしていると、手話を知っている人に中身を読まれることがあります。Dカフェでは、衝立で仕切られた席もあります。カップルの方、どうぞ。手話でのプロポーズも別れ話（笑）もできます」と書かれていた。「鳥辺は、人に聞かれたくない話になると察して、ここを指定したのだわ」と思い、すぐに「返事をありがとう。Dカフェの場所、わかりました。それでは、二十三日の二時に。金沼規子」と返事した。

鳥辺と実際に会うことになった。さて、何をどんなふうに尋ねればいいのだろう。規子は、考えたことをメモしてみた。

・吉尾とどこで知り合い、つきあい始めたのか。吉尾のどこがよいと思ったのか。
・鳥辺は口話も手話もと考えているようなのに、なぜ和賀たちと一緒に行動するのか。和賀たちの考えをどう思うのか。和賀より私の考えに近いなら、和賀たちから離れてほしい。
・鳥辺が村田先生の体罰現場をビデオに撮ったという噂があるが、それは本当か。
・数年前、鳥辺が多額のお金を男に貢いだという噂があるが、それは本当か。小学部での盗難事件と関係があるのか。もしかしてそのことで和賀に脅かされているのではないか。
・鳥辺が私の通知表のことを和賀たちに伝えたという噂があるが、それは本当か。

このように箇条書きしてみれば簡単だ。でも、実際に会ったとき、どんなふうに切り出せばよいのか。ああ、難しい。

規子は、ベッドに寝転がり、いつのまにか寝入ってしまい、母親の克子が部屋に入ってきてその

メモを読んだことに気づかなかった。

四

十二月二十三日、祝日。規子は、予定より早くDカフェに着いた。外で鳥辺を待とうかと思ったが、寒かったので中に入った。茶髪のウェイトレスが「お一人でしょうか」と手話で尋ねてきたので、「友達を待っています。少し待ってください」と声だけで言った。やがて、おなかが大きい鳥辺が現れた。

二人は挨拶をかわすと、テーブルをはさんで向かい合った。テーブルの両端に衝立があり、通路を通る人以外に手話を読まれる心配はなかった。鳥辺が「体重が増え過ぎて、これ以上太ったらダメと言われているから、私はホットミルクで」と言ったので、規子はコーヒーだけを注文した。

規子が「あのね……」と言いかけたとき、携帯電話が振動した。

「あ、ごめん。ちょっと待って」

携帯電話をのぞくと、やはり母からで、「何時に帰る?」と書かれていた。「もう。朝『夕方帰る』と言っておいたのに」と思ったが、「六時までに帰る」と返信し、鳥辺におそるおそる尋ねた。

「あのう。私の休みについて何か聞いた?」

「うん、いろいろ聞いたけど、あなただって、私についていろいろ聞いているんでしょう。真実と真実でないことが混じっているんだから」

「そうなのよ。ホントに、みんなあることないことをしゃべるのが好きなのよね」

そして、思いきって尋ねてみた。

「あのね。あの寺前照秀議員のことは知っている?」

「ええ、あなたの通知表の文を話題にしたあの人ね」

「実は、私の通知表を和賀さんに伝えたのがあなただという噂を聞いたのだけど」

「え、私が?」

鳥辺は目を見開いた。それを見て、規子はほっとするものを感じた。

「私は小学部よ。なんで高等部にいるあなたの通知表のことを知るのよ」

「そうよね。じゃ、高等部の先生が和賀さんに伝えたのかしら」

実際は、竜崎が小学部の津堂に話したとき、鳥辺がその手話を遠くから読み、軽い気持ちで和賀に伝えたところ、和賀がデフブラボーの役員会で話題にした。すると、デフブラボーに熱心に参加している保護者のK滝が「武市さんの娘の通知表がどうなっているか尋ねてみる」と言ったのだ。

鳥辺は、それを規子に言いたくなかった。

鳥辺は罪悪感をごまかすように、「でも、英語を正しく発音しながら読む、という表現がそんなに間違っているとは思わないな。漢字だって、正しく読めるかをテストして評価しているんだし」と言った。

「そうなのよ。それなのに、『ろう者は声が出せないのに、無理矢理発音させるのか』とか、『金沼は聴覚障害があるのに、なんで発音が正しいかどうかがわかるんだ。人工内耳をつけても全部聞き取れるわけじゃないのに』と言われたのよ」

「そうだね。金沼さんは、前、『悪寒』を『あくかん』と読んだ人の声を聞いて、『あくかん、じゃない。おかん、だ』と指摘していたよね」

二人は笑った。規子は、「やはり鳥辺さんは私の考えに近い。それなのに、なぜ和賀さんと行動を共にしているのか」と思い、今度は、「鳥辺さんは、口話を使うほうがよいと考えている。でも、和賀さんは、口話はいらないという考えでしょう」と言ってみた。

「いらない、を通り越して、口話を使うとダメ、と考えているのよ、和賀さんは」

「でも、あなたは、デフブラボーに協力したりして、和賀さんと仲良しに見えるわ」

「仲良しじゃないよ、反対だよ」

「それじゃ、なぜ……」

「……。和賀さんとはね、ずっと前からのつきあいだから、簡単にやめられないのよ。でも、いつかは抜けようと思っている。突然抜けるのが難しい、それだけのこと」

「そう。いつかは和賀さんから離れようと思っているのね」

「そうよ」

鳥辺は、きっぱりと言った。規子は、続けて気になっていたことを尋ねてみた。

「他にね、村田先生の体罰事件の現場がひそかにビデオに撮られて、寺前議員に渡されたという噂があるのよ。そのビデオを撮ったのがあなた、という噂もあるのよ」

「……。そういう噂があることは、私も知っている。私も、小学部の先生に尋ねられたことがあるから、知っている。だけど、違うよ。私は撮っていないよ」

「撮っていないの」

「ええ」

「ああ、よかった」

「うん……。金沼さんは、このことを私に尋ねたくて、私を呼び出したの?」

「ええ、そうよ。ずっと気になっていたものだから」

「なーんだ。別のことかと思っていた」

規子は、コーヒーをゆっくりすすった。鳥辺は、私の通知表の文を「おかしい文ではない」と言ってくれた。そうよ、私はR城先生がくれた資料の表現を使っただけなのに、なぜ責められるの。鳥辺は私を責めなかった。

鳥辺が私の通知表のことを和賀たちに伝えたり村田先生の体罰現場をビデオに撮ったりしたのかと思ったが、鳥辺は否定した。胸のひっかかりが二つ取れた。

規子は、残るひっかかりを解消したいと思い、「もう一つ尋ねていい?」と言った。

「なーに」と言いながら、鳥辺はどきりとした。もしかして……。

「何年か前に、あなたが男の人に大金を貢いでいたという噂を聞いたんだけど」

金沼は、否定されるものと期待して自分の顔を見つめている。否定しなければと思いながら、鳥辺の顔はこわばった。それを見て、金沼の顔も次第にこわばってきた。

「あの、本当のことだったの?」

「いやあ、大金っていうわけじゃないけど、私も昔は若くて無知だったからね。確かに好きな男性ができて、お金を少し渡したことはあったけど、すぐに別れたわ」

「そう、そうなの。それならいいんだけど。実は、その頃小学部でお金がなくなる事件が何回も起きたと聞いたんだけど」

規子は、不安そうなまなざしを向けてきた。これが鳥辺の最もおそれていた質問だった。鳥辺は、「これだけは否定しなければ」と思い、やっとの思いで言った。

「それは私も知っているわ。私も被害に遭ったことがあるわ」

「自分も被害に遭ったことがある」と言うことによって、自分は犯人ではないと言ったつもりだった。規子が鳥辺に向けるまなざしが少し柔らかくなった。

「私も、五千円か一万円ほど盗られたわ」

それは嘘だったが、規子の顔は、ますますほっとしたものになった。

「鳥辺さんも被害者だったのね。そうかあ、犯人は誰だったのかなあ。でも、そのあと盗難事件は起きていないんでしょう。卒業した子の保護者か転出した先生かなあ」

「うん、私もそう思う」

そう言いながら、鳥辺は、胸に冷たいものを感じた。

「よかった。あのね、笑って聞いてね。鳥辺さんが男に金を貢ぎ、お金に困って、小学部でお金を盗んで、それを和賀さんに脅されているのかなと、想像したこともあるんよ」

規子が笑ったので、鳥辺も笑った。鳥辺は、笑いながら「この演技は苦しい」と思った。

「いやねえ、そんなことを勝手に想像しないでよ。あなたは、それを誰から聞いたの？」

「それは……、ごめん、言えない。だけど、ろう学校の先生じゃない」

規子は嘘をついた。なぜかわからないが、そう言ったほうがいいような気がした。

「それならいいんだけど。ろう者の世界はいやだわ。変なことをすぐに噂に流すから」

「私の場合もそうだったのよ。私が失恋したから仕事を休んだという噂があったのよ」

「その噂なら聞いたわ。相手はデフバスケットをやっている人かなと思ったんだけど」

「いやー、つきあっている人なんか、最初からいないって」

「本当かな」

鳥辺は、自分の話題から規子の話題に移ったことにほっとしながら、なおも「今おつきあいしている人はいるの？」などと質問を浴びさせた。それは、自分のことが話題にならないようにするためであることを感じながら。

しばらくして、二人は話題を変えた。

「今頃、なんだけど、結婚と妊娠、改めておめでとう」

「ありがとう」

「おなかの赤ちゃん、予定日は?」

「三月四日なんだけど、初産だし、少し遅れるかもしれないって言われている」

「男の子? 女の子?」

「男の子だって」

「吉尾くんもとうとうパパかあ。吉尾くんが先に結婚するとは思わなかったわあ。吉尾くんとどこで知り合ったの? どこが好きになったの?」

「デフブラボーで知り合ったの。吉尾くんは、いつもニコニコしていて、他の人みたいに理屈っぽくなくて、自分の考えを私に押しつけることがなくて、子どもみたいかなと思うような話でも聞いてくれて、私に自信をもたせてくれるの」

「そうかあ。相談しているうちに自信が与えられるような人かあ。私もほしいなあ」

「金沼さんも探しなさいよ。どこかにそういう人がいるわよ」

「いたらいいんだけどなあ」

「いるわよ。いろいろな人と出会ったらいいわ。失敗もあるだろうけど、それを通して、人を見る目が確かなものになっていくんだから」

「その結果、選んだのが吉尾くんなのね」

そのとき、規子は「失敗もあるって、あなたはどんな失敗をしたの？」と尋ねたかったが、なんとなく口にできなかった。鳥辺は鳥辺で、「そのためには、まずお母さんからもう少し離れてみたら。ろう学校で、『金沼は親離れできていない。母親が娘のことで管理職にいろいろ怒ってくる。生徒のモンスターペアレントにはまだ我慢できるが、教員のモンスターペアレントには我慢できない』と言われてることを金沼さんに伝えたいけど、言いにくいな」と逡巡していた。

やがて、規子は、コーヒーとホットミルクぐらいで長時間カフェにいることに心苦しくなり、母からメールが来たのをきっかけに、鳥辺と別れた。

五

吉尾は、祝日の数日前に、鳥辺が出かけるまぎわに机の引き出しから一万円札を五枚ほど抜き出して封筒に入れるのを、ドアの隙間から見ていた。吉尾は、半年ほど前から、鳥辺が時々まとまったお金を持ち出すことに気づいており、鳥辺の通帳を盗み見して、毎月お金が大量に引き出されていることを知った。マンションの家賃はいくらで、食費はいくらぐらいで、と計算しても、余裕のある金額をはるかに超える金額だった。しかし、そんな高価な品物を鳥辺が買った気配はなかった。

吉尾は、鳥辺が時々メールを見て、絶望的な表情になってため息をつくことも気になっていた。携帯をのぞき見したいと思ったが、鳥辺はロックしてから風呂に入ったり寝たりしていたので、携帯の中身を見ることができなかった。

吉尾は、鳥辺が誰かにお金を巻き上げられているのではないかと感じていた。その日も、鳥辺がお金をそっと封筒に入れて外出したので、今日こそ誰に渡すのかを見ようと思って、車で尾行した。鳥辺が乗ったバスの行き先を見てDカフェではないかと思い、先回りして車を停めていたら、規子がやってきたのが見えた。しばらくして鳥辺が来たので、「そう言えば、規子と会う約束をしたと、前言っていたな」と思い出した。そして、以前は規子と会うことはほとんどなかったのに、最近会っているのはなぜだろうかと考えた。鳥辺は、あのまとまったお金を規子に渡しているのか。

やがて、Dカフェから出てきた二人が「バイバイ」と手を振った。吉尾は、規子と別れたあとの鳥辺の顔を遠くから観察し、規子と別れたとたんに鳥辺の表情が暗い沈鬱なものに変わったのを見た。鳥辺の後ろ姿は、自分の知る元気な後ろ姿ではなかった。規子はと見ると、明るい表情に見えた。お金を手に入れたからか。

吉尾は、以前から規子に苦手意識や恐怖を感じていた。吉尾は、デフブラボーに協力しており、そこでは、「金沼母子はろう教育に有害だ」という言い方がよくなされていた。吉尾は、谷川や和賀が「人工内耳はろう者を滅ぼす」、「規子の母親は自分たちの運動をじゃまする」と言うのをうのみにしていた。前に規子と会ったときは、地下鉄のホームや電車の中だったから、普通にしゃべれたが、規子の存在は自分や鳥辺にとってよくない結果をもたらすような気がした。規子から「ボケカス」が自分の口癖だと指摘されたとき、背筋が凍りついた。規子は鳥辺に余計なことを吹きこむ可能性があった。「吉尾は危ない。つきあってもろくなことはない。別れたほうがいい」と鳥辺に言うような気がした。

吉尾は、大卒の鳥辺が年下の自分と結婚してくれたことを貴重に思っていた。それは自分の劣等感の裏返しだった。鳥辺と同じ大学を卒業した規子は、同級生の自分の悪い面を鳥辺に吹きこむかもしれない。自分が鳥辺と釣り合わないことは、最初から自覚していたが、鳥辺が自分から去ることは考えただけでも耐え難かった。ろう者の両親は、鳥辺が嫁になったことを喜び、息子の自分より鳥辺をかわいがっていたので、鳥辺が去ったときの両親の落胆ぶりが目に見えるような気がした。

鳥辺にはもうすぐ赤ん坊が生まれる。大半の女性は出産するとき実家に帰るが、鳥辺は「両親とうまくいっていないから、実家に帰らない」と言った。鳥辺の両親は、口話だけで鳥辺を厳しく育てており、吉尾の感覚からすると「厳格」という形容がぴったりだった。鳥辺は、「私が手話を覚え始めたことを両親は喜ばなかった」と言っていた。

吉尾の両親は、ベビー用品を買いに行けることを喜んだ。両親は、発音だけでなく筆談も上手にできないので外出好きではなかったが、生まれてくる赤ん坊のためにデパートを回ってベビー用品をそろえていた。「今日はデパートでカタログを集めたり筆談で尋ねたりした」と両親が言うのを聞いて、吉尾は幸せを感じた。

この幸せは誰にもこわさせない。鳥辺が過去に何か悪いことをしていて、それを誰かに脅かされているとしたら、自分が鳥辺を守ってやる。たとえ殺人になったとしても。

六

規子は、平日の日中は、知っている人に会って「お仕事は?」と聞かれるのを避けるために、なるべく家にいたが、ずっと家にこもっているのもしんどかったので、週末の土曜日は図書館へ行き、午後はデパートやプールへ行くことが多かった。

十二月下旬の土曜日、図書館へ行こうとバス停に向かって歩いていたら、黒っぽい車が近づいて停まったので、見ると吉尾が運転席にいた。

「あら、吉尾くん。図書館へ行くところよ」

「図書館か。方向が同じだから、送ってやるよ」

規子は、吉尾の車に乗りこんだ。

「ありがとう。私、土曜日はいつも図書館なの。今、あの作家の小説にはまっているのよ」

「相変わらず本好きなんだな」

吉尾は、運転しながら、規子に「最近どう? まだ休んでいるの?」と

尋ねた。

「うん。いろいろあってね。十一月から休んだから給料はまだ百パーセントもらえているんだけど、三学期も休んだら八十パーセントになるの。うちは、父がいないし、母は体が丈夫じゃなくてフルタイムの仕事はムリだから、私の給料が全てなの。だから、八十パーセントというのは痛いのよ。早く仕事に戻らなければと思っているんだけど」

吉尾はそれを聞いて、「だから、規子は鳥辺からお金を巻き上げているのか」と思った。吉尾には、中学生のときわがままなリーダーだった規子のイメージが根強く残っていた。友達に約束を破ったらシールをくれるという約束をさせ、約束を果たせなかったら「約束は約束」と迫る規子。勉強ができ、先生の覚えがめでたいのをいいことに、事実をねじ曲げるのが巧みだった規子。「先生に言わないから教えて」と言っていろいろ聞き出し、結果的にそれを先生にチクった規子。

こいつは危険だ。その思いは確信に変わった。こいつは、自分の収入が減るから、鳥辺からお金を巻き上げている。しかも、こいつは、自分の過去を暴き出すかもしれない。吉尾はそう思いながら、図書館の前で規子をおろした。

二週間後、吉尾は、鳥辺がメールを読んでため息をついたのを見て、「どうした?」と声をかけた。

「今のメールは金沼さんからで、結婚祝をくれるんだって。生まれたら忙しくなると思うし、今度の土曜日に会ってくるわ」

「へえ、金沼が。ムリしないようにな」

鳥辺は少し迷ったが、前回と同じDカフェと日時を指定した。また、人に聞かれたくない話になる可能性を考えたからだ。

七

規子は、十二月頃から休日に外出することが増えた。克子は、規子が持ち帰った図書館の本や新しい服を見て外出先がわかったので、以前のように行き先を細かく尋ねたり外出先の規子に頻繁にメールしたりしなくなっていた。

一月二十三日土曜日の夕方。この日も規子は朝から出かけていた。図書館に返却する本をカバンの中に入れていたので、図書館へ行くのだろうと、克子は思った。夕方の五時頃、克子が規子に「牛乳を帰りに買ってきて」とメールすると、圏外か電源が入っていないことを示すメッセージが出たので、「あれ、こんなの、初めて。バッテリー切れかな」と思った。六時頃と七時頃に再送信したが、同じ反応だった。「バッテリー切れなら、今日はメールのやりとりは無理だろう。だが、なぜこんなに帰りが遅いのか。何か起きたのか」と不安に思い始め、用意した食事に箸をつける気になれなかった。

規子の部屋へ行くと、先週買ったと言って見せてくれた鳥辺への贈り物が見あたらなかった。規子は、「鳥辺さんと吉尾くんへの結婚祝と出産祝を兼ねて買ったの。もう包装しちゃっているから中身を見せられないけど、男の子の服なの」と笑顔で見せてくれたのだ。その贈り物は、昨日まで確かに規子の部屋にあった。

じゃ、今日は、図書館に本を返してから、鳥辺さんか吉尾くんに会ったのかしら。私が二人のメールアドレスを知っていたら、今すぐメールで尋ねられるんだけど。

「そうだ、年賀状に載っていないかしら」

克子は、規子の机の引き出しを開けて探し始めた。過去の年賀状の束はすぐに見つかったが、鳥辺からの年賀状には、住所しか書かれていなかった。それでも参考になるかもしれないと思って、その住所を控えた。ついでに、他の年賀状をていねいに読んでみた。娘と仲良くしている人がわかるかもしれないと思ったからだ。「明けましておめでとう。病気は大丈夫？　また会おうね」と書かれた年賀状を見て、心にさざ波がたった。

規子が一昨年長休を取ったとき、北条ろう学校の御子柴に「あなたが娘の悪口を南浜の先生に言ったのか？　娘の南浜での長休をあなたに伝えた人の名前を教えてほしい」と迫り、その直後に南浜の副校長から「前向きに考えるように」と言われたときのはらわたが煮えくりかえる思いは、今でも忘れられない。その苦い出来事を思い出しながら、克子は、規子の机や本箱の中を探し回ったが、鳥辺や吉尾のメールアドレスは見つからなかった。

規子と連絡がとれないことを再確認してから、難聴児親の会の名簿を調べ、鳥辺の実家に電話をかけてみたが、「この電話番号は現在使われておりません」というメッセージが流れた。それで、翌日、警察署へ捜索願を出し、鳥辺の両親の電話番号を他の保護者に問い合わせようと思った。

翌日、南浜警察署で、警官は事務的に対応した。克子が「娘を捜してほしい」と言うと、警官は、

「昨夜からいなくなったのですか。え、娘さんは、今二十六歳ですか。いまどきの若い娘さんは、男友達の家に泊まって、何日も帰らない例が多いですよ」と言った。

「ですから、娘にはそのような男友達はいないのです」

「母親の知らないところで、ボーイフレンドをつくる例はごまんとありますよ」

「でも、娘は外泊するはずがありません」

「昨日、出かけるとき何と言っていましたか」

「行き先は言っていませんでしたが、図書館などへ行ったと思います。今晩、ろう学校の同僚や同級生に問い合わせようと思っています。あの、娘は病気で休んでいると言いましたが、その、自殺のおそれがあるので、早く捜していただけないでしょうか」

「え、自殺のおそれがある。とすると、病気というのは、うつ病とかそういう病気ですか」

「うつ病ではなくて、適応障害です」

「はあ、要するに精神的な疾患ですね」

克子は、娘がうつ病や精神病と言われることに抵抗感があったが、この際そんなことは言っていられなかった。早く娘を捜し出してほしかった。だが、警官は、事務的に言った。

「自殺のおそれがあると言ってくる人はたくさんいます。家族でさえ行き先に心当たりがないの

に、警察としては捜す方法がありませんが、早く見つけたいというお気持ちはわかりますが、方法がありません。身元不明者が出たとき照合するぐらいしかできません」

克子はうなだれて聞いていたが、最後の「身元不明者」を聞いて、「死体のことだ」と思い、身震いした。娘もそうなるというのか。いや、そうなる前に見つけ出したい。だが、警察は、捜し出す方法がないと言う。やはり、「事件性があるかもしれない」と思う理由を説明したほうがよいのだろうか。

そう思った克子は、「実は、娘は、友達が犯罪に関わっていないかを調べていたようなので」と言った。すると、警官は「ん、それは何ですか？」と視線を向けてきた。

「盗難事件です。誰かがそれを元に誰かを脅迫している可能性もあるようで……」

「何かそう思わせる物が見つかったのですか」

「いえ、あの、私はよく知らないんです。娘が聞いてきただけで……」

「娘さんは、何か確実にその犯罪の証拠となるものを持っているのですか」

「いえ、それはないと思います」

「だったらムリですね。警察は、他にもいろいろな事件をかかえています。犯罪の証拠があるならまだ何かできると思いますが、それがないようでは動けません。もしはっきりと犯罪の証拠となるような物が見つかれば、そのときおいでください」

口では「おいでください」と言っているが、これは「ないなら帰れ」と言っているのと同じだ。

こうなったら、自分で捜すしかない。

克子はおさまらないものを感じ、「わかりました。警察は頼りにならないことがよーくわかりました。けど、もしも、もしも娘に何か起きたら、私は警察を恨みますよ、永久に」と捨て台詞を残して、警察署を出た。残された警官が苦笑いをしているのが感じられた。

八

克子は、帰宅後、規子の二学年上の保護者に鳥辺家の電話番号を問い合わせ、鳥辺家へ電話した。男の人の声がしたが、「金沼克子です」と名乗ると、「ああ」とすぐに合点がいった様子で、「おーい」と呼ぶ声がした。十秒後には、美佐恵の母親に代わっていた。

「まあ、金沼さん。お久しぶりです。規子ちゃんは元気でしょうか」

克子は、最初から、規子の行方不明を言うまいと決めていた。

「ええ、ぼちぼちやっています。あの、美佐恵さん、結婚され、もうすぐ男の子が生まれるそうで、おめでとうございます。規子から聞きました」

「いえいえ、ありがとうございます」

「規子が美佐恵さんとメールのやりとりをしていましたが、携帯電話を水没させたので、美佐恵さんのメルアドを教えてほしいと言っているんですけど」

「そうですか。娘のメルアドを口で言うのはややこしいので、あとでＦＡＸいたします」

「ありがとうございます。うちのＦＡＸ番号は……」

向こう側で番号をメモする気配があった。

克子が「それでは……」と電話を切ろうとしたら、「ちょっと」と呼びとめられた。

「そちらは、まだ仲良し母子でいらっしゃるようですね」

「え？」

「情けない話ですが、うちは娘とうまくいっておりませんの。娘は、三月に出産予定なんですが、普通は実家に里帰りするものですのに、里帰りしないと言うんです。病院で出産したあとうちに来たらと言ったんですが、娘は、うちに帰らずに、吉尾さん、規子さんの同級生だそうですね、その吉尾さんの実家へ行くと言うんです」

「吉尾さんの家は、確か、西浦町でしたね」

「そうです。うちの家は吉尾さんの家より勤務先に近いのに、娘は、わざわざ吉尾さんの家に近いマンションを探して、二人で住み始めたのです」

「吉尾さんの両親は、二人ともろうの方でしたね」

「そうです。娘は、手話を覚えてから反発するようになりました。それで、私も手話サークルに通い始め、関係が少しよくなったかなと思ったのですが、吉尾さんと結婚したいと言い出したとき、私たちが、……いろいろとあって反対したのが、娘の気に入らなかったようです。娘は、吉尾さんの両親と一緒のほうが居心地がよいようです」

「……」

「今は手話、手話の時代ですね。娘が小さいときは手話はよくないと言われ、それを信じて口話で一生懸命育てて、そのおかげで日本語を獲得でき、大学も行けたというのに。でも、今のろう学校ではどこでも、手話を使うのが当たり前で、手話を使わないのは差別になるんだそうです。今のろう学校は、口話だけでは厳しいお子さんばかりだそうです。口話だけでできるお子さんは、難聴学級や普通の学校へ行きますしね」

「ええ、村田先生の体罰事件が新聞に載ったとき、そんな言い方ばかりでしたね」

「で、娘は言うんです。なぜろう学校へ行かせてくれなかったの、普通の小学校や中学校で苦しかったと。私が、あなたは、そのおかげで日本語を身につけて大学も行けたのよと言うと、娘は怒りました。お母さんもお父さんも手話を、ひいてはろう者をバカにしている、だから、吉尾くんとの結婚に反対している、と言われました」

「……」

「娘はうちに帰ってこなくなりました。あちらの吉尾さんの娘になったようなものです」

克子は、何と言ってよいかわからなかった。

「自分は聴覚口話法で育って大学も行けたのに、その恩恵を見ようとせずに、『口話法を使わなくても日本手話を十分に獲得できれば、そのあと書記日本語は獲得できる』と言われました。なんであんなに聴覚口話法を否定するんでしょうね」

「ええ、本当に」

「規子ちゃんはそんなことはないと思いますけど、娘みたいにならないようにしてくださいまし。そろそろ結婚の予定があるということはないのでしょうか」

「いえいえ、その気配が全くなくて困っているんですの。でも、これはねえ、私が相手を選ぶわけにもいきませんしね」

「あら、金沼さんは、前『せっかく身につけた口話の力を落とさないために、手話を使わない人と結婚してほしいと思っている』と言われましたね。金沼さんなら、規子ちゃんの結婚相手を選んできそうです。目星をつけた人がもうおられるんじゃないでしょうか」

克子は、「ほほほ、そんなことないですよー」と言って、どうにか電話を切り、「規子は本当に結婚できるのだろうか」と思った。そう思ったあと、規子が生きているかを心配しているからそう思ったことに気づき、胸が締めつけられた。私の思い過ごしであればよいのだが。「何よ、お母さん。そんなに大騒ぎして。迷惑だわ」と言って、自分がよくない方向に考えて動いたことを笑ってほしいと、切に思った。

五分後、鳥辺美佐恵のメールアドレスがファックスで送られてきた。それを見て、確かに口頭で伝えるのは難しいだろうと思った。「これは、数字のゼロ。これは、大文字のオー、これはアンダーバー」などと付記されていたからだ。克子は、早速鳥辺にメールしようとしたが、規子の行方が知れないことを書くか書くまいか迷ったので、文章がなかなかつくれなかった。やっとつくった文を読み直して、「メールだと、動揺しても、しばらく考えてうまくごまかせる。相手の顔を直接見ながら尋ねたい」と思い、長時間迷ってつくった文を破棄した。

鳥辺の住所は、昨夜、規子の部屋にあった年賀状からメモしてある。鳥辺の母親は、鳥辺夫婦のマンションは吉尾の実家の近くだと言ったが、住所は確かにそのあたりだった。妊娠してから引っ越すことはまずないから、その住所にまだ住んでいるのだろう。だが、もう夜になった。今から訪ねても、マンションのどこの部屋かわからない。表札があればわかるかもしれないが、最近はオートロック式になっているマンションも多い。年賀状には、部屋の番号まで書かれていなかった。明日このマンションへ行ってみよう。

前夜あまり眠れていないし、体力温存に努めなければと思い、少しでも睡眠をとろうとしたが、ジリジリして眠れなかった。規子からの返信メールは相変わらずなかった。

翌日の月曜日。朝食を十分にとる気が起きないまま、克子は家を出た。鳥辺の住むマンションはすぐに見つかった。入口の郵便受けを見ると、「五〇六　吉尾」と書かれていたので、「五階の六号室だろう」と推測し、エレベーターで上がった。該当する部屋のインタホーンを押したが、反応はなかった。二回目も同じだった。買い物でも行っているのかと思い、克子はマンションの外で時間を少しつぶした。それから、再びマンションへ行ってインタホーンを押したが、同じだった。

九

克子が所在なく大通りを歩いていると、村田徹矢《むらたてつや》にばったり出会った。南浜ろう学校の体罰事件で失脚した村田壮一郎は、二、三年前に死亡しており、克子は葬儀に参列した。その一、二年後に、規子が「この人、村田先生の息子さん。友達が紹介してくれたの」と言って、徹矢を克子に紹介してくれたのだ。そのとき徹矢は、葬儀参列のお礼を言い、村田先生はどんなに無念だったかという話になった。徹矢は、口話を否定する動きに対して一緒に怒りや悲しみを表明してくれた。

「やあ、どうしたんですか、こんなところで」

二人は近くの喫茶店に入った。克子は、娘が土曜日から帰らないこと、その前に同僚の犯罪に関する疑惑をメモしていたことなどを話した。

徹矢は、驚きながら熱心に聞いてくれた。体罰事件が父親の命を縮めたと言われており、徹矢にとっては人一倍関心があったのだろう。聞き終わると、徹矢は大きく息を吐いた。

「娘さんのこと、心配ですね。これからどうされるのですか」

「警察はあてにならないことがよくわかったわ。まずは、やっぱり鳥辺さんに会ってみるつもり。娘と仲がよかった同級生にも一応聞いてみようと思っているんだけど」

徹矢はちょっと考えて、心配そうな表情を向けてきた。

「もしも……、たとえば、規子さんが何か犯罪の証拠を握って、誰かに殺されたとすると……」

「いやよ、そんなこと言わないで」

「ですが、娘さんは無断外泊するはずがないのでしょう。とすると、そのケースを考えたほうがいいと思うんです。危険ですよ、一人で行動するのは。鳥辺さんを含めて誰かに会いに行くなら、その前に行き先や時刻、場所を誰かに連絡することをお勧めします」

「うーん、でもね、私、そういう人いないのよ。うちは、娘以外に家族がいないし。私の母や弟は、今さら説明するのもイヤだし、心配をかけたくないし」

「そうですか……。それにしても本当にしんどいですねえ。自分の主張を通すために、体罰現場をビデオに撮って議員に流したり……、悲しいことですね。そこまでやるのはなぜなんでしょう。自分たちの主張が正しいなら、みんな自然についていくのに」

「そうですね。まあ、そのうちに時間が答えを出してくれるでしょう」

克子は、徹矢と別れたあと、鳥辺のマンションへ再度行ってみたが、また不在だった。その日の夜、克子は鳥辺にメールで尋ねたい気持ちを抑えるのに苦労した。

十

翌日の火曜日。克子は、鳥辺のマンションへ行き、祈るような思いでインタホーンを押した。しばらくすると扉が少し開いたので、克子は、扉の隙間から相手に顔をはっきり見られるように身を乗り出した。鳥辺は、小柄な女性と見て警戒心を解いたのか、扉をさらに大きく開けた。

「あら、金沼さんのお母さん、ですね」

鳥辺は、「何の用で?」と怪訝そうだった。鳥辺のおなかは大きくせり出していた。克子は、鳥辺と難聴児親の会の行事で顔を合わせたことがあり、自分の顔を覚えてくれていたのだと思った。鳥辺の表情を見て一抹の安心を感じながら、克子は名乗った。

「こんにちは。金沼規子の母です」

鳥辺は、「お久しぶりです」と言い、「何のご用でしょうか」と尋ねた。

「先週の土曜日に規子と会われたでしょうか?」

「いいえ、会っておりません。約束はしていましたが、規子さんからキャンセルのメールがきたので、会っておりません。あの、規子さんがどうかされましたか」

鳥辺に、規子と会う約束があったことを隠そうとする雰囲気はみじんもなかった。

「実は、土曜日から帰ってこないのです」

鳥辺の目が大きく見開かれた。

「ですから、規子とのやりとりの内容を尋ねたいと思ってまいりました。規子は、どこかへ行くとか言っていませんでしたか」

「いいえ、メールでは、キャンセルの理由は書かれていませんでした」

「そうですか。規子が家に帰っていないことは、他の人に言わないでくださいね。規子が帰ってきたとき、『大騒ぎして迷惑だ』と言われないか心配なので」

「わかりました。人に言わないようにします。それにしても心配ですね。規子さんと仲がよい来栖さんやV谷さんが何か知っているかもしれませんね」

「そうですね。私から来栖さんやV谷さんに尋ねてみます。ありがとうございました」

克子はそう言って辞去し、マンションに帰った。自分の肉親に心配をかけたくないと思ったが、これ以上伏せないほうがよいと思い、P駒県の実家に電話をした。警察の対応を説明しながら、改めて警察に対する怒りがわいてきた。母も弟夫婦も悲鳴をあげたが、よい智恵を出せなかった。

十一章　恨みに沈む

「狭山主幹が『高等部においで。守ってあげる』と言ったから、娘は高等部に行ったのに、守ってくれなかった。裏切られた。狭山主幹は口先だけだった」

金沼克子は、このせりふを何回つぶやいただろうか。

一

規子が失踪して四日後の一月二十七日の朝。電話がけたたましく鳴った。どきっとして、時計を見ると十時過ぎだった。克子は、知り合いからの他愛もない電話であることを祈って、受話器を取った。しかし、耳に飛びこんできたのは、「南浜警察署です」という事務的な声だった。

ああ、悪い予感がする。いや、交通事故で病院に運びこまれたという知らせかもしれない。そうであってほしい。克子は、祈る思いでその次のことばを待った。

「金沼さんは、前の日曜日に娘さんの捜索願を出されましたね。今、身元不明者の照合を行っていますが、人工内耳など、そこに書かれた特徴と一致する部分がかなりありましたので、南浜警察署まで来ていただけませんか」

ああーっ、間違いであってほしい。絶対に間違いだ。だが、「遺体に人工内耳があった」ということばに、十中八、九規子ではないかと思い、絶望感に打ちのめされそうになった。

克子は、とるものもとりあえず南浜警察署に駆けつけた。

三十分後、克子は泣き崩れていた。連れて行かれた部屋は、薄暗くて薄汚かった。そこに変わり果てた規子がいた。顔は青白くふくらんでいたが、間違いなく規子だった。警察の話では、藻屑川の河口で発見されたという。直接の死因は溺死。大きな傷こそないものの、全身のあちらこちらに打撲傷や擦過傷があると言う。死亡推定日は五日ほど前。今後さらに詳しく調べるという。「生活反応」ということばが出てきたが、克子にはよくわからなかった。生きたまま川に落ちたらしいことだけはわかった。警察からかかりつけの歯科医院の名前を尋ねられたので、克子は、歯科医院の名前を伝えてから、「事故ですか」と尋ねた。

「わかりません。現時点では、事故死、自殺、他殺、どの可能性もあるとしか言えません」

「あの子が自殺するはずはありません」

「え、最初に来られたとき、自殺するかもしれないと言っていたのではないですか」

「あれはことばのあやで……。そうでも言わないと捜してくれないと思ったからです」

「そうですか。溺死は、自殺、事故、他殺のどれかを見極めるのが難しいのです」

自分は素人だが、そうだろうと思う。

「誰かに連絡の必要がありましたら、今なされますか」

克子が「私や夫の実家に連絡します」と言うと、警官は軽く頭を下げて出て行った。

まず、自分の実家に電話をした。母や弟夫婦は悲鳴をあげた。今後の段取りについて、とりあえず、明朝すぐに駆けつけてくれることになった。次に、亡き夫の実家に電話をした。夫の両親は他界しており、義兄もことばを失った。同じQ桜県なので「手伝うことはないか」と言われたが、断った。

克子は、規子の勤務先に自分から連絡する気になれなかったが、警察から聞いたのか、夕方、南浜ろう学校の校長、副校長、狭山主幹、Q畑主事の四人が警察署に駆けつけた。四人とも沈痛な顔をしていたが、克子は四人と顔を合わせたくなかった。

狭山と克子の関係は、狭山が規子を担任していた頃は良好だったが、通知表のことが議員に伝わって以来ぎくしゃくとしていた。最近は、副校長から「今後は私が窓口になる」と言われたこともあって、狭山とは疎遠になっていた。克子は、狭山に「あなたは『規子を全力で守る』と調子のよいことを言ったのに、通知表のことが議員に伝えられたりして、規子は長休を取る羽目になった。裏切られた思いだ」と食ってかかりたいのを我慢し、わざと視線を向けなかった。

克子は、葬儀社から家族葬や密葬について説明を受けた。克子は、ろう学校教員の参列を希望しなかったので、家族葬にすることを管理職四人に伝えた。

育休中の和賀や産休中の鳥辺は、娘の死を悲しまないだろう。「ご覧なさい。やっぱり聴覚口話法はダメだ。人間関係を結ぶ力や障害認識に問題があったから自殺した」と言いふらし、自分たちの賛美するバイリンガルろう教育や日本手話の正当性を強調するだろう。娘の死がそういう形で利用されるのは、考えただけでもたまらなかった。

克子は、いったん自宅に戻ったが、涙が次から次へとあふれ出て、なかなか眠れなかった。最近ずっと眠れていないのはきついと思ったが、眠れないのだから仕方なかった。

翌朝、南浜ろう学校の全校職員朝礼で副校長から悲報が告げられると、会議室のあちらこちらで悲鳴があがった。副校長は、「死因は溺死としかわかっていない。遺族は身内だけでの葬儀を希望されたので、教員の参列は遠慮してほしい」と伝えた。

竜崎も福呂も津堂も、予想もしなかった事態にしばらくの間ことばを失っていた。やがて、竜崎が、ぼそっと「自殺、でしょうか?」とそばにいた福呂に尋ねるともなく尋ねた。

「管理職は何も言っていないね。自殺かな。事故死だったらそう言うでしょう。けど、溺死と言っていたから。あれは、自殺、事故死、他殺の見極めが難しいらしいね」

「それにしても、亡くなるなんて……」

「そうね。自殺としたら後味が悪いわね。金沼先生の母親は、先生たちは理解がないと前から怒っていたから、先生たちの参列を希望されなかったんじゃないかな」

「僕は、もう少し別の対応をしていればよかったのだろうかと思ってしまうんですが……」

「もうよしましょう。今さら言っても仕方ないわ。誰が悪いのでもないと思うわ」

二

P駒県から克子の母と弟が駆けつけた。克子が「規子は自殺じゃない」と訴えると、二人とも「わかる、その気持ち」と言ったが、「自分もそう思う」とは言ってくれなかった。

警察では、金沼規子は自殺という結論になった。規子の主治医が、規子は死にたいと何回も訴えていたと話したからだ。克子の母も弟夫婦も、規子が精神科へ通っていたことを知っていたので、自殺だろうと思っていた。それが克子には腹立たしかった。

金沼家は、身内で通夜と告別式をあわだたしくすませた。告別式のとき、来栖母子とV谷母子が駆けつけたので、読経の間参列してもらった。二人とも、吉尾からメールで『先生たちの参列は遠慮してほしい』と言われたが、君たちは規子さんと仲良しだったから、葬儀の日程を伝えておくと言われたという。

葬儀のあと、克子は、母や弟夫婦から今後どうするのかと聞かれた。母は「このマンションに一人で住むのはつらかろう」と言い、弟は「母の住む離れに一緒に住めばよい」と言ったが、克子は、「今は、まだ何も考えられない」と答えた。克子の母と弟夫婦がP駒県に帰ったあと、克子はぼうっとしていた。

マンションの両隣の人は、すでに回覧板で規子の死を知っていた。日頃から親しくしていた隣の女性は、時々「つくり過ぎたのでもらって」と言っておかずを分けてくれた。克子は、食事をつくる意欲がなえていたので、それはありがたかった。

克子は、朝な夜な遺影に「あなたは殺されたのでしょう。誰に殺されたの。夢の中に出てきて教えて」と語りかけたが、規子はなかなか夢に現れてくれなかった。

三

二月三日。昨夜も、規子は夢の中に出てこなかった。自分一人だけでは、食事づくりも張り合いがない。P駒県に帰ったほうがいいのだろうか。いやだ。殺された娘の無念を晴らさずに、P駒県に帰りたくない。娘に手を下した人だけでなく、娘を苦しめた人をこの世から消し去りたい。……え？　私は殺人を犯してもよいと考えているの？　刑務所に入るのはイヤだし、母や弟夫婦を悲しませたくない。けど、もし殺人を犯すなら、娘がされたのと同じように、殺人とわからない方法でやって、そのあと自分は死ぬだろう。……え、私は、そこまでやろうと考えているの？　ダメだよ、殺人はダメだよ。

そのようなことを考えていたら、インタホーンが鳴った。隣の奥さんかしらと思って、ドアを開けると、若い男性が立っていた。

「こんにちは。深見通です。前、鍋島先生の病院と葬儀でお目にかかりましたね」

そうだった。幼稚部時代の担任の鍋島先生が入院されたと聞いて、克子がお見舞いに行くと、そこに深見と津堂がいた。鍋島先生は、「こちらは、金沼規子さんのお母さん。こちらは、『歴史散策』でろう教育の歴史を書かれている深見さんと、規子さんの同僚の津堂先生」と紹介してくれたのだ。

「ああ、あのときの。ここでは何ですから、お入りになって」

克子は、深見を家に上げた。

「このたびは、お悔やみ申し上げます」

「ありがとうございます」

「単刀直入にうかがいますが、お母様は、娘さんの死を自殺と思っておられますか?」

「え?」

今までそんなことを聞いてくる人はいなかった。でも、どういう意図で? 克子は防衛本能が働いたのか、「それは、警察がそう言っていますもの」と答えた。

深見は、真摯な顔で「いえ、警察の言うことは百パーセント正しいとは限りません。僕が尋ねたいのは、お母様がどう思っておられるかということです」と言った。

「それは……」

克子が逡巡したのを見て、深見は「お母様は自殺と思っておられませんね」と言った。

「でも、警察は自殺と決めつけたんですよ」

克子は、堰を切ったように話し始めた。娘は、確かに「死にたい」と言うことはあったが、それは「助けて」という意味だったこと。娘は、直情的なところはあったが、それはごく親しい人に対してだけだったこと。あまり関係ない人や敵に対しては、自分からストレートにぶつけることは少なかったこと。

深見は、うなずき、「とすると、事故死と他殺が残りますが、どう思われますか?」と尋ねた。

克子が「他殺だと思います」と答えても、深見は驚かなかった。

「娘さんが殺されたとすれば、理由をどうお考えでしょうか。理由としては、たとえば、男女関係のもつれ、などがありますが」

「男女関係のもつれというのは、絶対にないです」

「ええ、そうだろうと思います。これはたとえばの話です。殺人の理由は、お金がほしかったとか、恨んでいたとか、いろいろあるでしょう。娘さんの場合は何だと思われますか」

「規子の場合は……」

克子は心を決めた。深見がメモを取り出したのを見て、克子はゆっくりと話し始めた。

「いろいろな人がいるので、名前から先に言います。まず、鳥辺美佐恵さん。それから、和賀桃香さんや谷川さんなど、デフブラボーというフリースクールに関わっている人たちは、私や娘のことを嫌っていたと思います」

深見が「口話を否定し、日本手話による教育を求めているグループですね。寺前議員とも関係が深いようですね。寺前議員のブログも読みました」と言ったので、克子は「知っていらっしゃるのですか。それなら、話が早いです」と言い、説明を続けた。

「このデフブラボーには、和賀さんや鳥辺さんも入っています。彼らは、南浜ろう学校の聴覚口話法や幼稚部の教育を批判しています。鳥辺さんと結婚した吉尾彰さんもこれに協力しています。吉尾さんは、規子が中学校難聴学級にいたときの同級生です」

それから、克子は、規子の部屋で読んだメモの内容、つまり通知表のことを鳥辺がデフブラボーの関係者に伝え、彼らが寺前議員に伝えたという噂や、鳥辺が多額のお金を男に貢ぎ、小学部の同僚のお金を盗んだという噂、それを和賀に脅かされて、村田先生の体罰現場を鳥辺がビデオに撮り、それが寺前議員の手に渡ったという噂があることを話した。

「ほう。そういうメモがあったのですか。娘さんがそれを調べ始めていたとすれば、対立関係にあった人が、娘さんと口論になって、川へ突き落としたのかもしれませんね」

「ええ、私もそう思います」

「他に考えられることはありますか?」

「他には……、娘を苦しめた人は大勢いますが、娘を殺そうとするとはあまり思えません」

そこで、克子は、「あなたは、なぜ関心をおもちなのでしょうか?」と尋ねた。

「ある方が、あなたが犯人を私的に調べようとして、逆に危ない目に遭うのではないかと心配されています」

「まあ、それはどなたでしょうか」

「それは申し上げられません。僕が通っている手話サークルで知り合った方です。手話サークルですから、ろう学校の先生も来ておられます。先生たちは、『口話で教えるのは人権侵害』という雰囲気の横行に怒っておられました」

「そうですか。それで、もし犯人がわかったらどうされるのでしょうか」

「そのときは、警察に言います。法の裁きを受けさせます」

「法の裁きですか」

克子は、軽くため息をついた。そして、自分が法の裁きによる制裁を喜んでいないことが、今のため息で深見に伝わったかなと思った。

「そうです。私刑《リンチ》……と言ったら言い過ぎですが、私的な復讐は、自分は嫌いです」

克子は、「そうですね」と言いながら、自分はその私刑をしたいと先ほどまで考えていたのだと思った。

「私刑をしようと思って、逆に自分が死ぬとしたら、ばからしいと思いませんか。自分にふりかかった火の粉の正体や出どころを確認しようとすることも、仕返しの第一歩としたら、娘さんはその仕返しに向けて動き出して殺されたと考えられませんか」

克子は、本当にそのとおりだと思い、大きなため息をついた。先ほどの軽いため息は異議申し立てで、今の大きなため息は肯定だったが、深見には伝わっただろうと思った。

「娘さんの部屋には、何か手がかりになる物、たとえば、日記は残されていませんか」

「いいえ、そういうものは残されていませんでした」

「そうですか。失礼なお願いになると思いますが、娘さんの部屋を見せていただけないでしょうか。もちろんお母様立ち会いのもとで」

「え、娘の部屋をですか」

克子は、規子の部屋は今どんな状態かを思い出そうとした。他人の目にふれたら困る物は置いていないはずだ。大丈夫だ。そう思った克子は、深見を規子の部屋に案内した。

「やあ、娘さんらしい、きちんと片付けられた部屋ですね」

「ええ、あの子は、ふだんから整理整頓していましたもの」

克子は思わず涙ぐんだ。

深見は、慎重に見て回っていたが、やがて「ありがとうございました」と頭を下げた。

「あの、あなたはなぜこんなことをなさるのでしょうか。お仕事もおありでしょうに」

深見は、にっこり笑った。

「僕は、会社勤めではありません。歴史が好きで、文献から真実を探り出すのが好きです。ろう教育の歴史や手話に関心をもち、手話サークルに通い始めました」

深見はそう言うと、突然の訪問を詫びて辞去した。

十二章　海に沈む

「俺と一緒になると言うから離婚してアパートに移ったのに、他に男をつくって俺と一緒になれないと言う。俺をだました桃香を痛い目に遭わせてやる」

野坂夏彦《のさかなつひこ》は、このせりふを何回つぶやいただろうか。

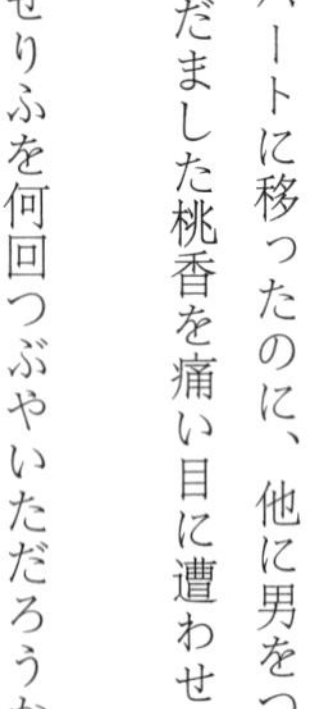

一

野坂夏彦と結婚した安達香織は、R旗大学付属ろう学校で竜崎より三年後輩だった。ろう学校は学年を越えて交流があるので、竜崎と香織は、会えば会話をかわす間柄だった。竜崎は、野坂との交流はほとんどなかったが、香織と野坂の結婚を祝福した。野坂夫婦は、南浜市の港町に新居を購入した。やがて、長女が生まれ、香織は、育児と仕事の両立で忙しくなった。

野坂は、ろうあ協会青年部やデフブラボーで活動するなかで、「日本手話は立派な言語。口話を使わなくても日本手話と文字で書記日本語や学力は獲得できる」という考えに取りつかれ、和賀桃香や谷川茂治と意気投合した。一方、地域校の経験がある香織は、「手話は確かに必要だが、口話の使用も大切」と主張した。

野坂夫婦の第一子の長女は聞こえていたので、二人の見解の相違は目立たなかったが、第二子の長男に聴覚障害があるとわかったときから、見解の相違が目立ち始めた。香織は、仕事をやめ、ひよこ園に付き添うようになった。香織が手話も使いながら日本語も教えたからか、長男は順調に日本語を身につけていった。長男と父親の会話も成立していたので、野坂は、「ろう学校に通わせたほうがいいんじゃないかな」と、時々思い出したように言うだけだった。野坂は、和賀から「ろう児なのに、ろう学校へ行かせず、地域の小学校に行かせるの」と言われるたびに、「香織がそのように選んだんだから仕方ないさ」と答えた。

ろうあ協会青年部やデフブラボーの活動を通して、和賀と野坂は、いつしか「自分たちが出会うのがもっと早かったら」と言い合う仲になった。野坂が香織に別れ話を切り出して大騒ぎになったとき、双方の両親から「子どもがいるのに」といさめられ、野坂夫婦は「子どものために我慢する」と決めた。

二

和賀桃香は、自分の理想とする方向へろう学校を引っ張りたいと考えていたので、デフブラボーの運営やろうあ協会青年部の活動に積極的に参加した。もともと目立つのが好きで、手話で弁舌をふるい、人が自分の意見に引きこまれるのを見るのが好きだった。

和賀が最初につきあったろう者は、青年部のリーダーであり、高学歴で難しい日本語を駆使した。「この人はろうあ運動のリーダーになれる。二人でいろいろと活動したい」と思った和賀は、彼と行動を共にしたが、「船頭多くして船山に登る」ということわざにあるように、いつしか関係がぎくしゃくし、二人はやがて別れた。

Q桜県の教員採用試験に合格した和賀は、北条ろう学校中学部に配置された。いろいろな活動の中で和賀と親しくなった野坂は、香織に別れ話をもち出したが、双方の両親に反対されたので、和賀に「子どものために離婚しない」と告げた。

その後、和賀は、大卒で民間企業に勤務する飯田篤樹と知り合った。飯田は、聴覚口話法で有名なX塔ろう学校の出身だった。和賀は、飯田との結婚を機に、南浜ろう学校中学部に異動した。二人は、南浜市の山手町にあるマンションを借りて住んだので、和賀のろうあ運動の拠点は山手支部に移った。

和賀と飯田は、「聴覚障害児が生まれたらろう学校に通わせ、思いきり手話で育てよう」と決めていた。最近の研究から、聴覚障害のかなりの部分は遺伝子が関連することがわかっていたので、「自分たちも遺伝性かもしれないから、子どももろうかもしれない。塩野のように聴力が徐々に低下するかもしれない」と話し合っていた。

ろう児の人権救済申立が行われた年の翌年に、長男が生まれた。持ち家を持つことを検討したとき、和賀は「南浜ろう学校の近くに引っ越したい」と言った。和賀と野坂の過去を知らなかった飯田は、和賀が「飯田は会社から遠くなるが、保育園の送迎は自分がする」と言ったのに納得して、南浜市の港町に新居を購入した。

最初、長男に聴覚障害はないと言われたが、保育所に預けている間に全体的な発達の遅れを指摘され、さらに腎臓に障害があることが判明した。両親が家庭で声なし手話だったため、手話でのコミュニケーションはかなりできたが、日本語の語彙は豊かでなく、全体的に不器用だった。発達障害とまではいかないが、初めての場面に対する不安感が人一倍強く、突然予定を変更したときや思いどおりにならないときにかんしゃくを起こした。朝いつもと異なることをしたりせかしたりしたとたんにすねて、手がつけられなくなるので、和賀は、朝、勤務先に年休届を出すことが増えていた。

和賀は、長男を小学校の通常学級に入れたいと願っていた。長男が年長児のとき第二子を出産し、育児休業を三年間取って、長男に目をかけてやりたいと考えていた。夫の飯田は、会社が遠方にあるため、朝七時前に家を出ており、登園の大変さを経験することが少なかった。和賀が朝の大変さをこぼすと、夫は、「君が『自分が保育園の送迎をやるからろう学校の近くに住みたい』と言ったじゃないか」と言った。

和賀は、産休に入れば長男にゆったり関われると考えていたが、長男は、空気が読めず、トラブルの回数が増えた。夫は通勤時間が長く、帰宅したときは疲れていた。

口論が増えていた二人は、第二子出産後の秋に離婚した。自宅のローンは夫婦折半で払い続ける、和賀が育児休業を三年間取得し、給料が減ったり無給になったりしたときは、夫が月に五〜十万円払うという条件で離婚した。離婚の背景には、ろう教育や日本手話、ろうあ運動に関する考え方の相違があった。

三

和賀と飯田が南浜市の港町に新居を購入し、和賀のろうあ運動の拠点が港支部に移ったとき、香織は、「和賀さんはなんで私たちの住む港町に引っ越すの」と苦々しく思った。ろうあ協会の人から「あなたの主人と和賀さん、危なくない?」と言われるまで時間はかからなかった。野坂は、「まだ昔のことを言っているのか。あちらには主人と子どもがいて、うちも子どもがいるじゃないか」と笑い飛ばしたが、些細なことで二人は言い争う場面が増えた。

野坂や安達、和賀、飯田を知る人は、「和賀と野坂がペアで、安達と飯田がペアだと思う人が多いだろう」と言った。香織が意味を尋ねると、「失礼だけど、ご主人はあなたより視野が狭い。日本手話を単純に信奉している。和賀さんも同じ。和賀さんは人の心もわからないように思う。それに比べて、飯田さんは落ち着いていて視野も広い。なんで飯田さんは和賀さんと結婚したんだろう」

と言われた。

和賀は、「自分の結婚は失敗だった」と野坂にささやくようになった。それを受けて、野坂も「自分の結婚も失敗だった。もっと早く君と出会いたかった。以前香織に別れ話を切り出したとき、もっと強く進めればよかった」と答えた。

ろうあ協会役員会のあと、野坂と和賀が恋人どうしのように手をつなぎながら歩く光景が数人のろう者によって目撃され、それは香織と飯田に伝えられた。

やがて、飯田からでなく和賀から離婚話が出された。飯田は子どもを引き取りたいと言ったが、和賀は譲らなかった。子どもに修羅場を見せたくないと思った飯田は、涙をのんでX塔県の実家へ帰った。会社が遠くなり、休日にしか子どもに接しなくなって、子どもは母親になついていた。また、家のローンは半分払うだけでよく、養育費は、和賀が給料をもらっている間はいらないとのことだった。

和賀は、野坂に「あなたと早く結婚したいわ。でも、法律は不公平につくられているのね。男性は離婚してすぐに再婚できるのに、女性は半年間は再婚できないのよ。だから、先に私がきちんと離婚するわ」と言った。

やがて、和賀は、「飯田と正式に離婚し、飯田は出ていったわ。あなたも離婚したら、私の家に住めばいいわ」と言った。しかし、香織は、野坂からの離婚話になかなか応じなかった。

和賀の家には、夫がいた頃から、ろうあ運動やデフブラボーの関係でろうの男性がよく出入りしていたが、離婚してからはその頻度が高まった。中でも、谷川、野坂、W田、X林が家に来ることが多かった。和賀の家で、W田が「自分の離婚で、有利に事を運ぶコツがわかった。それを伝授してやる」と言って一席ぶったとき、和賀や野坂は笑い転げた。野坂は、そのとき、妻が承知しなくても先に別居の事実をつくれば、家庭裁判所は離婚を認めやすくなることを知った。

四

竜崎が繁華街を歩いていたら、香織とばったり出会った。竜崎は、年賀状で香織に長女と長男がいるのを知っていたので、「子どもさんは二人とも元気?」と尋ねた。すると、「娘は地域の小学校へ通っている。息子は姉と同じ小学校にいて、聞こえとことばの教室へ通っている」という返事が返ってきた。香織が「時間があるなら、少しつきあってくれないかな」と言ったので、二人は喫茶店に入った。そこで、竜崎は、野坂が和賀と親しくなり、香織と別居したことを聞かされた。

「和賀さんは、結婚しても名前を変えなかったから、みんな気づいていないかもしれないけど、先月二人は離婚したそうよ」

「そんな、赤ちゃんが生まれたばかりなのに」

「そうなの。うちは、離婚手続きはまだだけど、今年の春から別居しているの。野坂は家を出て、アパートに移ったわ。子どもは二人ともうちにいるわ」

「そう……。生活費が大変なのでは?」

香織は、長女を出産したあとも働いていたが、長男が聴覚障害とわかり、ひよこ園へ通わせるために仕事をやめたと聞いていたからだ。

「ええ。いつまでも貯金を切りくずしていられないし、仕事を始めたの。それにしても、和賀さんは恐ろしい女よ。野坂は、私と結婚してすぐに和賀さんと仲良くなったの。だけど、子どものために我慢したいと野坂が言って、和賀さんは飯田さんと結婚したの。でも、そのあとも、ろうあ運動で野坂と和賀さんは一緒になることが多かったわ。友達が『お宅のご主人と和賀さんはおかしい』と教えてくれたけど、私は知らないふりをしたの。和賀さんが離婚して一か月後に、野坂はアパートを私に黙って借りたの。二人はお互いに離婚しようと示し合わせたんだと思う」

「そんな、ひどい」

「友達が、『和賀さんとその子どもが、お宅の主人のアパートでよく一緒に晩ご飯を食べたりしている』と教えてくれたの。うちはまだ離婚していないのに、他人の夫の家へ子連れで行って一緒に晩ご飯をつくって食べる、って信じられる?」

「男と女は、古くからの友達でも、結婚したら誤解されないように、二人だけで会うのは、公共の場所でならいいが、自宅では会わないほうがいい。これは常識だと思う」

「でしょう。なのに、和賀さんは常識がないわ。友達が『和賀さんと野坂さんは危ない。気をつけて』と言ってきたけど、私はもう離婚に応じるつもりでいるの」

「そうか」

「私は、X林くんとよく話すんだけど、和賀さんの家でのW田の話は不愉快だったと言っていたわ。W田夫婦は、子どもの親権を争って泥沼状態になっている。W田の妻は和賀さんを嫌うあまり、子どもを南浜ろう学校の中学部に行かせたくないと言って、隣県へ引っ越していった。子どもが親の関係に巻きこまれて友達と別れるのはかわいそう、とX林くんは怒っていた。それを聞いて、私も野坂と離婚する決心がついたの」

竜崎は、W田の子どもの転出の背景にそういうことがあったとは知らなかった。

「和賀さんは魔性の女だわ。思想も危険だけど、男女交際に関しても危険よ」

香織は憎々しげに言うと、喫茶店をあとにした。

魔性の女か。でも、ろう学校の中では、和賀に引きつけられている男性教員の話は聞いたことがない。むしろ、和賀の評判は悪い。女性教員の中ではもっと悪い。「和賀先生は、仕事が遅い。やっとしたたと思ったら、いい加減。文の間違いも多い。楽で目立つ仕事を取りたがる」などと聞いたことがある。最近も、「和賀先生は遅刻や欠勤が多い。生徒が『また休み？ 自習プリントばっかり』と言ったら、『仕方ないでしょ。うちの子は障害があるんだし』と言い返されたと、親がひどく怒ってきたの。その親は教育熱心なの。今、主事が間に入って動き回っているわ」と聞き、「和賀先生の子どもは何かの障害があるのか」と驚いたところだった。

一週間後、竜崎は、付属ろう学校の後輩から「野坂も大変な奴につかまったな。香織も気の毒だな」と聞いたとき、「香織さん、仕事と育児で大変だろうな」と答えた。後輩が「和賀は、飯田と婚約したあと、元カレが結婚すると聞き、結婚式に招待しろと迫り、披露宴で自分と元カレの間柄を延々と話して花嫁を泣かせたらしいよ。その場にいた人は、『和賀は人格障害者だ。子どもも人格障害者になるんじゃないか』と言っていたよ」と言ったので、竜崎は、「元カレは、なんで元カノを招待して、しかもなんで披露宴でしゃべらせるんだ」と思いながらも、人格障害や発達障害は遺伝子と関係する場合があるのかなと考えてしまった。

さらに、後輩から「和賀は、金沼から『あなたは人工内耳のすばらしさや進歩を知らない。勉強不足だ』と言われ、『私のほうが年上なのに、金沼の言い方は失礼！』と怒っていたよ」と聞いたとき、竜崎は、「和賀は、前、年上の僕に『あなたはバイリンガルろう教育のすばらしさを知らない。勉強不足だ』と言った。自分も同じことを人にしていることに気づかないのかな」と思った。人のことを批判する前に我が身を振り返り、ワンクッションおいた言い方をすることができないのは、和賀も金沼も共通していると感じた。

この後輩から「和賀は、前から『対応手話を使うと、日本手話も書記日本語も中途半端になる』と言っていたのに、前の集いで『私は最初から口話を否定していない』と発言したんだ。逆に、金沼は、前から『私に手話はいらない。聞こえる人の大半は手話を知らないから、口だけで話せるようにするべき』と言っていたのに、『私は手話を否定していない』と発言していた」と聞いたとき、竜崎は、「『否定しない』にはいろいろなレベルがあるが、一般の人から一貫性がないと思われる言動は慎みたいね」と答えた。

その後、竜崎は、中学部の教員と話す機会があったので、ついでに尋ねてみた。

「和賀先生が離婚したという噂を聞いたんだが、根も葉もない噂かな?」

「本当みたいよ。前、主事が書類などを届けたとき、そのように聞いたらしいわ」

そうか、やはり離婚したのか。

「で、今つきあっている人はいるのかな?」

「いるみたいよ」

「えー、同じ聞こえない人?」

「それがね。聞こえる人らしいのよ」

それでは、和賀の交際相手は野坂夏彦ではないのか。

「それについてね、他の先生が、和賀先生は、以前生徒に『聞こえる人と結婚したら不幸になる』と吹きこんでいたのに、今聞こえる人とつきあっているのは変、と言っていたわ」

「それは、僕も聞いたことがある」

その生徒が他のろう教員に「聞こえる人と結婚したら本当に不幸になるのか」と尋ねた話や、卒業後その生徒が「和賀先生は私に『聞こえる人と結婚したら不幸になる』と言ったのに、聞こえる人とつきあっているらしい」と話したことを、竜崎は耳にしていた。

このような言動があるから、和賀は大勢から信頼されないのだ。関わらないでおこう。最近の和賀は、毒々しく色気づいているような気がする。女性の教員は化粧をしない人や薄化粧の人が多いが、和賀は、遠目からもはっきりわかるブルーのアイシャドウを使っていて、近寄るとラメ入りとわかる。毒婦という形容がぴったりだ。

翌年、香織から竜崎へ年賀状が送られてきた。「明けましておめでとう。昨年は、話を聞いてくれてありがとう。そのときに話したように、正式に離婚しました。今の家は、私と子どもが住み、ローンは彼が払い続けることになりました。私は、毎日出勤し、忙しい毎日ですが、前向きに生きていこうと思っています」と書かれていた。

五

しばらくの間、和賀は、子連れで野坂のアパートへやってきていた。野坂は、「香織と離婚したら、和賀の家で一緒に暮らせる」と思ったので、離婚の手続きに入ったとき、自宅を香織と子どもに譲り、ローンを自分が払い続けることに同意した。

野坂が「僕も正式に離婚したたし、家賃がもったいないから、そろそろ君の家へ行っていいかな」と言うと、和賀は「待って。長男がもう少し納得できるのを待ってくれない？　それに、うちの両親への説明もまだだし」とはぐらかした。野坂が、「僕の父は数年前に亡くなり、母と弟は僕の決定に何かを言うことはないよ」と言うと、和賀は「こちらは、まだそういうわけにはいかないの」

とことばを濁した。

実は、その頃、和賀の前に心惹かれる男性が現れていた。佐原良輔《さはらりょうすけ》だった。佐原は、大学で言語人類学を専攻しており、一年前から手話サークルに入っていた。佐原から「異なる言語の話し手は、世界の見え方が違うのだろうか」と聞かれたとき、和賀は、「『分数の分母は上で、分子は下』とイメージするろう児が多いが、それは年齢関係を上下で表す手話の特性と関係すると思う」と話した。佐原は、「その例は興味深い。自分はサピア・ウォーフの仮説、つまり、言語は話者の世界観の形成に影響を及ぼすかどうかに関心をもっている」と言って喜んだ。

佐原の話には哲学的なものも混じっており、和賀にはよくわからないところもあったが、魅力的だった。佐原が自分たちの運動理論を補強してくれたら百人力だと思った。何より知的、学問的な話が多かった。野坂や谷川には、このような話ができなかった。佐原は、環境に柔軟に適応できるタイプであり、手話を覚えるのも早かった。自文化中心主義（エスノセントリズム）をあまり感じさせない物言いに、和賀は好感をもった。佐原は、クールで人の気をひこうとする作為的なところがなかった。和賀をろうの世界という異文化の扉を開けて異世界を紹介してくれる人間として扱ってくれた。

今までつきあったろう者は、すぐに男女関係に入ろうとするせっかちなところがあった。和賀は、それに適当に応じたりじらしたりして、男性を自分にひきつけることにかけて特殊な才能をもっていた。特に日本手話を信奉するろう者に対しては「魔性の女」だった。

佐原は、日本手話をものにしつつあった。多くの聴者のように「声も出せるなら使うほうがいい」と言わなかった。「その人がその人らしくあることが大切であり、それは尊重されなければならない」というのは、人類学を学ぶ人に共通するのかと思った。

今までのろう者の男性に通用した武器やテクニックが通用しないことが悲しく、しかし、逆にそれが魅力的だった。どんな話をしたら、佐原は目を輝かせて聞いてくれるかしら。いつしか和賀はそればかり考えるようになり、言語人類学の本を買って読み始めた。野坂は、言語人類学の本を見つけて、「おっ、珍しいな。こんな難しい本を読んでいるのか」と言って、本を手に取った。和賀は、あわてて野坂から本をひったくり、「まあね。もう少し勉強したほうがいいと思って」と言うと、その本を片付けた。そのとき、野坂の脳裏を佐原の顔がかすめた。なんだ、和賀は、あの言語人類学を勉強しているとかいう佐原に影響されているのか。

それ以来、佐原が手話サークルに来たときの和賀の様子を注意深く観察すると、確かに和賀が佐原に好意をもっていることが感じられた。あの野郎。気にくわねえ。野坂の心に、佐原に対する敵愾心が芽生えた。

二月上旬の日曜日。野坂は、むしゃくしゃしながら、その夜Dカフェで開かれたデフブラボー役員会に参加した。その次の土曜日に、日本手話による教育を求める会のG藤富江と小田島つや子を招いて講演してもらうことになっていたからだ。役員会には、和賀や谷川、吉尾、佐原が出席していた。

最近の和賀は、人目をはばからずに蠱惑的なまなざしを佐原に向けていた。役員会が終わったあと、佐原が和賀に「今度の祝日の午前、あいていますか」と尋ねた。和賀は、即座に「あいています。じゃ、ここで十時にどうかしら」と答えた。佐原は、「いや、南浜駅前ホテルの最上階にあるレストランでどうでしょうか」と言った。そのレストランは、かなり重厚で本格的なレストランだった。和賀の胸ははずんだ。

佐原が帰ったあと、野坂が和賀に「ちょっと話がしたい」と声をかけた。和賀は、そっけなく「何？今日はムリよ。子どもがいるから」と答えた。本当は、母に子どもたちを預けてきたのだが。

六

建国記念の日の二月十一日。和賀は、佐原と会った。和賀はせいいっぱいおしゃれをして行ったが、そこで佐原から予想もしていなかった話を切り出された。

「実は、僕は、四月から東京へ行くことになりました」

「えっ」

「僕は、デフブラボーや日本手話による教育を求める会に参加して、あなたたちの言う方法でろう児は本当に高いレベルの日本語を身につけられるのか、と疑問に思いました」

「それは……」

「今まで言いませんでしたが、僕は、村田壮一郎、あの体罰事件で南浜ろう学校をやめた村田壮一郎の息子です」

「ええっ、あなたが村田先生の息子さん……」

和賀は、佐原の思いもよらないことばに愕然とした。

「そうです。僕の両親は僕が小さいとき離婚したので、父のことは何も知りませんでした。父が亡くなったとき、母が父の体罰事件などを話してくれました。デフブラボーで『南浜で日本手話の導入を進めるために、体罰現場をビデオに撮って寺前議員に渡した』と聞いて、父の体罰事件は仕組まれたことを知り、僕はショックを受けました」

「……」

「父は、聴力検査室で仕事をしたことがあり、その関係で金沼規子さんをかわいがっていたそうです。その金沼さんのことを、あなたたちは『バカは死ななきゃ治らないと言うけど、金沼の母べったりは死んでも治らない』とか『聴覚口話法支持者や人工内耳賛美者が減るとうれしい』とか言っていましたね。あれはひどいと思いました」

「……」

和賀は、ショックを受けていた。

十三章　火に沈む

「みんな、バイリンガルろう教育だの聴覚口話法だの勝手に主張して争っていて、俺はその犠牲になった。ろう教育の右も左もぶっ飛ばしてやりたい」

村田徹矢は、このせりふを何回つぶやいただろうか。

一

建国記念の日の直後の土曜日。Q桜県立南浜センター二階の集会室で、デフブラボーによる講演会が開かれた。「日本手話による教育を！　～今こそろう教育を変えよう～」というテーマで、V曽県からG藤富江が、X塔県から小田島つや子が招かれていた。

谷川が、野坂に「おい、和賀は、講師の接待と司会だったな」と尋ねた。

「そうだよ」

「和賀がまだ来ないんだ」

「へえ、おかしいな」

谷川は、携帯電話を取り出して、中を見た。

「さっき和賀にメールしたんだが、つながらないんだ」

「へえ、ま、和賀もよく遅刻するほうだからな。子どももいるからな」

「うん、もう少し待ってみるか。講師の接待は、別の人にお願いしておいたよ」

しかし、講演の開始時刻まであと十分という頃になっても、和賀は現れなかった。

谷川は、「仕方ないな。俺が司会をするよ」と言って、講師の紹介文を考え始めた。デフブラボーの企画に日頃から参加する母子や講演を聞こうとする人が集まり始めていた。会場の隅には、竜崎や津堂の姿もみられた。スタッフたちは、竜崎や津堂が「口話も手話も」と考えていることを知っていたが、「講演を聞きたい人はどうぞ」というスタンスだったので、特に声をかけることはしなかった。

講演の開始時刻になった。谷川は、「ちっ。自分が司会をするとわかっていたら、もうちょっとましな服を着てくるんだった」と思いながら、G藤と小田島を会場の講壇の横の席まで案内すると、講壇に上って手をひらひらさせた。「始めます」という合図だ。参加者も手をひらひらさせた。

谷川は、G藤と小田島を簡単に紹介した。まず、G藤が「日本手話による教育の意義」というタイトルで講演を行った。G藤による講演が終わったとき、谷川は「竜崎や津堂から質問が出るかな」と思ったが、二人とも目を伏せていた。「口話を使わず、日本手話で」と考える人が多いとわかっているので、質問を遠慮しているのだろう。

十分間の休憩が終わったあと、小田島による講演が始まった。「わが子を日本手話で育てて」というタイトルがスクリーンに映し出されたあと、小田島の息子が幼少時から手話で生き生きと語っている写真が画面一杯に映し出された。

「私の息子は、重度の聴覚障害児として生まれました。無事出産できたという喜びもつかのま、新生児スクリーニングで『お宅の赤ちゃんに聴覚障害があるかもしれない』と告げられたとき、私は泣くばかりでした。母乳の出も悪くなりました」

当時のことを思い出したのか、小田島はそっと目をぬぐった。

その後インターネットで調べて、日本手話による教育を求める人々の存在を知ったこと、医師から人工内耳を勧められたが、その頃には夫婦で「うちの子は、最初からろう児としてろう児の母語である日本手話で育てよう」と決意していたこと、そのために夫婦で日本手話講座に通い始めたことなどを話した。

「小さな手で語り始めた息子のかわいらしかったこと……」

聴衆は、スクリーンの映像に見入った。

そのとき、一人の中背の男が、自分のカバンから何かを取り出してごそごそといじったかと思うと、突然立ち上がって、何かを講壇に向かって投げつけた。

火がぱぁっと拡がり、悲鳴があがった。誰かが火だるまになって倒れた。椅子に座っていた人は総立ちになり、ドアへ殺到した。

そこへ、二本目が投げ出された。今度は、出入口の近くで炎が勢いよく上がり、黒煙がもうもうと巻き起こった。一本目に驚いて外へ逃れようとした誰かが二本目で倒れ、その炎で行き場を失った人々が右往左往した。黒煙が猛然と噴き出し、火炎瓶を投げた男がどこにいるのか、何人倒れたのか、誰の目にもわからなくなっていた。いち早く脱出した人が一階へ駆け下り、「早く一一九番と一一〇番を!」と叫んだ。

建物の周りも騒然となった。消防車や救急車が何台も到着し、負傷者が次々と運び出された。センターの周囲の家の人々は、ありったけの氷や水、毛布を持って駆けつけた。

「Q桜県立南浜センターで火炎瓶放火事件!」

深見通は、夜、そのニュースを知った。

「Q桜県立南浜センターで、火炎瓶が投げこまれ、多数の人が病院に運びこまれました。重傷者の氏名(敬称略)、小田島つや子、G藤富江、谷川茂治、野坂夏彦……」

「なにっ」

深見の目は、テレビに釘づけになった。

「小田島つや子さんとG藤富江さんを招いた講演会の途中で、一人の男が突然火炎瓶を三回投げつけたということです。途中でガソリンもまかれたようです。この男の死亡が先ほど確認されました。警察は、この男の氏名の割り出しと動機の解明を急いでいます」

二

翌朝、和賀の母親から、手話のできる聴者を介して警察に問い合わせがあった。

「娘が講演会のお手伝いをしていたと思うが、まだ帰ってこない。連絡がずっとないので、その会で負傷しているのではないか」

警察が調べると、負傷者の中に和賀らしい女性はいなかった。その後の調べで、司会は和賀が務めるはずだったが、姿を見せなかったので、谷川が代わりに司会を務めたこと、デフブラボーの常連の一人が「和賀さんは来ていなかった」と言ったことがわかった。それで、和賀の行方が知れないことは警察の知るところとなった。警察は、別室で保育を担当していたスタッフから詳しく話を聞いた。その中で、金沼規子の自殺についても知ったが、警察は、たまたま時期が重なっただけと解釈した。

全身やけどを負い、その日のうちに死亡が確認された犯人は、身元を示すものを何も身に着けていなかったので、警察は犯人の割り出しに全力をあげた。犯人は、講演会場の前方に座り、濃い色のサングラスをかけていたという。中背であり、デフブラボーのスタッフたちは、「見たことのない人だった」と証言した。

講師のG藤や小田島、司会者の谷川は、講壇から犯人の顔をまっすぐに見たかもしれないが、犯人は、講壇と司会者のあたりに向かって一本目の火炎瓶を投げたので、小田島、G藤、谷川の三人が最もひどいやけどを負い、長時間話を聞ける状態ではなかった。警察は、急きょ犯人の焼死体や目撃者の話から犯人の特徴をまとめた。

翌日のニュースで、「犯人の氏名はまだ判明していません。警察は、焼死体や目撃者の証言から犯人の特徴をまとめました」という字幕が流れた。その翌日に、村田徹矢の兄から「もしや自分の弟ではないか」という問い合わせがあった。兄の話では、X塔県立X塔ろう学校体罰事件で逮捕されたのが仁科徹矢であり、徹矢を告訴したのが小田島つや子だったという。その後両親は離婚し、母と息子たちは村田姓に変わったという。

警察は、徹矢の兄から徹矢の鮮明な顔写真と全身が写っている写真を借り、目撃者に見せた。すると、数名の参加者が「濃い色のサングラスだったから、目のあたりははっきりわからないが、顔全体の形や口のあたり、体格が似ていると思う」と証言した。警察が徹矢の兄のDNAを採取したり徹矢の通っていた歯科医院に問い合わせたりした結果、犯人は間違いなく仁科徹矢、つまり村田徹矢であるという結論になった。

テレビで「南浜センターの火炎瓶殺人事件で焼死した犯人の氏名が判明しました。X塔県立X塔ろう学校の体罰事件で逮捕された経歴がある村田徹矢（二八）です。村田は二年前までは仁科姓であり、村田を告訴した人が、今回の被害者となった小田島つや子さんです。村田は、小田島さんを恨んで犯行に及んだと思われます」というニュースが流れた。

X塔ろう学校体罰事件に関わって、当時の新聞は次のように伝えていた。

「X塔県立X塔ろう学校に通う聴覚障害児に繰り返し体罰を加えてけがをさせたとして、X塔署は七日、X塔ろう学校講師の仁科徹矢容疑者（二五）を傷害の疑いで逮捕した。仁科は容疑を認めているという。受け持っていた児童（九）の理解が遅いことに立腹し、児童のほおを平手でたたいたり体を足で蹴ったりする暴行を加えたとされる。仁科容疑者は、『手話を使って教えたが、肩こりがひどくなった。行き過ぎた指導だった』と話した」

その後、仁科徹矢は不起訴処分になったが、教員免許を剥奪されたという。

三

深見は、「村田徹矢は、その後、どこに就職しても前科が響いて長続きしなかったのではないか。それを逆恨みして小田島さんに復讐したことは十分考えられる」と思いながら、テレビに映った徹矢の鮮明な顔写真を見た。

「ん、この目が落ちくぼんだ顔、どこかで見たことがあるような……。自分はこの村田徹矢としゃべった記憶はない。だが、どこかで見たと思う。どこで見たんだろう」

深見は、いろいろな場所を思い浮かべた。いや、ここでは会っていない。どこでだろう。あたりは少し暗かったような……。よく知っている場所で会ったのではない。いつのことだ？　最近のことだと思う。じゃ、いつ？　どこで？

深見は、いろいろな人を思い浮かべた。津堂、福呂、竜崎、金沼……。そこではっと思い出した。二月上旬に金沼のマンションへ行ったとき、廊下ですれ違った男ではないか。独特の風貌があった。これが、今テレビで見た徹矢の顔と似ている。

「待てよ、徹矢は、金沼の母親に用事があったのか？　X塔県に住んでいた徹矢が、金沼のマンションにいる他の誰かと知り合いだったとは、あまり思えないな」

翌日の午前、深見は警察へ行き、「金沼さんのマンションの防犯ビデオを調べてみてはどうか。村田徹矢が写っているかもしれない」と話した。最初は「金沼規子は自殺だから、今回の事件と無関係だろう」と言われたので、「金沼家を訪れたとき、金沼家のある三階の廊下で、村田徹矢に似た男性とすれ違った」と説明した。

徹矢の兄が「弟がどこに住んでいたかは知らない」と警察で述べたので、深見が目論んだとおり、警察はマンションの防犯ビデオを入手して調べた。その結果、確かに徹矢が金沼家のある三階の廊下を通っている姿が映っていた。その三階に聴覚障害者は規子しか住んでいなかったので、警察は

金沼家を訪問した。克子は、警察から徹矢の顔写真を見せられ、「村田徹矢さんですね。事件をテレビで知って驚きました。徹矢さんは二年ほど前に亡くなられた村田壮一郎先生の息子ですが、X塔ろう学校の体罰事件で逮捕されたことがあるとは知りませんでした。徹矢さんの父親も体罰事件で失脚したことは、ニュースでは報じられていませんでしたね。息子も父親もろう学校の体罰事件と関わりがあるのは、偶然で悲しいことですね」と話した。

警察は、徹矢の兄から父親は工場勤務だったと聞いていたので、克子の話を変に思った。そこで、村田壮一郎の家へ行くと、未亡人が「うちに息子はいない」と言ったので、なおも聞くと、村田と先妻の間に息子がいたことがわかった。警察は、村田未亡人の了解を得て戸籍を調べ、先妻のところへ行き、先妻の息子二人の写真を入手した。その二人は、明らかに村田徹矢と異なる顔立ちだった。

警察がその写真を克子に見せると、克子は「この人たちは知りません。村田徹矢さんは村田壮一郎先生の息子ではないと聞いて、驚いています。でも、彼は『自分は村田壮一郎の息子です。父の葬儀に参加してくださり、ありがとうございました』と言っていました。彼はどうして村田先生の体罰事件や村田先生と私のつながりを知ったのでしょう?」と首をかしげ、「和賀さんも行方不明と聞いて、混乱しています」と言った。

警察は、「村田徹矢は、南浜ろう学校や北条ろう学校と無関係。X塔ろう学校での体罰事件のあと、仕事がうまくいかず自暴自棄になっていたところへ、G藤・小田島の講演のことをどこかで知り、どうせ死ぬなら小田島への復讐を兼ねて自殺しようとした」という見方に傾きつつあった。和賀や金沼との関連は重視していなかった。

深見は、警察から、徹矢が金沼家に村田壮一郎の息子だと偽って名乗っていたことを聞かされ、金沼家と徹矢の関係や和賀の行方不明が気になった。

四

竜崎と津堂は、南浜センターで火炎瓶殺人事件が起きたときは、遠慮して後ろの席に座っていたこともあって、怪我をほとんどせずに会場外に逃れることができた。津堂が御子柴の懸念を深見に伝えたとき、深見が他の聴覚障害教員の話も聞きたいと言ったので、四人は、喫茶店に集まった。

深見は、福呂や竜崎からさまざまな話を聞き、改めてろう教育界におけるコミュニケーション論争の根の深さを感じた。

「ろう学校では、和賀先生の行方不明は公になっていないが、和賀先生は参加していたのかと尋ねてきた先生はいる。『僕は後ろにいたから詳しく知らない。和賀先生は、たまたま子どもが熱でも出してこられなかったんじゃないか』と言うようにした」、「管理職は、箝口令とまではいかないが、『めったなことは口にするもんじゃない。特に警察やマスコミに対しては自重してほしい』と言っていた」

警察は、会場に散乱したカバンを調べ、ナイフが入ったカバンを見つけた。それは、谷川の持ち物だった。谷川は、大やけどで重体だった。広範囲で重度のやけどを負うと、血液の水分が急速に失われ、うまく循環しなくなる。臓器へ流れる血液が不足すると、臓器不全を引き起こす。頭部にダメージがないやけどの場合は、大やけどでも直後は意識が比較的しっかりしているが、時間の経過とともに血液の循環がうまくいかなくなり、死亡するケースが珍しくないことを、警察は知っていた。それで、事件直後の谷川に「なぜナイフをカバンに入れていたのか」と尋ねたが、谷川は口をつぐんで答えなかった。そのうちに意識が混濁し始め、それ以上追及できなかった。

数日後、谷川は感染症で死亡した。谷川の葬儀は北条市で行われたが、深見は、用事があって参列できなかった。

深見が久しぶりに手話サークルに参加すると、火炎瓶殺人事件のことでもちきりだった。深見は、みんなの話に耳を傾けた。

「金沼さんの葬儀から一か月もしないのに、今度はこの事件が起きてほんとに驚いたわ」

「ろう者の谷川さんが亡くなったそうよ。私が講演で通訳したとき、彼から『手話が下手。代われ』と言われたことがあるから、屍にむち打つようだけど、彼が好きじゃなかった」

「谷川さんと言えば、Y窪さんが『彼の死亡を聞いて、彼に申し訳ないが、胸がすっとした』と言っているらしいわ。なんでも谷川さんにひどいことをされたとか」

「Y窪さんって南浜ろう学校の卒業生ね。そのひどいことって何?」

「さあ、知らないわ」

深見は、克子の話から谷川についても調べる必要性を感じていたので、手話サークルの人に頼んで、Y窪に連絡をとってもらった。

一週間後、深見は、Y窪と喫茶店で会った。Y窪は、あけっぴろげな性格らしく、いろいろと話してくれた。高校生だったY窪は、デフブラボーの行事をきっかけに、谷川の塾へ行き始めたが、谷川からわいせつなことをされたという。このことは、福呂と和賀に話したという。Y窪は、和賀と同じデフファミリー出身であり、Y窪家と和賀家は遠い親戚だと言っていた。

福呂は、深見からY窪のことを尋ねられ、「私は何もできなかったの。Y窪さんの親が公にするのを望まなかったし。Y窪さんはそれが悔しくて、谷川と親しいと聞いていた和賀さんに話したけど、そのあと何もなかったと聞いて、和賀さんは谷川と本当は仲良しだったのかと思ったの。あの二人はデフブラボーの運営をめぐって実は仲がよくないという噂を聞いていたんだけど」と言った。

深見が、「いや、自分は想像をたくましくして、このセクハラをネタに、和賀さんが谷川さんを恐喝した可能性もあるなと想像しました」と言うと、福呂は驚き、「とすると、和賀さんは、谷川さんに消された可能性もあるのね」と言った。

十四章　谷に沈む

「手話では日本語も学力も獲得できないのに、彼らは人権や言語権を振りかざして、聴覚口話法で頑張ってきた先生や親子を攻撃した。規子や村田先生はどんなに無念だっただろう。娘に手を下した人に制裁を加えてやりたい」

金沼克子は、このせりふを何回つぶやいただろうか。

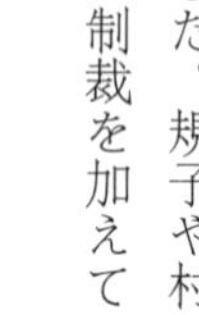

一

金沼克子は、警察が徹矢のことで来る前に、鳥辺にメールを送り、再び会う約束をとりつけていた。鳥辺の出産予定日は三月上旬であり、出産後は忙しいだろうと思ったからだ。

鳥辺は、金沼規子の葬儀とG藤・小田島の講演会のどちらにも参加しなかったが、両方にショックを受けていた。そこへ、克子から「規子と最後に会ったときの様子をもっと詳しくうかがいたい」というメールが来たとき、気が重かった。あの母親は、自分が断ると、自分に後ろ暗いところがあるから会いたくないのだと決めつけるだろう。しかし、鳥辺は何も身に覚えがなかった。出産も近づいており、「自分は、規子の死と無関係だ」とはっきり伝えようと思い、日時と場所を指定した。

二月二十二日。鳥辺は、自宅近くの喫茶店で克子と会った。克子から「本当に、一月二十三日の土曜日に規子と会っていませんか？」と尋ねられたので、鳥辺が理由を尋ねると、「規子は鳥辺さんに結婚祝を買ったと見せてくれたが、それが前日まで規子の部屋にあったのに、翌日見あたらなかったから」と説明された。

鳥辺は、「結婚祝の話は聞きましたが、受け取っていません」と言って、携帯電話を取り出し、規子からのメールを克子に見せた。そこには「急用ができて行けなくなりました。ごめんなさい。またメールします。規子」と書かれており、送信日時は「1月23日10時14分」となっていた。

「私は、その日の三時からDカフェで会うことになっていたので、そのメールを受け取ったとき、自宅にいました」

そして、その前に規子から来たメールを捜し、「このとおり、規子さんから『返事をありがとう。では、1／23の三時にDカフェで。規子』と書かれています。ここに『1月16日21時44分』と書かれています」と言って、克子に見せた。克子は、鳥辺の話が本当だと受けとめざるを得なかったので、質問を変えた。

「では、最後に規子と会ったときの様子を聞かせてもらえませんか」

「最後に会ったのは、昨年の十二月二十三日でした。Dカフェで会いました。そのときの規子さんに変わった様子はなかったです。そのあと別の人と会う約束があったので、すぐに別れました。規子さんは、普通の顔で『バイバイ』と言って、歩いていきました」

「そのDカフェまで案内していただけませんか」

「え、なぜ行く必要があるのですか。ずっと前のことなのに」

「私は、娘のことを少しでも知りたいのです」

鳥辺は、仕方なく克子の車に乗り、Dカフェまで案内した。茶髪のウェイトレスは、鳥辺の顔を見るとにっこりしたので、克子は、「鳥辺はこのDカフェの常連のようだ」と思った。

克子がウェイトレスに規子の写真を見せ、「二か月前の十二月二十三日に、この写真の人がこの人と一緒だったそうですが、覚えておられるでしょうか」と尋ねると、ウェイトレスは「ああ、この方でしたら、鳥辺さんの友人だなと思ったので覚えています。私が席にご案内しました。なごやかな雰囲気で話していたように思います」と話した。克子は、いくつか尋ねたが、鳥辺が克子に話した内容と矛盾する点は見あたらなかった。

二人は、「お手数おかけしました」と言ってDカフェを出た。

「私はこのとおり身重なので、車の運転を控えています。十二月のときも、私はここへバスで来ました。話が終わったあと、規子さんは『家に帰る』と言って、反対側のバス停へ歩き出しました。地下鉄の駅に行くバスに乗るんだろうと思いました」

「そのとき、規子は誰かに会うと言っていませんでしたか?」

「いいえ。そうそう、Dカフェで話している間、お母様からメールがあったようでした」

そうだった。克子は思い出した。そのとき確かに自分は娘にメールしたのだった。

二

克子は重い気持ちで、鳥辺を自宅に送り届けるつもりで、鳥辺を車に乗せた。二人は、しばらく無言で車に乗っていた。

突然、鳥辺がぼそっと「あのう、規子さんは、こんなことを言っていました」と言ったので、克子は、運転しながらそのあとを促した。

「規子さんは、母が重たいと言っていました」

「なんですって」

鳥辺は、同じことを繰り返した。

「規子さんは、母が重たい、母から離れたほうがよいのだろうか、と言っていました」

「それ、どういう意味?」

克子は、できるだけ穏やかに聞き返したつもりだった。

「すみません、さっきの喫茶店で話すか話すまいか迷っていたんです。気を悪くされないかと心配で。けど、規子さんのことを少しでも知りたいと思われている様子がひしひしと伝わってきたので、やっぱりお話しするほうがよいかと思いまして」

鳥辺は、出産が迫っており、自分と会うのは最後にしたいと思っているようだった。鳥辺が克子に伝えるなら今がチャンスだと判断して、今話そうとしてくれていると感じた。運転中に言われるとは思わなかったが、確かにこれが最後のチャンスだろうと思ったので、鳥辺の次のことばを待った。

「私も、母から離れようともがいた時期がありました。今、やっと離れられて、ほっとしています。規子さんは、今まで母にくっついていることを疑問に思わなかったようですが、いろいろあったようで、十二月に会ったとき、母との関係が話題になりました。そのとき、規子さんは、自分も母が重たく感じられるようになったと言っていました」

克子は、ナイフを胸に何回も突き立てられたと感じた。

あの子は、私があんなに心配していろいろやってあげたのに、なんてひどいことを言うんだろう。血が頭に上った。そのとき、カーブを曲がったトラックが目のすぐ前に見えた。

「あっ」

とっさにハンドルを切ったつもりだったが、二人の乗った軽自動車はトラックに接触し、くるっと半回転したかと思うと、左側の崖にぶつかった。そして、さらに半回転し、ガードレールを突き破って、右側の谷底

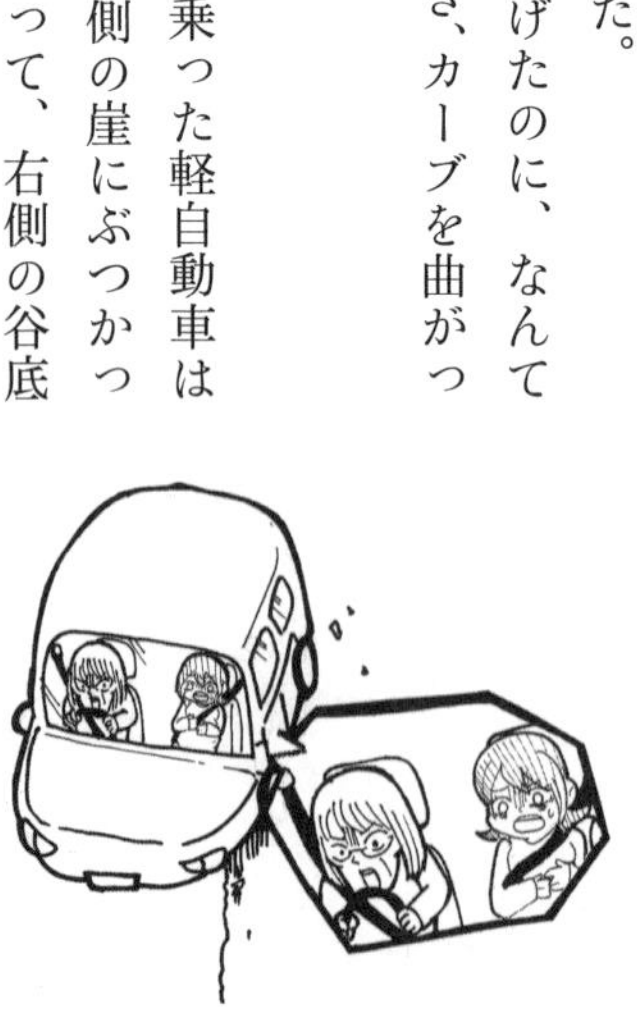

へ落ちていった。そこで、克子の記憶はとぎれた。

トラックの運転手からの通報で、すぐに警察と救急車が駆けつけた。

谷底からの車の引き上げは大変だった。克子の車にたどりついたとき、鳥辺は、すでに事切れていた。克子は、意識不明の重体だった。ただちに、克子は病院へ運びこまれた。

三

深見は、金沼克子と鳥辺美佐恵の事故を、津堂からのメールで知った。津堂は、ろう学校で鳥辺の事故死を知らされ、「鳥辺さんは、なぜ金沼さんの母親の車に乗っていたのか。母親は、娘が鳥辺さんに殺された、あるいは自殺に追いこまれたと思い、娘のかたきをとるために、わざと鳥辺さんを道連れに事故を起こしたのか」と思ったという。それは、深見も同じだった。

警察は、自殺する場合トラックにわざわざぶつけなくても自ら谷底に落ちることが可能だったからという理由で、事故という結論を出した。もともとそのカーブは事故多発地点で知られていた。そのため、カーブにさしかかる前の所に「急カーブ、注意」という看板が立っていたが、運転していた克子が何かに気を取られたのではないかと判断した。

深見は、「ぼんくら警察め」と思った。

一月二十七日に、金沼規子の溺死体が発見された。死亡推定日はその五日ほど前。

二月十三日に、火炎瓶殺人事件が起きた。犯人の村田徹矢は小田島を恨んでおり、金沼家に対して村田壮一郎の息子だと名乗った。壮一郎の体罰事件は徹矢の体罰事件の前に起きたが、徹矢はなぜそれを知ったのか。金沼家をどういう目的で訪れたのか。

和賀は、二月十三日の講演会に来なかったから、その少し前に行方不明になったと思われる。この和賀もいろいろな人から恨まれているようだ。なぜ行方不明なのか。

最初から「金沼は自殺。徹矢は小田島に復讐した。和賀はまた別」と決めつけてよいのか。結果的に無関係としても、最初は何らかの関連を疑って調べるべきではないか。だが、警察は、和賀の他殺死体でも見つからない限り動かないだろう。

十五章　憂いに沈む

「規子が俺を脅かすから、先に消してやったんだ。それなのに、規子の母は、交通事故をわざと起こして鳥辺を殺した。そんな母の子は消されて当然だ」

吉尾彰は、このせりふを何回つぶやいただろうか。

一

深見通は、『ろう教育史ぶらり』シリーズの執筆をきっかけに、津堂道之と知り合った。津堂ともっと直接話したくなった深見は、手話サークルに入った。佐原良輔も、同じ年の四月から手話サークルに入っていた。深見と佐原は、それぞれ歴史学専攻、言語人類学専攻だったが、二人は話していて楽しかったので、いつしか会うたびに会話をかわすようになった。

深見は、次号の『ろう教育史ぶらり』で、口話法を推進した人として有名な西川吉之助とはま子を取り上げる予定だった。津堂から「鍋島先生は、西川はま子一家と交流があった」と聞き、西川父娘に関する思い出話を聞くために鍋島の入院先を訪れ、見舞いに来た金沼克子と会った。

その後、深見は、鍋島の葬儀で克子に挨拶した。克子も深見のことを覚えてくれていた。しばらくして、津堂から、一月下旬に規子が亡くなったことを聞かされた。津堂が「北条の御子柴先生が、金沼先生の母親がこれから何かしないかと心配されている」と言ったので、その意味を尋ねると、「絶対に口外しないでほしい」と前置きしたうえで、御子柴の抱いている不安の内容を詳しく説明してくれた。

津堂の話によると、御子柴は、北条ろう学校や南浜ろう学校の管理職と親しくしており、克子が娘の交通事故や長休を外部に話した教員や通知表を寺前議員に伝えた人を恨んでいることや、「娘を苦しめた先生たちを訴える」と言っていたことを知っていた。管理職は、規子の溺死体が見つかったとき、克子が「娘は自殺ではない。誰かに殺された」と主張したことに対する感想を警察から求められ、答え方に苦慮したという。御子柴は、「規子さんは、小学生のとき父親と兄を亡くし、二人きりの家族だったから、母親を残して自殺するとは思えない。それに、規子さんは母親べったりで、クレームは母親を通して言ってもらっていたから、規子さんが自殺したとすれば、それは母親から突き放されたり見捨てられたりしたと感じたときだろうと思う」と津堂に語ったという。

小学校難聴学級で、規子が同級生の一人とトラブルになったとき、克子は同級生の両親を執拗に問い詰め、その同級生一家はとうとう県外へ引っ越していった。そのとき担任だった御子柴は間に入って苦労したという。規子が本当に自殺としても仮に他殺としても、母親は娘を死に追いやった人への復讐を考える可能性を否定できないと感じており、この先また何か起きないかとひそかに心配しているという。

それを聞いたとき、深見は「また、犯罪の匂いが漂った」と思った。大学生のとき、同級生の自殺を聞いて「犯罪の匂い」をかいだように感じ、調べると実は他殺だったと判明した経験があった。

それで、二月上旬に金沼家を訪ね、「規子は他殺だ」などと克子の思いを聞かせてもらった。その帰りに、マンションの廊下で村田徹矢とすれ違った。その十日後に、火炎瓶殺人事件が起きた。テレビで徹矢の顔写真を見て、警察に「金沼家のマンションの防犯カメラに徹矢が写っているかもしれない」と伝えたところ、そのとおりだった。

そのあと手話サークルで聞いた話をきっかけに、深見は、Y窪と会い、谷川がいろいろな女性に手を出していたことを知り、谷川と和賀の関係も調べてみる必要性を感じた。

二

深見は、金沼の住んでいた地域のコンビニへ行き、店員に徹矢を見かけたことがないかを尋ね回った。五軒目のコンビニで、店員が「あの火炎瓶殺人事件の犯人は、うちで働いていたが、事件の一か月前にやめた。店長は、関わりにならなくてよかったと言っていた」と話した。徹矢のことをしばらく話題にすると、店員は、「村田さんは無口な人だったが、やめる一週間前に背が高い男の人がやってきて、三分間ほど外でしゃべっていた」と言った。深見がその男の人の特徴を尋ねると、茶色のトレンチコートを着ていたという。

深見は、一週間前に会った佐原も同じようなコートを着ていたことを思い出した。佐原は、「四月から東京の大学院へ行く。三月上旬に引っ越す。深見と知り合えてよかった。今後もメールをくれ」と言って、新住所を記した紙と写真をくれたのだ。そこで、もらったばかりの佐原の写真を見せると、店員が「この人だわ」と言ったので、驚いた。

佐原は、徹矢と知り合いだったのか。佐原は、デフブラボーの役員会に参加していたから、講演会のことは当然知っていただろう。とすると、佐原がそれを徹矢に伝えたのか。佐原は、徹矢の体罰事件を知らなかったのか。とにかく、佐原に会って聞いてみよう。

深見は、引っ越す直前の佐原に会った。佐原は、徹矢と関わりがあったことを認めた。

「コンビニで徹矢が手話を使ったのをきっかけにいろいろと話し、徹矢の体罰事件を知った。徹矢は、逮捕され、両親が離婚して村田姓に変わったこと、仕事を変わったが、何もかもうまくいかないことを話してくれた。徹矢は、全てに絶望し、小田島を恨んでいた。無差別殺傷事件の犯人の気持ちがわかると、何度も言っていた。そこで、僕は、徹矢の体罰事件の元凶は、ろう教育全体にあると言った」

「元凶って?」

「デフブラボーや日本手話による教育を求める会の人たちは、第一言語である日本手話を十分に獲得すれば、第二言語である書記日本語の獲得はできると言う。しかし、実際は、日本語を母語とする日本人で、高いレベルの英語の獲得に成功する例は少ない。つまり、生活言語のレベルでは何とかできても、学習言語のレベルでは難しい。バイリンガルろう教育の拠り所の一つである『日本語も英語も根っこは一緒。だから、一つの言語でその根っこを育てるのが大事』というカミンズの氷山説は、二つの音声言語のバイリンガルを考えるにはよい理論だが、手話という視覚言語と日本語という音声言語のバイリンガルにあてはめるには多少無理がある。僕は、ろう教育界の混迷に加担する言語学でなく、混迷を解消する言語学へ進みたいと思った」

この佐原の話には、深見も共感できた。佐原は、なおも話し続けた。

「学習言語レベルのバイリンガル、これは難しい。それなのに、彼らは『日本手話の十分な獲得が書記日本語の獲得につながる。口話は不要』と言い張り、体罰事件を利用して日本手話の導入を進めようとしてきた。徹矢は、その動きの犠牲になったんだ」

「なるほど。さっきの『元凶』は、そういう意味か」

「徹矢が金沼さんと交流があったことを、僕はあまり知らなかった。金沼さんの話を徹矢にしたことはある。金沼さんのマンションは、徹矢のアパートの近くだった」

佐原は、「僕は、言語人類学を深めたいと思い、大学院へ行こうと思った。二月十一日に和賀に別れ話をした。その日の夜に和賀に最後のメールを送り、和賀からも返信があった」と言って、そのときのメールを深見に見せた。

「今日は、ショックな話をして申し訳ありませんでした。今後お会いすることはないと思いますが、まっすぐ歩んでほしいと願っています。では、お元気で。佐原良輔」

「今までいろいろとありがとうございました。そちらこそお元気で。和賀桃香」

そのメールがやりとりされた時刻を見ると、二月十一日の夜と翌日の朝だった。佐原は十一日に和賀と会ったと言っていたので、深見は、和賀の身内の了解を得て、和賀の家に何らかの痕跡が残されていないかを調べてみたいと思った。

三

深見は、津堂を通して竜崎から和賀の元夫の飯田篤樹にメールしてもらった。そして、和賀の実家のファックス番号を教えてもらい、そこへファックスした。

和賀の母親から「桃香について何かわかるならどうぞ。逆にお願いしたい」と言われ、二日後に深見は、和賀の母親の立ち会いのもと、和賀の自宅をていねいに調べ回った。やがて、ブロンズ像の溝の一部にたまっている埃が不自然に少ないことを発見した。その近くの床には、何かをふきとったような痕跡がかすかに感じられた。深見は、警察へ行き、和賀の家でルミノール反応が出ないか調べてほしいと言った。深見がその前に「金沼のマンションに村田徹矢が出入りしていたかもしれない」と言い、そのとおりだったので、今度も警察は渋々ながら鑑識を回してくれた。

和賀の自宅で、ブロンズ像とその近くでルミノール反応が出たとき、警察は色めき立った。ルミノール反応が出たということは、そこで血が流されたことを意味するからだ。警察は、裁判所の許可を得て、和賀の通話記録と金沼の通話記録を調べた。警察は、最初は和賀のだけでよいと思ったらしいが、深見が「金沼規子の自殺も疑わしいので、念のために規子の携帯電話も調べたほうがいい」と言ったからだ。

その結果、金沼規子が最後に打ったメールの宛先は鳥辺美佐恵で、その時刻は一月二十三日の十時頃。場所は藻屑川中流のあたり。それ以降も電源は切られていない。川や海に落ちた可能性が高いが、この回収はまず不可能だろう。

和賀桃香の場合も、電源は切られていない。最後に送られたメールは佐原に対してであり、場所は海のそば。時刻は二月十二日の朝。また、野坂から頻繁にメールが送られており、その文を読むと、和賀が野坂に冷たい態度をとり、野坂が和賀に執拗につきまとっていたことがうかがえる。さらに、和賀から谷川や鳥辺に「〇月〇日の〇時に〇〇で」と指定するメールが、ほぼ一か月に一回送られたことも判明した。

和賀の自宅周辺の聞きこみによれば、和賀の家にはふだんからたくさんのろう者の男性が出入りしており、近所の人もいちいち覚えていないとのことだった。和賀の車のトランクも調べられたが、ルミノール反応が出なかったことから、犯人の車で運ばれたと思われた。警察は、野坂や谷川、鳥辺の周辺を探る必要性を感じ始めた。谷川は、火炎瓶殺人事件の三日後に死亡した。野坂は、大やけどで今も意識不明の重体であり、意識が戻ってもしばらくの間は面会謝絶の必要があると、医師は言った。

四

鳥辺の告別式は、身内だけで行われた。その一週間後の三月五日に、和賀桃香の死体が断崖の下の岩陰で発見され、死亡日は死体発見日の二、三週間前と推定された。和賀の頭に傷があり、その傷には生活反応が認められた。また、肺に海水が入っていたので、死後海に投げこまれたのではないことがわかった。念のため肺の中の水も分析されたが、付近の海水と同質と判断された。

佐原と深見は、「和賀さんは自殺、事故死、他殺のどれだろうか。谷川、鳥辺さんも亡くなったし、金沼克子さんも意識不明だし、真相解明は難しいだろうね」と話した。

和賀の葬儀は、和賀の父親を喪主として進められた。和賀の通夜に、深見と佐原は参列した。津堂、竜崎、福呂も参列していた。通夜が終わったあと、福呂が「この人は、難聴学級で金沼さんや吉尾さんと一緒だった来栖マミさん」と言って、来栖を深見に紹介してくれた。

「吉尾くんは参列していないのですか」

「吉尾くんは、奥さんの鳥辺さんが亡くなった直後だから、来られないみたいです」

「そうでしょうね。和賀さんは、どんな先生でしたか?」

「いえ、私、和賀さんに教わったことはないんです。ろうあ青年部活動でお世話になっただけなんです」

「ああ、そうですか」

「和賀先生は、手話が上手な先生でした。でも、V谷さんは、青年部活動で和賀さんとケンカしたみたいで、大嫌いと言っていました。規子も、和賀さんを嫌っていました」

「あなたは、規子さんとよく会っていたのですか？」

「規子は病気で休んでいたけど、うちの母が『規子のお母さんがぴりぴりしているから、あまりふれないように』と言っていたので、最近は、規子へのメールも遠慮していました。だから、幼稚部のときに担任だった鍋島先生の葬儀のときに会ったのが最後です。そのときは、最後になるとは想像もしていなかったんですけど」

「どんなことが話題になりましたか？」

「昔の話とか、同級生の近況とか」

「その葬儀に、吉尾くんは来ていましたか？」

「いえ、吉尾くんは、軽度難聴で、ろう学校幼稚部へ行っていなかったから、鍋島先生とは関係ないです。だから参列していません」

「なるほど」

「吉尾くんは、ろう学校高等部を卒業してすぐに就職したのですが、大卒で二歳年上の鳥辺さんと結婚したと聞いたときは、みんな驚いていました。吉尾くんは優しいから、鳥辺さんはそこにひかれたんでしょう。吉尾くんは、テストは悪かったけど、本当は賢い人だったと思います。同級生からひどいことを言われてもニコニコしていた人でした」

「ひどいことって」

「詳しい内容は忘れたけど、同級生の颯太くんが誰が聞いてもひどいことを吉尾くんに言ったら、それまでニコニコして聞き流そうとしていた吉尾くんが、急に血相を変えて、『ボケカスッ』と叫んで、颯太くんを突き飛ばしたんです。颯太くんは不意打ちを食らって、そばにあった本箱の角に頭をぶつけて、血がいっぱい出て、大騒ぎになりました。それ以来、みんな吉尾くんにあまりひどいことを言わなくなったような気がします」

来栖は、他にもいろいろ話してくれた。

「うちの母から聞いたのですが、鳥辺さんは、自分の母親とうまくいっていなくて、妊娠してからもめったに実家に帰らなかったので、母親がずっと泣いていたらしいです」

「そうですか」

「それから、規子が『音大生殺人事件を知っている？　あの犯人の似顔絵に吉尾くんが似ていると思う？』と言ったことがありました。南浜市内で起きた事件なので、犯人の似顔絵を警察のちらしなどで何回も見ましたが、私は何も思わなかったです」

深見は、吉尾からも話を聞きたいと思い、吉尾のメールアドレスを尋ねた。来栖は「本人の了解が得られたら連絡します」と言ったので、来栖に自分のメールアドレスを伝えた。

翌日の和賀の告別式も、深見は佐原と一緒に参列した。霊柩車が出ていくのを見送ったあと、佐原が、「この人はL塚ケイコさん。谷川くんと再婚する予定だった人。L塚さんの話を聞いてくれ」と言って、L塚を連れてきた。L塚によると、一月上旬に「あなたのスキャンダルを公にしたくなかったら、この日に来てください」という内容の手紙が谷川に送られており、L塚が「何、これ?」と言うと、谷川は「何でもない」と言ってその紙をひったくったという。その後、谷川が非業の死をとげ、部屋の整理をしていたら、その手紙が出てきたという。「こんな気持ち悪いもの、持っていたくない」と思ったが、勝手に処分していいのか迷っているという。それで、深見は、L塚に自分の住所を伝え、そこに送ってくれるように頼んだ。

五

鳥辺美佐恵の葬式は、親族だけで内々にすませられた。吉尾は、妻と胎児をいっぺんに失い、放心状態だったという。

深見が来栖に「吉尾と会って話したいので、連絡を取ってほしい」と頼んだ日の一週間後に、来栖からメールが送られてきた。

「遅くなってすみません。吉尾くんに何度メールしても返事がないので、同じハツタ自動車に勤めている先輩に尋ねたら、吉尾くんは最近出勤していないそうです。先輩が心配して、吉尾くんの実家へ行ったら、両親が『仕事に行き始めたと思っていた』と驚いたらしく、両親と一緒にマンションへ行ったら、誰もいなかったらしいです」

深見が「部屋は普通でしたか？　旅行カバンはありましたか？」と尋ねると、「それは知りません。先輩のメルアドを伝えますから、先輩に聞いてください」と言われた。

三月中旬。深見は、来栖の先輩と一緒に吉尾の実家を訪ねた。吉尾の両親の了解を得て、吉尾と鳥辺が住んでいたマンションへ行ったが、特に異変を感じさせるものはなかった。

深見が、吉尾のパソコンを開いてインターネット検索の履歴を調べると、「南浜新聞社／音大生殺人事件」というのがあったので、ドキリとした。そう言えば、来栖マミが「規子が、吉尾は音大生殺人事件の犯人の似顔絵に似ていると思うかと尋ねてきた」と言っていなかったか。でも、吉尾は、規子から音大生殺人事件の犯人の似顔絵に似ていると言われて、気になって見ただけという可能性もある。だが、この音大生殺人事件の概要を印字した紙を、規子の部屋で見たような気がする。その裏に社会科の指導計画案が書かれていたので、そのときは気にとめなかったのだが。

深見は、吉尾の両親に頼んで、吉尾彰の写真を貸してもらった。自宅に帰り、ネットで「音大生殺人事件」を検索した。二年ほど前に、南浜市内にある私立の音楽大学に通っていたZ木という大学生が、帰宅途中若い男と接触して口論になり、男の持っていたバットで殴打されて死亡した事件だ。警察庁は、事件解決に結びつく情報の提供者に報奨金を出す「捜査特別報奨金」制度の対象としていた。

「あった！　似顔絵が」

目撃者の話からつくられた似顔絵を見た。犯行日の一か月後に作成され、その十五日後に新たな似顔絵が作成された。この二枚を見比べると、髪の形は似ているが、目つきがかなり違っていた。目撃者自身も「できあがった似顔絵が犯人に似ているか自信がなくなった」と語っていたが、深見がその二枚の似顔絵を見ると、どちらも吉尾の写真に似ているとも似ていないとも言えないと思った。

深見は、さらにいろいろと検索した。そして、「犯人とZ木さんは路上で通行をめぐるトラブルになったとみられる。犯人はZ木さんに対し、上半身を左右に揺らしながら『ボケ、カス』などと暴言をはいたという」という記述を読み、またドキッとした。その「ボケ、カス」の発音が不明瞭だったら、目撃者はそのように言うだろう。深見は、吉尾の声を聞いたことがなかった。吉尾の声が明瞭かどうかを確認する必要があるが、吉尾の両親はろう者だ。そこで、深見は福呂に電話した。

「吉尾くんの声？　なんでそんなことを聞くの？　え、吉尾くんが行方不明？　まさか」

「そのまさかかもしれません」

しばらく福呂は絶句していたが、吉尾について語ってくれた。

「吉尾くんは、難聴学級からろう学校に来た生徒で、発音は明瞭だったわ。彼は聴力もよかったわ。言いにくいけど、彼は、聴力よりも学力のほうに問題があるように感じたわ」

「吉尾くんについて、何か思い当たることはありませんか?」

「思い当たることって……」

「たとえば、音大生殺人事件……」

「深見さん、どうしてそれを……」

「福呂先生も気づいていたんですか。金沼先生だけじゃなくて……」

「えっ、金沼さん……。いえね、私は、気づいていたというより感じていただけで、確信はなかったの。実はね、私、音大生殺人事件でつくられた犯人の似顔絵が吉尾くんに似ているわねと、金沼さんに言ったことがあるの」

「えっ」

「新聞を見て気になったの。吉尾くんの家は、犯行現場の近くだったの。しかも、音大生殺人事件の犯人は被害者と口論になったとき『ボケカス』と言ったという目撃証言があるらしいんだけど、吉尾くんが『ボケカス』と言ったのを聞いたことがあるような気がしたの。吉尾くんの口癖かどうかはわからなかったけど、金沼さんは難聴学級で吉尾くんと一緒だったから、金沼さんのほうがわかるだろうと思って」

「福呂先生も『ボケカス』が気になったんですね」

「そう。でも、私が彼を疑っていると思われるのがいやだったから、ろう学校の園芸で育てた野菜を包む紙に似顔絵が載っていた新聞紙を使って、野菜を金沼さんに渡したときに、『この人、吉尾くんに似ているわね』とさりげなく言ったの」

「金沼さんは、何と答えたのですか」

「『そうかなあ？　似ているかなあ？』と言っていたわ。だから、やっぱり違うのかと思って、そのままにしたの。そのあと、鳥辺さんと吉尾くんの結婚を知り、殺人犯と結婚することはないから私の考え過ぎだなと思ったの。今から考えると、殺人犯でも結婚することはあるのに、ね」

「『ボケ、カス』は、吉尾くんの口癖ということはなかったのでしょうか」

「私は知らないわ。同級生が知っていると思うわ」

それで、深見は、来栖マミにメールで尋ねようと思ったが、津堂から「ろう者は、メールなど書かれた文章だと真意が伝わらなかったり誤解されたりするかもしれないから、直接顔を合わせて話すほうがいい場合が多いよ」と言われたことを思い出し、短時間会って話したい旨をメールで伝えた。

六

数日後、深見は、来栖から指定された日時に喫茶店へ行った。吉尾の先輩に連絡を取ってくれたことに対するお礼を述べたあと、「金沼さんや吉尾さん、和賀さんのあたりの人間関係をもっと調べる必要性を感じています」と言うと、来栖はうなずいて、「聞こえない人の仲って、表面と実際が違うことが多いんです」と言った。

「それは、どういうことですか」

「たとえば、私やナナは、規子と仲良しとみんなから思われているけど、本当に仲良しかと聞かれたら、私もよくわからないんです」

「え、そうなんですか」

来栖は、詳しく説明してくれた。

「聞こえる人なら、小学校低学年ぐらいまでは、家が近いとかの物理的な条件で仲良しになることが多いけど、小学校高学年以降になると、話題やフィーリングが合うとかそういう心理的な条件で仲良しになることが多いでしょう。聞こえる人は大勢いるから、『この人と一緒にいたら居心地が悪い』と思ったら、別の人のところへ行けるでしょう。けど、聞こえない人は、人数が少なく、ろう学校幼稚部、難聴学級でずっと一緒でしょう。だから、多少イヤだ、自分と合わないと思っても、それまでどおりくっついて行動せざるを得ないんです。私やナナ、規子もそうです。表面的には仲良しに見えても、実際はどろどろしたものが内面で渦巻いていたような気がします」

「なるほど」

「小学校高学年のとき規子とトラブルを起こし、他の県へ引っ越した友達がいるんです。ミホというんですが、ミホがふとしたはずみで規子に怪我をさせて、規子の母親からいろいろ言われて、居づらくなったそうです。私はミホと仲良しだったので、ミホが引っ越すと聞いたときは悲しかったんですが、規子はしらっとしていました。そのときから、規子に対して心のどこかで許せないものを感じていたような気がします」

深見は、以前似た話を聞いたような気がしたので、「そのときの担任は誰でしたか」と尋ねると、来栖は「御子柴先生です」と答えた。深見が「ああ」とうなずくと、来栖は、「御子柴先生を知っておられるのですか」と尋ねた。

「いや、僕は会ったことはありませんが、他の人から聞いたことがあります」

「そうですか。御子柴先生は、ミホの母親と規子の母親の間に入って、場を収めようと動かれたようです。当時の私は子どもだったので詳しく知りませんが。御子柴先生が涙を目にためながら『ミホさんが転校することになりました』と言ったときの顔が忘れられません。最後のお別れのとき、私は『ミホ、いつか戻ってきてね』と泣きじゃくりながら言ったのですが、規子はずっと乾いた顔で、『あちらへ行っても元気でいてください』としか言いませんでした。そして、難聴学級の女の子は、規子とナナ、私の三人だけになったんですが、女の子の奇数って難しいんです。どうしてもペアになりたがるから。だから、私とナナがくっついて、規子が怒ってナナを引っ張って、規子とナナがケンカになって、規子が私に近寄って、とまあ、こんなことの繰り返しだったんです」

「なるほど。女の子と男の子は違うようですね」

「中学のとき、私は、『ろう者の世界は狭い。もっと広い世界に出てみよう』と思い、南浜高校へ行こうと決めました。ナナはお姉さんと同じ高校へ行くと決めていました。規子は迷っていましたが、最終的に私と同じ高校になりました。それを聞いたとき、私は、また、これで規子のペースに乗せられるのかと憂鬱になった一方で、聞こえる人の世界に一人で入ることに不安があったので、ほっとした面もありました。高校に入ると、規子は私をそばに置きたがりました。私と規子は大の仲良しと、どの先生の目にも映っていたと思いますが、先生が『来栖は聞こえる人の中に積極的に入ろうとしている』と言うと、規子は『マミは私より聞こえるから』と言うんです。私に通訳させておいて、私に視線を向けずに、自力で聞き取ったかのようにふるまうことも多かったんです。かと言って、私が通訳しなかったら不機嫌になってもめたこともあります」

深見は、津堂から聞いた金沼のイメージがここでも裏打ちされたと感じた。

「私は、自分が少し聞こえることを自慢するつもりはありませんが、規子は私以上に聞こえることに憧れというか執着みたいなのがあって、私が何かを聞き落とすと、『私には聞こえたわよ』と勝ち誇ったように言うことがよくありました。規子は人工内耳をつけていたけど、実際は補聴器と似たようなもので、聞こえたがっている人[注77]だと思いました。けど、それを面と向かって言えない雰囲気があって、結局、三年間私と規子はくっついていました。友情でつながっていたというより、腐れ縁でつながっていた感じです。高校の三年間、規子は、聞こえる友達とは私を介してつながっていて、聞こえる人と直接交流した経験は実質的には少なかったように思います。ですから、規子がろう学校教員を希望していると聞いたとき、規子は、聞こえる人の世界や手話のない環境へ単身で乗りこむ勇気がないんだと思いました」

「なるほど、金沼さんは聞こえたがっていたのですか。それはそれとして、金沼さんは自殺ということになっていますが、どう思われますか」

「私にはわかりません。自殺かどうかはさておき、私は、イカロスを思い浮かべました」

「ああ、あのギリシャ神話のイカロスですね」

「そうです。ロウでつくった翼をつけたイカロスは、父親の忠告も忘れて高く飛び、ロウが溶けて海に落ちて命を落としました。規子は、聞こえる世界を目指して飛び続けて、翼を失い、命を落としたように感じます。イカロスの死は、自殺とも事故死とも言えないでしょう。規子は、負けず嫌いだったから自殺するとは思えませんが、逆に負けず嫌いだったからこそ、挫折したらあっけなく死を選ぶようにも思いました」

「なるほど、イカロスの死は、確かに自殺とも事故死とも言えませんね」

「そうでしょう。それから、規子は、聞こえる人に対しては礼儀正しく控えめでしたが、聞こえない人に対しては傲慢で自己中心的で、常に優位に立とうとしていましたから、聞こえない人の何人かからは、よく思われていなかったと思います」

「規子さんは、最近特に誰かから恨まれていたようなことはありますか」

「高校を卒業してから規子とはあまり交流がなかったので、最近のことは知りません。でも、デフブラボーの和賀さんや塩野さんとは思想が全然違いますから、対立していたかもしれません。規子は、幼稚部の昔のやり方や人工内耳を礼賛していました。私は、聞こえる人ばかりの会社で働いていますが、手話か口話かと言われても、どちらもあるほうが便利と実感しています」

「ろう教育の方法をめぐる思想の対立は、かなりすごいようですね」

「ええ。私の同級生は、手話を知って、多かれ少なかれ親と衝突して、やがて当時の親の必死だった気持ちも理解できるようになっている人が多いのですが、規子は、いわゆる反抗期をまだ経験していなくて、生き方とか価値観とかを自分の頭で考えきれていなくて、母親の価値観をまだそのままもっているように感じていました」

「なるほど」

「前、幼稚部時代に担任だった先生のお葬式のあと喫茶店でしゃべったとき、ナナが南浜市内に自宅があるのに一人暮らしを始めた話になったのですが、規子が『私も一人暮らしをしたほうがいいのかな』と言ったんです。私が『でも、規子は、前北条市で一人暮らしだったよね』と言うと、『あれは本当の一人暮らしじゃなかった。母が一週間の半分以上来ていたもの』と言ったんです。それで、今度の一人暮らしというのは、本当に母から離れた一人暮らしのことかと思ったんですが、規子は、自分の長休にふれられるのを嫌がっていたので、ろう学校に勤め始めてからのことは話題にしないほうがいいと思って、難聴学級の友達の話に変えたんです」

「そして、吉尾くんの話が出たんでしたね」

「吉尾くんだけじゃなくて、颯太くん、勇樹くんや先輩の鳥辺美佐恵さん、後輩のサトミさんのことも話題になりました」

「吉尾くんや鳥辺さんについて、金沼さんは何か言っていましたか」

このようにして、深見は、颯太の暴言に怒った吉尾が「ボケカスッ」と叫んで、颯太を突き飛ばした話を再び引き出した。「ボケカス」という語が来栖の口から出たとき、「やはり『ボケカス』だった」と思ったが、さりげなく「その『ボケカス』は、吉尾くんの口癖だったのですか」と尋ねた。

「ええ、『ボケカス』は、吉尾くんだけがよく口にしていましたね。颯太くんや勇樹くんは、『バカヤロー』や『アホか』が多かったように思います」

深見は、そこまで聞くと、来栖に会った目的は達せられたと思ったが、そこで話を打ち切るのもどうかと思ったので、しばらくの間和賀や鳥辺のことを話題にした。しかし、来栖は、和賀や鳥辺とは交流があまりないと言い、「詳しく知りたいなら、福呂、竜崎、津堂先生に尋ねるほうが、最新の話題など聞けると思いますよ」と言った。

七

深見は、来栖と話した日の夜、福呂に電話をした。

「来栖さんと会って話しました。彼女は、金沼さんをイカロスにたとえたりして、なかなか客観的に見られる人のようですね」

「そのようね。来栖さんは、聴覚障害者の世界に閉じこもらない人みたいね」

「それはそうと、やはり『ボケカス』は吉尾がよく口にしていたせりふだったようです。僕は、これから警察へ行きます。これが突破口となるかもしれない」

「そう……」

「ああ、吉尾が行方不明なのはなぜなのだろう。吉尾を早くつかまえなければ。関係者の多くはあの世へ行って、死人に口なしとなってしまった」

「……」

「吉尾は、音大生殺人事件と関係なくても、鳥辺をかばって何かをした可能性もある」

「何かをって」

「鳥辺にとって和賀と金沼のどちらかが脅威だったとしたら、吉尾は、鳥辺のためにどちらかを消したのかもしれない」

翌日、深見は警察へ行き、音大生殺人事件の目撃者に会わせてほしいと頼んだ。目撃者は、吉尾の写真を見るなり、「似ている！　前につくられた似顔絵は、似ているか自信がなくなったが、この写真を見たとたん、確かにこの人だと思った」と叫んだ。それを聞いた警察は、吉尾を重要参考人として行方を捜し始めた。

警察の話では、日本の幹線道路に自動車ナンバー自動読取装置がついており、この通称「Nシステム」を通過した車両は全て記録されるという。警察が手配した車両が通過すると、車種や所有者が割り出され、それは警察無線によって近くのパトカーに伝えられる。

鳥辺の車が見あたらず、吉尾が運転していると思われたので、その車が直ちに手配された。その結果、鳥辺の車は、すでに県外に出たことが判明した。警察は、同時に、二月十一日から十三日にかけて、和賀や野坂、谷川の車がどこを通ったかについても解析を急ぐという。

八

ふーっと、深見は息を吐いた。吉尾はどうなるだろうか。和賀を殺したのは誰か。規子は、本当に自殺なのか。

やがて、県外で鳥辺の車が見つかり、運転していた吉尾は、警察に連れて行かれた。吉尾は、音大生と金沼規子の殺害を自供した。

吉尾の会社で同僚と一悶着あったこと、鳥辺の両親から「娘は大卒。高卒の人とは結婚させられない」と言われたこと、前日のデフベースボールの試合で大敗したことから、歩道で音大生とぶつかりそうになって口論になったとき、それまでのむしゃくしゃが爆発し、思わずバットを振り上げたが、そのときは死ぬとは思っていなかったという。帰宅後、ニュースで音大生の死亡を知り、後悔の念にかられたが、自首できなかったという。そのあと、鳥辺と結婚し、鳥辺の妊娠を知り、つかんだ幸せを手離したくないと思い、ますます自首できなくなったらしい。

規子が「吉尾くんは、音大生殺人事件の犯人の似顔絵に似ている」、「『ボケカス』は、吉尾くんの口癖だね」と言ったことが、吉尾を怯えさせた。実際は、規子は、吉尾が音大生殺人事件の犯人とは思っていなかったようだが。

さらに、吉尾は、鳥辺が規子から脅迫されていると思い、鳥辺を守ろうとした。一月上旬に差出人不明の手紙が来て、鳥辺が絶望的な表情を見せたので、鳥辺がいない間に手紙を捜して読んだ。そこには「あなたのスキャンダルについて話し合いたい。一月十六日（土）か十七日（日）の十一時に、南浜デパートの北口で」と書かれていた。

鳥辺が十七日に吉尾の両親と会う約束をしたことを知っていたので、十六日に行くのかと思っていたら、鳥辺が外出したので、鳥辺が誰と会うのかを観察するために、先回りしてデパートの道路をはさんで北側にあるビルの二階の喫茶店に入ろうとした。すると、そこに規子がいた。規子は、喫茶店の窓からずっとデパートの北口付近を見つめていたので、吉尾がその店に入りかけたことに気づかなかった。吉尾は、「あの手紙の主は規子だ」と思った。規子と鉢合わせしたくなかったので、三階へ行ったが、そこは美容室だったので入れなかった。それで一階に降りたところ、鳥辺の姿は見えなくなっていた。

吉尾は、「規子が鳥辺を脅している」と思い、その後も鳥辺を観察した。夜、鳥辺が「今度の土曜日に規子と会うわ。結婚祝をくれるんだって」と言った。

吉尾は、以前規子を車に乗せたとき、「土曜日の午前は図書館へ行っている」と聞いたので、その週の土曜日に朝から図書館付近で待った。規子の姿が見えたので、偶然通りかかったふりをし、「颯太や勇樹がスノボーをするために、ここから四十分ぐらいの夢ケ丘ペンションにいる。マミやナナ、勇樹も来ているよ」と声をかけた。金沼が大学生のときスノボーに夢中だったことを知っていたからだ。金沼は「どうしようかな」とためらっていたが、吉尾は、「ちょっと会うだけでいいじゃないか。自宅まで車で送ってやるから」と言って、金沼を車に乗せた。

山上町の駐車場で、「トイレ」と言って車を停めた。吉尾が車を降りると、規子も車を降りて、展望台から景色を眺めていた。トイレから出た吉尾は、周囲に誰もいないことを確かめると、規子を後ろから思いきり突き落とした。展望台の下には藻屑川が流れていた。

そのあと、車に残されていた規子のカバンを見たら、携帯電話があった。それを使って、鳥辺に「急用ができて、今日会えなくなりました。ごめんなさい。あとでまたメールします」というメールを送ってから、携帯電話をカバンに入れ、藻屑川に向かってカバンごと投げ捨てた。そのカバンには、鳥辺と吉尾へのお祝いの品が入っていた。

九

野坂夏彦は、火炎瓶殺人事件で意識不明の重体だったが、やがて意識を回復した。警察から「おまえの車は、二月十一日の夜と翌日の朝に和賀が最後に携帯メールを発信した場所の近くを通ったことがわかった」と言われて観念し、和賀殺害を自供した。和賀と一緒になるつもりで離婚し、自宅を妻子に譲ったのに、和賀は佐原と仲良くなり、自分に冷たくなったと思い、口論になったと話した。

二月十一日の夜、野坂は、和賀が自宅に戻るのを外で待っていた。「今までどこへ行っていたんだよ。佐原とデートか」と言うと、虫の居所が悪かった和賀は、向かっ腹を立てた。口論になりかけたので、和賀は、仕方なく野坂を家に入れた。家の中で再び激しい口論になり、カッとなった野坂は、そばにあったブロンズ像で和賀の頭を殴りつけた。和賀は、頭から血を流して倒れ、ぐったりとなった。

野坂は、動かなくなった和賀を自分の車のトランクに乗せて、海へ車を走らせた。和賀の体を海に投げ捨てようとしたとき、和賀のポケットにあった携帯電話が振動して鳴り出したので、ぎょっとして取り出すと、佐原からだった。そのとき和賀の意識が戻りかけたので、恐怖にかられて、そばにあった石でまた殴りつけ、和賀の体を海に投げ落とした。

そのあと携帯電話の中身を見たら、「今日は、ショックな話をして申し訳ありませんでした。まっすぐ歩んでほしいと願っています。お元気で。佐原良輔」と書かれていたので、佐原から別れを告げられたことを知ったが、時はすでに遅かった。

携帯電話の通話記録は残ると聞いていたので、犯行の時間を少しでもずらしたいと思い、携帯電話を隠し持ったまま いったん自宅のアパートに戻り、コンビニで買い物をした。

翌朝和賀を投げ捨てた場所の近くへ行き、佐原に「今までありがとうございました。そちらこそお元気で」というメールを送り、そのあと携帯電話を海へ投げ捨てた。野坂は、Nシステムは高速道路だけについていると思っていた。その翌日、デフブラボー主催の講演会に参加し、火炎瓶殺人事件に遭遇した。

警察の調べによると、和賀は、一か月に一回ぐらいの頻度で「〇月〇日△△で」という内容のメールを谷川や鳥辺に送っていたが、その日の一〜三日前の日付と、鳥辺や谷川が銀行から三〜五万円のお金を下ろした日が、ほぼ二年間にわたって奇妙にかなり一致していたという。

吉尾は、「鳥辺は、誰かからお金を巻き上げられていた。その相手を金沼と思っていた」と話しており、警察は、和賀が鳥辺や谷川の弱みを握ってお金を要求した可能性を考えた。

また、谷川が過去に後輩を恐喝し、立件寸前までいったことを知っていたので、火炎瓶殺人事件で見つかった谷川のカバンの中のナイフは、谷川が誰かを脅したり殺害したりするつもりで所持していた可能性を考えたが、もはやそれを確かめる方法はなかった。

警察は、深見が吉尾の写真を持ちこまなかったら音大生殺人事件は迷宮入りしただろうと言って、報奨金三百万円を深見に渡したが、深見は、それを全てQ桜県のろうあ協会に寄付した。深見にしてみれば、自分の動きがきっかけでろう者全般にとってありがたくないいろいろな事実を暴き出したことが心苦しかったのだ。

十

　野坂が和賀殺害を自供した数日後に、和賀桃香の母親から深見に「会ってお礼や話がしたい」というファックスがあった。

「深見さんが動いてくれなかったら、娘の遺体が見つかっても、金沼さんと同じように自殺あるいは事故死として片付けられていたでしょう。深見さんには本当に感謝します。娘の子どもは、飯田篤樹さんと相談し、うちで育てることになりました。両親が二人ともいなくなるのはかわいそうなので、飯田さんには毎週末にうちに来ていただくことになりました。それで、娘の家を処分しようと思って片付けを始めたとき、気になるものを見つけました。それがこれです」

　母親は、手話でそう言って、カバンから手紙を取り出した。深見は、渡された手紙を見るなり、「あっ」と声をあげた。指定された日時と場所をのぞくと、谷川に送られたスキャンダル云々の手紙と同じ内容だったからだ。谷川とつきあっていたL塚から話を聞いたときから気になっていたが、誰が谷川と和賀にこんな手紙を送ったのか。送られたのはこの二人だけか。鳥辺や金沼、津堂、竜崎、福呂のところには送られていないのか。

　深見が「これと同じような手紙が、他の人にも送られています。ちょっとコピーさせてください。調べてみます」と言うと、和賀の母親は、「こんな気持ち悪いもの、持っていたくないので、差し上げます」と言った。

深見は、そのあと、津堂にメールをして、喫茶店で落ち合い、L塚と和賀の母親からもらった手紙を見せた。

「へえ。僕は、こんなもの、もらっていないよ。そう言えば、ちょっと気になっていたことがある。小田島とG藤の講演会の案内が二月上旬にうちに送られ、差出人は『講演会実行委員会』と書かれていた。聴覚障害教員など不特定多数に送られたのかと思っていたが、M垣やP笠、J西がもらっていないと言うから、尋ねて回ったら、今わかっているのは、僕と竜崎、福呂の三人だけだ。鳥辺と金沼は亡くなっているからわからない」

「おい、その封筒はまだ持っているか」

「僕は捨ててしまったけど、竜崎と福呂先生に尋ねてみようか」

その翌日、津堂は、ろう学校で竜崎と福呂に尋ねてくれた。竜崎は「捨てたよ」と言ったが、福呂が「私は参加しなかったけど、残っていると思う」と言って捜してくれた。

数日後、深見は、福呂が持っていた封筒と案内を津堂から受け取った。この封筒はスキャンダル云々の手紙が入っていた封筒と違うなと思いながら、切手を見たとたん、深見の頭の中で何かがひっかかった。

「この切手、どこかで見たことがある」

封筒に貼られていた切手は、普通の切手ではなく、「源氏物語一千年紀」を記念する切手だった。

深見は、切手のデザインに人一倍関心があった。この切手をどこで見たのだろう。記念切手はどこでも入手可能と言えばそのとおりだが。深見は、記憶をまさぐった。

「あっ、あそこで見たんだった」

思い出した。鍋島先生の病室で見たのだ。「鍋島和子様」と書かれていた封筒に貼られていた切手と同じ図柄だった。鍋島先生が「これは教え子のお母様から。今、口話は攻撃されているらしいね。このお母様も、口話法で頑張ってきた先生や親子が攻撃されていると怒っておられたわ」と話したとき、金沼克子が見舞いに来た。鍋島先生は、「噂をすれば影とやら。入院中は暇なのでいつでもどうぞと返事したけど、今日来てくださるとは思わなかったわ」と言っていた。

たまたま他の人が同じ記念切手を使うことはありうるが、講演会の案内を津堂や竜崎、福呂に送ったのが、規子か克子ということはないだろうか。いや、規子ではない。規子は一月下旬に死亡しており、三人のところへは二月上旬に送られたらしいからだ。とすると、克子か。そこまで考えて、またはっとなった。

二月三日に徹矢は、金沼克子のマンションへ何の用事で行ったのか。もしかして徹矢は克子に「十日後の講演会で、小田島たちに火炎瓶を投げて自殺するつもりだ」と打ち明けたのか。克子は、それを聞いて、「娘をつらい目に遭わせた津堂や竜崎、福呂も巻き添えを食えばいい」と思って、講演会の案内を送ったのか。この「運を天に任せる殺人」というのはあるかもしれないと思った。

十六章　闇に沈む

「自分が考えたことは推測でしかない。証拠を集めようと思ったらできるかもしれないが、これ以上真実を暴き立てて死者にむち打って、誰が喜ぶのか」

深見通は、このせりふを何回つぶやいただろうか。

一

四月、深見通は、言語人類学を研究するために首都圏にある大学院に入学した佐原良輔に会いに行った。もう少し話を聞きたいと思ったからだ。

「君と徹矢が知り合いというのは、前の話でわかったが、徹矢は、村田壮一郎の息子と偽って金沼家に接近したらしい。君は、本当にそれを知らなかったのか」

深見は、谷川と和賀に送られたスキャンダル云々の手紙を佐原に見せた。

「警察の話では、吉尾は、『鳥辺を脅す手紙が鳥辺に送られており、鳥辺が指定された日時に指定された場所へ行くと、規子が別のところからそれを見ていたから、この手紙は規子が出したと思い、規子をますます生かしておけないと思った』と話したらしい。吉尾は、これと同じような手紙が和賀にも送られたと、野坂から聞いたらしい」

その他、小田島とG藤の講演会の案内が津堂や竜崎、福呂のところに送られたが、この三人以外の聴覚障害教員であるM垣やP笠、J西には送られなかったらしい。誰が何のためにそんなものを送ったのかという疑問も話した。

深見は、「徹矢と規子は、どれぐらい交流があったのか。金沼の母親は、徹矢とは挨拶ぐらいしかしていないと言ったらしいが、僕は、徹矢と規子はもしかして何回も会っていたんじゃないかという気がするんだ」と言って、佐原の顔をまっすぐに見つめた。

「ろう教育関係者が次々と亡くなっているから、いろいろな人が『これ以上恐喝などの行為が明るみに出ると、ますます死者の名誉を傷つけ、ろう者の悪いイメージが広がる』と心配しているが、それは僕も同じだ。僕はこれを闇に沈めてもいいと思っている。その一方で、『徹矢がいろいろな人を恐喝しようとしたのではないか。火炎瓶で無差別殺傷事件を起こしたし、生活に困っていたというし』という声も聞いた。だが、僕は、徹矢ではないと思う。徹矢は自暴自棄になっていたかもしれないが、直接恨んでいたのは小田島だけで、あとは比較的どうでもよかったのではないか。徹矢の名誉も大事にされるべきだから、君が何か知っているなら、教えてくれないか」

それまでうつむきながら黙って聞いていた佐原は、やがて顔をあげて言った。

「すまない。今まで言わないでいたことがある。これを言うと、徹矢や金沼、和賀、鳥辺さんがさらに悪者になり、ろう者はこわいというイメージがますます広がらないか、自分の行動がとがめられないか、心配だったからだ。自分はこれを墓場まで持っていくつもりでいた。実は、僕は、南浜ろう学校の体罰事件で失脚した村田壮一郎の息子だ」

「ええっ、君が」

深見は、愕然とした。

「そうだ。僕が小さいときに両親は離婚したから、父の体罰事件は、父の死後母から聞いた。父は、金沼さんをかわいがっていたらしい。僕は、もともと言語人類学を専攻していたから、手話に関心をもち、手話サークルやデフブラボーに参加するようになったが、デフブラボーで『日本手話の導入を進めるために、村田壮一郎の体罰現場をビデオに撮って議員に渡す作戦を立てた』と聞き、父の体罰事件は仕組まれたことを知った。父の仕返しができたらという気持ちは、最初はあったと思う。だが、前にも話したように、父や徹矢の体罰事件の根っこは、口話と手話の間で揺れ動くろう教育界で勝とうと画策する行為にあると思うようになった。学習言語レベルのバイリンガルになるための教育方法を研究することが大切なのに、と思った」

佐原は、長い話を始めた。

二

仁科徹矢は、逮捕されたあと村田姓になったが、どの仕事も長続きせず、自暴自棄になっていた。徹矢がコンビニのアルバイトで手話を使ったことをきっかけに、佐原と知り合った。二人は、語り合うなかで、徹矢はX塔ろう学校の体罰事件で逮捕され、佐原の実父の村田壮一郎は南浜ろう学校の体罰事件で失脚したことを、お互いに知った。

金沼が南浜ろう学校の高等部で病休を取る前に開かれた何かの集まりで、金沼と徹矢は知り合った。徹矢は、佐原から金沼に関する話を聞いており、とっさに「日本手話だけが正しいと信じる人たちの動きは困りますね」と話しかけると、金沼は自分の受けた理不尽な仕打ちを訴え始めたという。徹矢も鬱憤がたまっていたので、同調しながら話を聞くのは苦労しなかったという。

金沼は、自分の憤りを聞いてくれる人がほしかったからか、通知表のことが問題になったあと、徹矢に何回か会って話したいと言ってきたらしい。徹矢は、印字したものを規子から見せられた。それは、復讐代行会社に関するものであり、次のように書かれていたという。

「ある方からあなたに対する復讐の依頼がありました。こちらとしては、なるべく穏便にすませたいと思っており、〇月〇日〜〇月〇日の間であれば、あなたからの相談に応じることが可能です。この期間中に連絡がない場合は、〇月〇日〜〇月〇日の間に復讐を実行いたします。連絡先　復讐

代行会社　○崎○太　090−××××−××××」

「へえ、復讐代行業者？　初めて聞いた。でも、業者はどうやって請け負うの？　実際にどうやって復讐するの？　法にふれない形で？」

佐原は、徹矢に尋ねた。

「自分もネットで検索してみたんだ。すると、意外とあるんだね。仕返しや嫌がらせ、復讐の境目は曖昧だが、法にふれる方法と法にふれない方法があるんだね」

「僕だって、気に入らない奴に仕返ししたいと思うことはあるよ。でも、自分が塀の中に入るかもしれない方法を使ってまで復讐したいとは思わないな」

「自分が刑務所に入るのはイヤだから思いとどまっている例は多いと思うよ。金沼も、空想の中で復讐するだけ、と言っていたよ」

「で、復讐代行業者は、実際にどんな方法で復讐するんだ？」

「相手の浮気場面を写真に撮り、家族や会社の上司に流すとか、悪い噂を流すとか、それなら法律にはふれないのかな。ねつ造が明らかだと、名誉毀損罪に問われるだろうが」

「へえ」

「でも、復讐したいと頭に血が上っている奴からお金を取って、相手に手紙を送って、不安に思って連絡してきた相手に会って、『お金をくれたら復讐はしない。相手には復讐は終わったと伝えておく』と言うんじゃないかな。そして、復讐を依頼した人には、復讐を依頼したことを相手や会社にばらすと言って、逆に恐喝するんじゃないかな」

「なるほどな。百人に同じ手紙を出したら、切手代や封筒代、印刷の費用が全部でせいぜい一万円か。百人に出して、連絡してきたのが一人だけでも、その人に『百万円で手を打とう』と言えば、差し引き九十九万円がふところに転がりこむわけだな。その次は、依頼人を逆に脅して百万円か。おいしいだろうな」

「だから、復讐代行業者というのは、大半が単なる詐欺じゃないかと思うんだ」

「おい、徹矢。君は、金沼の話を聞いただけか」

「あの母子は、普通じゃない」

「普通じゃないって？」

「ひとことで言うと、モンスターペアレントとそれに依存する子ども。子どもは、体と学力だけ大人で、人間性や社会性は子どものまま。金沼は、最初は愛想がいいし、敬語も使うから、初対面の人は好印象をもつだろう。俺もそうだった。けど、話しているうちに、『こいつ、変』と感じ始めた。同調して聞いてもらっている間は機嫌がいいが、『それはちょっと違うんじゃないか』と言ったとたんに、不機嫌になるんだ。二言目には『母が』『先生が』『医者が』と言うんだ。自分の考えというものがなく、母親はこうしなさいと言うだろうと終始考えている感じなんだ。これが男なら、相手の女性は、間違いなく『この人はマザコン』と思って、席を蹴って去るだろう」

「へえ。自己愛性人格障害者か。過度に干渉する母親の子どもに多いらしいな」

「金沼もそれだと思う。学校や職場で何かあるたびに母親に訴え、母親が学校に電話をかける。俺が金沼の愚痴を聞いたとき、『母親を通して主事から言ってもらわなくても、自分から直接本人に言えばいいのではないか』と言ったら、とたんにぷーっとふくれたよ」

「自分の手は汚さないで、というタイプだな」

「そう。金沼の家でも、母親から『日本手話至上主義者はひどい』『ろう学校は理解がない』などと、延々と愚痴を聞かされたよ。母子そろって『あなたも被害者。村田先生や私たちの無念を晴らすために、いい方法はないかしら』のような話ばかりするんだ。『あなたは、私に同情して私の代わりに復讐するのよ』と直接口にするわけではないが、そういう匂いがぷんぷん漂ってきた。今までそうやって人を動かしてきたんだろうな」

「僕なら、相手に利用されそうだと思ったら、すぐに離れるね」

「普通の人はそうするだろう。金沼母子は、自分にとって都合よく動く人か、自分に全く無害な人としかつきあえないタイプだと思った」

「そんな金沼と長いことつきあうと、危いんじゃないか」

「いや、それは大丈夫だが、金沼はしきりに『復讐』の話をするんだ。俺も『復讐』には人一倍関心があるから、ついつい聞いてしまうんだ。俺も、小田島つや子に復讐したい、小田島の腹にナイフをぶすっと刺せたらどんなにいいだろうと、ずっと思っていた」

「君もいろいろあったからな」

「うん。俺は小田島に復讐したいと考え続けていたが、君も法にふれない範囲で父親のかたきを取れたらいいなと言っていた」

「ああ」

「そのあと、君は、本当の敵は、口話だけあるいは手話だけを他人に押しつける奴だと言った。俺も、いろいろ聞くなかで、小田島だけが敵じゃないと思うようになった。だからと言って、小田島に対する憎しみが消え失せたわけじゃない」

「それは、わかるよ」

「君は『本当の復讐はこんなことじゃない。自分は言語学という土俵で、本当のバイリンガルになるための条件を考えたい』と言った。来年東京の大学へ行くのか」

「そうだ。だから、僕は、和賀やデフブラボーのみんなに別れを告げるつもりだ」

「そうか。和賀は君にほれているのか。事実を知ったらショックを受けるだろうな」

「和賀を惑わせるつもりはなかったんだが。ある日突然ばからしくなった。個人に仕返ししたところで、また体罰を捜して、『日本手話でないからコミュニケーションがとれていなかった』と言って、日本手話を導入させようとする動きは、これからも起きると思った。英語と日本語にしたって、学習言語のレベルまでバイリンガルになることは容易じゃないのに、日本手話さえあれば手話と日本語のバイリンガルになるのは簡単だと言うから、真の意味でのバイリンガルはどのように生まれるかを、もっと研究したいと思った」

「君は、自分なりの土俵を見つけたんだな。いいなあ」

「君も探せばいいよ。君の土俵があるはずだよ」

「いや、それが見つからないんだ。あの母子のヒステリーにも似た愚痴を聞かされると、論争の右も左もぶっ飛ばしたくなった。さっき、復讐代行業者の話を聞いてばからしく思えてきたと言ったが、だからと言って、自分なりの復讐の方法がまだ見つからない」

「これから見つければいいじゃないか」

「うん、そうだな」

そんな会話をかわして、佐原と徹矢は別れた。

三

その二か月後、佐原は、徹矢が火炎瓶を投げて焼死したことをテレビで知り、衝撃を受けた。「法にふれるような復讐はやめろ」と言い、本人は「わかった」と言ったのに。

その三日後に、佐原に手紙が届いた。差出人を見ると「村田徹矢」と書かれていたので、急いで封を切った。

佐原へ。

君がこの手紙を受け取る頃には、自分はこの世にいないと思う。テレビのニュースに驚き、心の中で俺に怒りをぶつけているだろうと思う。

俺も、一か月前までは、こんなことになるとは思っていなかった。

十二月に君と出会って数日後に、母の自殺の知らせを受けた。俺の体罰事件で、母は父から責められて離婚したが、以前からノイローゼ気味だったのが、親戚から白い目で見られ、さらに精神的に参ったらしい。俺が殺したようなものだ。

母の葬式は、父が喪主となったが、父は、俺の参列を許さなかった。身内だけの葬式だったが、親戚も参列したから、父は俺をみんなに会わせたくなかったのだろう。

今だから正直な気持ちを書かせてもらうが、俺がろう学校でやった行為は、他の先生も多かれ少なかれやっていた。だから、俺は、悪いことをしているという意識が薄かった。

体罰事件として騒がれ始めたとき、『なぜ俺だけが』と思った。相手があの小田島の息子だったことが不運だった。他の先生は小田島の息子ということで手加減していたようだ。『とかげの尻尾切り』というやつで、俺は切り捨てられた気がした。

母の自殺を聞いて、生きていたっていいことはないと自暴自棄になっていたところへ、金沼から『仕返しがしたい。よい方法はないか』と相談を受けた。

『具体的に誰に仕返ししたいのか』と尋ねると、『和賀、鳥辺、谷川など、自分の通知表を議員に伝えた人たち。丸本、御子柴、湯川、福呂、津堂、竜崎など自分にひどいことをした先生たち』と、金沼は言った。

『復讐しようとするのは、天に向かって唾するようなもの』と君は言ったね。そのことばを金沼に言おうかと思ったが、それは俺がこれからやろうとすることを否定するものだったから、言わないでおいた。

金沼は何回目かの病休を取り、自分をひどい目に遭わせた人は誰かを調べて本当に復讐したいと思ったらしい。

昨年の十二月に、金沼が鳥辺に『通知表のことをデフブラボーに伝えたのか』と尋ねたら、鳥辺は否定したという。『鳥辺が男にお金を貢ぎ、生活費に困って同僚のお金を盗んだのか。それを和賀に脅かされて、村田先生の体罰現場を録画したのか』と尋ねたとき、尋ね方が下手だったので、鳥辺は否定したが、そのあと鳥辺が関与している話をデフブラボーの人から聞いたと言い、俺から鳥辺に会って確かめてほしいと頼んできた。

二人で考え始めたとき、以前ネットで調べた復讐代行業者の手紙がヒントになった。

あなたのスキャンダルについて話し合いたいので、○月○日○時に、この日がむりなら○月△日△時に、□□へ来てください。このどちらかに来なかったら、あなたのスキャンダルについて、誰か（職場の上司や警察など）に明かして相談するつもりです。

この文章を印字した紙を、金沼から見せられた。

金沼は、自分は実行せず、周囲の人にやってもらおうとしていた。今まで、『こんなひどいことをされた』と訴えて、周囲の人が『こらしめてあげよう』と言ってくれるのを待つパターンだったんだろうなと思った。『自分は手を汚さず、他人に汚いことをさせるタイプだ』と思ったが、『後ろ暗いことをした人や心当たりのある人は、これを見たらビクビクするでしょうね』と言ったら、金沼はうれしそうな顔をしていた。

『私は、自分の書いた通知表の文章が議会で取り上げられてから、どうなるかと怯え通しだったのよ。だから、私をひどい目に遭わせた人たちに、同じ気持ちを味わってほしいのよ』

『わかりますよ。俺も体罰事件のとき同じ気持ちを味わったから。で、あなたは、これを誰に送りたいのですか?』

すると、金沼は、何人かの名前をあげた。

『二人か三人ぐらいに絞ったほうがよいと思いますが』

『じゃ、私の通知表のことを寺前議員に伝えた鳥辺さんと和賀さん、谷川くん。鳥辺さんは私に否定したけど、そのあと、デフブラボーの人から、〝役員会で、鳥辺さんがあなたの通知表のことを話題にした。そのあと、和賀さんが武市さんのお母さんに頼んでコピーをもらって、それが谷川さんを通して寺前議員に送られた〟と聞いたの』

そのとき、俺は考えた。自分は職につけず、生活が苦しい。和賀、谷川、鳥辺に送って、誰かが来たら、お金を要求してもいいかな。いや、自殺を考えている人がこんなことを考えるのはおかしいな。とりあえず、最後に金沼の願いぐらいは聞いてやるか。

このとき、金沼は、母親が寺前議員と対立する議員に近づこうとしていると言っていた。

鳥辺には、『一月十六日（土）か十七日（日）の十一時』と『南浜デパートの北口』を指定した。鳥辺がやってきたら、俺が鳥辺に『小学部で起きた盗難事件についてですが』と単刀直入に切り出す。鳥辺が顔色を失ったら、盗難事件と関わりがあることになる。そのときは、鳥辺から連絡先を聞き出すだけにし、俺から金沼に伝える。

そのあと、金沼は、鳥辺と会い、鳥辺を味方につけ、和賀のスキャンダルをつかんでもらい、それを寺前議員と対立している議員に流す。このような計画を立てていた。

金沼は、『だから、あなたは、鳥辺さんに会って単刀直入に尋ねてくれるだけでいいのよ』と言った。『～だけでいい』と言っているが、これからも『～だけでいい』という語をつけて、次から次へ頼んでくるだろうと思った。

俺は、『鳥辺、和賀、谷川が、自分たち三人に送られたと知ったら、金沼さんから送られたのではないかと疑うかもしれないから、あなたにも送りますよ。三人が何か言ってきたら、〝同じのが私にも送られてきた〟と言って見せればいいでしょう。宛名は明らかにあなたと違う筆跡だから、疑われないでしょう』と言って、金沼と別れた。

家に帰った俺は、パソコンで鳥辺、谷川、和賀の三人に別の日付や別の時間帯、別の場所を記した文章を印字した。最後のページを二枚印刷し、その一枚を金沼に送った。

鳥辺は、指定された時刻に来た。金沼は、別の場所からそれを見ていた。

俺が鳥辺に近づき、『小学部で起きた盗難事件についてですが』と単刀直入に切り出したら、鳥辺は動揺した。俺は、『鳥辺は間違いなく犯人だ』と確信し、すぐに金沼にメールした。金沼は、『じゃ、計画どおり私から鳥辺に働きかける』と言っていた。

和賀や谷川には、別の日時と場所を指定したが、この二人に何かをする気持ちはなかったので、俺はそこへは行っていない。だから、二人がそこへ行ったかは知らない。

俺が鳥辺と会った日の十日後に、金沼の母親と偶然会い、娘が行方不明になったことを知った。だが、俺は金沼と相談したことを、母親に話さなかった。

今だから言うが、俺は、村田壮一郎の息子と偽って金沼母子に接近していた。許してくれ。君から金沼の話を聞いていたが、ひょんなことで金沼と知り合った。俺が村田の息子だと名乗ると、金沼は気を許していろいろ話してくれた。金沼の母親も俺を受け入れ、『あなたも悔しいでしょう。うちも同じ。規子は、通知表のことを問題にされ、ショックを受けている。なのに、ろう学校の対応はトカゲの尻尾切り』などと言った。

俺は、自分の体罰事件で悔しい思いをしたから、いくらでも悔しい思いを吐露できた。母親はそれを聞いて、自分が村田壮一郎の息子だとますます信じた。だから、『一緒に復讐できたらいいね』とまで言ってきたのだろう。

そのやりとりの中で、君が話してくれたように、コミュニケーション論争が俺の体罰事件や君の父親の体罰事件の元凶だと、俺にも感じられるようになった。

あの母子は普通じゃなかった。娘から頼まれて、北条ろう学校の先生たちに『あなたが娘の悪口を南浜ろう学校の先生に言ったのか』『娘の長休を南浜の誰から聞いたのか』と何回も電話をし、教えてもらえないとその先生を恨み、娘が『研究会で会ったけど、無視してやった』と平気で言っても、『会釈ぐらいはしたほうがいいよ』などとたしなめることが全くなかった。それを見ると、内心辟易した。

俺の敵意は、ろう教育論争の『右』と『左』に向かった。和賀や谷川は『左』の極みで、金沼母子は『右』の極みだ。だが、俺が直接深く憎悪しているのは、『左』の小田島だ。

俺は、三日後の講演会で、小田島めがけて火炎瓶を投げつけて自殺するつもりでいる。

一月下旬に金沼が溺死体で見つかったと聞いたとき、金沼は復讐しようとして墓穴を掘ったんじゃないかと思った。金沼が自殺か事故死か他殺かは知らないが、自殺とはあまり思えない。ある意味『自業自得だ』と感じる。

金沼は、鳥辺を脅かそうとして、逆に消されたのかもしれない。和賀をとっちめようとして、逆に消されたのかもしれない。鳥辺と和賀の二人が共謀したのかもしれない。

俺は長く生きていたくない。俺の一番のターゲットは小田島だ。

言語学という土俵で復讐の道を見つけた君が、本当にうらやましい。応援しているよ。

どんな文で締めくくったらいいかわからなくなったから、これでペンを置く。

最後に、君の多幸を祈る。

村田徹矢

四

四月になり、退職した福呂は、同じく退職した元校長から気になる話を聞いた。

元校長の話によると、一月の終わりに、スキャンダルに関する紙のコピーとその日時に和賀が来たことを示す写真が、匿名で送られてきた。コピーには、「一月二十五日（月）か二十六日（火）の十四時に△△ビルの南入口に来なかったら、あなたのスキャンダルを職場の上司や警察などに明かして相談する」という趣旨のことが書かれていた。そこに添えられた手紙には、「こんな紙が送られ、指定された二十五日の十四時に指定された場所へ行くと、和賀さんが来ていた。このように人のスキャンダルを脅す人が教員をしてよいのか。管理職としてしかるべき処置をとってほしい。今回は匿名で送るが、断固とした処置をとらなかったら、次の手を考えるつもりだ」と書かれていた。

元校長は、この手紙をどう扱ってよいかわからず、教育委員会へ行った折に相談しようと思っていた矢先に、金沼の溺死体が発見された。そのあとしばらくは金沼死亡への対応に追われたが、二月上旬に教育委員会へ相談しに行った。

まず和賀本人から話を聞くべきということになり、二月十二日に和賀の家へ行ったが、不在だった。校長は、和賀が誰のスキャンダルをばらすと脅しているのか皆目わからず、それがろう学校の関係者であることを怖れていた。

その翌日に火炎瓶殺人事件が起き、ろう学校の教員や保護者、子どもがそれに参加していたことから、その対応に追われた。続けて和賀の行方不明を聞き、和賀は加害者と被害者のどちらなのかわからなくなっていた。警察に言うか迷っているうちに、和賀の死体が発見され、また対応に追われた。

元校長は、警察に届けるか迷い続けていたが、やはり警察に言おうと思い始めていたところへ、今度は、野坂が和賀殺害を自供した。和賀は野坂に殺されたのだから、これ以上関係者を傷つけないためにも、警察には言わないほうがよいのではないかと思った。和賀は野坂との男女関係のもつれから殺されたことが新聞で報じられており、和賀をこれ以上悪者にしたくないという思いもあった。

深見は、福呂から元校長の話を聞いて考えた。誰がそのスキャンダルに関する手紙を校長に送ったのか。これは、規子と徹矢が相談して、鳥辺と和賀、谷川に送ったのではないか。なぜ和賀が「脅迫者」と思われたのか。

深見は、そこであっと思い当たった。佐原の話では、徹矢は、金沼にも同じ手紙を送ったという。規子はそれが自分に対する脅迫ではないとわかっていたが、克子は、その手紙を読んで、「規子が脅迫されている」と思ったのではないか。通常母親であっても子どもの部屋をいじくることは遠慮するものだが、克子にとっては娘の部屋をいじくるのは当たり前だったかもしれない。

だが、克子は、「規子が『私は脅迫されている』と感じたなら自分に相談するはず」と思わなかったのか。克子は、規子と徹矢の計画を本当に知らなかったのか。通常、子どもはほめられたことでない計画を立てると家族に隠すものだが、あの母子はよくわからない。

待てよ、和賀が指定された場所へ行った一月二十五日は、規子が失踪し、遺体が発見される前だ。規子の失踪後、克子が手がかりを求めて娘の部屋をていねいに調べ、スキャンダル云々の手紙を見つけて、そこへ行ったという可能性も考えられる。

深見は、谷川と再婚予定だったL塚と和賀の母親の二人から預かったスキャンダル云々の手紙を金沼の母に見せて、反応を見たいと思った。

五

金沼克子は、意識不明の状態から脱し、退院後は、P駒県の実家に帰った。深見は、克子の実家の場所を調べ、ゴールデンウィークのある日、P駒県へ向かった。克子に前もって連絡しなかったので、克子が実家にいない可能性があったが、それならそれでいいと思った。新緑がまぶしい季節になっていたが、克子への切り出し方を考えると、気が重かった。「自分は内心不在でいてほしいと願っている」とすら思った。

だが、何もしないままのほうがよいとも思えなかった。吉尾彰、野坂夏彦、村田徹矢の殺意は、すでに白日のもとにさらされた。残る「殺意」や「悪意」を埋もれたままにしておくのは公平ではない気がしたが、かと言って、衆目にさらすのもしのびなかった。ただ本人に「あなたの殺意や悪意を知っている人がいる」と、そっと伝えたかった。

克子の実家の場所は、すぐにわかった。克子の弟夫婦から「今墓参りだべ」と言われ、教えられたお寺へ行くと、そこにじっと手を合わせている克子がいた。

克子は、深見の顔を見ると、一瞬不安そうにまばたいたが、すぐに「まあ、深見さん。わざわざいらっしゃいましたの」とお辞儀をした。克子が「なぜここまで来たのか」と尋ねなかったことから、克子は自分がここに来た目的を察したように感じた。

「私の父や祖父母の墓があるこのお寺にお願いして、金沼家の墓をつくってもらいました。規子は、ここで父や兄と一緒に眠っています。うちの墓にお参りする人はもういないと思いますが、弟夫婦の子どもがお参りしてくれるでしょう。住んでいたマンションは売るつもりです。Q桜県へ行くことはもうないでしょうから」

深見も、墓の前で手を合わせた。心の中で「僕がこれからしようとすることは、あなたに歓迎されないと思いますが、『公平』を考えて動きたいと思います」とつぶやいた。

二人は、連れだって寺の敷地内を歩いた。深見は、克子の歩き方を見て、リウマチの症状がやや進んだことを感じた。深見が「克子の実家では話したくない」と思っていたところ、近くの公園にベンチがあったので、二人はそこに腰かけた。

深見は、L塚と和賀の母親から入手したスキャンダルに関する手紙のコピーをカバンから取り出し、何も言わずに克子に見せた。克子は、それを見るなり動揺が全身を走った。

「これと同じような紙が、規子さんのところに来ていたのですね」

「……、ええ」

「この紙のコピーが南浜ろう学校の校長先生に送られたそうです。校長先生はこの三月に退職されましたが、警察に届けることをためらっておられます。これ以上、死者にむちうつような事実を明らかにしたくないと思っておられます。それは僕も同じです」

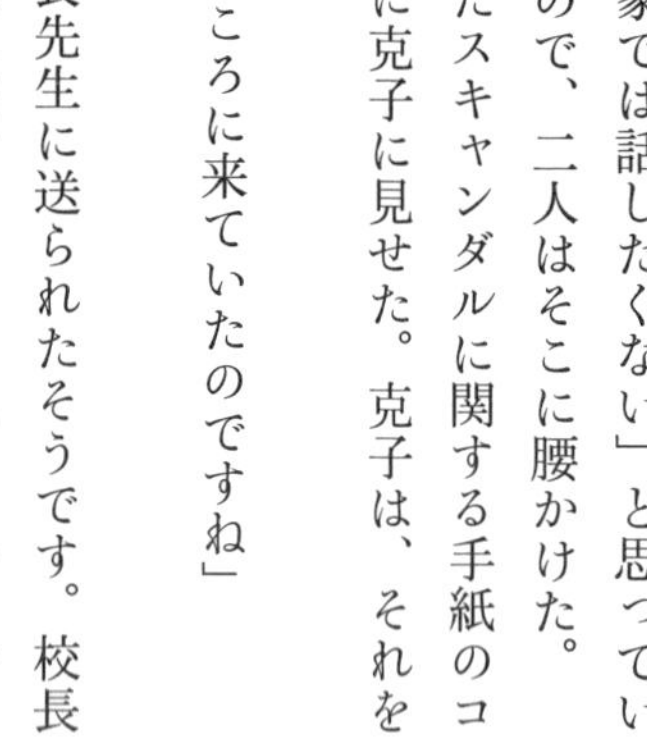

克子は、じっと下を向いていたが、やがて顔をあげた。

「深見さん、あなたは、前、真実を知りたいが、真実は全て明らかにされる必要はない、場合によっては沈黙すると言われましたね」

「そうです。僕は、今回も場合によっては沈黙してもよいと思っています」

「そうですか」

克子が話そうか話すまいか迷っていたので、深見は「言いにくいようでしたら、僕が想像したことを話しますので、違っていたら訂正してください」と言って話し始めた。

「母親は、娘の失踪後、手がかりを求めて娘の部屋をていねいに調べ、スキャンダルに関する手紙を見つけました。『娘宛てに来た手紙だ。娘は脅かされていたのか』と思い、印字された時刻にその場所へ行くと、和賀が来ていました。『この手紙を送ったのは和賀か。今出ていっても、また意味のない口論になるだけだろう』と思ったので、和賀をそっと写真に撮りました。娘が現れるかもしれないという期待もありましたが、娘は現れませんでした。娘に来た手紙をコピーし、和賀がその場所に来たことを示す写真を添えて校長へ送りました。『こんな文章が送られ、指定された日時と場所に和賀が来ていた。教員ともあろう人が人を脅すのか。しかるべき処置をとってほしい』という内容の手紙も添えました」

克子は、じっと目を伏せながら聞いていた。否定も肯定もしなかったが、深見は自分の想像が当たっていると確信した。

「校長先生は驚き、教育委員会と協議し、とりあえず和賀に話を聞こうということになり、和賀の家へ行きましたが、不在でした。和賀は和賀で、スキャンダルに関する手紙を受け取り、疑心暗鬼になっていたようです」

「えっ、和賀さんに同じ手紙が来ていたのですか」

克子が顔をあげた。

「そうです。ですから、和賀は、まず野坂に『こんな手紙を送ったのはあんたなの?』と言い、口論になったそうです。そのときの野坂の様子から、これは違うようだと気づきましたが、和賀は謝らなかったそうです。これは野坂が警察に話したことです。それから、吉尾によると、野坂が吉尾に『最近、和賀は、誰かにおまえのスキャンダルを知っているぞと脅かされている』と話したので、吉尾は、鳥辺に送られたのと同じような手紙が和賀にも送られたことを知り、ますます規子さんを疑ったそうです。それは、吉尾の規子さんに対する殺意を固めさせることになったそうです」

「……。それでは、誰があの手紙を書いたのでしょうか」

深見は、これは克子にとって残酷な話になると思いながら、あえて口にした。

「他の人から聞いたのですが、あのスキャンダルの手紙を書いたのは、規子さんです」

「ええっ、規子が……」

「そうです。自分で自分に送ったらしいです。正確に言うと、村田徹矢さんに頼んで送ってもらったそうです」

「えっ、村田さんが。では、村田さんが娘をそそのかしたのでしょうか。村田さんは、小田島さんや谷川さんを殺そうとしたぐらいですから。あるいは、生活に困っていたみたいですから、お金が取れると思ったのかもしれませんね」

深見は、ここでも「娘は悪くない。他人が悪い」と考える克子の習性が現れたと感じた。このまま行くと、徹矢が一方的に悪者扱いされるだろう。自分はもう少し克子に言う必要があると思ったので、深見は、はっきり告げた。

「いいえ、このことを考え出したのは規子さんだそうです。村田さんは、すでに死ぬつもりでいたので、どうでもよいという気持ちになって、規子さんに頼まれるまま動いたのだそうです。そのことを示す物をある人が持っています。村田さんは、死ぬ前に、自分が直接恨んでいたのは小田島つや子だが、それ以外に、ろう教育論争の『右』と『左』、つまり手話を否定して聴覚口話法を絶対視する人々と口話を否定して日本手話を絶対視する人々に嫌悪感を抱いていました」

克子は、目を伏せた。肩が小刻みに揺れていた。

深見は、自分がこれから言おうとしていることは暗に克子を批判することになると感じながら、言わずにはいられなかった。

「僕も、今回の一連の事件は、不幸な小さな積み重ねや齟齬が複雑に絡み合って連鎖して起きたと感じています。自分がどのコミュニケーション方法をよいと思うかは自由ですが、それを他人にも押しつけようとしたあたりが、今回の元凶であるように感じます。コミュニケーションは他人との会話の方法ですから、自分はこの方法がよいと言うことは、他人に自分の流儀を押しつけることになる面があります。手話だけでと言っても、相手が手話を知らない場合は口話を使う必要がありますし、逆に手話はいらないと言っても、相手が手話も使ってほしいと思う場合もありますから。つまり、コミュニケーションや教育方法に関しては、『選択の自由』と『他人への押しつけ』はどうしても重なってしまうのです。趣味などであれば、自分と他人はそれぞれ別のものを選べるので、『選択の自由』と『他人への押しつけ』は重ならないのですが」

克子がとうとう顔を両手でおおったのを見て、深見は、どこまで言うか迷った。

やがて、克子は、深見の顔を見ずに言った。

「娘はもうこの世にいませんし、今の私にできることは、娘の名誉を守ることです」

深見は、「今の克子は、重いよろいを着ている」と感じた。実は、深見は、次のことも克子に伝えたかった。

「谷川のつきあっていた女性や元校長先生が持っている封筒を科学的に分析すれば、指紋や切手についている唾液が誰のものかわかるかもしれません。あなたは『車の運転中、鳥辺の話をよく聞こうとして、気を取られ、ハンドルを切り損ねた』と警察に話したそうですが、それは半分真実で半分真実ではないと想像します。さらに、あなたは、徹矢が火炎瓶を投げて死ぬ覚悟であることを知っていて、あえて止めず、いずれ自分も鳥辺とともに死ぬ覚悟だったのではないかと想像します。鳥辺は、出産間近であり、谷川もいる講演会に参加するとは思えなかったからです。あなたは、津堂や竜崎など快く思っていなかった人に対して『運を天に任せる殺人』をするために、二月十三日の講演会の案内を送ったのではないでしょうか。その手紙も残されていますから、分析すれば、唾液や指紋から差出人がわかるかもしれません」

さらに言うか言うまいか迷っていた深見に、克子は言った。

「お願いですから、そっとしておいてくださいませんか。あなたのおかげで、吉尾の犯行とわかったことを感謝しております。吉尾の自供で、娘は音大生殺人事件の真相に自分の知らない間に近づいたというだけで殺されたとわかりました。この形で終わったことにほっとしました。その意味で、あなたにはお礼を申し上げます」

克子は、全てを拒絶するかのように深々と一礼すると、実家へ帰っていった。

その後ろ姿を見て、深見は、克子と一生会えないような気がした。「克子は死ぬつもりではないか」と感じ、自分がもう少し尋ねたかったことはどうでもいいような気がした。

深見が克子の自殺の知らせを聞いたのは、その一か月後だった。深見が克子の弟夫婦に名刺を渡していたので、弟夫婦が知らせてくれたのだ。弟夫婦は、「姉は、夫と息子に続いて一人娘を亡くして、生きる張り合いをなくしたようでした」と言っていたが、深見は、克子から「娘や自分の『悪意』を明るみに出さないでほしい」というメッセージを受け取ったような気がした。

六

深見は、「金沼規子は川に沈み、和賀は海に沈み、鳥辺は谷に沈み、徹矢や谷川は火に沈んだ。吉尾も山に沈むところを、警察に逮捕された。金沼克子もあの世に沈んだ。そして、残る真実は闇に沈めるしかなさそうだ」と思った。

夏季休業中のある日、深見と津堂、福呂、竜崎、御子柴は、南浜市内の喫茶店に集まった。津堂が「小田島やG藤の講演会の案内は、誰が何の目的で送ったのか」を気にしていたからだ。また、福呂が、「スキャンダル云々」の手紙は誰が誰に送ったのか、そして、誰がその手紙のコピーや和賀の写真を校長に送ったのかを知りたがっていたからだ。

初めは、他愛もない話がかわされたが、ついに御子柴が、「金沼先生のお母さんが自殺されたそうね」と口火を切った。それを聞いて、竜崎と津堂、福呂が驚きの声をあげた。

深見は、「もう伝わっているのか」とつぶやいた。

「ええ、来栖さんが教えてくれたの。金沼先生の葬儀に来栖母子とV谷母子が参列したから、金沼先生の母親の弟さんが、来栖さんとV谷さんに連絡されたそうよ。家族を失って生きる望みがなくなったこととリウマチの進行を悲観しての自殺だろうと聞いたの」

津堂は、「君は何か知っているのではないか」と問いたげに、深見に視線を向けた。

講演会の案内やスキャンダル云々の手紙のことは、ここにいる四人とも知っている。誰が誰に送ったのかを言わないと、みんな落ち着かないままだろう。だから、今日集まったのではないか。やはり話すべきだ。そう思った深見は、「これ以上ろう学校関係者、特に聴覚障害者の評判を落とすようなことはしたくない。だから、僕がこれから話すことは口外しないでほしい」と言って、佐原から聞いた話や克子との会話の内容を打ち明けた。

「そうだったのか。運を天に任せる殺人か。僕たちは、小田島たちの講演会のとき後ろに座っていたから、危うく難を逃れたけど、殺意をもたれていたのか」

「僕は、金沼さんと直接衝突したことはないのに、長休を外部にもらした、通知表を鳥辺さんにもらしたなどと思われ、そんなに恨まれていたのか。気持ち悪い話だな」

福呂が「待って。結局、鳥辺さんは事故死と殺人のどちらなの」と尋ねてきた。

「それは、もう尋ねなかった。たぶん、半分事故で、半分殺人だったんだと思う」

深見は、自分が克子にあえて尋ねなかったことがどう思われているかが気になり、みんなの顔を見たが、誰もとがめるような顔ではなかった。

竜崎が「金沼さんは、鳥辺さんの弱みを握って自分の味方に引き入れたかったんだろうと想像できるが、何のためにスキャンダル云々の手紙を送ったのか」と尋ねた。

「それは僕もわからないが、徹矢から佐原に送られた手紙では、単にビクビクする気持ちを三人にも味わってほしかっただけのように書かれていた」

「金沼が手紙を鳥辺たちに送ったことから、吉尾は金沼への殺意を固めたのか」

「そうだ。警察でも、吉尾はそのように言っている」

福呂が、「ああ、職場での人間関係は難しいわね」と、ため息をついた。

「人間関係に悩む聴覚障害者が多いわね。失礼かもしれないけど、ハツタ自動車のように仕事内容がはっきり決まっている職場のほうが長続きするのかな」

「そうですね。仕事の内容が単純で決まっているほうがいいと言う生徒もいます」

「私は、はっきり決まっていない仕事のほうがおもしろいと思うんだけどね。学校のように聴者と対等に臨機応変に動くことが求められる職場で長く働くことは、予想以上に難しいことなのかな。

手話環境に恵まれているろう学校でさえいろいろあったから。単に情報保障や理解の有無の問題だけではないのかな」

「そうだね。M垣先生が最近長休を取られたが、彼女は職場適応できていると思っていただけに驚いたよ。彼女は、まじめで完璧を求め過ぎて、いつも笑顔で、トラブルを忌避しようといろいろなことをかかえこんで、しんどくなったのかな」

「それは僕も感じた。感情をストレートに出すのも、逆に全く出さないのも、考えものだな」

「同じインテグレーションでも、高校と大学は違う。職場は、朝から夕方まで一緒だから、大学よりは高校や中学に似ている。でも、個人差も大きいだろう。竜崎先生は、付属ろう学校で幼稚部から高等部まで過ごしたけど、職場でうまくやっているでしょ」

「何もかもうまくやっているわけじゃないが、言わないほうが無難と思ったら言わないということだけはやってきたからかな。聞こえる世界では、欠点の指摘や批判はあまりしないのが美徳とされていることを理解して、ふるまうようにしたからかな」

「インテグレーション全てがよいとは思わないけど、ろう学校にずっといるのがよいとも思えないわ。こんなことを言ったら、ろうあ協会などから怒られるかな」

「学年相応の学力がない人が地域校にいて、先生の話がわからず、周囲の友達が教科書を開いてあげたりするというお客様みたいな状態が続いて、気の毒な結果になった人もいるし。また、学力があっても引っこみ思案な人、心理的に折れやすい人は、ろう学校や難聴学級のほうがいいと思う。

それから、リーダーシップ発揮の経験は、ろう学校や難聴学級のほうができるね」

「教員には視野の広さや幅広い人間性が求められるわ。これがあるかないかは何で決まるのかなと、この頃よく考えるのよ。聞こえる学校で過ごした経験との関連を考えたこともあったけど、最近は、親の人間性が最も関連するように感じているわ。日本語の力があっても薄っぺらな人、逆に日本語の力は弱くても人間性を感じさせる人がいるけど、日本語の力と社会性や人間性の両方をもっている聴覚障害教員がもっと増えてほしいわね」

Q桜県では、その後も何人もの聴覚障害者が採用された。金沼や塩野、福呂が社会科教員だったため、難聴者で社会科免許をもつ人がろう学校ではない特別支援学校に配置されたが、その後南浜ろう学校に異動した。「手話も口話も」という考え方の人でよかった、と竜崎が言っていた。

「それにしても」と深見は思った。福呂が「音大生殺人事件の似顔絵は、現場近くに住む吉尾に似ている」と感じたときもっと動いていれば、吉尾はもっと早く逮捕され、規子は殺されなかっただろう。警察が小学部のI瀬とかいう教員の盗難被害届を受理し、調査を始めていたら、谷川や和賀が鳥辺を脅すこともなかっただろう。そして、村田の体罰事件は起きず、負の連鎖を断ちきれただろう。谷川は、「鳥辺はこれだけお金をくれるんだぜ。職場のお金を盗んでいるかもしれないな」と以前から野坂やL塚に言っていたらしい。さらに、佐原が和賀に近づかないでいたら、野坂は嫉妬に狂わず、和賀は殺されなかっただろう。佐原は、彼らがどんな考え方なのか知りたかっただけと言っていたが。

喫茶店から出た御子柴と福呂が連れ立って歩いていたとき、御子柴がぼそっと言った。

「前、北条から大学に転職した本郷先生が狭山をパワハラで訴えたと話したでしょう。教育委員会は、結局『そういう事実はなかった』という結論を出したらしいわ」

「えっ、パワハラ認定されなかったの」

「そう。本郷先生は、狭山から『殺してやりたい』とか『おまえが手話通訳したから金沼は気分が悪くなった』と言われたと訴えたけど、教育委員会は『問題になるようなことはなかった』と結論づけたらしい」

「そんな。狭山にひどいことを言われた先生が、南浜でもいっぱいいるのに。こないだのパワハラ研修でも、特定の人をひいきして周囲に不快感を与えることもパワハラになると言われたのに、そういう事実はないとされたなんて、おかしいわ」

「本郷先生は、教育委員会や管理職に失望されていたわ。『教育委員会から嘘つき呼ばわりされたような気がする。パワハラ認定の難しさを承知したうえで、現場の教員は声をあげにくいから、転職に成功した自分が声をあげないとさらに被害者が生まれるだろうと思って訴えた。だから、声をあげない先生たちを悲しく思うのは筋違いとわかっているが、事を荒立てたがらない人たちから冷笑されているような気がして、孤独を感じた。私、独り相撲をとっていたのね』と言われたとき、何と言えばよいのかわからなかった」

「……」

「私も、狭山から『金沼がおまえを無視するのは当たり前だ』などと言われ、無視され続けたけど、私も事を荒立てようとしなかった一人だから。本郷先生は、『あなたを責めるつもりはないけど、孤独だった。傍観は時として加害者への加担になることを痛感した。今、職場でいじめやレイプの被害者に寄り添う活動を始めていて、このときの経験が生かせそう。万事塞翁が馬だね』と言われたの」

「そう。塞翁が馬か……」

御子柴と福呂は、長いこと黙って暗い道を歩いていった。

七

一年後の日曜日、津堂と竜崎は、I瀬やN森など若い教員たちを伴って、福呂や御子柴と会った。若い教員たちも一連の事件に衝撃を受けており、津堂や竜崎が「今度、福呂や御子柴と会って話すんだ」と言ったとき、「自分たちも同席したい」と言ったからだ。

津堂は、ろう学校小学部から難聴学級に異動したI瀬から、「鳥辺先生は、盗難事件と関わりがあるのではないか」という相談を受けていた。I瀬は、「聴覚障害教育にずっと関わりたいが、人事異動があるから、ろう学校にずっといられない。だから、難聴学級とろう学校を行ったり来たりしたい」と希望していた。鳥辺が産休を取ったとき、I瀬は、「鳥辺の結婚相手はデフファミリーだから、子どもに聴覚障害があれば、自分はろう学校や難聴学級で鳥辺の子どもを担任する可能性がある。親と子は別と頭ではわかっているが、そのときのことを考えると憂鬱だ」と言っていた。

一連の事件の原因や背景が、改めて話題になった。

「今回の殺人事件は、直接的には、聞こえる人にもありがちな男女関係のもつれや職場の人間関係からくる怨念が原因だろうけど、私は、管理職の事なかれ主義も遠因の一つだったと思う」

「津堂先生が、『罪の重さは、正直に言えば二分の一、三分の一になり、隠していれば二倍、三倍になる、と祖父母から聞かされて育った』と職場新聞で書いたとき、鳥辺さんが退職していれば、今回の事件は起きなかったと思う。皆で『人のお金を盗んだのに、そしらぬ顔で教え続けるのは恥ずかしい』ともっと話題にして、鳥辺さんが自ら退職してくれていたら、和賀さんが鳥辺さんを脅して村田さんの体罰現場を録画させることはなく、村田さんは定年まで勤められたと思う」

「それに、管理職が金沼母子にもっと毅然とした態度で接していれば、また違っていたと思う。『管理職は金沼先生の母親に怯えている』という噂が流れること自体、恥ずかしいこと」

「管理職の狭山に対する態度もよくなかったと思う。狭山を金沼の高等部から引き離すために、狭山を主事より上の主幹にしたことはまずかったと思う。狭山が北条にも南浜にもいなかったら、金沼も覚悟して先輩や同僚のアドバイスをもっと素直に聞けたかもしれない。でも、金沼は狭山に訴え、狭山は、金沼と対立する先生を全て攻撃したから、金沼は『自分は正しい』と思いこんで、ますます周囲でトラブルが多発したように思う」

「校長は、金沼が高等部へ行ったとき、Q畑主事や教務部長に、『狭山から干渉があってもはねのけるように。金沼は、高等部でうまくいかなかったら、他に行くところがないから、多少のことは目をつむるように』と言ったらしい。これが本当なら、そのような特別扱いが今回の一連の事件につながったんだと思う」

「津堂先生が管理職と話したとき、管理職が『自分も鳥辺先生が犯人だろうと思っている』と言いながら、盗難事件との関わりを鳥辺先生に尋ねるのは人権侵害になりかねないと言って全くふれようとしなかったのは、あれだけの殺人事件が相次いだだけに、本当に正しかったのかなという思いが、私の中ではまだ消えていないの」

I瀬が「私が相馬主事と一緒に警察へ被害届を出しに行ったけど、受理してもらえなかった。もし受理してもらえていたら、あの事件は起きなかったかもしれないと思う」と言ったので、警察の対応のことも話題になった。

「ある県では、体罰事件が起きて、『手話がなく、コミュニケーションが成立していなかったから、体罰事件が起きた』とか『当事者であるろう者が口話は役に立たなかったと言っているのに、口話を使い続けるのは問題』という雰囲気が強まって、一部の議員の後押しもあって、『口話法は差別。手話法だけが正しい』という雰囲気になった。幼稚部で口話

を使わなくなって、耳も使うことを希望する親はろう学校を避けるようになって、小学部や中学部から日本語の力が低下したと批判が出て、ろう学校の児童生徒数が減った。そして、それまでろう者やろうあ協会の言いなりだった管理職から、『以前の手話を否定する口話法も最近の口話を否定する手話法もよくない』とはっきり言う管理職に変わって、現場は少しずつ変わっているらしいよ」

「それはよかった。Q桜県で体罰事件が起きながらも、口話を否定する手話法になだれこまなかったのは、ある意味、本音は聴覚口話法賛美派の校長や狭山の存在が少しはあるだろうけど、手話をもっと教育で活かそうとした先生たちの存在も大きかったと思う」

「今だから言うけど、金沼先生が高等部で長休を取ったあと、狭山主幹は、全校で手話通訳させてはいけない先生や、金沼先生と一緒の分掌にしてはいけない先生のリストをつくり、相馬主事に渡したらしい。相馬主事が『丸本先生や小泉先生に非があったわけではないのに』と言うと、主幹は怒って、『金沼が丸本や小泉の顔を見て、気分が悪くなって倒れたらどうするのか』と言ったらしい。相馬主事は、狭山のつくったリストをのむか反対し続けるか悩んでいたらしい」

「それと似た話を他県で聞いた。職場でのトラブルで長休を取った聴覚障害教員が『私はPTSDだから、あれとこれはイヤ』などと言っていて、管理職が、『聾学校は、職場適応できない聴覚障害者を庇護する場所か。こんな聴覚障害者はもういらない』と個人的にこぼしたらしい」

「一部の管理職や教員の暴走を止める力を、管理職や学校全体でもつこと。そのために、ろう教育の歴史に学ぶこと。これらが大事だなと思う。最近、一般の小学校や高校での体罰事件が新聞に載ったけど、あれは、実はモンスターペアレントのつくり話で、管理職の初期対応がまずかったような話を聞いたわ。管理職が毅然とした態度をとれず、『訴えてやる』とがなりたてる人のペースに引き込まれると、結果的に逆に大変なことになるみたいね」

「管理職は、モンスターペアレントへの対応をきちんとする必要があるね。金沼先生が復職したとき、授業時間数はみんなの半分で、校務分掌はいっさいもたないという条件を、管理職が用意したことにも問題があったと思う。他の先生が復職したときはそんなことはなかったのに。代わりに来たO橋先生や仕事が増えたN森先生が気の毒だった」

「でも、よい勉強になりました」と、N森が言った。

I瀬が、「V曽県の研究会に参加したとき、『Q桜県で起きた連続殺人事件、大変だったね。金沼、和賀、鳥辺という先生も、谷川、吉尾というろう者も、人工内耳や口話法で育ったから、視野が狭い人間に育ったんだね』と言われて、悔しかった」と言い、N森が、「Z砂県で、『うちのろう学校は、幼児期から豊かな日本手話で育てているから、人間性のあるろう者が育つ。日本語の力があるかどうかより、こっちのほうが大切だよね』と言われて、皮肉に聞こえて悲しかった」と話した。

福呂が「気にしない、気にしない。聞こえる人でも、日本語で育てられても、視野が狭い人、人間性がない人がいるんだから。でも、今回の一連の事件は、ろう教育論争やコミュニケーション論争の中で起きたことは確かだと思う。だから、手話も口話もどちらも大事という姿勢が大事だと思う」と言うと、みんな大きくうなずいた。

「手話の併用を認めるか否かに関する『口話―手話論争』については、『わが指のオーケストラ』や手話禁止の中で育ったろう者の経験談があるが、最近の口話併用を認めるか否かに関する『手話―手話論争』については、手頃な読み物がないね」

「そうだね。『わが指のオーケストラ』で有名な高橋潔先生の娘の川渕依子さんは、『明晴学園ができて、あなたの父上も喜んでおられるだろう』と言われて、『父は口話を否定していなかった。残聴がある生徒には、口話法の生野ろう学校を勧めていた』と答えたそうだよ。川渕さんは、口話を否定する風潮を苦々しく思っておられたそうだよ」

そのあとも、いろいろなことが話題になった。

聴能の権威と言われる大学教員が、「最近、V曽県教育委員会の人と会ったとき、僕と話したことがV曽県で知られるとまずいことになるから黙っていてほしいと言われ、口話法やオーディオロジーはそんなに攻撃されているのかと驚いた」と語ったこと。[注78]

Z砂ろう学校のろうの教員が、講演で「聴覚口話法もトータルコミュニケーションも失敗した」と話したが、その後の質疑応答で「北欧のバイリンガルろう教育は、今どう評価されているか」と聞かれ、「あまりうまくいかなかった」と回答しており、それを聞いた人は、「バイリンガルろう教育がうまくいかなかったと知っているのに、講演の中でなぜそれにふれなかったのか。ここにも情報操作がある」と思ったこと。[注79]

同じく、その講演の中で、「第一言語としての手話の獲得が書記日本語や学力の獲得につながる。

最初は日本語獲得が遅れているように見えるが、必ず聴児に追いつく。だから、まず手話で考える力を伸ばすことが大事」という話があり、聴児に追いつくことを示すデータとして二つの研究が紹介されたが、そのうち一つの研究を進めた大学教員は、後日それを聞き、「僕はそんなことを言っていない」と言ったこと。もう一つの研究については、他の大学教員が「それは、統計トリックの一つ。その統計トリックを利用して手話法支持者を増やそうとしている大学教員がいる」と言ったこと。

「その『統計トリック』って、何?」

「うん、たとえば、『天井効果』。小学校低学年の聞こえる子どもなら満点近く取れる問題があるとする。手話で育った子どももいずれ満点近く取る。そのとき、『聞こえる子どもに追いついた』と言うんだ」

「そうか。小学校高学年以降の問題では歴然とした差があるのに、小一の問題だけを使って、『聞こえない子どもはいずれ聞こえる子どもに追いつく』と言うようなものだな」

「なるほど、なるほど」

「他に、『擬似相関』というのがある。たとえば、日本で、足の長さと数学の成績の間に正の相関が認められた。つまり、足が長いほど数学の成績がよいという結果が出た。これはどういうことかわかるかい?」

「たまたまその集団でそうだったということ?」

「いや、このQ桜県でも調べたらそうなるよ」

「えー、じゃ、この僕は、数学の成績が悪いことになるな。納得したよ」

竜崎がおどけて言ったので、みんな笑った。

「それはね、赤ちゃんから成人までこみにしたからだよ」

「あー、なるほど。赤ちゃんも幼児も混ぜたからか」

「そう。だから、年齢の要因をそろえたうえで、相関があるかを調べる必要があるんだ。それから、AとBの間に相関があると認められたとき、AとBのどちらが原因でどちらが結果とは言えないことにも注意する必要がある。ところが、たとえば、アメリカ手話の力と英語の力の間に相関が認められたとき、『だから、アメリカ手話を身につけることが大事』という結論を性急に導く人がよくみられるんだ。その逆かもしれないのにね」

それから、バイリンガルろう教育を支持する大学教員と話していて、「この人の考える日本語習得の目標はどこまでなのか」と疑問に思ったことが話題になった。つまり、御子柴が「妻、家内、夫人、配偶者」などの言い方の中で、特に男も女も含める意味の「配偶者」の手話表現が難しいと言ったとき、ある大学教員が「聞こえないのだから、そんな難しい日本語は知らなくてもよい。それより、手話で自由に話せることのほうが大事。二言語教育では、ほとんどの場合、第二言語の力は第一言語より低いよ」と言ったので、御子柴は、「それは障害者差別の一種では？　日本語の力が弱くても手話だけで聴者と対等に生きられる社会を用意してから言ってほしい」と腹が立ったという。

「私もそう思う。ある卒業生が、『ろう学校でもっと国語や英語を勉強すればよかった。日本語の力がある同期が提案書を上司に提出したりしてどんどん出世してくのを見ると、悔しく思う』と悲しそうに話していたのが忘れられないの」

「そうだろうなあ。『善意を装った差別』か……」

それから、ろう児たちの日本語の状況が話題になった。

「Z砂ろう学校小学部の先生が、小一で、『2』が『に』と読めない、『時計』の手話はできても日本語が書けない、こんな状態では教科書が使えない、と嘆いておられたわ」

「そのZ砂ろう学校の高等部で、重複障害がないのに、『つくる』を『くつる』と書いたり、『渡す』を『わさす』と読んだりする例があるらしい。手話は上手らしいけどね。英語の先生が、口を動かさない手話を使う生徒が増え、以前と比べると英単語が覚えにくい例が増えたように感じると言っていたわ」

「口を動かす、口も見る、これは日本語単語の定着につながると思う。Z砂ろう学校の小六の子どもたちは、口を動かさない手話が多く、『来ない』を『きない』と読んでいたの。先生が『前プリントで勉強したでしょ』と言ったら、『忘れた』と言っていたの。『こない』という口形が一緒の手話を使う子は、使わない子と比べて、『こない』と覚えられる確率が高いだろうと思ったの。そのことをバイリンガルろう教育を主張する人に話したら、『もっと書かせれば覚えられるはず』と言われたの。聞いたり話したりすることなしに文字だけで覚えるのは、相当難しいと思うのに。だから、この『口話を使わなくても文字との接触だけで日本語は身につく』と思うか思わないかの分かれ目が、口話も必要と思うか思わないかの分かれ目になっているような気がしたの」

「前、そのことが話題になったとき、和賀先生が『口話も必要。私は最初から口話を否定していない』と言い出したから、『え?』と思ったことがある。和賀先生は、前『日本手話でなければ学力は獲得させられない』と自信たっぷりだったのにと思った」

「ろう児の人権救済申立が出た頃、『聴覚口話法は差別』『失敗したとわかっている聴覚口話法やトータルコミュニケーションを使うのは、人道的に許されない』などと言われたが、これは『口話法は非人道的』と決めつけているから、彼らの言うバイリンガルろう教育の成功率が百パーセントじゃないのなら、この言い方は逆に非人道的になるのではと思った。つまり、対応手話を使う人をあれだけ攻撃しておいて、その後日本手話でうまくいかないようだということになれば、その攻撃は逆に人権侵害になるのではないかと思った」

「わかる。わかる。幼稚部で補聴器装用や対応手話、発声を拒み、日本手話を強く要求した親が、小学部で学習内容が難しくなるにつれて、補聴器装用や対応手話、発声を拒否しなくなったとき、その親への対応に苦労してきた主事は、『この変化はありがたいが、一方で腹が立つ』と言っていたわ。たとえて言うと、『時間さえあればできる』とごねて、皆をさんざん待たせたのに、結局できなかった人みたいと言っていたわ」

「それ、ろうあ連盟が『見解』の中で、『逆に人権侵害につながる恐れなしとしません』と言ったのと関連するね。私も、今だから言うけど、そのとき、『人権侵害申立という名前の人権侵害』というのはあるのかなと考えたことがあるの。『ろう児の人権救済申立』が、手話が選択肢に含まれていないことに対する異議申し立てであれば、それは理解できるが、聴覚口話法や対応手話を選択肢から退け、バイリンガルろう教育が唯一の成功する方法であると主張するものであれば、同意できないと思ったの」

「対応手話を攻撃していたあの親の息子は、今高等部だけど、父親は手話が覚えられなくて、息子とほとんど会話できないそうよ。『対応手話だと学力の遅れが生じる』『会話が成立しないと人間性がゆがむ』などとあれだけ対応手話や口話を攻撃しておいて、今息子と十分に会話できない親を見ると、腹が立ち、悲しくなる、と管理職が言っていたわ」

「他の親は、日本手話が大切と言われて、夫婦で手話を覚えて、それ自体はよかったが、今振り返ると日本語指導がおろそかになった面があると、個人的に話してくれたわ」

そして、昔の手話を否定する聴覚口話法で育った人は、手話から遠ざけられたことを悲しく思う人が多いが、逆に口話を否定する手話法で育った人は、「友達は発声して周囲にかなり通じるのに、自分は発声できず、全て筆談。友達は『発音訓練？　そんなに苦しくなかったよ』と言っていて、それぐらいの発音訓練なら、私も受けたかった」と思うろう者が現れる可能性があることが話題になった。実際、「苦しかった発音訓練をわが子にさせたくない」と願う親に内緒で発音学習を希望する生徒もいるという。

「先日ネットで『明晴学園の御用学者は、誰々と誰々』という文を見かけたが[注80]、この人たち、もしバイリンガルろう教育では日本語獲得は難しいという結果になったとき、なんて言い出すんだろうか」

「別のネットで御用学者として名前が挙がっていた先生の一人は、周囲の変化を感じ始めたのか、『僕は日本手話主義者に利用された』などと言い出しているらしいよ」

福呂が「ろう教育界は、口話か手話かで大きく揺れ動いている。手話法に極端に傾いたろう学校は、すぐに口話法へ極端に引き戻される可能性が高いと思う。あのZ砂ろう学校も、今の状態がいつまで続くかな」と言うと、皆うなずいた。

「だから、『どの方法でもうまくいく例といかない例がある。その分かれ目は、コミュニケーション手段の種類より、豊かな会話や読書体験にあるのではないか。学力や日本語の力の獲得の成否を、コミュニケーション手段の種類だけで論じるのは控えよう。どんなコミュニケーション手段であれ、それを通していかに日本語の世界を豊かに絶えず紹介するかが、大きなポイントになるだろう』と、親や先生に話していくしかないと思う」

「そう。聴覚口話法は失敗したとよく言われるが、戦前と比べると、日本語の力は確実に伸びている。その時々の親や先生たちは、よかれと思って一生懸命だったことを忘れないようにして、頭ごなしに『その方法は失敗する』と決めつけずに、聴覚障害児や親の願いを聞きながら進むしかないと思う。これは、手話法の場合も同じだね」

「本当に、『百パーセントうまくいく方法などない』という姿勢が大切なんだよね」

「集団成立のことを考えると、口話も手話も必要。日本手話だけで教わる選択肢も必要と言われても、現実には、一学年に数人しかいない学校では、日本手話を使うクラスと口話も手話も使うクラスの両方を用意することなんて難しいわ」

「あるろう学校では、日本手話を要求した親が『うちの子の前でそんな中途半端な声つき手話を使わないで』と言って、『口話も』と願う親と対立して、『あんな親の子と同じろう学校はイヤ』と言って無理矢理子どもを転校させた親がいて、大変だったそうよ」

御子柴が「教育方法がころころ変わるろう教育界では、他の学校に比べて、研究部や研修推進部の存在の意味が大きいと思う」と言ったことから、北条ろう学校で研究部が廃止されたことが話題になった。

「北条では、狭山が研究部を廃止し、そのあと全校研究会が開かれていないんでしたね」

「そう。そのあともずっと、人工内耳など聴能に関する講演以外の研究会は開かれず、研究紀要も出されていない。全日本ろう教育研究大会などでの報告もない」

「北条は、今度文科省の研究指定校になるらしいが、公開授業や指定授業の授業者は、どうやって決めるの?」

「管理職が一本釣りするんじゃないかな。主事が主任や部長に『おまえ、やれ』と言うんだと思う。

『管理職が研究指定校を引き受けて、一部の主任や部長にやらせているだけ。私たちヒラの教員には関係ない』と言っている人が多いように感じるわ」

「最近、北条に来た若い先生と話していたら、ろう教育の歴史を知らないんですよ。『障害認識』がテーマになったとき、『自分は補聴器や人工内耳を使っていると言うことが障害認識ですね』とか言われ、『浅いな』と感じたんですよ」

そこで、声なし手話を主張する教員が多いろう学校の学芸会や自立活動が話題になった。

あるろう学校の幼稚部の学芸会で、「桃太郎」の劇に取り組んだとき、パロディー風にアレンジして「聞こえる鬼の国を征伐に行く」劇になり、桃太郎役を務めた幼児は「聞こえる鬼をやっつけたぞ」と叫んだらしいこと。

あるろう学校の中学部や高等部の自立活動で、「こんな立派なろう者がいる」のような紹介をすること自体は問題ないが、「この人はろう者の敵。この人はろう者の味方」と単純に人を二分するような言い方が気になったこと。

あるろう学校の公開授業で、「始めます」を生徒たちに伝えるために、電灯をパチパチさせた教員や床をどんどん踏み鳴らした教員がいたが、事後研究会でそれに対する意見が出され、「その方法以外に方法がないのかを考えよう」、「聞こえる人の職場で望ましくないやり方は、ろう学校でも使わないようにしよう」と話し合われたこと。

あるろう学校で、教員が生徒の日本語の間違いを指摘しようとしたら、生徒が「ろう者と聴者の間のことばのズレは、そのままでよい、聴者はそのズレを認めるべきと、先輩から言われた」と言ったこと。そのときの生徒とのやりとりを通して、ある本に[注81]『ズレ』はそのままでいいのです。目的は『ズレ』を知り、それを認めることです。そして『ズレ』を学ぶことで、手話は日本語とは違う独立した言語であることを実感していただきたいのです」と書かれているのを知ったこと。

若い教員が「そのズレって、たとえば？」と聞いたので、津堂が説明した。

「たとえば、『まし』は、聞こえる人の場合はそんなに高い評価ではないが、ろう者の場合はかなり高い評価らしい。『頭が高い』は、聞こえる人の場合は、敬意が足りない意味だが、ろう者の場合は賢い意味らしい。その本の中で、『ろう者と聴者がことばのズレを発見して、お互いの言語を理解してほしい』と書かれていて、僕は、聴者から見れば間違った使い方だと指摘する必要はないとこの本は言っているのか、と驚いたんだ」

竜崎が補足した。

「前、あるろう者が聞こえる人に日本語の『まし』の口形をつけながら『ましになった』と言ったから、僕が『その言い方は、ほめ言葉になっていない』と言ったら、『ろう者の中ではほめ言葉だ。ろう者の言語を理解しろ』と言われ、僕が『〝まし〟の口形をつけるなら、聴者の日本語の意味で使ってほしい。日本語の口形がついていたら、日本語と同じ意味か違う意味かの判断が難しいから』とか『それなら、ろう者の中だけで使ってほしい。君が言った相手は聴者だよ』とか言って、気まずい口論になったんだ」

「で、どうなったんだ」

「相手から、『少数派の言語は尊重される必要がある』『ろう者は虐げられてきたから、聴者はろう者のやり方を認める必要がある』など言われ、『その論理だと、ろう者がルール違反しても認めろ、になるんじゃないか』『手話は日本語と別個の言語というなら、なんで手話に日本語の口形をつけるんだ』と言い返して、結局かみあわないままだった」

「うん、僕も、『つくる、作成、生産、産業』が同じ手話になる現状では、講演では日本語にそって口を動かす手話通訳がほしい。『日本語と英語を同時に話せないのと同じように、日本語と手話も同時に話せない』と言う人がいるが、今の通訳者の日本語の口形をつける手話は、日本語と手話を同時に使っていると思う。その手話を否定して手話言語の独自性を強調する人は、『手話通訳』ではなく『手話言語通訳』という語を使うべきなどと言っているようだが、そうなったら、僕は、通訳派遣を頼むとき、『手話言語通訳ではなく、手話通訳をお願いします』と言いたいな。手話言語の独自性を強調する通訳者が日本語の口形をつけたら、『それは手話言語通訳？　手話通訳？』と突っこみたくなるな」

「僕も、対応手話と日本手話を分けたがる人にはついていけない。通訳者は、相手の希望に合わせて手話を使い分けてほしい。それに、通訳現場で求められる手話と教育現場で求められる手話は違う。通訳現場では、意味を伝えることが大事だが、教育現場では、それに加えて日本語の獲得につながる手話の使い方も求められる。たとえば、『ろう者は二重否定が難しいから、〃行けないことはない〟は〝行ける〟と言い換えて通訳する』と言った人がいたが、僕は、『行ける』と『行けないことはない』のどちらなのかが知りたい。相手の微妙な気持ちが知りたいから、原文に忠実に通訳してほしい」

そして、「卒業論文を手話ビデオでまとめたい」と言ったろう者のことが話題になった。

「それって、アメリカの大学に入って、『自分のことばは日本語だから、日本語で論文を書きたい』と言うのと同じにならないか？」

「そうだね。指導教官が日本語を知らなかったら評価や指導ができないし、日本語を理解しない人が多いなら、学術交流もできないし」

「会社も、日本語とズレがあることばを『これが自分のことば。それを認めろ』と主張する人を採用したがるだろうか。日本語で書いて、『この〝まし〟や〝頭が高い〟は、聴者の言う意味ではなく、ろう者の中での意味だと言われたら、筆談も難しくなるよね」

そのとき、津堂が「ある大学教員が、『自分の偏見かもしれないが。また、全ての子どもがそうではないが』と前置きして、全国のろう学校を参観しての感想を個人的に話してくれたが、それが印象に残っているんだ」と言って、その内容を紹介した。

以前の手話を否定する聴覚口話法で育った子どもと手話で育った子どもを比べると、後者のほうが表情の豊かさや物怖じしない様子、会話意欲があるように感じたこと。その一方で、口話併用手話で育った子と声なし手話で育った子を比べると、日本語単語を正確に覚えられる度合いや聴者の世界で求められるマナー・規律を身につける点では、前者のほうが高い子どもが多いように感じたこと。口話法の素地がある子どもに手話をプラスしたときの「輝き」は確かにあるが、その「輝き」を全て手話によるものと錯覚する人がいるのではないか。幼稚部で声なし手話を導入して数年たつと、手話を使うとき口が動かず、頭の中に日本語がないと感じる子どもが現れ、その中に、「つくえ」を「くつえ」、「椅子に座る」を「椅子を座る」と書いたりするだけでなく、客からもらった物をすぐに地べたに投げたり、「してもらって当たり前。してくれないのは差別」という態度を露骨にとったりする例がみられ、驚いたこと。そういう子はどんな教育方法でもいるだろうと自分に言い聞かせた一方で、全体的には、周りの大人が日本語の口形を伴う手話を使うと、子どももそのような手話になり、周りの大人が口形を伴わない手話を使うと、子どももそのような手話になると思ったこと。視野の広い大人や他人を尊重できる大人に育てられると子どももそのような人間に育つ傾向を感じ、日本語がどれだけ豊かに紹介されるか、視野の広さや人間関係の結び方のモデルが示されるかどうかが、口話か手話か、日本語対応手話か日本手話かより、子どもの育ちに大きな影響を及ぼすと思うようになったこと。

「そう言えば、V曽ろう学校で、口話併用クラスと日本手話クラスに分かれたとき、口話併用クラスの先生が日本手話クラスの子にマナーを注意すると、『手話が下手なくせに』と言われたから、『自分のクラスの子は、最低限のマナーを守れる子に育てよう』と話し合った、というような話を聞いたことがある」

「ある人が『小学校低学年頃までの生活言語の世界では、人工内耳装用児や軽度難聴児は聴児に近い育ちを示すが、やがて手話使用児が追いつく。中学部や高等部の学習言語の世界では、人工内耳装用児や軽度難聴児は、聴児との差が開き、手話使用児との差がなくなる。結局同じ結果になるから、手話使用でいい』と言ったんだ」

「え、学習言語の世界では、人工内耳装用児と手話使用児の差がなくなるの？　高等部でも『とうもろこし』などの単語がなかなか覚えられない例、助詞の基本もできていない例があるのに。僕としては、学習言語獲得の壁を突破する可能性が高いのは、生活言語を早く獲得した子どものほうだと思う。英語も使えるほうが職業選択の幅が広がるのと同じで、口話も使えるほうが職業選択の幅が広がると思う」

「情報保障のために手話通訳より音声認識ソフトを利用するところやメールだけで仕事を進めるところが増えるだろうから、書記日本語や学力の獲得がさらに求められるだろう。だから、明晴学園やV曽、Z砂ろう学校には、声なし手話の導入で日本語の力や学力をどこまで獲得させられたかを積極的に公表してほしい。検査項目が違うと比べにくいから、全国のろう学校で共通学力テストのようなものがあればいいのになと思う[注82]」

「僕は聞こえないから、アクセントやイントネーションまで正確に発声できない。ろう者は聞こえないがゆえに音声日本語の完璧な獲得が難しいのと同じように、聴者は聞こえるがゆえに声なし手話の完璧な獲得が難しい場合があるように思うから、ろう者が声なし手話を選べるようにすべきなら、聴者も手話なし音声を選べるようにすべきじゃないのかな。完璧な日本手話を聴者に求めることは、アクセントやイントネーションまで完璧な音声日本語や書記日本語をろう者に求めることと同じになるんじゃないかな」

「Z砂ろう学校で、声なし手話を絶対視する親や教員が、声も出す聴覚障害教員に『あなたはろう者なのに、なぜ声を出すのか』と批判したらしいが、それは、英語も話す日本人に『あなたは日本人なのに、なぜ英語を話すのか』と批判するのと同じだなと思った。それから、その親は、『ろう者に発声させるのはひどい』と言ったらしいが、それは、『日本人に英語を勉強させるのはひどい』と言うのと同じだと思った」

「Z砂ろう学校の幼稚部は、『日本手話と遊び、主体性を育てることが大事』と言うが、多くの参観者が『あれは単なる放任』と言っているらしい。ろうの両親が『自分は聞こえないから幼稚部で口話も教えてほしいとお願いしたのに、〝幼児期は日本手話と遊びが大事〟と言って聞いてもらえなかった。小学部に入ったとき、わが子は、ラ行やマ行の舌の動かし方を全く知らなかった。小学部で、他から来た子と比べて、自分は日本語がわからず、覚えにくいと感じ始め、登校を渋るようになった』と言って涙を流したらしい」

「Z砂ろう小学部の先生が『もう少し日本語指導を』と言っても、幼稚部の先生は聞く耳をもたないらしい。バイリンガルろう教育の支持者と思われている大学教員が最近言い方を微妙に変え始めているが、幼稚部の先生は、自分たちのやり方を支持しない人は全員間違っているとか、言い方を微妙に変え始めた先生は裏切り者だとか言っているらしい。声なし手話になり、Z砂県の人口からして幼稚部に入ると思われる人数の半分も幼稚部に行かないのに、幼稚部の先生は、『手話と遊びで人生の土台をつくることが大事』と言い続けているらしい。それは、たとえば、『アイヌ人の子にはまずアイヌ語が大切』と言って幼児期に日本語から遠ざけておきながら、小学校の先生に『日本語指導はあなた方の仕事でしょ。あなた方のアイヌ語が下手だから、子どもたちは日本語を獲得できない』と言うようなものだと思う」

「Z砂ろうを参観したとき、利発そうな小五の子が、『涼しい』の手話ができても、日本語が書けなかったのを見て、手話から遠ざけることは確かに人権侵害だが、聴覚活用や口話から遠ざけ、結果的に日本語獲得の機会を減らすのも人権侵害になると思った」

竜崎が「でも、口話も手話もと考える先生でも、ろう児の伸びしろを諦めている先生がいる」と話したことから、I瀬やN森は、「聞こえる人と同じレベルの書記日本語や学力の獲得を目指したい。伸びしろを諦めることは一種の障害者差別になると考えたい。自由な会話を通していろいろな情報や考える力を獲得できるよう、手話も口話も最大限に活用したい」と決意を新たにすることばを述べたので、福呂や竜崎、津堂はうれしく思った。

エピローグ　メビウスの帯

一

津堂は、深見から克子の実家を訪ねた話を聞いたとき、何かが何かにつながっている気がして、ずっと落ち着かなかった。室内のろう教育に関する本を何気なく眺めたとき、突然頭の中で何かがぱちんとはじけた。

克子の実家は、「羽根崎」という珍しい姓だった。それを別のどこかで聞いたような気がしたのだ。生徒の名前として聞いたような気がする。津堂は、必死で思い出そうとした。そうだ。P駒県のろう学校の歴史に関する本の中に、「手話法の駆逐が始まった。生徒たちは、敬愛するろう教員が去っていくのを歯ぎしりする思いで見た」、「口話教育に熱心だった先生は、生徒から酸を振りかけられたと回想している」という文があった。三年ほど前にP駒県に住むろう者の古老に尋ねたら、「酸を振りかけた生徒は若いときに亡くなった」と言って名前を教えてくれたが、そのときに出た名前ではなかったか。

津堂は、再びその古老を訪ねた。古老は幸いまだ存命していた。

「先生に酸を振りかけた生徒の名前ね。うん、名前は何だったかな。珍しい名前だったな。あのときは思い出せたんだが」

津堂が「羽根崎ではありませんでしたか」と尋ねると、「そうそう、それだった。羽根崎二郎。そういう名前だった」という答えが返ってきた。

「ああ、やっぱり」

津堂は、深見から寺の名前を聞いていたので、古老を訪ねたついでにその寺に寄った。金沼家の墓のそばにあった羽根崎家の墓誌には、「羽根崎二郎。昭和十一年。行年二五歳」と書かれていた。つまり、大正元年頃の生まれということになる。

古老は、「羽根崎さんはわしの父の後輩だったが、ろう教員が次々と去るのを悔しく思い、署名運動を始めようとしたらしい。羽根崎さんは二十代で事故死し、まだ赤ん坊だった息子は、子どもがいなかった長兄夫婦に引き取られ、やがて羽根崎家を継いだ。二郎の奥さんはタミと言って、実家に帰り、別のろう者と結婚した。相手のろう者はY窪といったかな。やがて子どもが何人か生まれたと聞いた」と話してくれた。

そうか、手話法の駆逐という流れに抵抗した羽根崎二郎の孫が金沼克子で、ひ孫が金沼規子だったのか。克子や規子はそんな話を全くしなかった。墓誌を見て二郎の名前を知っていたとしても、二郎が手話を大切に考えたろう者だったことを知らなかったのかもしれない。克子と規子は、聴覚口話法を信奉し、手話をよく思っていなかった。規子は「私に手話はいらない」と言っていた。何という皮肉だろう。津堂は、「メビウスの帯」を連想した。

数日後、古老から津堂に羽根崎二郎の文章のコピーが送られてきた。

「僕は、尊敬する聞こえない先生が次々と退職させられるのが我慢できませんでした。校長のお気に入りだったB場先生のせいだと思い、今から思うとやってはいけないことをやってしまいました。退学になるかと思いましたが、父親がひたすら謝ってくださり、B場先生も許してくださいました。B場先生は、そのあと東京聾唖学校に転出されました」

二

「『口話か手話か』の二者択一を迫る論争に翻弄される愚かさ、自分の信念を人に押しつけ、勢力争いに勝とうと画策する愚を繰り返さないために、自分に何ができるだろうか」

深見通と津堂道之は、このせりふを何回つぶやいただろうか。


（完）

注

注a　山内（2017）に対する全日本ろうあ連盟の見解（2018）

参議院事務局企画調整室発行の『立法と調査』386号に掲載された山内一宏氏の「日本語と日本手話」に対して、全日本ろうあ連盟は、「日本語と日本手話に対する見解」の中で、「山内氏は連盟が『日本手話と日本語対応手話の融合』、『日本手話を日本語対応手話に、あるいは日本語に同化させる方向の試み』であると述べていますが、全くの間違い」、「『手話はひとつの言語』というのは、『日本手話』という言葉も『日本語対応手話』という言葉もわざわざ用いる必要もなく、また優劣をつけることなく、一人ひとりが自由に使っていることを象徴するフレーズ」、「(日本語のような手話を使うのは）専門的な日本語を多く使う関係で、手話に置き換えることが難しい日本語をそのままに手話で表現することがある」などと述べている。その中で、「②音声言語（日本語）にアクセスするコミュニケーションのひとつとしての手話を普及し、手話による情報提供や意思疎通が増えること」が必要だと述べているが、これはいわゆる対応手話も必要になることを述べた文だと筆者は感じた。

なお、山内（２０１７）では、ろう児の目標とする日本語レベルにふれる記述は見あたらないが、冒頭で「外国人が我が国に帰化する場合、法律に明記されているわけではないが小学校低学年程度の日本語の能力が求められる」と述べていることから、「ろう児の日本語能力は小学校低学年レベルで良い」と思っているのではないか、そうだとすれば、それは逆に障害者差別になるのではないか、学校教育法や学習指導要領では、ろう学校は「準ずる教育」を行うと定められており、その規定に反するのではないかと思った。現在の人事異動制度の中で、ろう学校教員は、学年相応の学力や日本語の力をつけさせるために、理想論や机上論ではなく、手応えのある教育方法を求めて悩んでいるのである。筆者としては、小学校高学年以降の年齢相応の日本語の力の獲得という目標を堅持するかどうかによって、手話に対する考え方が異なる傾向があるように感じている。

注b　日本がもし1万人の村だったら……

この図を作成するにあたって、用いた統計データや仮定は、以下のとおりである。

総務省統計局「平成18年10月1日現在推計」によると、「総人口は1億2777万人①」であるという（http://

www.stat.go.jp/data/jinsui/2006np/index.html)。

厚生労働省「平成18年身体障害児・者実態調査結果」(www.mhlw.go.jp/toukei/saikin/hw/shintai/06/dl/01.pdf)の「表2 障害の種類別にみた身体障害者数」によると、「聴覚・言語障害348千人」であり、そのうち「聴覚障害276千人②、平衡機能障害25千人、音声・言語そしゃく機能障害42千人」である。また、「表4 障害の種類別にみた身体障害児数」によると、「聴覚・言語障害17300人」であり、そのうち「聴覚障害15800人③、音声・言語そしゃく機能障害1500人」である。表16と表17によると、調査対象者である聴覚障害者と聴覚障害児の身体障害者手帳の所持率はそれぞれ94・7%と94・1%であったことから、この調査対象者は全員が身体障害者手帳を所持していると仮定する。「表19 障害の程度別にみた聴覚障害者のコミュニケーション手段の状況（複数回答）」によると、「補聴器や人工内耳等の補聴機器」を用いる者は69・2%④、「手話・手話通訳」を用いる者は18・9%⑤である。この表19において、障害等級6級の者で「手話・手話通訳」を用いる者は1・1%であったことから、手帳を持たない難聴者は全員が手話を用いないと仮定する。

日本補聴器工業会の「JapanTrak 2015 調査報告」(http://www.hochouki.com/files/JAPAN_Trak_2015_reportv3.pdf#search=%272015+%E8%A3%9C%E8%81%B4%E5%99%A8%27) によると、「自己申告による難聴者率」は人口の11・3%⑥である。この比率は平成18年度も同じであり、この中に手帳を持つ聴覚障害者も含まれると仮定する。なお、「自己申告による難聴者」の13・5%（人口の1・5%⑦）が補聴器を所有しているという。

それゆえ、身体障害者手帳を持つ聴覚障害児・者の人口に占める比率は、「(②+③)÷①=（276千人+15800人）÷12777万人=0・23%⑧」であり、「聴覚（補聴器や人工内耳）を活用してコミュニケーションする聴覚障害者」の人口に占める比率は、「⑧×④=0・23%×69・2%=0・16%⑨」であると思料される。この「0・16%⑨」と「1・5%⑦」という数値から、手帳を持たず補聴器を用いる人は、手帳を持ち補聴器を用いる人の9倍にもなることがうかがえる。さらに、「手話をコミュニケーション手段とする聴覚障害者」の人口に占める比率は、「⑧×⑤=0・23%×18・9%=0・04%⑩」であり、この「0・04%」の中には、日本語対応手話を希望する者や日本手話を希望する者、両者を希望する者、両者を区別しない者がいると考えられる。

したがって、1万人の村があるとすれば、聞こえづらさがないとする者は「10000×（100%−⑥）=

8870人」、「手帳を持たず、聞こえづらさを申告する者」は「10000×(⑥−⑧)=10000×(11・3%−0・23%)=1107人」となる。「手帳を持ち、手話をコミュニケーション手段としない聴覚障害者」は、「10000×(⑧−⑩)=10000×(0・23%−0・04%)=19人」となり、「手帳を持ち、手話をコミュニケーション手段とする聴覚障害者」は、「10000×⑩=10000×0・04%=4人」となる。

注1 「ろう」と「聾」、「ろう教育」と「聴覚障害教育」

「ろう」と「聾」の違いについて、「京都府立聾学校」や「奈良県立ろう学校」のように、漢字を用いたりひらがなを用いたりするところがあるが、本書では、原則として「ろう」の字を用いる。また、「ろう教育」と「聴覚障害教育」の違いについて、本書では、「ろう教育」と言うときは、主にろう学校における教育を、「聴覚障害教育」と言うときは、難聴学級やきこえとことばの教室における教育も含めて考えている。なお、筆者は、ろう学校に在籍する児童・生徒には、ろう児だけでなく難聴児も含まれていると考える。

注2 口話

戦前は、個人用補聴器がなく、言語獲得期以前に失聴すると発声が困難であった。戦後、補聴器の開発が進み、聴覚活用が可能になってきた。戦前の「口話」は発声と読唇が中心であり、戦後の「口話」はそれに聴覚活用を加えたものであるので、戦前の口話法を「純粋口話法」、戦後の口話法を「聴覚口話法」と称することもある。

注3 「日本語対応手話」と「日本手話」の言い方

「手話は言語である」という考えから、「日本語対応手話」ではなく「手指日本語」と言うべきという意見もみられるが、筆者としては、「日本語対応手話」のほうがよく使われていると感じるので、本書では、「(日本語)対応手話」の語を用いる。相手の言う「手話」は、「声なしの日本手話」を意味するのか「対応手話(声つき手話)」も含まれているのかに関して、注意が必要である。アメリカでも、「アメリカ手話(ASL)」を、言語学者の言うASLでなく、「聾者の現在の生活全体を支えることば」としてとらえ直そうという提起を紹介する文献もある。都築(1997)は、アメリカでは「学部卒で聾学校教員になった場合の全米平均在職年数は4~6年」、「聾学校のスタッフの変動は激しい」と述べているが、そのような中で「バイリンガル教育を採用している」と回答するろう学校が増えていることから、「ASL」と「手指英語」の境目と日本のバイリンガルろう教育主張者の言う「日本手話」と「手指日本語(対応手話)」の境目が異なる可能性が考えられる。

なお、「伝統的手話と同時法的手話の混合である中間型手話」のような言い方も聞く。筆者は、「日本手話」ではない手話、あるいはそのような手話が混じる手話を「日本語対応手話」とする人も多いのではないかと考えている。日本語の口形をいっさい伴わない手話を用いる聴覚障害者はほとんどいないと感じている。

注4 「ろう者」「難聴者」「聴覚障害者」という言い方について

以前は、「ろう者」と「難聴者」を分かつものは、単に「聴覚障害の程度」であることが多かったように思うが、その後、「手話を使う者がろう者、使わない者が難聴者」のように受けとめる人が増え、最近は、「手話を母語とする人がろう者、そうでない人が難聴者」と考える人が現れているようである。たとえば、上農（２００３）では、「インテグレーション教育や口話法教育を受けた結果、ろう者の行動様態や手話言語を十分に身につけていない聴覚障害者」が難聴者であり、「手話言語の母語話者」がろう者であると書かれている（「手話言語」と書かれているので、これは「日本語対応手話」ではなく「日本手話」を意味すると思われる）。本書では、「ろう者」と「難聴者」を分かつものは、どちらかと言えば聴覚障害の程度であるという立場をとるが、両者の定義を厳密に行う必要性を感じないので、読み手のめいめいが抱いている「ろう者」や「難聴者」のイメージに限定されることを避けるために、「聴覚障害者」という呼称を原則として用いる。京都における調査（脇中（２００２）を参照）の結果、「難聴者」、「ろう者」、「聴覚障害者」の中で最も広範囲に適用される呼称は「聴覚障害者」であると判断したことも、その理由の一つである。

注5 「しぐるるや親碗たたく唖乞食」

この俳句の「しぐる」は「時雨る」、「親碗」は「お茶碗」、「唖乞食」は「聞こえない乞食」の意味である。昔は、補聴器がなく、言語獲得期以前に失聴すると、発音が困難であった。この「唖乞食」も、「食べ物をください」と発声できなかったので、茶碗をたたいて食べ物を乞うたのであろう。江戸時代の百科事典『和漢三才図絵』で、茶碗をたたいて物乞いする乞食の姿が紹介されている。

注6 差別語

「江戸時代から差別を受けていた人は、明治時代になって苗字を名乗る必要性が生じたとき、これこれの漢字が多く使われた」、「独特の漢字を使った苗字や差別的なことばをそのまま漢字で表わした苗字は、江戸時代から差別された人に与えられた苗字であることが多い」のような話を聞いたことがあるが、それは本当だろうか。というのは、「聾」という漢字が含まれる苗字の人からの書簡（明治時代のもの）が、筆者の生家に数通残されており、それを見ると、相当な地位を有する人のようであったからである。

注7 **古河太四郎（ふるかわたしろう　１８４５〜１９０７）**
日本盲聾教育の祖であり、京都府立聾学校と京都府立盲学校の創始者である。姓は古川とも書く。父親は、日本最大の寺子屋と言われる「白景堂」を経営していた。太四郎は、１８６９年に待賢小学校の算術教師となり、１８７３年頃から待賢小学校で瘖唖教育を始める。１８７８年に仮盲唖院（日本最初盲唖院）を創立したが、この年が京都府立聾学校・盲学校の創立年である。その後、いろいろな経過があり、１８８９年に依願免職し、１９００年に私立大阪盲唖院長（のちの大阪市立聾学校、大阪市立聴覚特別支援学校、現在大阪府立中央聴覚支援学校）となる。

注8 **ライシャワー夫妻**
オーガスト・K・ライシャワーは、宣教師として日本に赴任していたときに生まれた長女が高熱のため聴力を失ったが、小西信八の勧めによりアメリカに帰国して娘にろう教育を受けさせた。ライシャワー夫妻は、その経験を活かして、日本で「日本聾話学校」を設立し、手話を使わない口話法で教育を始めた。現在の日本聾話学校は、日本における私立ろう学校二校のうちの一校であり、徹底的に聴覚を活用する教育を推進するろう学校として知られる。筆者は、全国聴覚障害教職員協議会の研究部として全国のろう学校にアンケートを発送したとき、「手話導入の点で見解を異にするので、アンケートには協力できない」という趣旨の回答が日本聾話学校から寄せられたことが印象に残っている。

注9 **川本宇之介（かわもとうのすけ　１８８８〜１９６０）**
東京聾唖学校（現筑波大学附属聴覚特別支援学校）や東京盲学校（現筑波大学附属視覚特別支援学校）の教諭を経て、東京聾唖学校長などを務めた。戦前に手話を否定する口話法教育を強力に推進した人物の一人として知られる。

注10 **小西信八（こにしのぶはち　１８５４〜１９３８）**
東京盲唖学校や東京聾唖学校（現筑波大学附属聴覚特別支援学校）の校長を務め、日本の点字開発に関わる。

注11 **西川吉之助（にしかわよしのすけ　１８７４〜１９４０）・西川はま子（にしかわはまこ　１９１６〜１９５７）**

滋賀県近江八幡の豪商であった西川吉之助は、娘はま子に聴覚障害があると判明してから、海外のろう教育を研究し、娘に口話法教育を試みた。1925年「西川聾口話教育研究所」を開設し、東京聾唖学校の川本宇之介や名古屋市立聾唖学校の橋村徳一とともに、手話を否定する「純粋口話法」を推し進める。1927年のはま子のラジオ番組への出演の反響は大きかった。1928年に、滋賀県立聾話学校の校長に就任する。後年、吉之助は縊死するが、家業の倒産を苦にした説、病気を苦にした説、娘が高橋潔の大阪市立聾唖学校の教員を希望したことがショックだったという説などがあるようである。筆者の京都府立聾学校幼稚部時代の担任であった楡井千鶴子氏は、戦前に西川はま子一家（特にはま子の長姉の昌子）と交流があり、それがきっかけで、ろう学校教員を志したという。この楡井氏は、西川はま子の自殺説を、「はま子は熱心なクリスチャンだったので、自殺ということはない」と否定された。

注12 **加藤亨（1875〜1936）**

耳鼻科医師。海軍の岡田啓介首相と親しい親戚関係にあった。1926年に、小西薬剤学校を仮校舎とする大阪聾口話学校（私立）を開校する。のちの大阪府立生野聾学校（現大阪府立生野聴覚支援学校）である。

注13 **高橋潔（1890〜1958）**

大阪市立聾唖学校長として、手話を否定する口話法が全国に広がった中で、「手話法が適している者には手話法を、口話法が適している者には口話法を」と主張した。このあたりの経過については、『わが指のオーケストラ』（山本おさむ著、秋田書店）などに詳しい。養女である川渕依子氏は、父に関する書物を多数記している。

注14 **口話クラスと手話クラス**

『京都府盲聾教育百年史』（1978年）に、以下の記述がある。「初等部五年以上に手話学級があり、校内では手話は盛んに使用されていた。そこで口話学級の手話との隔離が真剣に講じられており、手話学級と口話学級の授業・休憩時間をくいちがわせたり、遠足の行き先を区分したり、儀式は一切手話ぬきで板書、休憩時間には交代に看護当番を出して遊戯を指導したりしていたことが当時の雑誌から知られる。運動場に塀を設けることが真面目に考えられたというのもこの頃だろうか」

注15 **酸をふりかけた事件**

『京都府盲聾教育百年史』（1978年）に、以下の記述がある。「自分達の使う手話が罪悪視され、全国の聾唖界を指導しつつある敬慕してやまぬ先輩の聴覚障害の教師達の立場が追いつめられているのをみれば、口話教育を推進する教師達に抵抗を覚えたとしても不思議ではない。授業拒否にかけてもその解決をはかろうとしていたとみられる。（……）また小竹は廊下で生徒の誰かに何かの酸を袴にふりまかれたと、さきの項で紹介した書簡で語っているのもこの頃であろう」

注16

「バイリンガル教育」と「バイリンガルろう教育」

本書では、聴児の場合の英語と日本語といった二つの音声言語の獲得を目指す二言語教育を「バイリンガル教育」とし、第一言語を日本手話（アメリカ手話など）、第二言語を日本語（英語など）の書記言語とする二言語教育を「バイリンガルろう教育」と称することにする。ろう児をもつ親の会は、２００３年5月の「人権救済申立」の際の記者会見当日配布資料の中で、「バイリンガルろう教育」を「日本手話を第一言語として獲得した後に書記日本語を第二言語として獲得する教育方法」と述べている。「日本語にそって手話を表す日本語対応手話は、逆に日本手話の獲得を妨げ、書記日本語の獲得をも困難にする」という主張もみられる。それに対して、ろうあ連盟は、「ろう児の人権救済申立に対する見解」の中で、「日本手話」と「日本語対応手話」は重なっており、両者の峻別はろう者の分断につながるおそれがあると述べている。脇中（２００９）の第4章を参照。

注17

人工内耳

ろう学校幼稚部では、その学年の幼児の大半が人工内耳を装用している学年もあるという。日本耳鼻咽喉科学会は、ホームページ（http://www.jibika.or.jp/citizens/hochouki/naiji.html）の中で、以下のように述べている。「人工内耳は、現在世界で最も普及している人工臓器の一つで、聴覚障害があり補聴器での装用効果が不十分である方に対する唯一の聴覚獲得法です。人工内耳は、その有効性に個人差があり、また手術直後から完全に聞こえるわけではありません」、「鼓膜や耳小骨に問題があって起こっている難聴は、手術などの処置によって改善可能な場合があります。しかし、蝸牛が傷んでしまっている難聴は、機能を回復するのは、今の医学では困難です。人工内耳は、音を電気信号に変え、蝸牛の中に入れた刺激装置（電極）で直接聴神経を刺激する装置です」、「小児に対する適応基準は、２０１４年2月に見直しがなされました（本ホームページ参照）。適応年齢は原則1歳以上となります。聴力検査では原則平均聴力レベルが90dB以上の重度難聴があることが条件となります」、「２０１４年の手術件数を人口１００万人当たりに換算すると、8名程度となります。２０１１年におけるヨーロッパ諸国での人口100万人当たりの人工内耳患者数は、人工内耳に積極的な国においては15～30名程度、消極的な国では5名程度となっており、本邦で人工内耳の手術を受ける方は、諸外国と比べ依然として多い方とはいえません。人工内耳手術における7歳未満の小児の割合は2014年の時点で約半数を占めるようになってきました。(……)人工内耳手術年齢の低年齢化が進んでいることが分かります」

注18 **人工内耳の是非をめぐる論争**

筆者は、「人工内耳」の語が出たとたんに熱い議論になった場面をかなり見かけた。また、あるろうあ協会の幹部は、あるろう学校の校長に「ろう学校は、親の選択に任せると言うのではなく、学校として人工内耳をやめさせるよう働きかけるべき」と述べたと聞く。最近は、そのような場面を見かけなくなったが、これは『聞こえない子をもつ親の掲示板』(注65を参照)への投稿人数が減った時期と重なるように、筆者は感じている。全日本ろうあ連盟は、2016年12月に「全日本ろうあ連盟の人工内耳に対する見解」の中で、「私たちは人工内耳を否定はしない」、「人工内耳は補聴方法の一つにすぎず、きこえる人と同じにならない」、「ろう者とは手話言語の必要性を自覚する者であり、人工内耳装用者もろうコミュニティの一員となれる」、「聴覚障害をもつ当事者団体として医療・療育・教育・福祉・行政等と連携し、人工内耳を含む人々に対する支援体制の確立に向けて取り組んでいく」などと述べている。

注19 **人工内耳装用児に口を隠して話しかける人**

筆者は、「手話を使うろう学校へ行かせないように」と言う医師がいる県で、「人工内耳を装用したわが子に口を隠しながら話しかけるようにしている」と述べた親がいると聞いたことがある。しかし、聞こえる人でも、口の動きを参考にしながら会話をしていること(マガークの実験)、口も見えるかどうかによって聴取率が20%変わるというデータが新聞で紹介されたことから、筆者は、人工内耳によって聴覚活用が進んだ子には、口を隠して話しかけることより、日常会話の中で難しい語をさらにふんだんに使う方向に進んでほしいと願っている。

注20 **「手話は日本語獲得に有害」という考え**

「手話は日本語の獲得に有害」として、わずかな手の使用も否定する状況は、手話が広がっている現在想像しにくいだろうが、以前のろう学校では、手の使用は徹底的に排除された。「キュー(キューサイン、キュードスピーチ)」についても、京都府立聾学校で、小一の教科書が小四頃からしか使えない状況を憂えた教員たちが、概念形成を重視し、日本語の音韻を手のサイン（それまでは発音誘導サインとして用いられていた）と口形で日本語指導を始めた。このキューを幼児期から使い始めた子どもたちは、それまで小学校入学時の日本語語彙数は５００語がやっとであったのが、２５００〜３０００語獲得できるようになったという。このことを京都府立聾学校が報告したとき、手を使うということで会場は異様な雰囲気に包まれたという。「キュー」は、現在は「口話法」や「聴覚口話法」の範疇に入れられている。このキューについて、指文字と同列視し、「キュー使用の中止」をろう学校に要望するろうあ協会や聴覚障害者協会の話をあちこちで聞いたが、筆者は、キューと指文字は異質であると考えている（脇中（２０１７）を参照）。

注21　**「聴者（児）」と「健聴者（児）」という言い方**

「健常」者に近づけようとする発想から「障害」をありのままに受けとめる発想への転換は、「健聴者（児）」ではなく、「聴者（児）」という言い方を用いる人を増やしたように、筆者は感じている。

注22　**残聴を強調する言い方について**

以前は、保護者や教育関係者の多くが「ろう」という語や手話を忌避していた。「京都難聴児親の会」の調査（脇中（２００２））によると、聴覚障害を説明するときの呼称として、本人の場合、「聴覚障害」（45％）が最も多く、次いで「耳が聞こえない」（38％）、「難聴」（32％）、「耳が聞こえにくい」（26％）、「聾」（25％）であったのに対し、親の場合、「難聴」（57％）が最も多く、次いで「耳が聞こえにくい」（40％）、「聴覚障害」（37％）、「耳が聞こえない」（17％）、「聾」（3％）であった。「難聴」と「耳が聞こえにくい」を合わせた比率は、本人が延べ58％、親は延べ97％であり、「聾」と「耳が聞こえない」を合わせた比率は、本人が延べ63％、親が延べ27％であることから、親は残存聴力の存在を強調する表現を好んで用いていることがうかがえよう。

注23　**「ろう文化宣言」**

現代思想編集部（１９９６）を参照。

注24　**身体障害者手帳の認定基準**

「身体障害者」の認定基準は国によって異なる。日本では、簡単に言うと、両耳の聴力レベルが70dB以上でなければ身体障害者手帳は交付されないことになっているが、外国では、もっと軽い聴覚障害であっても「身体障害者」と認定される国があるという。したがって、文献を読むとき、その「聴覚障害者」の範囲にも気を配る必要がある。

注25 トータルコミュニケーション（TC）とバイリンガルろう教育

TCは「1言語2様式」、バイリンガル教育は「2言語2様式」と述べた人がおり、TCには日本語とは別の言語である日本手話は含まれないと解釈する人もみられる。TCは「コミュニケーション手段は何でもよい」という理念を示すにすぎず、教育方法を示すものではないと指摘する人もいるが、実際には、アメリカでは、TCを採用するろう学校は「手指英語」を使用することが多かったため、「手指英語」を批判する人々は、TCを「隠れ口話主義」として批判することになった。日本では、「バイリンガルろう教育」を主張する人々は、日本手話を第一言語として確立させることを重要視し、音声言語や対応手話の使用に否定的ないし消極的である人が多いことに留意する必要がある。すなわち、乳幼児期から手話も口話も用いる方法は、たとえその手話に日本手話としての特徴が含まれていても、「バイリンガルろう教育」ではないと言う人が多いようである。「バイリンガルろう教育」の先進国とされる北欧では、以前は「完璧なスウェーデン手話・デンマーク手話」でなければならないと主張されていたが、人工内耳装用率が非常に高くなった現在、「目で見る記号としての手話をある程度覚えればよい、完璧な手話を覚えなくてもよい」と考える人が多くなっているという。

教育方法の評価にあたって、第一次産業に従事する比率やその国に多い価値観、日本の高校・大学に相当する教育機関への進学率、聴覚障害児に期待される学力の程度、人工内耳装用率などにおいて、日本と事情を異にする国のろう教育と日本のろう教育を単純に比較することには慎重であらねばならない。アメリカでも、「両親がろう者のろう児と両親が聴者のろう児とでは、前者がすぐれている」と強調する文献、「両親ろうのろう児の優位性ありきの論文には注意しなければならない」と指摘する文献、「英語にアクセスしやすい英語対応手話とアメリカ手話の区別の必要性」を指摘する文献、「両親ろうのろう児が手話の利益を享受できるのは幼少時においてのみであることを冷静に銘記しなければならない」と指摘する文献などがみられる。

注26 「ろう者」の意味

『ろう文化宣言』では、「ろう者とは、日本手話という、日本語とは異なる言語を話す、言語的少数者である」、「ろう者と聴者がともに参加する各種の大会などにつく通訳は、たいていシムコム通訳である」、「日本手話を話すろう者と、シムコムを最善のコミュニケーション手段としている中途失聴者・難聴者とでは、その言語的要求が異なっているということを理解することもまた、重要なことである。ろう者と中途失聴者・難聴者を一括りにした『聴覚障害者（聴力障害者）』という名称の使用は、その点で大きな問題をはらんでいる」と述べられている。そこから、手話を使わない聴覚障害者や対応手話を使う聴覚障害者は「ろう者」ではないと言われるようになった。

注27 **「日本語の力の伸び悩みは、手話がまだ不十分だから」**

たとえば、武居（2008）は、「最近ろう学校の先生からあがっていている声について私なりにその答えを述べ」るとし、以下のように記している。「（1）手話でコミュニケーションは豊かになったけれど、日本語の力につながらない。これについては、本当に手話でコミュニケーションの力がついたのだろうかと問い直したい。すなわち、一見手話の力がついたと思っても、その手話はコミュニケーションとしての手話の段階であり、今ここを越えた記号としての手話の段階にはいたっていないのではないだろうか。だとすると、そのような手話の段階で教科指導しようとしてもなかなか国語の力にはつながらない。むしろ手話の力を伸ばすことが、結果的に日本語の力につながるのではないかと考える」

注28 **指文字**

「日本語対応手話」の例として、助詞全てを指文字で表わす例をあげる人がいるが、筆者もろう学校教員（の大半）も「私／ハ／学校／ヘ／行く」のような手話ではなく、「私／学校／行く」のような手話を用いており、助詞をいちいち指文字で示す人は少ないように思う。該当する手話単語がない（知らない）ときに、指文字を用いる例も多い。たとえば、「発酵」「かび」「飢饉」を短時間で手話で表わすことは難しいので、「ハッコウ」「カビ」「キキン」という指文字を使うことはよくみられる。ある語を手話で表したあとすぐに指文字で表わすようなやり方を「チェーン法」と言うが、このチェーン法が使われる頻度は、人や場所によってかなり違うようである。自然な会話における指文字の使用率について、アメリカ手話と日本手話は異なると指摘する文献があるが、竹内ら（2003）は、「ろう児に日本語を教えるためには音声日本語（＝口話）や記号（＝指文字、キュードサイン）や単語の羅列（＝日本語対応手話）ではなく、彼らに理解できる第一言語の日本手話で教育を行うのが最も適切である」と述べており、指文字の使用に消極的なことがうかがえる。筆者は、指文字で表されるのは英語や日本語の綴りであることから、乳幼児期に指文字を多用するか否かは、その後の英語や日本語の獲得に大きな影響を及ぼすと考えている。

注29 **明晴学園**

注30
東京都品川区にあるバイリンガルろう教育を行う私立特別支援学校。前身はフリースクール龍の子学園。２００８年開校。現在は、幼稚部と小学部と中学部がある。日本の私立ろう学校は二校あり、うち一校は徹底的な聴覚口話法で教育を行う日本聾話学校、もう一校は徹底的な手話法で教育を行うこの明晴学園である。

注31
ろう児の人権救済申立
「今回の申立に際して強調したいこと」として、「１．現在のろう学校では生徒に日本手話を教えていないという事実。（……）２．ろう学校の教師の多くが日本手話を読み取りかつ使用することができないという事実。（……）４．ろう学校の教員となるために日本手話の能力が必要とされていないこと。（……）６．日本手話は独自の文法を持つ言語であること。７．日本語対応手話や口話を全く否定するものではなく、日本手話による教育を求めているろう児や親が存在することから、その選択権を保障すべきことを求めていること」があげられている。このように『申立』では「対応手話や口話を否定するものではない」と述べられているが、実際は、「対応手話はダメ」というような表現が多くみられた。脇中（２００９）の第４章を参照。

職の確保
都築（１９９７）は、以下のように述べている。「この議論の論点として、『アメリカ手話言語で教育をしたほうが成果が上がるのではないか。そのためにはアメリカ手話言語を母国語とする聴覚障害者やその家族を聾学校の教師や聾教育の専門機関に採用して欲しい』という、雇用の問題が背後に根深くある。聾学校教師や一般の健聴者がアメリカ手話言語を勉強したい時、これまでは、アメリカ手話言語を知っている健聴者が教えてきた。今後は、健聴者ではなく聴覚障害者やその家族がアメリカ手話言語を教えるべきだとし、一つの新しい職種が生まれるために社会構造が変化していくことになる」

注32
口話法は万能ではないこと
元筑波大学付属聾学校の馬場（２００３）は、「私は聴覚口話法がすべての聾者に有効だと断言するつもりはない」として、聴覚口話法の限界を認めている。

注33
「隠れ口話主義」などについて
岡本（２００１）は、「諸外国ですでに失敗と烙印を押された『トータルコミュニケーション』や『聴覚口話法』なるものを取り入れた学校もあるが、いずれも聴者が考え出したその場しのぎの手法に過ぎないと思っている」、

注34
「子どもたちをろう者の母語で教育し、実践を重ねれば、年齢相応に学力も身に付き、本来持っている素晴らしい能力を発揮できる」と述べ、北欧のバイリンガル教育を賛美している。斉藤（２００７）は、「口話教育は予想通りの成果を上げなかったばかりか、ろう児の学力はむしろ低下したのである」、「手話を禁止しても、音声言語を読唇し、発話できるようになったろう児はごく一部であり、ろう児の学力は全体としてむしろ低下した」と述べているが、「何と比べて低下したのか」などその根拠は、筆者が読んだ範囲ではわからなかった。中村（２００３ｂ）は、「対応手話を用いるのは人道的に許されない」などと述べている。

注35
京都の二歳児保護者有志の「日本手話による教育の要望」
脇中（２００９）の第４章を参照。

注36
「全日本ろうあ連盟の人権救済申立に対する見解」について
脇中（２００９）の第４章を参照。

注37
京都で「口話も手話も」の趣旨の署名活動
脇中（２００９）の第４章を参照。

注38
日弁連「手話教育の充実を求める意見書」
脇中（２００９）の第４章を参照。

注39
筑波技術大学
聴覚障害者と視覚障害者のため大学。茨城県つくば市にある。

注40
「手話は下手だったけど」
ある知事が講演を自ら手話を用いて行ったとき、フロアのろう者から「手話でずっと話されたので、感動した。手話は下手だったけど」のような趣旨の発言があったことを、筆者は見聞した。

注41
漢字にとらわれた解釈
漢字にとらわれた解釈は、「小便＝小さい便」、「座薬＝座って飲む薬」だけでなく、「赤道は、そこに行けば赤い道がある」、「所得税は、得という字があるから、多いほうがうれしい」など、枚挙にいとまがない。筑波技術大学でも、「精進料理」は「精がつくスタミナ料理」のことと解釈していた聴覚障害学生がみられた。

注42
ストレートな言い方

日本語社会（聴者の社会）は、察することが求められる社会であり、それができない人は「空気が読めない人」とされることが多いようである。筆者は、「ろう者はストレートに言う人が多い」と聞いたことがあり、自分もそう感じたことがある。筆者がろう学校に勤務していたとき、教室に置き忘れた教科書を届けてくれた生徒から「こんな忘れ物、これからしないでくださいよ」と言われた経験がある。そこで、いろいろな場面を設定して「何と言うか」を尋ねる問題をつくり、筑波技術大学と一般の大学の学生に対して実施したが、ストレートに言う比率に違いがあることを感じさせられた。

注42

体罰事件を報じる新聞記事

体罰が報道されたろう学校として、2007年の札幌ろう学校、2011年の岡崎ろう学校、2013年の生野ろう学校などがある。札幌ろう学校に関しては、筆者は、ネット（http://crossover-trompa.seesaa.net/article/5507067.html）で「3年前から、手話の導入を求めて、外部団体と道議員一人がこの札幌聾学校に対して、教育内容・方法、校内人事に介入していたということです。（……）1学期終了後7月に2度にわたって学級担任や教科担任の変更を一方的に要求してきた。『手話に対して消極的である』として職員を誹謗中傷するメールが幾度なく同学校の保護者に送信され、若い教職員が脅迫されている。職員会議やその他の会議等の詳細が外部に漏れている。教科担当に許可なく授業の様子を無断で撮影し、そのテープが道議会員等へ渡っているなどが起こっているということです」という文を読み、体罰事件の背景に手話をめぐる教育論争が絡んでいる可能性を感じた。

筆者は、勤務先の京都聾学校で、教員から「あなたがそんな声つき手話を使うから本物の手話が広まらない。だから、ろう児は学力を獲得できない」などと言われたことがあり、また、京都で「口話も手話も」という趣旨の署名活動が起きたとき、「ろう児の人権救済申立を応援している人が激怒し、『脇中が始めたなら首にしてやる。同じ聾学校の先生に聞けばわかる』と言っているから、気をつけて」と言われたことがあったので、筆者もひそかに写真やビデオに撮られて外部の団体や議員に流される危険性を念頭に置く必要性を感じ、非常に息苦しさを覚えた。

「福岡市『教師によるいじめ』事件」や「丸子実業高校バレーボール部員自殺事件」を調べると、報道は一面しか伝えない場合が多いこと、時には誤った報道になること、「人権派」と称される弁護士でさえのちに「他者の名誉と社会的信用を棄損した」として弁護士会から処分される場合があることがうかがえる。その意味で、筆者としては、「本人が不快を感じれば、それはセクハラ（いじめ、差別などとなる）」という表現に対して、否定はしないが、一種の危うさを感じる。

注43　**教室の後ろでの参観**

以前は、親の付き添いと家庭学習を必須とするろう学校幼稚部が多かった。

注44　**思考する余裕**

筆者が手話を知らなかった頃、読唇で会話をしてきたが、この読唇は推測の連続であり、思考する余裕がもちにくかった。たとえば、「約五十年前に第二次世界大戦がありました」と結果的に読み取れたとしても、それは、最初から逐一スムーズに読唇できたのではない。『百五十』と『約五十』のどちらか保留。『第何次』も保留。『世界大戦』は読み取れた。世界大戦はまだ第一次と第二次しかない。今までの話の流れから、これは第二次世界大戦、つまり太平洋戦争のことだろう。これは昭和二十年に終わったから、『百五十年前』だとおかしい。だから、『約五十年前に第二次世界大戦がありました』と言われたんだ」のように、保留と推測の連続である。聴覚活用の場合も同じことが起きているようである。筆者の友人も、「内容が想像できると電話でも話せるが、突然の電話だとわからない」と語っていた。

注45　**人工内耳メーカーとの癒着**

海外研修旅行費用を人工内耳のメーカーである会社が負担しており、これは倫理規定に違反する疑いがあることが、当時の新聞で報じられた。

注46　**ろうあ連盟とろうあ協会、聴覚障害者協会**

「全日本ろうあ連盟」は、全国47都道府県に傘下団体を擁している。その傘下団体として、「京都府聴覚障害者協会」のように「聴覚障害者協会」という言い方をする団体が多い。２０１６年秋の時点では、「聴覚障害者協会」「ろうあ協会」「ろうあ連盟」「聴覚障害者連盟」「聴力障害者協会」「聴覚障害者福祉協会」「ろう者福祉協会」のような言い方をする団体がそれぞれ31、４、４、３、２、２、１団体であった。

注47　**口話でやりとりしたときの罰金制度**

埼玉県のろう学校の教員を務める戸田康之氏は、「面白いルールを作っちゃったんですよ。聴者同士で口話でやり取りしたら罰金を払うというルール。（……）親と先生が口話の時も罰金が課せられたんですよ。聴者同士による口話は罰金で1回1円だったみたいですよ」と述べている（https://www.deaf-dpro.net/ の「D資料室」より、ろう者学セミナー「声の支配～ろう者にとって声とは～」報告書（２０１１年6月25日）がダウンロードできる）。

注48

マスコミ報道

ろうあ連盟の高田英一氏は、ろう教育の明日を考える連絡協議会発行の会報２００８年12月号）の中で、「日本手話」と「日本語対応手話」の分類について、「なぜこのような分類が出てくるのだろう。それはろう者の一部、ほんの一部に『日本手話』vs『日本語対応手話』の図式で、『日本手話』を賛美、擁護する反面『日本語対応手話』を非難するグループがいるからであり、それに同調するほんの一部の健聴の手話研究者がいるからである。それがクローズアップされるのは、このような物珍しさを取り上げることが好きなマスコミ報道のせいであり、マスコミに配慮する立場の人たちのせいである」と述べている。

注49

テレビ番組の字幕表示と情報操作について

ネット（https://plaza.rakuten.co.jp/naken4/diary/200809210000/）に、以下の文が載っていた。「NHKの番組『手の言葉で生きる』における過剰演出について（……）子どもたちが話す手話に、字幕がつくのだが、手話で『テープ、のり』しか言ってないのに、字幕は、『テープとのりが要るよね』となる。あたかも、子どもが手話で、日本語以上の概念を持って話しているような情報操作が行われる。案の定、子どもたちは『書けない』。『てにをは』は、ボロボロ。最後に、子どもたちの作文が紹介されるのだが、作文が映像として、写り、その映像では、文章は間違っているのだが、ナレーターの大竹しのぶは、その文章を補完して正しく読むのだ。（……）ここに出てくるお母さんは、『わが子は、K先生のようになってほしい』と言っているが、わが子が、K先生と真逆の教育を受けさせられていることになぜ、気付かないのだ」

注50

「9歳の壁」

「9歳の壁」ということばは、東京教育大学付属聾学校校長を務めた萩原浅五郎氏が、１９６４年に『ろう教育』の中で「9歳レベルの峠」と表現したのが始まりとされている。筆者は、「9歳の壁」を「BICS（生活言語）」から「CALP（学習言語）」への移行につまずく現象としてとらえている。「9歳の壁」は、日本人の聴児で考える力がない子どもや、移民の聴児で日本語の学習言語に接する機会が日本人の聴児と比べて少ない子どもにも現れる現象である。「ろう児の人権救済申立」に関わった人々は、「人権救済申立」の文章が掲載されたホームページや第15回ろう教育を考える全国討論集会（２００３年夏）のレポート集などの中で、「ろう児は当てにならない音声・音韻に頼らずに、母語の手話言語から第二言語の文字言語へと移行することができる」、『９歳の壁』が生じるのは、聴覚口話法がろう児の自然な母語習得を妨害するから」、「母語が発達しなければ知的発達も停滞する」などと述べ、対応手話を批判していることから、彼らは、「９歳の壁」は「自然な母語獲得」ができていないために生じると考えていることがうかがえる。しかし、日本人や移民の聴児でも、日常会話は成立するのに「９歳の壁」が現れる例がみられることから、手話導入は「９歳の壁」の解決に直結しないと考える。脇中（２０１３）を参照。

注51
「親子間の車間距離」
筆者は、職場でトラブルが多発し、親が職場の上司との相談に乗り出した例について、ろう学校教員と話したとき、「あの子は学力はあるかもしれないが、本当に『９歳の壁』を越えてはいないと思う」と言われたことがあり、「本当に９歳の壁を越えた人というのは、社会性の面でも問題ない人のことか。確かに狭い意味での勉強の面だけを見て９歳の壁を越えたなどと言うことは控えるべきだな」と思ったことがある。長年ろう学校に勤務した坂本（２００９）も、「９歳の壁の克服の方向性」の一つとして、「親子の車間距離を適切にとること」をあげている。

注52
漢字の意味
筆者がろう学校で教えていたとき、ある重複障害生徒は、漢字は得意であったが、その読みを覚えることが難しかった。発達検査の結果、「非常に視覚優位型である」と言われた生徒であった。高校の計算問題はできるのに、小学校の簡単な文章問題が難しかった。「百分率」「定規」「手帳」などの語の読みを問う問題をテストに出しても、白紙回答が多かった。「ざっし」とひらがなや指文字で示すと無反応であったが、「雑誌」という漢字を示すと「本のことか」と反応するような例が多くみられた。それで、筆者は、漢字を普通に用い、ルビを打つようにした。「焼きやくろでもやせる」という字を見たとき、筆者は「えっ、どこでも痩せるの」と思い、あわてて読み直して『焼却炉で燃やせる』だ」とわかった経験がある。筆者の読み方は、上から下へ（左から右へ）の読み方ではなく、あるまとまりをもった文をいっぺんに吸い上げて読む感じや漢字を手がかりに上からも下からも（左からも右からも）同時に読んでいる感じがする場合が多い。

注53
『累代の人々』
「古河太四郎氏の子孫」と言われる古川統一氏による本である。統一氏は、正確には、太四郎氏の兄の子孫である。

ネットでは「激動の明治維新を舞台に、日本で初めて本格的な盲聾教育に取り組んだ古河太四郎と、彼の志をはぐくんだ祖先の波瀾の物語」という文章で紹介されている。

注54 **古河太四郎が盲聾教育を始めたきっかけ**

『京都府立聾学校創立九十年年表』(1968年)では、1873(明治6)年に「上京第19区長熊谷伝三(伝兵衛)隣家の唖姉弟山口よね(いと)、善四郎の教育を区長として管理する第19区校(待賢小学校)の教師古河太四郎、佐久間丑雄に謀る」と書かれているが、『京都府盲聾教育百年史』(1978年)の中では、「待賢校の盲聾教育は明治六年頃区長熊谷の提起を古河が受けとめてはじめられたと従来の資料は説明している。徒刑事件が公にされなかったため熊谷の提起から説き起こされたのは順序として当然である。本書もまず、区長としての熊谷の立場から出発したが、徒刑事件の概要が判明した今、古河の盲聾教育の動機と下獄の関連を改めてみておきたい」と述べられている。岡本(1978)は、区長熊谷の提起によって盲聾教育が始められたという説と、古河が下獄中に聾唖児と出会い盲聾教育を思いたったという説の両方とも真実であるという立場をとっている。古川統一著『累代の人々』では、太四郎が盲聾教育を始めたきっかけは、投獄されたときのろう児との出会いにあるとされており、筆者は、古川統一氏の子孫から、「この本に書かれていることは真実だと聞いている」と聞いたことがある。

注55 **古河太四郎と北垣国通**

弾正台は、明治2年5月(1869年7月)に刑法官監察司に代わる機関として設置され、2年後に司法省の新設に伴って廃止されたが、北垣国通の履歴(Wikipedia)を見ると、「1869年弾正台の大巡察となる。1871年開拓使七等出仕」と書かれている。一方、古河太四郎が投獄されたのは1870~71年であるという。古川統一の『累代の人々』では、海江田信義(粟田口止刑事件との関わりで有名な人物)が古河太四郎の捕縛と関連していることになっている。

注56 **古河太四郎の子ども**

岡本(1997)には、古河太四郎氏には、「古川光子」(古河太四郎の徒刑に関する資料を所有していた人)など複数の子どもがいたことが記されているが、男子はすべて他家へ養子に行っており、筆者は、「なぜ男子は皆古河太四郎家を継がなかったのか」と不思議に思い続けてきた。古川統一氏の子孫にそのことを尋ねたところ、「太四郎に実子はいなかったと聞いている。岡本(1997)などが記している子どもは皆もらい子だ」という答えが返ってきた。

注57
古い史料の取り扱い
筆者の京都府の生家から2009年に『延宝検地帳』などが出てきたが、約4500点の古い文書や写真が危うく廃棄を免れたものの、相当数の文書や写真がないとわかったときは、落胆を通り越して胸がえぐられる思いだった。その後、筆者の旧姓が「古川」であることから、古河（古川）太四郎との関連があればおもしろいと思っていろいろと調べ、京都府立聾学校に着任したとき史料に関心をもたなかったことを後悔するようになった。古河太四郎と関連する書籍や京都校研究紀要に丁寧に目を通したとき、そのときそのときの教育内容や出来事を記すことの意義を感じさせられた。それで、ろう学校の若い先生方には、自校の歴史に関心をもったり研究紀要の意義を考えたりしてほしいと思う。

注58
「現在もなおほとんどのろう学校で口話法教育が行われている」
斉藤（2007）を参照。

注59
公立ろう学校で手話を用いている割合
我妻（2004）は、「程度の違いはあれ、手話を取り入れている聾学校の割合が急激に増加し、平成14（2002）年で7割以上に達した」と述べている。筆者は、斉藤（2007）の「日本では、一部のろう学校でトータル・コミュニケーション法が採用されたが、現在もなおほとんどのろう学校で口話法教育が行われている」という文について、この我妻（2004）の報告と照らし合わせて、「対応手話と口話を用いる教育」は、斉藤（2007）の言う「口話法教育」に含まれているのかとわからなくなったことがある。

注60
大手ネット書店のレビュー
「アナカプリの丘」というカスタマーレビュワーは、上農（2003）に対して、2006年に以下の文を記している。「（……）無責任な批判に終わってしまっているのみならず、『全ての』聴覚障害児に聴覚口話法の教育しか用意されていなかった誤りと同質の誤りを犯してしまっている。聴覚障害児の親たちを高圧的に批判する前に、まずバイリンガル教育できちんと書記日本語力を身につけることができていることの立証責任を果たすこと（……）。（おそらく近い将来、バイリンガル教育を選択させられた子の書記日本語力獲得状況の惨状が隠し通せなくなり、こと書記日本語力に関する限り、著者の主張の破綻は誰の目にも明らかになろう）この書物にある程度の主張が聾教育の一部で良識的な主張として通用している現状はいささか寂しいといわざるを得ない」

注61

大手ネット書店のレビュー

「アナカプリの丘」というカスタマーレビュワーは、斉藤（1999）に対して、2007年に以下の文を記している。「（……）どのようなケースに対して手話を本格的に導入すべきかが全く検討されていない点も非科学的であるし、手話法の成功例と聴覚口話法の非成功例を比較している方法論もお粗末。論より証拠、著者が推薦するようなバイリンガル教育を実践する機関で学ぶ小学校中・高学年の子供たちの多くが『ボールをける』という書記日本語すら理解できないことが07年夏のテレビ番組で放映されており、書記日本語が身につかなくても成人後問題なく生活できるというのであれば別だが、子供たちこそいい迷惑である。（小学校高学年以降に書記日本語力が飛躍的に伸びると考えている教育関係者はいないと思う）（……）著者の如きバイリンガル教育推進派の主張は、『日本手話による教育で書記日本語も身につくはずだ』というのか、『書記日本語が身につくかどうかは二の次でまず日本手話を身につけさせることが重要』というのか、一体どちらなのか。いやしくも教育を語る以上、もし前者なら日本語獲得のデータを誠実に提示すべきである。もし後者なら子供の聴覚障害がわかったばかりで混乱しているような親に対しても、バイリンガル教育では保護者が望むような書記日本語力はまず身につかないことを正直にインフォームしたうえで、手話モノリンガルでよいのだとの主張を堂々とすればよい。（……）せっかく498円さんが再度投稿された『少数言語としての手話』のレビューですが、昨日見たらまたしても削除されております。おそらく何人かで示し合わせて『報告する』をクリックした結果なのでしょうが、言論圧殺そのものです」

このことと関連して、脇中（2009）は、「インターネット上のコメント（筆者にはなるほどと思える内容でした）が何回も削除された経過を見たりしたことから、本書の出版に恐怖感を抱いていないとは言えません」と記した。

注62

「日本手話」と「手話」の使い分け

筆者は、「あの大学教員は、ろう者が多い場では『日本手話』を使い、ろう学校教員が多い場では『手話』を使っている。ろう学校教員が多い場で『手話が必要』と言ったから、『その手話には対応手話も含まれると解釈してよいか』と尋ねたら、その大学教員は口ごもっていた。それで、『この大学教員は、自分たちが使うような対応手話ではよくないと思っているのか』と初めて気づいた教員がいた」という話を聞いたことがある。

注63 読唇と日本語の力

「読唇の力があるから日本語の力があるのか、それとも日本語の力があるから読唇できるのか」に対しては、筆者としては、「両方とも正しい」と思う。特にキュー使用経験のある人は、読唇の力がかなりある人、手話と同時に唇も見ている人が多いように感じている。

注64 オノマトペ

筆者も、発音指導を受ける中で、「ナやマは柔らかい感じの音で、カやタは硬い感じの音」と知っていった。幼稚部では、「犬はワンワンと鳴く、牛はモーモーと鳴く」などと覚えさせられた。また、絵本をよく読んだので、「カタコト」「ガタゴト」「ガタンゴトン」（これらは『三匹のヤギのがらがらどん』に出てくる）のような表現から、振動や音の大きさとの関連も少しずつ理解していった。また、マンガもよく読んだが、最近の聴覚障害児は、マンガでオノマトペを獲得した例が多いように思う。筆者は、「雪がしんしんと降る」を読んで、「雪が降るときは、本当に『しんしん』という音がかすかながらしているのだ」と思っていた。英語の『bow』という語を知り、家族に「アメリカの犬は、日本の犬と違った鳴き方をするんだね」と言って笑われたとき、「アメリカ人も日本人も聞こえるのに、なんでこんなに違った聞こえ方になるのか」と疑問をぶつけたことがある。

注65 生活言語と学習言語

筆者は、「ＢＩＣＳ」と「生活言語」、「ＣＡＬＰ」と「学習言語」はそれぞれほぼ同じ意味であると考える。「生活言語」や「学習言語」は、齋藤佐和氏が用い始めた語であるようである。日常会話で使われる生活言語の獲得は比較的容易だが、九歳以降の教科学習は、学習言語と密接に関連しており、学習言語の獲得は、軽度難聴児や人工内耳装用児でも難しいことが、いろいろな研究で指摘されている。たとえば、『むやみに』という語について、聞こえる子どもは初めて「むやみに」を聞いても、「むやみに」ときちんと聞こえ、その場の状況と結びつけて、「こんな意味のことば」と次第に理解していく。しかし、ある障害者手帳がもらえないぐらいの軽度難聴児や人工内耳装用児は、「むやみに」が聞き取れず、「もやし?・」「むやり?・」と言っていた。したがって、教科書などで「むやみに」に出会ったとき、聞こえる子は「前聞いたことがある。こんな意味だった」とわかるのに対し、聴覚障害児は「この『むやみに』は初めて見た」ということになるのだろう。このことが、聴覚障害児の学習言語の獲得を困難にさせる一因となっているのではないか。この学習言語の獲得は、人工内耳装用児でも難しいことが、感覚器戦略研究などで示されている。

注66 **明晴学園のホームページより**

２００９年頃の明晴学園のホームページに、「手話という百パーセントわかることばによって伸び伸びと学び育つことが人間としての基本的な力をはぐくみ、その後の日本語修得を有利にするとバイリンガルの専門家は等しく認めています」、「こうしたバイリンガル教育の効果は、（……）十二分に実証されてきました」、「日本手話をもとにした教育は、日本語をもとにした教育となんら変わることのない成果をあげうるものです」と載っていた（脇中（２００９）の第4章を参照）が、現在のホームページでは、その文章を探し当てることができなかった。現在のホームページを見ると、「手話と日本語の二言語による教育で、明晴学園の生徒は同年代の聞こえる子とほぼ同等の学力をつけることができます」、「明晴学園で使う手話は『日本手話』です。日本手話は日本語とは単語も文法も異なる別の言語で、日本語の代用品ではありません」、「中学部の学習は、一般の高校を受験できるだけの学力を身に付けることを目標のひとつとしており、この目標はおおむね達成されています」という記述がみられた。

注67 **指文字の使用**

竹内ら（２００３）や注28を参照。なお、本書で「明晴学園」と言うとき、内部の関係者と外部の関係者が混じっている可能性があることに留意されたい。

注68 **聞こえない子をもつ親の掲示板**

「聞こえない子をもつ親のページ」の管理人を務める佐伯（２００１）は、「手話の情報を流したとしても、聴覚口話を選択する親もいるであろう。しかし、それでもよいと思っている。両方の情報が入ってからの判断であるのだから。少なくとも片寄った情報のみで、判断して欲しくない」、「一時は議論に走り過ぎ、親が参加し難い雰囲気を作ってしまったり、私の不手際から多くの人を不愉快にさせてしまったりと、迷走も続けているが、今後も、本当に聞こえない子のことを考えた教育に変わってゆくよう、情報を提供する予定である」と述べている。

注69 **「聴覚優位型／視覚優位型」と「継次処理型／同時処理型」**

ＷＩＳＣ－ⅢやＷＩＳＣ－Ⅳの発達検査で「聴覚優位型／視覚優位型／バランス型」がわかり、Ｋ－ＡＢＣによって「継次処理型／同時処理型／バランス型」がわかるとされている。聴覚障害児は、「視覚優位型」や「同時処理型」が多いとされているが、この認知特性を考慮に入れながら指導方法を考える必要がある。たとえば、「部分から全体へ」と「全体から部分へ」のどちらが効果的か、効果的な記憶方法は何か、間違いやすい傾向は何か、などを考慮に入れる必要があると考える。

具体性から離れた思考

注70

「9歳の壁」は、具体的思考から抽象的思考への移行につまずくことでもある。「火気厳禁」を示すピクトグラムの中の「マッチ」を見て、「マッチを使う」こと以外にも多くの行為を禁じていることを理解しない例がみられた。また、「障害者が使える設備」を示す「ピクトグラム」を見て、「車いすの人が使う」、「障害者が使うトイレ」のような回答が多くみられており、「車いす→身体障害者→障害者（精神障害者を含む）→社会的弱者（高齢者や妊婦、子どもを含む）」、「トイレ→設備（トイレ・駐車場などを含む）」のように抽象度を高めたり範囲を広げたりすることが難しいことがうかがえる。

注71

二重否定の難しさ

「水ほどほしいものはない」という文で、「水」「ほしい」「ない」という単語だけを拾って、「水はほしくない」意味だと受けとめる聴覚障害児がかなりみられる。筑波技術大学で聴覚障害学生に以下の問題を出題してみた。「次の①～③はア～エのどの意味か？　最も適切なものを1つずつ選べ。（ア）積極的に「行ける」と言っている。（イ）消極的に「行ける」と言っている。（ウ）消極的に「行けない」と言っている。（エ）積極的に「行けない」と言っている。①その日なら行けないことはない。②その日なら行けなくはない。③その日なら行けることは行ける」①、②、③のいずれも答えは「イ」であるが、各選択肢を選んだ比率は、下表のとおりであった。「ない」という文字は、①では二か所であり、②では一か所だけである。つまり、②では「なく」という形であり、「ない」と比べると、否定形であることが見えにくくなっている。そのためか、②では「行けない」意味だと解釈した者が、①や③と比べると、多くみられた。③の「行けることは行ける」では、「行ける」が二回出てくるからか、「積極的に行ける意味」とした者が32％みられた。

	ア	イ	ウ	エ
①	× 18%	○ 66%	× 9%	× 7%
②	× 14%	○ 32%	× 43%	× 11%
③	× 32%	○ 55%	× 14%	× 0%

注72

「通訳現場における手話」と「教育現場における手話」

「行けないことはない」の二重否定を理解しない人に対しては、意味を伝えることが大事なので、「行ける」という手話通訳でよいだろうが、筆者としては、相手が「行ける」と「行けなくはない」

のどちらを言ったのかを知りたいと思う。ある手話通訳者は、「『行ける』は積極的な表情をつけ、『行けなくはない』は消極的な表情をつけて、『行く／できる』という手話で表わせばよい。『行く／ない／（こと）／ない』のような手話表現はあまりよくない」と言っていたが、筆者としては、「行く／できる」と言い換えてばかりだと、現実には、「行けなくはない」という文字を見たとき、その意味（「行ける」と「行けない」のどちらか、また、積極的か消極的か）を正しく理解しないままの生徒が多いのではないかと思う。

他にも、「うどんでも食べようか」と「うどんを食べようか」、「食べてほしい」と「食べたい」、「全部解けなかった」と「全部は解けなかった」、「これだけある」と「これしかない」などの違いをどのような手話で説明すればよいかについて、ある手話通訳者から「そんな不自然な手話は、本に書かないでほしい。本当の日本手話だけを書くようにしてほしい」などと言われた経験があり、恐怖心と闘いながら2006年に『聾教育現場における手話表現』という本を自費出版したところ、入手を希望する声が多数寄せられたため、2007年に『よく似た日本語とその手話表現』（北大路書房、1〜2巻）を出版した経過がある。通訳現場では、意味を伝えることが大事だが、教育現場では、それに加えて、その日本語の微妙な違いを説明し、その定着につながりやすいような手話表現も求められると考える。

注73

視覚優位型と聴覚優位型の違い

「道を尋ねたとき、地図での説明と文章での説明のどちらを希望するか」→筆者は、文章で説明されてもすっと頭に入らない。それより、地図で「今の場所」と「目的地」を示されるほうがわかりやすい。

「読書中脳内で読み上げる声が聞こえる人」→2017年8月下旬の時点では、日本での結果は、「聞こえると言う人が78％」となっていた（https://www.buzzfeed.com/jp/hikaruyoza/book-style?utm_term=.qhNgZBAYz#.hjkovDq9w）。また、http://gigazine.net/news/20160225-read-voice-in-head/ によると、イギリスでは「聞こえると言う人が82・5％」であるという。ただし、その聞こえ方はさまざま（一人の声だけ聞こえる、複数の声が聞こえる、場面や内容による、など）であるようだ。また、これらの数値の信憑性を疑問視する声もあるようだ。「聞こえる人の比率」は、イギリスが若干日本より高くなっているが、それは、英語は表音文字でラジオ型言語、日本語は表意文字と表音文字があってテレビ型言語と言われていることと関連するのだろうか。

「夢の中で音声が聞こえるか」→生まれつき目が見えない人は音声だけの夢を見るらしいと聞いたとき、筆者は「だから、自分は視覚的映像だけの夢なのか」と思った（ただし、爆発音が出る夢を一回だけ見たことがある）。「過去の記憶の画像は、自分の目から見た画像か、自分で自分を眺める画像か」→筆者は、幽体離脱のように自分を見ている感じの記憶が多い。たとえば「前、ロッカーが倒れてきて、ヒヤリとしたことがある」という記憶は、ロッカーが自分めがけて倒れてくる画像ではなく、立っている自分にロッカーが倒れてくる画像で記憶している。「カタカナ語や歌詞を聞いただけで覚えられるか」→筆者は、カタカナ語が覚えにくいことを自覚している。聞こえる人でも、「自分は、友達と比べると、聞いて覚えるのが苦手」と述べる人がいるようだ。

注74

写真として記憶するタイプ

本田（２０１２）は、「①視覚優位者・写真（カメラアイ）タイプ」、「②視覚優位者・三次元映像タイプ」、「③言語優位者・言語映像タイプ」、「④言語優位者・言語抽象タイプ」、「⑤聴覚優位者・聴覚言語タイプ」、「⑥聴覚優位者・聴覚&音タイプ」に分け、①のタイプの人は写真として、②のタイプの人は映像として物事を記憶しており、①と②のタイプの人の過去の記憶の画像は、自分の目で見た情景であると述べている。幽体離脱のように記憶画像の中に自分が登場する人は、上記の④のタイプの人であるようである。なお、筆者が本田（２０１２）の「認知特性テスト」をいろいろな大学の学部で実施したところ、音楽系の大学生であってもかなり視覚優位型が多い結果になったので、わずかな質問項目で認知特性を判断することの難しさを感じさせられた。したがって、安易に「視覚優位型（目の人）」と「聴覚優位型（耳の人）」に二分してはいけないことになる。筆者としては、視覚や聴覚のどちらをよく使うかの「偏り」は、言語の使用によって目立たなくなる面が大きいように感じている。

注75

議員による発言

２０００～２０１０年頃は、議員によって「バイリンガルろう教育」が取り上げられることが多かったように、筆者は記憶している。その例として、http://web.kyoto-inet.or.jp/people/tsuno3/gikai.htm#8、http://www.geocities.jp/takakokansai/shitsumon.pdf、http://www.sangiin.go.jp/japanese/joho1/kaigirok/daily/select0106/main.html などを参照されたい。

注76

「あげる・もらう・くれる」の難しさ

教員が「アメをもらう」と言いながら幼児にアメを渡した例を見たことがある。聴児の場合も、これらの動詞を助詞とともに適切に使えるようになるためには、一定の時間と経験が必要なようだ。適切な助詞の使用は、「あげる」が最も容易で、「くれる」が最も難しいという。「AはBに物をあげる・もらう・くれる」において、「物が渡された方向は『AからBへ』と『BからAへ』のどちらか」を、筑波技術大学の聴覚障害学生と一般大学の学生に尋ねたところ、「あげる」と「もらう」はほぼ全員が正答したが、「くれる」の正答率は、一般大学の学生は93％、聴覚障害学生は35％であった。また、「(友達が私に本をくれたとき) 友達は私に本をあげる」や「(私が友達に本をあげた時) 友達は私に本をもらう、私は友達に本をくれる」は、方向性からすると合っているが、「ウチソト」の観点からすると不自然になることを理解しない聴覚障害学生がかなりみられた。

注77
「聞こえたがっている人」
「聞こえたがっている人」がみられる一方で、「ろう者になりたがっている人」もみられる。上農（2003）は、「聾者になりたがっている人たち」ということばを紹介している。筆者は、「教育現場で用いられる手話は日本手話であるべき」と考えている聴覚障害者の手話を、同様に考える他の聴覚障害者が「あなたの手話は対応手話だ」と言い、そう言われた人は「そんなつもりはない」と答えた例を見聞している。

注78
オーディオロジー
「オーディオロジー」は、「聴覚学」と訳されることが多い。日本教育オーディオロジー研究会会長の大沼直紀氏は、東北教育オーディオロジー研究協議会における挨拶の中で（http://tooken.arrow.jp/blog/2016/08/）、「北海道では10年ほど前から聴覚を活用する教育に対する風当たりが強くなり始め（……）、聴覚活用の面では暗黒の時代が続きました。そのため北海道教育オーディオロジー研究協議会は休眠を余儀なくされ、ついには解散の事態に至ったのでした」と述べ、その後の北海道教育オーディオロジー研究協議会の復活を紹介している。

注79
バイリンガルろう教育を信じる人々
「口話を使わなくても書記日本語は獲得できる。ろう児の第一言語は日本手話。第二言語は書記日本語」と言う人について。その第二言語のレベルに注意する必要がある。「難しい日本語は獲得できなくてもよい。まず手話を。第二言語は普通第一言語より低いレベルにとどまる」と言った大学教員の話を聞いたからである。また、「バイリンガルろう教育が成功した国やろう学校がある」と言うかどうかにも注意する必要がある。一握りの個人の例を振りかざして「バイリンガルろう教育は成功する」と言う例がみられるからである（他の教育方法についてもあてはまることだが）。また、学習言語のことを考えると、小学校低学年までの状況だけで教育方法の成否を論じてはいけないと考える。

なお、筆者は、最近、「明晴学園は日本語獲得にあまり成功していないらしいね」と言われたある聴者（手話通訳者）が、「それは、本当の日本手話ではないからだ。自分は明晴学園を見たが、日本手話が本当に使えていた先生は一、二人だけだった。教員としての専門性が高い先生も少ないと思った。世界でバイリンガルろう教育が成功した国はまだないが、理論をもっと勉強して、本当の手話と高い指導技術で教えればうまくいく」と言ったと聞いて、驚いたことがある。明晴学園は、ホームページで「十分な数のネイティブのろう者教員や相談員の配置を実現しています」、「（学習言語としての日本語の獲得について）専門家の支援を受けながら研究が進められています」と述べていたからである。さらに、「自分は一介の手話通訳者だから、バイリンガルろう教育の理論には詳しくない。その理論の研究や実践は、ろう学校の先生の仕事だろう」と言っていたという話を聞き、「一握りの非常に高い手話技術や指導技術をもった人でなければできない教育方法」より「誰でも容易にできる教育方法」のほうが求められ、長続きしやすいのではないかと考えた。

注80

バイリンガルろう教育を支持する研究者

「バイリンガルろう教育」という語で検索すると、Wikipedia（https://ja.wikipedia.org/wiki/%E3%83%90%E3%82%A4%E3%83%AA%E3%83%B3%E3%82%AC%E3%83%AB%E3%82%8D%E3%81%86%E6%95%99%E8%82%B2、２０１８年１月現在）で、「重度聴覚障害児に対し、手話と書記言語の２つの言語を習得させ、それによって教科学力を効果的に獲得させることを理念とする教育法」という説明があり、同時に「現在のスウェーデンのバイリンガルろう教育もまた、完璧なろう教育のシステムとは言いづらいことが判明した」と書かれている。その中で、「日本においては、大学や公的研究機関に所属する研究者がバイリンガルろう教育の必要性を指摘する著書を発表する事例が多い。但し、それらの研究者の多くは特殊教育ではなく、言語学や脳科学などろう教育の教育実践には直接関わらない分野を専門としている。バイリンガルろう教育の必要性を指摘する主な研究者は以下の通り」として、「佐々木倫子、酒井邦嘉、金澤貴之、鳥越隆士、河崎佳子、斉藤くるみ」の氏名があげられていた。ただし、これらの人の中には、この文章に異議を唱える人がいるかもしれない。

注81

『ろう者のトリセツ』

関西手話カレッジ（２００９）を参照。

注82

手話を幼少時から導入した子どもたちの日本語の力

教育方法間の優劣関係を調べるのは難しい。口話法採用校と同時法採用校、キュー併用校を比較したものとして、我妻(1983)の研究があげられるが、小田(1996)は「(我妻(1983)の)結果は三校の間に大きな差異はないというもので、方法論的な優劣は十分に確認できなかった」と述べている。しかし、筆者が調べたところ、確かに、幼児期からその教育方法が採用されていない子ども(たとえば高等部生徒)を含めると、三校間に有意差を見出すことはできなかったが、幼稚部からその教育方法を用いた学年に限定すると有意差が見出されたことから、教育方法の開始時期も考慮に入れる必要性が示唆される。また、インテグレーション率に差がある場合は、ろう学校に残された児童・生徒を比較してもあまり意味がないであろう(脇中(2017)を参照)。

声なしの日本手話を幼少時から導入した子どもとそれ以外の子どもを比較した研究としては、筆者の知る範囲では、宮町ら(2016)があげられる。宮町ら(2016)は、「聴覚活用及び音声日本語の使用頻度は極めて少ない」「手話群」と、「聴覚口話を主要なコミュニケーション手段としているが、日本語対応手話を併用する児童も混在」する「口話群」に分けたところ、「日本語構文理解テストの結果は、口話群の方が高かった」という。ただし、「本研究は対象児数が少なく手話群の代表性を確保できていない可能性があ」ると述べられている。

明晴学園中学部の卒業生が他のろう学校の高等部に入るようになり、彼らの日本語力についていろいろなところで聞くようになった。筆者としては、「日本手話による教育方法を受けた子どもたちの実態調査を依頼したら断られた」や「結果を公表するなと言われた」などのような話を聞いたことがあるが、日本語や学力の獲得状況に関するデータが欠如している状態では、不毛な教育論争に終止符を打つことは難しいだろうと感じている。

「注」の参考・引用文献

我妻敏博　1983　聴覚障害児の「読み」の能力　国立特殊教育総合研究所特別報告 手指方等の評価と適応に関する研究(pp. 61−156).

我妻敏博　2004　聾学校における手話の使用状況に関する研究（2）　ろう教育科学、45（4）、53－65．
馬場　顕　2003　もうひとつの見方「臨床心理学の立場から」の提案について　聴覚障害、58（5）、35－39．
古川統一　1999　累代の人々　鳥影社
現代思想編集部　1996　総特集＝ろう文化　現代思想1996年4月臨時増刊号　青土社
本田真美　2012　医師のつくった「頭のよさ」テスト─認知特性から見た6つのパターン─　光文社
関西手話カレッジ　2009　ろう者のトリセツ 聴者のトリセツ　─ろう者と聴者の言葉のズレ─　星湖舎
京都府立聾学校　1968　京都府立聾学校創立九十年年表
盲聾教育開学百周年記念事業実行委員会編集部　1978　京都府盲聾教育百年史　京都府教育委員会
宮町悦信・長南浩人・三好茂樹　2016　日本手話を主要なコミュニケーション手段とする聴覚障害児の日本語構文力に関する研究　日本特殊教育学会第54回大会ポスター発表、7－30．
中邑賢龍　2012　序章　中邑賢龍・福島　智（編）　バリアフリー・コンフリクト　東京大学出版会
中村成子　2003a　日本のろう児にはＪＳＬ（日本手話）を　全国ろう児をもつ親の会（編）　ぼくたちの言葉を奪わないで　明石書店
中村成子　2003b　ろう児の日本語獲得に必要なもの　第15回ろう教育を考える全国討論集会レポート集、55－58．
小田侯朗　1996　ろう教育の歴史　神田和幸・藤野伸行（編著）　基礎からの手話学（pp．149－156）　福村出版
岡本稲丸　1978　第1章（待賢小学校瘖唖教場）・第2章（京都府立盲唖院）・第3章（京都市立盲唖院）・第5章（京都市立聾唖学校、京都府立聾唖学校、京都府立聾学校）の第1～2節　盲聾教育開学百周年記念事業実行委員会編集部会編　京都府盲聾教育百年史　京都府教育委員会
岡本稲丸　1997　近代盲聾教育の成立と発展─古河太四郎の生涯から─　日本放送出版協会
岡本みどり　2001　インテグレーション、龍の子学園、そしてろう学校　金澤貴之（編著）　聾教育の脱構築（pp．201－233）　明石書店
佐伯英一　2001　聾教育とインターネット　金澤貴之（編著）　聾教育の脱構築（pp．257－275）

明石書店
斉藤くるみ　２００７　少数言語としての手話　東京大学出版会
斉藤道雄　１９９９　もうひとつの手話―ろう者の豊かな世界―　晶文社
坂本多朗　２００９　永年聾学校にいた者からの「ほんのひとこと」　聾教育研究会
武居　渡　２００８　手話の獲得と日本語の獲得　ろう教育科学誌、49(4)、33―42.
竹内かおり・岡本真未・小野広祐・長谷部倫子　２００３　ろう児に日本語を習得させるためには？　第15回ろう教育を考える全国討論集会レポート集、pp. 59―62.
都筑繁幸　１９９７　聴覚障害教育コミュニケーション論争史　御茶の水書房
上農正剛　２００３　たった一人のクレオール　ポップ出版
脇中起余子　２００２　聴覚障害者本人および親の意識調査（１）―「京都難聴児親の会」親と本人に対するアンケートから―　ろう教育科学会、44(2)、55―72.
脇中起余子　２００９　聴覚障害教育―これまでとこれから―　北大路書房
脇中起余子　２０１３　9歳の壁を越えるために　北大路書房
脇中起余子　２０１７　日本におけるキューについて（１）―キューに対する批判と今後―　ろう教育科学、59(1)、1―19.
山内一宏　２０１７　日本語と日本手話―相克の歴史と共生に向けて―　立法と調査、３８６、１０１―１１１.

あとがき

この小説を読み返すと、「この小説には、自分の分身が何人もいる」と改めて思います。手話から遠ざけられたことを悲しく思った自分。「努力すればもっと聞き取れるはず」と言われ、「あなた方も努力すればもっと（声がなくても）読唇できますよね」と言いたかった自分。「口話を使わなくても手話で学力や日本語の力は獲得できる」と言われ、大勢の大学教員やマスコミが安易に同調していると感じた頃、「確かに、聴者に近づけることを絶対視するのはよくないが、本当に日本語の音声や口形を伴わない手話と文字だけで高い日本語の力が身につくのか。口話には日本語の獲得を容易にする面もあるのではないか」と思った自分。「口話法は失敗した。口話は人権侵害」と自信たっぷりに言われたと感じ、「それなら、手話法で確実に成功するデータを示してほしい」と思った自分、聾学校で四年研究計画の二年目に管理職から研究部の廃止を告げられ、悲しく思った自分など。

この小説を書く中で、私の周囲には、「手話を否定する口話法」や「口話を否定する手話法」という「敵」だけでなく、「聴覚障害児の伸びしろを過少視する人」という「敵」もいたこと、その三つの「敵」は、自分も含めてどの人の中にも多かれ少なかれいる可能性を感じました。

正直に申し上げると、「日本手話と文字だけで教育できる」というバイリンガルろう教育の信奉者から、「トータルコミュニケーションの失敗は明らか。手話は立派な言語だから、口話を使わなくても手話だけで学力を獲得できる。それができないのは先生たちの手話が下手だから」などと言われ、「本当か」となおも尋ねようとしたら、「スウェーデンでは……」などと苛立った表情で言われたので、その後「自分はバイリンガルろう教育信奉者ではない」、「口話も必要」と言い始めたと感じる人に対して「敏感」になってしまう自分がいますが、その人たちに対する思いは胸に納め、「コミュニケーション手段の種類だけで日本語の力や学力の獲得の成否を論じるのは、もうやめよう」、『日本の聞こえる子どもは、日本語で育てられると、みんな心が育つ』と言えないなら、『手話は心を育てる』のような言い方も言い過ぎないようにしよう」と言うようにしたいと思います。

『正しいメニュー』などないが、それぞれがどんなメニューを選ぶかは自由であるのと同じように、『百パーセント成功する正しいろう教育方法』などないが、それぞれの選択肢が選択できるようであってほしい」と言うのは簡単ですが、メニューや趣味の場合の選択肢とコミュニケーションや教育方法の場合の選択肢を区別する必要があると思います。前者の選択肢は、一人だけでも選べますが、後者の選択肢は、「集団」「相手（教員・生徒）の巻きこみ」「財源」「人事異動制度の変革」などが必要だからです。

親が「手話を使わない口話法」や「口話を使わない手話法」を希望しても、多くの公立ろう学校では、少人数の学年でさらに少人数のクラスをつくって教員を配置することは難しいです。一般の公立校では、「口話と手話の両方とも用いる教育」や「最大公約数を考えた教育」を進めるしかないでしょう。そのことから、「手話を使わない口話法」や「口話を使わない手話法」で教育する私立校が日本に存在することには意味があると考えるので、「聴覚口話法による教育」を謳う日本聾口話学校にも、「日本手話による教育」を謳う明晴学園にも、おのれの信念にしたがって教育を進め、教育成果を大々的に公開してほしい、それと同時に、私立校と一般の公立校の違いも理解してほしいと思います。

「まえがき」で述べたように、「口話―手話論争」や「手話―手話論争」は、「バリアフリー・コンフリクト」の一例です。このコンフリクトの解消のためには、ろう教育の方法を考えるとき「ユニバーサルデザイン」のような考え方が求められるのではないか、たとえば、ある団体がろう学校や教育委員会に教育方法に関する要望書を出すときは、その内容を他の関係者にも公開して意見を求めてほしいと思います。

聴覚障害児の親の九割は、聞こえる親です。子どもは、楽なコミュニケーション方法に接する権利があり、親は、自分の母語でわが子と語り合いたいと願う権利があります。言語の選択によって親子の間に距離が生じるのもよくないでしょう。ろう学校としては、他の団体や親から異議が出されるような要望をそのまま聞き入れることは、難しいでしょう。

ろう学校に対して「手話を使わない口話法」や「口話を使わない手話法」を要望する人がいると、意見の「対立」は続き、ろう学校は振り子のように揺れ動き続けるでしょう。「百パーセント成功する方法などない」と考え、時代の流れや技術の進歩の影響を受けながらも、個々の特性に応じた教育方法と最大公約数を考えた教育方法を組み合わせて進めるしかないでしょう。

　人工内耳装用児や障害者手帳をもたない軽度難聴児でも、日本語の学習言語の獲得はまだ難しい場合があります。真の聴覚口話法教育は、口話法の限界も念頭に置くべきであり、真の手話法教育は、手話法の限界も念頭に置くべきであると考えます。

　筆者としては、日本語の力の獲得のためには、口話であれ手話であれ、周囲の大人が子どもに日本語の世界を絶えず豊かに伝えようとする姿勢が大切であると考えます。「口話法の星」とあがめられた西川はま子さんの日本語の力は、口話法の採用によるというよりは、父親や周囲の人が熱心に本人に関わったからかもしれないと思います。それと同様に、手話法の採用で成功したかに見える例も、実は、手話法の採用によるというよりは、周囲の人が熱心に本人に関わったからかもしれないと思います。

　現代社会で聴者と対等に生きるためには、文字（書記日本語）を操る力が大切であり、教育に携わる者として日本語の力や学力の獲得に関する目標レベルを低めることはできませんが、その一方で、仲間の存在やリラックスした会話も大切に考えてほしいと思います。聴者にとっても「方言」や「同郷の友人」は特別な意味をもつ場合があるのと同じように、「手話」や「同じ障害のある人」は特別な意味をもつ場合があるからです。

　この小説が、筆者のようにコミュニケーション論争の中で苦しむ人を少しでも減らす方向に進むことに少しでも関われたならば、また、「聴者に近いろう者」もそうでないろう者も同じように尊重される雰囲気づくりに少しでも寄与できたならば、うれしく思います。
学術書を出版する北大路書房にお願いするのは場違いかと思いましたが、快く出版を引き受けてくださったことに深く感謝いたします。また、イラストを描いてくださった筑波技術大学学生の安田真綺さん、石川紗椰さん、安永悦子さんにもお礼を申し上げます。さらに、「口話も手話も」と言う自分に吹きつける風の冷たさに縮こまったとき寄り添ってくださった方々にも、改めてお礼を申し上げます。

２０１８年2月

脇中起余子

著者紹介

脇中起余子（わきなか・きよこ）

新生児の時に，薬の副作用で失聴
京都大学大学院教育学研究科博士後期課程中退
龍谷大学大学院文学研究科博士後期課程修了
京都府立聾学校教諭を務めたあと，筑波技術大学に着任

主著・論文

日本におけるキューについて（2）―京都府立聾学校におけるキューの歴史―　ろう教育科学会誌，60(1)，25-49.　2018 年
「9 歳の壁」を越えるために―生活言語から学習言語への移行を考える―　北大路書房　2013 年
助詞の使い分けとその手話表現―副助詞・接続助詞＋接続詞を中心に―　北大路書房　2012 年
助詞の使い分けとその手話表現―格助詞を中心に―　北大路書房　2012 年
「視覚優位型，同時処理型」の生徒に対する指導について―算数・数学の授業における試み―　聴覚障害，734（5 月号），4-11.　2012 年
聴覚障害教育　これまでとこれから―コミュニケーション論争，9 歳の壁，障害認識を中心に―　北大路書房　2009 年
からだに関わる日本語とその手話表現　第 1 巻・第 2 巻　北大路書房　2008 年
よく似た日本語とその手話表現―日本語の指導と手話の活用に思いをめぐらせて―　第 1 巻・第 2 巻　北大路書房　2007 年
K 聾学校高等部の算数・数学における「9 歳の壁」とその克服の方向性―手話と日本語の関係をどう考えるか―（龍谷大学博士論文）　2005 年
聾教育の課題と展望―コミュニケーション論争を中心に―　発達，102(4 月号)，70-76.　2005 年
K 聾学校高等部生徒の記憶方略に関する一考察―「音声方略」と「手話口形方略」のどちらが有効か―　ろう教育科学，45(2)，53-70.　2003 年
K 聾学校高等部における九九に関する調査から―九九の読み方をどれぐらい覚えているかを中心に―　ろう教育科学，44(1)，37-46.　2002 年
聴覚障害者本人および親の意識調査（1）―「京都難聴児親の会」親と本人に対するアンケートから―　ろう教育科学，44(2)，55-72.　2002 年
聴覚障害者本人および親の意識調査（2）―障害の呼称の違いによる意識の違いを中心に―　ろう教育科学，44(3)，115-128.　2002 年
手話で数学を指導する―教科指導の実際と課題―　手話コミュニケーション研究，No.41，32-39.　2001 年
認知と言語　中野善達・吉野公喜（編）　聴覚障害の心理　田研出版，pp. 65-79.　1999 年
K 聾学校高等部における養護・訓練の時間の指導内容と手話に対する考え方の変遷　特殊教育学研究，35(5)，9-16.　1998 年

小説『ろう教育論争殺人事件』
バリアフリー・コンフリクトとそのゆくえ

2018年9月10日　初版第1刷印刷
2018年9月20日　初版第1刷発行
定価はカバーに表示してあります。

著　者　　脇中起余子
発行所　　㈱北大路書房
〒603-8303　京都市北区紫野十二坊町12-8
電話　(075) 431-0361㈹
FAX　(075) 431-9393
振替　01050-4-2083

印刷・製本／シナノ書籍印刷㈱
装丁／上瀬奈緒子（綴水社）
検印省略　落丁・乱丁本はお取り替えいたします。
ISBN978-4-7628-3039-6 C0037　Printed in Japan